Liebe auf den ersten Beat

Andrea Froh

11.09.24

Liebe Elena,

Deine schöne Stimme verleiht meinen Worten Flügel und lässt die Geschichte erst richtig lebendig [illegible]

Vielen Dank und

mit tiefer Wertschätzung

Andrea

ANDREA FROH

Liebe
AUF DEN ERSTEN BEAT

Ibiza

ROMAN

Bibliografische Information der Deutschen Nationalbibliothek:

Die Deutsche Nationalbibliothek verzeichnet diese Publikation in der Deutschen Nationalbibliografie; detaillierte bibliografische Daten sind im Internet über http://dnb.dnb.de abrufbar.

Umschlaggestaltung: Konstantin

Bildnachweis: iStock: Juergen Sack (Stock-Fotografie-ID: 469906352)

ISBN: 9798861872744

Hinweise, Anregungen oder Fragen an: andrea.froh@gmx.de

www.andreafroh.de

«Ibiza, Insel der Träume, weit und nah,
Du bist ein Wunder, so wahrhaft wunderbar.»

DIE TRENNUNG

Anna hatte Felix in Berlin kennengelernt, als sie noch eine junge, aufstrebende Fotografin war und er ein aufregender, dynamischer Architekt. Sie waren das perfekte Power-Paar, das gemeinsam Träume verfolgte und sich gegenseitig unterstützte. Aber nach der Geburt von Emma und Lukas veränderten sich die Dinge zwischen ihnen. Felix verbrachte immer mehr Zeit bei der Arbeit und kam oft erst nach Mitternacht nach Hause, vergrub sich in seinen Projekten und verlor allmählich den Kontakt zu seiner Familie.

Anna fühlte sich einsam und überfordert mit den Kindern. Sie versuchte, mit Felix zu reden, aber ihre Gespräche führten oft zu hitzigen Diskussionen und schließlich zum Schweigen. Sie hatte gehofft, dass Felix sein Verhalten ändern würde, dass er erkennt, was er verpasste, doch das passierte nicht.

Die endgültige Entscheidung zur Trennung kam, als Felix eines Tages beiläufig erwähnte, dass er eine Beförderung bekommen hatte - die ihn für die nächsten zwei Jahre nach China versetzen würde. Er hatte die Stelle ohne Rücksprache mit Anna angenommen und schien völlig überrascht zu sein, als sie wütend und enttäuscht reagierte.

«China, Anna. Denk mal darüber nach. Die Chinesische Mauer, Peking-Ente direkt aus der Quelle, Tai Chi im Park. Und nicht zu vergessen: Highspeed-Internet!», erklärte Felix mit leuchtenden Augen.

«Ich kann nicht mal mit Stäbchen essen und du willst, dass ich nach China ziehe?», erwiderte Anna ungläubig.

«Wir könnten ein neues Leben beginnen. Und denk an die Möglichkeiten für die Kinder! Sie könnten Mandarin lernen. Das ist die Sprache der Zukunft.»

«Aber ich will nicht, dass unsere Zukunft in China liegt», sagte Anna fest.

Und so kam es, dass Felix allein nach China ging.

Am Tag der Abreise standen sie am Flughafen, Felix in einem hellen Anzug und mit einem breiten Lächeln, während Anna und die Kinder versuchten, ihre Tränen zurückzuhalten.

Der Abschied war herzerweichend. Anna weinte, die Kinder klammerten sich an ihren Vater, sogar der sonst so nüchterne Zollbeamte hatte feuchte Augen.

«Wenn du zurückkommst, sind wir nicht mehr hier, wundere dich nicht. Ich denke, es ist Zeit für uns, ein eigenes Abenteuer zu beginnen», meinte Anna, ihre Stimme trug eine Mischung aus Trauer und Entschlossenheit.

«Auf Ibiza, meinst du?», fragte Felix mit einem ironischen Lächeln. Sie hatten oft über einen Umzug nach Ibiza gesprochen, hauptsächlich als Scherz nach langen Wintern in Berlin.

«Ja, genau. Auf Ibiza. Und du bist herzlich eingeladen, uns zu besuchen. Wenn du Zeit findest zwischen all deinen Tai Chi-Sessions und Peking-Enten», erwiderte Anna mit einem gezwungenen Lächeln.

«Du wirst uns doch nicht vergessen, Papa?», fragte Emma mit bebender Stimme und hing an Felix' Bein wie ein kleiner Koala.

«Aber natürlich nicht, Prinzessin! Und ich bringe euch ganz viele tolle Geschenke mit. Vielleicht einen Panda?», scherzte Felix und hob Emma hoch, um sie zu drücken.

Lukas, der ältere der beiden, hielt sich tapfer und versuchte nicht zu weinen. «Wirst du uns Fotos von der großen Mauer schicken, Papa?»

«Natürlich, mein großer Mann! Du wirst jeden Tag von meinen Abenteuern hören.»

Felix kniete nieder und nahm seine Kinder in die Arme.

«Ich werde euch immer lieben und euch so oft wie möglich besuchen. Ihr könnt mich in China besuchen. Stellt euch das mal vor, dort gibt es echte Pandabären!»

Die Kinder schienen kurz von der Aussicht auf Pandabären abgelenkt, aber dann erinnerten sie sich an ihre Trauer und begannen erneut zu schluchzen.

Anna, die am Rande stand, fühlte sich wie in einem billigen Drama. Sie wusste, dass Felix sie geliebt hatte, aber seine Liebe für seine Arbeit war offensichtlich ein kleines bisschen stärker gewesen. Sie wischte sich die Tränen ab und lächelte tapfer.

«Vergiss nicht, uns auch ein Bild von deinem neuen Lieblings-ChopSuey-Restaurant zu schicken», sagte sie, versuchend, den Schmerz mit einem Scherz zu lindern.

Felix lachte und umarmte sie. «Ich werde dich und die Kinder vermissen.»

«Das werde ich auch, Felix. Aber zumindest habe ich jetzt die Kontrolle über die Fernbedienung», antwortete sie und brachte ihn zum Lachen.

Während Felix durch die Sicherheitskontrolle ging, winkte er seiner Familie zum Abschied und Anna konnte nicht anders, als zu denken, dass ihr Leben gerade eine Wendung genommen hatte, die sie nie erwartet hätte. Aber sie war bereit, sich der Herausforderung zu stellen.

Die Tage nach Felix Abschied war eine herzzerreißende Zeit, aber Anna war fest entschlossen, das Beste daraus zu machen. Sie wollte ihren Kindern eine positive Umgebung schaffen. Und so entstand der Plan, nach Ibiza zu ziehen - eine Insel, die sie schon immer fasziniert hatte und ein Ort, an dem sie glaubte, einen frischen Start für sich und ihre Kinder beginnen zu können.

Die junge Mutter wusste, dass sie sich nicht vor ihren Problemen verstecken konnte, indem sie einfach den Ort wechselte, aber sie glaubte daran, dass ein Tapetenwechsel den Raum für neue Möglichkeiten schaffen könnte. Und vielleicht, nur vielleicht, würde das warme Sonnenlicht von Ibiza den Schatten der Vergangenheit ein wenig heller erscheinen lassen.

IBIZA - WIR KOMMEN ... IRGENDWANN

Am Flughafen herrschte ein wirres Durcheinander von Gepäck, Kofferkarren und Menschen, die aufgeregt hin und her liefen. Mitten in diesem Chaos standen Annas Eltern, Bernhard und Bianca, mit einem Ausdruck zwischen Stolz und völligem Entsetzen.

Jeder in ihrer Nachbarschaft wusste von dem komischen Zufall, dass Annas Eltern genauso heißen wie die zwei berühmten Zeichentrickmäuse. Während sie nicht so klein und pelzig sind, haben sie doch die erstaunliche Fähigkeit, genauso viele lustige Eskapaden zu erleben wie ihre Namensvetter.

Bianca trägt nicht das gleiche schicke Outfit wie die Zeichentrickfigur, aber sie hat definitiv ihre scharfe Zunge und ihren unwiderstehlichen Charme. Einmal versuchte ein Telefonverkäufer, ihr irgendeinen nutzlosen Kram zu verkaufen, und nachdem sie ihm mit ihren rhetorischen Fähigkeiten den Kopf gewaschen hatte, schluchzte der arme Kerl am anderen Ende und versprach, nie wieder anzurufen.

Manchmal versuchen die beiden auch, gemeinsame «Missionen» zu planen, die in der Regel im völligen Chaos enden. Wie das Mal, als sie versuchten, heimlich die kaputte Gartenlaube ihrer Nachbarn zu reparieren, während diese im Urlaub waren. Sie hatten alles: Werkzeug, Materialien, sogar eine geheime Codierung für die Kommunikation. Es war ein

Sightseeing-Spektakel, die beiden bei der Arbeit zu beobachten und endete damit, dass sie beim Versuch, einen Balken an Ort und Stelle zu heben, beide in einem Busch landeten und lauthals lachten.

Was Anna an ihren Eltern am meisten liebt, ist ihre Bereitschaft, über sich selbst zu lachen. Ja, sie sind vielleicht nicht die Helden einer Zeichentrickserie, aber in Annas Augen sind sie viel besser. Sie sind ihre Eltern - die echten Bernhard und Bianca, Meister im Navigieren durch das chaotische Labyrinth des Alltags. Und obwohl sie keine Mäuse sind, haben sie definitiv den gleichen Mut, die gleiche Entschlossenheit und, ja, das gleiche Talent für urkomische Situationen.

«Denk daran, Anna, Sonnencreme auftragen. Ibiza ist nah am Äquator. Du möchtest nicht, dass die Kinder wie Hummer enden», rief Bianca, während sie ihrer Tochter eine Tüte mit mindestens zehn Tuben Sonnencreme in die Hand drückte.

«Mama, Ibiza liegt nicht am Äquator, es ist im Mittelmeer. Und ich habe Sonnencreme dabei. Außerdem kann ich sie nicht im Handgepäck mitnehmen», versuchte Anna zu erklären, aber ihre Mutter war bereits dabei, den Kindern letzte Abschiedsküsse zu geben.

Bernhard, ein praktischer Mann, nahm Anna beiseite.

«Anna, du weißt, dass du jederzeit zurückkommen kannst, ja? Wir haben das Gästezimmer. Du könntest es zu deinem Schlafzimmer machen und die Kinder könnten bei uns schlafen.»

«Danke, Papa. Aber das wird nicht nötig sein. Wir werden es auf Ibiza schaffen. Und ihr könnt uns jederzeit besuchen kommen», antwortete Anna, aber sie wusste, dass ihre Worte wenig Trost boten. Ihre Eltern sahen diese Veränderung als etwas Endgültiges an, und das machte ihnen Angst.

Endlich wurde es Zeit, zum Gate zu gehen. Nach einer Runde herzzerreißender Umarmungen und Abschiedsküsse wandte sich Anna mit ihren Kindern zum Gehen um.

«Auf Wiedersehen, Mama, Papa. Wir sehen uns bald», rief sie, während sie mit den Kindern davonstolperte.

«Denk an die Sonnencreme!», war das Letzte, was sie von ihrer Mutter hörte, bevor sie um die Ecke verschwanden.

Anna konnte nicht anders, sie musste lachen. Sie war traurig, ihre Eltern zurückzulassen, aber sie wusste auch, dass sie die richtige Entscheidung getroffen hatte. Sie war bereit für dieses neue Abenteuer.

Der Flug nach Ibiza hätte als Entspannungsübung dienen sollen. Die Realität sah jedoch etwas anders aus. Mit Lukas und Emma auf engstem Raum, umgeben von besorgten Flugpassagieren und einem sich zunehmend nervösen Flugpersonal, fühlte Anna sich eher, als würde sie einen Zirkus dirigieren.

Emma, eine geborene Entertainerin, hatte sich entschieden, dass der Gang des Flugzeugs ihre persönliche Bühne war. Sie lief auf und ab und sang ihre eigenen Versionen von Raffis «Baby, Beluga» und «Der kleine grüne Frosch» - wobei sie jedem Passagier, der es wagte zu schlafen, ein Ständchen sang. Lukas hingegen hatte eine merkwürdige Faszination für die Notausgangstür entwickelt und fragte immer wieder, was passieren würde, wenn man sie öffnet.

«Hoffentlich landen wir nicht auf einer einsamen Insel wie in «Lost», dachte Anna, während sie Lukas fest an der Hand hielt und Emma zurück zu ihren Sitzen führte.

Just in dem Moment, als Anna dachte, es könnte nicht schlimmer kommen, ertönte das Warnsignal für Turbulenzen. Und als ob das noch nicht genug wäre, war ein Passagier in der vorderen Reihe plötzlich ohnmächtig geworden und die Maschine musste zu einer Notlandung ansetzen. Die Nerven von Anna, die ohnehin schon zum Zerreißen gespannt waren, lagen nun vollkommen blank.

«Das ist ja spannender als jeder Indiana Jones Film», rief ein junger Mann in der Reihe hinter ihr begeistert, während Anna den Gurt ganz eng anlegte.

Die junge Mutter konnte nur resigniert lachen, als das Flugzeug zur Notlandung ansetzte und schneller landete als geplant.

Nach dem zweiten Start wurde Lukas von einer plötzlichen Leidenschaft für Erdnüsse erfasst und entschied, dass er es nicht länger als fünf Minuten ohne eine weitere Tüte aushalten konnte. Emma hingegen fand einen neuen Sport in der Kunstdisziplin «Essenwerfen». Offenbar war der Kopf des Mannes in der Reihe vor ihnen ein besonders verlockendes Ziel.

Verzweifelt versuchte Anna den Frieden zu wahren. Sie zog alle Register, von lustigen Flugzeugspielen über Märchenstunden bis hin zu verspäteten Schokoladengaben, die sie sich für echte Notfälle aufbewahrt hatte. Aber nichts schien zu funktionieren.

Dann, gerade als sie sich sicher war, dass sie gleich explodieren würde, tat das Flugzeug genau das - nein, nicht explodieren, aber es gab einen unerwarteten Ruck und das Licht flackerte kurz. Kurz danach kam die Durchsage, dass sie aufgrund technischer Probleme eine Notlandung auf dem nächstgelegenen Flughafen auf Mallorca durchführen müssen.

«Ich brauche einen Drink», murmelte Anna, während sie sich zurücklehnte und auf die nächste außerplanmäßige Landung wartete.

«Aber Mama, wir dürfen doch nicht trinken, du hast es gesagt!», erinnerte sie Emma mit ernster Miene.

«Für mich gelten andere Regeln», murmelte Anna und bestellte ein Glas Tomatensaft bei der Flugbegleiterin, die mit leidenden Augen nickte, als ob sie genau verstand, was sie durchmachte.

Nach einer langen Odyssee und einer älteren Dame namens Gudrun, die unablässig mit ihren Stricknadeln geklappert und begeistert von ihren fünf Katzen erzählt hatte, kam die kleine Familie endlich auf Ibiza an. Anna war müde, hatte schlechte Laune und roch ein wenig nach Flugzeugtoilette - das ist eine längere Geschichte, die wir lieber überspringen. Sie hatte Kopfschmerzen, die sich anfühlten, als ob eine kleine Rockband in ihrem Kopf ein Konzert gab.

Als sie das Flugzeug verließen, packte Anna die sengende Hitze wie eine feuchte Decke und sie überlegte kurz, ob sie einen tragbaren Ventilator kaufen sollte, anstatt sich auf das Versprechen von «kühlen Meeresbrisen» zu verlassen.

Emma und Lukas, die unermüdlichen Energiebündel, schienen von der Hitze unbeeindruckt und jagten einander über das Rollfeld.

Erschöpft schleppte sich die junge Mutter durch das Flughafenterminal.

Nachdem sie die Kinder zum zehnten Mal daran erinnert hatte, dass sie bitte nicht auf das Kofferband klettern sollten, konnte die junge Mutter nur noch hoffen, dass ihr Gepäck bald auftauchen würde.

«Mama, ich muss Pipi!», jammerte Emma und hüpfte von einem Fuß auf den anderen.»

«Liebling, wir waren gerade vor zehn Minuten.»

«Aber ich muss wieder!»

«Lukas, hör auf, auf deinem Rucksack herumzuspringen. Er könnte kaputt gehen.»

«Mir ist langweilig! Und ich habe Durst», beschwerte er sich und schaute sehnsüchtig auf den überteuerten Getränkeautomaten am anderen Ende des Terminals.

«Wir haben gerade gegessen und getrunken.»

«Aber das war vor EWIGKEITEN!»

«Mama, ich halte es nicht mehr aus!»

So ging das hin und her, bis Anna das Gefühl hatte, dass ihre Kopfschmerzen nicht mehr metaphorisch waren, sondern eine tatsächliche Rockband in ihrem Kopf spielte. Sie seufzte und hätte jetzt gern Gudruns Stricknadeln gehabt, um sie sich in die Ohren zu stecken.

«Gut, gut», sagte sie. «Emma, du gehst zu den Toiletten dort drüben. Lukas, hier sind vier Euro.»

Erschöpft lehnte sie sich gegen einen Pfeiler und schloss die Augen. Anna fühlte sich, als wäre sie einen Marathon gelaufen - in High Heels und mit zwei schreienden Affen auf dem Rücken. Sie konnte den Lärm der Menge, das Rattern der Koffer und das leise Klatschen der Flip-Flops auf dem Boden hören. Es war das

Geräusch von Chaos, aber auch von Freiheit. Sie war hier. Sie hatte es geschafft.

Die Koffer kamen wie immer zu spät. Anna beobachtete, wie die Kofferbänder mit der gleichen Geschwindigkeit rotierten wie das Gedankenrad in ihrem Kopf. Langsam. Sehr langsam.

Nach einer gefühlten Ewigkeit und einer kleinen Panikattacke kamen die Kinder zurück, beide strahlend und aufgeregt. Emma erklärte begeistert: «Mama, die Toilettenspülung dort spritzt Wasser hoch!»

Lukas zeigte stolz seine leere Wasserflasche und sagte: «Ich habe das Wasser ganz alleine getrunken!»

Anna konnte nicht anders, sie musste lachen. Es war ein müdes Lachen, aber es war echt. Sie waren auf Ibiza, und trotz aller Widrigkeiten fühlte sie sich merkwürdig glücklich. Sie wusste, dass sie hierhergehörten.

«Kinder, nicht so weit wegrennen!», rief Anna, während sie versuchte, das Gepäck und ein riesiges Einhorn, das Emma unbedingt schon im Flughafengebäude aufblasen wollte, zu transportieren.

Sie fanden ein Taxi, dessen Fahrer aussah, als hätte er gerade einen Marathontanz mit einer Salsa-Band hinter sich. Mit einem breiten Lächeln und schnellem Spanisch, das Anna nicht verstand, lud er ihr Gepäck ein und versicherte, dass er den besten Weg kannte.

Der «beste Weg» entpuppte sich als eine wilde Fahrt durch enge Gassen, vorbei an belebten Stränden und durch riesige Orangenhaine. An einem Punkt waren sie sich ziemlich sicher, dass sie durch eine Hochzeitsfeier gefahren waren. Lukas und Emma fanden es fantastisch, während Anna versuchte, sich nicht auf dem Rücken des aufblasbaren Einhorns zu übergeben.

Schließlich erreichten sie ihr neues Zuhause, ein charmantes, weiß getünchtes Häuschen. Es war alles, was sie sich erhofft hatte, bis sie die Musik hörte. Laute, pumpende Bässe drangen an ihre Ohren.

«Herzlich willkommen im Klub «Paraíso», Señora!», rief der Taxifahrer, während er ihr Gepäck auslud. «Der berühmteste

Klub auf Ibiza, direkt neben Ihrem Haus! Ist das nicht fantastisch?»

Anna, die auf der Suche nach Frieden und Ruhe von Berlin nach Ibiza gezogen war, konnte nur lachen. Es war ein Ausdruck des Unglaubens, der Überraschung und der bloßen Komik der Situation. Sie hatte das Gefühl, dass sie in eine Episode einer Sitcom gestolpert war.

«Auf jeden Fall», antwortete sie dem Fahrer und schleppte das viele Gepäck aufs Grundstück, während die Beats aus dem Klub die Palmen zum Zittern brachten. Willkommen auf Ibiza, Anna, der Ort, an dem das Leben niemals schläft und die Party gerade erst beginnt.

Als sie vor dem Haus standen, sah es genauso aus, wie sie es sich vorgestellt hatte: ein entzückendes kleines weißes Häuschen. Sie konnte das Meer riechen und hören und ... nur die Techno-Musik störte die Idylle.

«Hmm, das hat der Besitzer in seiner Beschreibung irgendwie ausgelassen.»

«Wo kommt das her?», fragte Emma und schaute sich um.

«Na da!», antwortete Lukas und zeigte auf Laserlichter, die bunt in den Himmel schossen.

«Wow, cool! Können wir da auch mal rein?», wollte Emma wissen und fing an, zur Musik zu tanzen.

«Ja, wirklich cool», stöhnte Anna und bemühte sich um ein Lächeln.

«Ich sterbe vor Kopfschmerzen», murrte sie leise, aber nicht leise genug, dass die Kinder es nicht hören konnten.

«Aber Mama, du kannst nicht sterben. Wir sind gerade erst auf Ibiza angekommen», protestierte Emma, die jetzt von einem Fuß auf den anderen hüpfte.

«Okay, okay», gab Anna nach und suchte den Schlüssel unter einem Blumentopf.

«Nun, Kinder, willkommen in unserem neuen Zuhause.»

Mit vor Aufregung klopfenden Herzen - und der immer noch dröhnenden Techno-Musik im Hintergrund - betraten sie ihr neues Heim. Emma und Lukas rannten sofort die Treppe hinauf, um sich die Zimmer anzusehen, während Anna die untere Etage inspizierte.

Die Bilder auf der Website waren offenbar von einem sehr talentierten Fotografen aufgenommen worden, der ein Meister im Umgang mit Licht, Winkel und wahrscheinlich Photoshop war, dachte Anna als sie das Badezimmer betrat.

Die weißen Fliesen an der Wand waren nicht mehr ganz so weiß und hatten offensichtlich bessere Tage gesehen. Einige waren gesprungen, andere waren komplett verschwunden und hatten dunkle, verdächtige Flecken an der Wand hinterlassen.

«Ich hoffe, das ist nur Schimmel und keine außerirdische Lebensform», murmelte sie.

Die Küche war nicht besser. Es sah so aus, als hätte jemand eine Mahlzeit zubereitet und dann vergessen, aufzuräumen. «Oder war das vielleicht Teil der «rustikalen» Ausstattung», dachte Anna und verzog das Gesicht.

Oben hörte sie die Kinder streiten.

«Ich will das Zimmer mit dem Balkon!», schrie Emma.

«Nein, ich will es! Du hast beim letzten Mal das größere Zimmer bekommen!», protestierte Lukas. Anna seufzte. Das würde eine lange Nacht werden.

Doch als sie durch die Glastür in den Garten trat, vergaß sie für einen Moment all ihre Sorgen und Beschwerden. Es war, als würde sie in ein kleines Paradies treten. Ein wunderschöner runder Pool schimmerte verführerisch im Mondlicht, umgeben von blühendem Oleander und großen Palmen, die sanft im Nachtwind wiegten.

«Wahnsinn», flüsterte sie und ein Lächeln breitete sich auf ihrem Gesicht aus. Trotz des Lärms vom Klub nebenan, trotz des Zustandes des Hauses - dieser Moment machte alles wett.

«Ja, das ist wirklich cool!», stimmte Lukas zu, der neben ihr aufgetaucht war, mit einem großen Grinsen im Gesicht. Emma kam auch dazu, noch immer murrend, weil sie das Zimmer mit dem Balkon haben wollte.

«Seht euch das an, Kinder», sagte Anna und zeigte auf den Pool und den Garten. «Das ist unser kleines Paradies. Und ja, das

Haus ist ein bisschen runtergekommen und ja, der Klub ist laut, aber das macht es zu unserem Abenteuer, oder?»

Die Kinder jubelten und rannten zum Pool. Anna konnte nicht anders, als zu lachen. Ja, das Leben auf Ibiza würde definitiv anders sein und vielleicht, nur vielleicht, würde es auch besser sein. Zumindest, wenn sie einen guten Lärmschutz und einen zuverlässigen Klempner finden könnte.

Der Tag hatte sich endlos hingezogen, als hätte jemand die Zeit gedehnt und dann vergessen, sie wieder zusammenzuschrumpfen. Es war mittlerweile 22 Uhr, die Kinder waren müde und Anna konnte sich nur noch vage erinnern, was Schlaf eigentlich war. Ihr Kopf pochte rhythmisch im Takt der Basslines, die aus dem benachbarten Klub kamen.

«Kinder, es ist Schlafenszeit. Und Mama-Zeit», verkündete Anna und gähnte so ausgiebig, dass sie befürchtete, ihr Kiefer könnte ausrenken.

Das Streitgespräch über die Zimmerverteilung war noch nicht abgeschlossen, als Anna den ultimativen Lösungsvorschlag machte: Sie würden die Zimmer auslosen. Sie faltete zwei Zettel, schrieb «Gewonnen» auf den einen und «Verloren» auf den anderen und ließ Lukas ziehen.

Mit einem triumphierenden Grinsen zog er das Gewinnerlos und stolzierte in sein neues Reich.

«Siehst du, Emma. Ich habe dir doch gesagt, dass Jungen mehr Platz brauchen», erklärte er und schlug die Tür hinter sich zu.

«Kopf hoch, Emma. Dein Zimmer hat keine dunklen Flecken an der Decke», tröstete Anna ihre Tochter und wies auf die Vorteile ihres Zimmers hin.

«Und denk dran», fügte sie hinzu, «das nächste Mal ziehst du das Gewinnerlos.» Emma lächelte und nickte. Anna schaltete das Licht aus und schloss die Tür.

Sie ließ sich erschöpft auf ihr Bett fallen und genoss den Geruch frisch gewaschener Bettwäsche. Sie liebte diesen Duft, der nach Heimkommen und Geborgenheit roch. Es war fast, als würde das Bett sie umarmen und ihr sagen: «Herzlich willkommen, Anna. Du hast es geschafft.»

Mit geschlossenen Fenstern war der Lärm von der Klub-Musik zum Glück nur ein gedämpftes Wummern und die Klimaanlage - zu Annas Überraschung - funktionierte einwandfrei.

Als sie gerade die Augen schließen und sich dem süßen Schlaf hingeben wollte, hörte sie, dass ihr Handy in der Tasche vibrierte. Sie hatte es seit dem Aufbruch am Morgen nicht mehr beachtet. Es hatte sich eine kleine Armee von Nachrichten aufgestaut.

Mit einem Seufzer setzte sie sich auf und begann, die Nachrichten zu lesen.

Die erste Nachricht kam von ihrer Mutter: «Liebe Anna Maria, bist du gut angekommen? Ist alles in Ordnung? Bitte sag uns, dass du gut angekommen bist. Vater hat schon drei Mal die spanische Polizei anrufen wollen.»

Anna konnte sich ein Lächeln nicht verkneifen. Ihre Eltern, die offenbar jede Sekunde ihres Tages mit Sorge verbracht hatten.

«Ja, Mama, wir sind gut angekommen. Das Haus ist ... interessant. Und wir haben ein Nachtklub als Nachbarn.»

Die nächste Nachricht war von Felix: «Hallo Anna, wie geht es den Kindern? Haben sie den Flug gut überstanden? Wie ist das Haus? Soll ich aus China einen Reinigungstrupp schicken?»

«Die Kinder sind müde, aber glücklich. Der Flug war ... ereignisreich. Das Haus könnte tatsächlich einen chinesischen Reinigungstrupp gebrauchen. Aber wir werden es schon schaffen. Viel Glück in China.»

Nachdem sie die wichtigsten Nachrichten beantwortet hatte, ließ sie das Handy fallen und lehnte sich zurück. Sie war bereit für ihren ersten Schlaf im neuen Zuhause.

Das Handy vibrierte erneut. Es war eine Nachricht von ihrer Mutter: «Was meinst du mit «interessant»? Und was meinst du mit «Nachtklub»? Anna, bist du sicher, dass du das alles durchdacht hast?»

Anna lächelte, legte das Handy weg und schloss die Augen. Ja, sie war sicher. Und sie war bereit für dieses Abenteuer. «Gute

Nacht, Ibiza», murmelte sie und schlief ein, während draußen die Bässe wummerten.

Schnell versank sie in einen wirren Traum, der etwas mit Einhörnern, einer Armee von Ameisen und einer Techno-Party in ihrer Küche zu tun hatte.

Um drei Uhr morgens wurde Anna von dem unermüdlichen Bass, der immer noch durch die Wände wummerte, geweckt. Sie sah auf ihr Handy und stöhnte. «Ernsthaft? Wer feiert noch um diese Uhrzeit?», flüsterte sie und starrte zur Decke.

Immer wieder döste sie ein, nur um von weiteren skurrilen Träumen geweckt zu werden. Einmal fand sie sich in einem Speedboot-Rennen mit ihren Kindern gegen eine Gruppe von pensionierten DJs. Ein anderes Mal tanzte sie Flamenco mit einem überdimensionierten, redenden Oleanderstrauch, während die Ameisenkolonie aus ihrer Küche rhythmisch klatschte.

Als der Bass um fünf Uhr morgens endlich verstummte, fand Anna sich in einem neuen Traum wieder, in dem sie versuchte, den Klubbesitzer mit einer Pfanne zu verjagen. Sie lachte laut auf und wachte davon auf.

Die plötzliche Stille um sie herum war fast gespenstisch. Sollte sie sich eine neue Finca suchen? Das wäre der vernünftigste Weg, dachte sie. Aber wer hatte gesagt, dass sie vernünftig sein wollte?

DER ERSTE TAG

Anna erwachte bei strahlendem Sonnenschein, der durch die Jalousien in ihr Zimmer drang und ein Kaleidoskop aus Licht auf ihre Bettdecke zauberte. Ein Lächeln stahl sich auf ihr Gesicht, als sie sich ausstreckte und den Schmerz in ihrem Nacken ignorierte.

Etwas war anders. Es war ... still. Sie lauschte angestrengt, aber der wummernde Bass, der sie die halbe Nacht wachgehalten hatte, war verschwunden. Stattdessen hörte sie das leise Zwitschern von Vögeln und das sanfte Rauschen des Meeres.

«Oh, Ibiza, du Schönheit», sagte sie und sprang mit einem energischen Hüpfer aus dem Bett. Sie fühlte sich wie eine neue Frau, wie jemand, der gerade den besten Schlaf seines Lebens hatte - trotz der unruhigen Nacht.

Sie schob die Vorhänge beiseite und konnte nicht anders, als ein paar Tränen der Freude zu vergießen. Sie stand da, atmete tief ein und fühlte, wie Tränen ihre Augen füllten. «Wow», flüsterte sie. «Ich bin tatsächlich hier.»

Sie wischte die Tränen weg und lächelte. Sie hatte ihre Zweifel gehabt, sie hatte Ängste gehabt, aber jetzt, in diesem Moment, wusste sie, dass sie die richtige Entscheidung getroffen hatte.

Leise wie ein Schatten schlich Anna aus ihrem Schlafzimmer, vorbei an den Zimmern ihrer Kinder. Sie warf einen Blick hinein und musste lächeln. Emma und Lukas lagen da, tief schlafend, ihre Gesichter entspannt, die kleinen Brustkästen hoben und senkten sich gleichmäßig. Sie schliefen friedlich im Traumland, wo hoffentlich keine Techno-Ameisenparaden stattfanden. Wie zwei kleine Engel, dachte Anna und schloss leise die Türen.

Barfuß und mit federleichten Schritten ging sie in den Garten. Der Rasen war noch vom Morgentau feucht und glitzerte verlockend im Sonnenlicht. Der Pool glänzte einladend und das Wasser plätscherte leise vor sich hin. Die Blumen, bunt und duftend, streckten ihre Köpfe der Sonne entgegen und füllten die Luft mit einem süßen, betörenden Duft.

Anna konnte es kaum erwarten, sich auf die Gartenliege zu werfen. Sie tat es mit einer Grazie, die sie nicht von sich kannte. Sie hielt ihr Gesicht in die Sonne, schloss die Augen und atmete tief durch. Die Wärme kroch in ihre Haut und sie fühlte, wie die Anspannung der letzten Tage von ihr abfiel. Dies war der Moment, auf den sie gewartet hatte.

«Das Frühstück im Garten wird himmlisch», dachte sie und stellte sich vor, wie sie mit ihren Kindern am Tisch saß, frisch gepressten Orangensaft trank und Croissants aß. Es war ein Bild, das sie mit Glück erfüllte.

Sie wusste, dass das Leben auf Ibiza nicht immer so ruhig und friedlich sein würde. Es gab immer noch den wummernden Bass aus dem Klub nebenan. Aber für diesen einen Moment war alles perfekt.

Gerade als Anna dachte, dass diese Ruhe nicht zu toppen wäre, hörte sie hinter sich ein leises Schlurfen. Sie drehte den Kopf und dort stand Emma, mit ihrem Hasen im Arm und dem Daumen fest im Mund. Seitdem ihr Vater nach China gezogen war, hatte sie wieder begonnen, an ihrem Daumen zu nuckeln - ein alter, tröstender Reflex.

«Oh, mein Mäuschen», murmelte Anna und hob den Arm, um ihre Tochter auf die Liege zu ziehen. Die Kleine kletterte hinauf und kuschelte sich an ihre Mutter. Sie streichelte dabei den Hasen, als würde sie über ein echtes Tier streicheln.

«Alles in Ordnung, Em?», fragte Anna und strich ihrer Tochter über das Haar. Emma nickte, aber sie behielt den Daumen im Mund und sagte kein Wort.

Anna konnte sie verstehen. Alles war so neu und anders hier, es würde Zeit brauchen, bis sie sich an ihr neues Zuhause gewöhnt hatte. Sie nahm Emmas freie Hand und drückte sie.

«Weißt du, Em, es ist wie ein großes Abenteuer. Und weißt du, was das Beste an Abenteuern ist? Sie machen am Anfang immer ein bisschen Angst, aber am Ende haben sie die besten Geschichten zu erzählen.»

Emma schaute ihre Mutter an, nahm den Daumen aus dem Mund und sagte: «Wie die Prinzessin auf der Erbse, die auf all den Matratzen schlafen musste?»

Anna lachte. «Genau, mein Schatz, genau wie die Prinzessin auf der Erbse. Und wer weiß, vielleicht finden wir ja auch eine Erbse in einem unserer Betten.»

Emma lachte, ihre Augen funkelten und Anna wusste, dass sie auf dem richtigen Weg waren. Es würde eine Zeit der Anpassung sein, aber sie würden das schaffen. Zusammen.

«Mama, kann ich in den Pool gehen?» Emmas Augen strahlten, als sie den glitzernden Pool betrachtete.

Anna, die von der Sonne leicht schläfrig geworden war, öffnete ein Auge und sah ihre Tochter an. «Wir müssen erst mal einkaufen gehen, mein Schatz. Wir haben ja noch nichts im Haus. Aber danach könnt ihr in den Pool, versprochen.»

Emma schaute betrübt auf den Pool und dann wieder zu ihrer Mutter.

«Aber wir könnten doch einkaufen gehen, wenn ich im Pool war ...», versuchte sie zu verhandeln.

Anna lachte und schüttelte den Kopf. «Netter Versuch, mein Schatz, aber nein. Außerdem müssen wir auf Lukas warten, er schläft noch.»

Gerade als sie das sagte, hörte man ein lautes Gähnen und die Stimme von Lukas: «Was gibts zum Frühstück? Ich sterbe vor Hunger!»

Anna und Emma sahen sich an und lachten.

«Na, das klingt ja fast so, als wären wir wieder zu Hause», sagte Anna und setzte Emma auf den Boden. «Kommt, lasst uns den Supermarkt unsicher machen.»

«Wird der Supermarkt wie der bei uns sein, Mama?» Emma sah ihre Mutter neugierig an.

«Ich weiß es nicht. Aber es wird bestimmt ein Abenteuer, das herauszufinden.» Anna zwinkerte ihrer Tochter zu und zusammen machten sie sich auf den Weg ins Haus, bereit für ihre nächste Herausforderung: das Einkaufen auf Ibiza.

Anna stand unter der Dusche und starrte auf den Schimmel an der Decke, der ihr ein Dorn im Auge war. Er bildete ein seltsames Muster, das sie an ein abstraktes Gemälde erinnerte - allerdings eines, das sie am liebsten aus der Galerie verbannen wollte. Sie nahm sich vor, direkt nach dem Frühstück mit dem Vermieter zu sprechen.

In der Küche waren Emma und Lukas bereits voll im Einsatz. Sie hatten eine Ameisenstraße entdeckt und waren eifrig dabei, eine Umleitung zur Terrasse zu bauen. Sie hatten Kekskrümel als Wegweiser ausgelegt und zogen Stühle als Barrieren hoch, um die Ameisen in die richtige Richtung zu lenken.

«Schau mal, Mama, die Ameisen sind total clever!», rief Emma.

«Das sehe ich, Schatz.» Anna lachte und wunderte sich, wie ihre Kinder es schafften, selbst in einer Ameiseninvasion noch ein Abenteuer zu sehen.

In der Zwischenzeit hatte Lukas in den Schränken gekramt und eine elektrische Orangenpresse gefunden.

«Sieh mal, Mama, wir können frischen Orangensaft machen!» Seine Augen leuchteten vor Begeisterung.

Auf dem zerschrammten Esstisch stand eine große Obstschale voll mit duftenden Orangen, die der Vermieter als Willkommensgeschenk hinterlassen hatte.

«Das ist ja eine nette Begrüßung. Die kommen bestimmt aus unserem Garten. Dort habe ich ein paar Orangenbäume gesehen.»

Anna hatte die Absicht, sich einen Kleinwagen zu kaufen, aber bis dahin mussten sie alles zu Fuß oder mit dem Taxi erledigen. Also griff sie zum Handy und suchte nach dem nächsten

Supermarkt. Laut Google Maps war er nur ein Katzensprung von ihrem Haus entfernt.

«Wir müssen stark sein, Kinder. Wir sind jetzt Fußgänger, wir trotzen den Elementen, wir ...» Annas motivierende Rede wurde von wildem Geschrei unterbrochen.

Bereits nach wenigen Metern wurde das Gequake der Kinder lauter, weil die Sonne gnadenlos vom Himmel knallte und ihre kleinen Mägen vernehmlich knurrten. «Mama, ich bin müde. Können wir ein Taxi nehmen?», jammerte Emma.

«Und ich hab Hunger!», warf Lukas ein.

Um ihre Kinder bei Laune zu halten, versprach sie ihnen ungesunde Leckereien. «Wenn wir da sind, könnt ihr euch jeder eine Tüte Gummibärchen und ein Eis aussuchen. Wie klingt das?» Das schien die Laune der Kinder zu heben und sie marschierten tapfer weiter.

Im Supermarkt, der die Größe eines kleinen Kaufhauses hatte und in dem es anscheinend wirklich alles gab, von frischem Obst und Gemüse bis hin zu Pool-Zubehör und Sonnenhüten, war es herrlich kühl. Aber es roch seltsam - eine Mischung aus frischem Fisch, der wohl direkt von den nahe gelegenen Fischerbooten kam und Putzmitteln, die gerade zum Einsatz gekommen waren.

«Mama, warum riecht es hier so komisch?», fragte Lukas und verzog das Gesicht.

Anna lachte. «Das ist der Duft des Abenteuers, mein Schatz. Jetzt lass uns mal sehen, ob wir alles finden, was wir brauchen. Und vergesst nicht: Ihr dürft euch was aussuchen!» Sie griff nach einem Einkaufswagen und sie starteten ihre Expedition durch die fremde Supermarkt-Landschaft von Ibiza. Es war ein bisschen wie eine Schatzsuche.

«Ich nehme das Schokoeis!», rief Lukas, während Emma ihre Mutter an der Hand zog, um sie zu den bunten Frühstückscerealien zu führen.

Was als friedliche Mission begonnen hatte, war bald in ein absolutes Chaos ausgeartet. Die Kinder, zunächst von der Vielfalt der neuen Lebensmittel und exotischen Aromen abgelenkt, vergaßen bald Annas Ermahnungen und gaben sich ihren eigenen Abenteuern hin.

Zuerst war Emma verschwunden. Sie hatte sich plötzlich in Luft aufgelöst. Ihr Verschwinden löste eine panische Suche aus, bei der sowohl Verkäuferinnen als auch Kunden halfen. Annas Herz raste und ihre Gedanken überschlugen sich. War Emma verloren gegangen? Wurde sie entführt? Hatte sie sich verletzt? Anna rief laut Emmas Namen durch die Gänge. Verkäuferinnen und Kunden, angezogen von der verzweifelten Mutter, schlossen sich der Suche an, durchkämmten Regale und prüften alle versteckten Ecken.

In einem abgelegenen Regal entdeckte Anna schließlich ihre Tochter, die dort saß und mit einem Hasen kuschelte - dem einzigen Hasen, der noch nicht völlig zerzaust war.

Annas Erleichterung war genauso groß wie ihr Ärger. Emma schaute sie mit unschuldigen Augen an und sagte: «Mama, darf ich ihn haben? Er ist so flauschig!»

Noch bevor Anna antworten konnte, hörte sie einen lauten Knall und das Klirren von Glas. Lukas, ihr kleiner Abenteuerjunge, hatte es geschafft, eine Brauseflasche auf den Boden fallen zu lassen. Ein See aus prickelnder Brause und Glasscherben breitete sich auf dem Boden aus. Lukas, der normalerweise den mutigen Abenteurer spielte, bekam einen Heulanfall, weil er dachte, dass er die Flasche und die Reinigung bezahlen musste.

Nachdem Anna Lukas beruhigt und die Verkäuferin versichert hatte, dass sie für den Schaden aufkommen würden, war Anna restlos erschöpft.

Mit einem vollen Einkaufswagen, einem zerzausten Hasen, einem beruhigten Sohn und völlig gestresst, war Anna froh, endlich den Supermarkt verlassen zu können. Der Traum vom ruhigen Frühstück im Garten war plötzlich so verlockend wie nie zuvor.

«Das nächste Mal», murmelte Anna «bestelle ich online!» Die Kinder lachten und Anna konnte nicht anders, als mitzulachen.

Mit vier schweren Tüten und genug Gefriergut, um den Nordpol zu kühlen, winkte Anna ein Taxi heran. Der Fahrer, ein großer, strahlender Mann mit schelmischem Lächeln, half ihr dabei, die Einkäufe in den Kofferraum zu heben.

Kaum waren sie eingestiegen, begann der Fahrer in einem rasanten Tempo zu sprechen, wobei er seine Worte mit einem Lachen würzte, das an das Wiehern eines fröhlichen Pferdes erinnerte. Anna konnte nur wenig von seinem breiten Spanisch verstehen, aber seine Fröhlichkeit war ansteckend. Oder wäre es gewesen, wenn die Klimaanlage nicht gewesen wäre, die anscheinend in den Ferien war. Anna konnte förmlich spüren, wie das Gefriergut in den Tüten schmolz und ihr T-Shirt an ihrem Rücken klebte. Ihr Gesicht glühte und Schweißperlen sammelten sich auf ihrer Stirn. Sie fühlte sich wie eine Tomate im Gewächshaus.

Aufmerksam beobachtete Emma den Spanier mit großen Augen und begann dann, seine Gesten und sein Lachen nachzuahmen. Jedes Mal, wenn der Fahrer lachte, lachte sie auch, ihr Lachen war ein überraschend gutes Echo seines Pferde-Wieherns. Anna musste sich auf die Lippe beißen, um nicht laut zu lachen.

Lukas, der sich entschieden hatte, seine Spanischkenntnisse zu testen, wandte sich an den gut gelaunten Mann und fragte: «Cómo estás?»Es war der einzige Satz, den er bisher gelernt hatte, und er benutzte ihn mit einer Hartnäckigkeit, die nur ein Kind haben konnte. Der Fahrer antwortete jedes Mal mit einem frohen «Muy bien!» und einem herzhaften Lachen, das Emma sofort nachmachte.

Als sie endlich zu Hause ankamen, waren die Tüten durchweicht und das Gefriergut Pudding.

Als Anna aus dem Taxi stieg, fiel ihr Blick auf eine ältere Dame, die vor ihrem Haus stand. Sie trug einen Korb in der Hand und warf prüfende Blicke auf das Gebäude.

«Das ist ja wie in einem schlechten Film», murmelte Anna und versuchte ihr Lächeln aufrechtzuerhalten. Die Dame stellte sich als Pilar, ihre Nachbarin vor. Die aufmerksame Frau, die ein sehr gutes Deutsch sprach, hatte offenbar ihre Ankunft bemerkt und war mit einem Willkommenskorb voller hausgemachter Leckereien vorbeigekommen. Ihr Hut, der mit einer Kette von bunten Blumen geschmückt war, passte perfekt zum charmanten, wenn auch leicht verschrobenen, Erscheinungsbild von Ibiza.

«Pilar, wie die Pfeiler einer Brücke, die Gemeinschaften verbindet!», erklärte sie fröhlich.

Der Korb war schwer und roch unglaublich lecker, aber Anna konnte nicht anders, als innerlich zu seufzen. Sie war müde und hungrig. Das Letzte, was sie jetzt brauchte, war Small Talk mit einer aufgedrehten Nachbarin.

Aber sie konnte die freundliche Frau schlecht vor der Tür stehen lassen, also bat sie sie herein. Während Pilar ihr alles Mögliche über das Haus, die Nachbarschaft und ihren speziellen Kaktusgarten erzählte, drückte Anna Lukas den Willkommenskorb in die Hand und gab ihm einen Wink, das Frühstück zuzubereiten.

Pilar nahm keinen Anstoß an den aufgeregten Kindern oder dem chaotischen Zustand des Hauses. Sie plapperte einfach weiter, während Anna um sie herum wuselte und versuchte, das Frühstück zuzubereiten und die Einkäufe zu verstauen.

Es war ein Marathon von einem Morgen. Aber als Anna schließlich auf ihrer Terrasse saß, einen dampfenden Kaffee in der Hand, ihre Kinder, die ihr Frühstück genossen und ihre Nachbarin, die immer noch über ihren Kaktusgarten sprach, konnte sie nicht anders als lächeln.

Pilar war nicht nur eine ehemalige Flamenco-Tänzerin, sondern auch eine Expertin in Sachen Dramatik. In den vergangenen zwei Stunden hatte sie Geschichten aus ihrem bunten Leben erzählt, das mehr Wendungen hatte als eine Tarantino-Trilogie. Sie war dreimal verheiratet gewesen. Ihr erster Ehemann war ein berühmter spanischer Schauspieler, dessen Namen Anna noch nie gehört hatte. Pilar behauptete, er sei der George Clooney Spaniens gewesen. Anna konnte sich nur ein Lächeln verkneifen.

Währenddessen klingelte Annas Handy ständig. Es waren wahrscheinlich Nachrichten von ihren Eltern, Felix und von Leuten, die sie gerade in diesem Moment absolut nicht sprechen wollte. Aber Pilar war nicht zu stoppen.

Die Temperatur stieg stetig an und Anna hätte am liebsten ihre Füße in den Pool gehalten, genau wie Emma und Lukas, die kreischten und prusteten. Aber sie war in ihrem eigenen Haus in Geiselhaft genommen worden, von einer Dame, die offenbar ein Fass voller Geschichten hatte, das nie leer zu werden schien.

«Ich muss dann mal...», begann Anna, doch Pilar unterbrach sie mit einem Schwung ihrer Hand und einer Miene, die sagte: «Schweigen, Kind und höre die Weisheit der Älteren.»

«Und dann, mein Liebling, hat er mir die teuersten Diamantohrringe gekauft, die du je gesehen hast!», plauderte Pilar weiter, während Anna in ihrer Handtasche nach Kopfschmerztabletten suchte. Doch bevor sie welche fand, hatte Pilar schon das nächste Kapitel ihres Lebens aufgeschlagen.

«Du siehst also, meine Liebe, mein dritter Ehemann, Esteban... ach, Esteban!» Pilar schwelgte in Erinnerungen, während sie einen weiteren Schluck von ihrem vierten Café con Leche nahm. Anna hörte nur mit halbem Ohr zu, während sie die Kinder beobachtete, die fröhlich im Pool planschten und ihr Handy im Blick behielt, das sich wie ein epileptischer Wecker aufführte und pausenlos klingelte.

«Esteban war ein wahrer Don Juan, oh, und was für ein Tänzer! Wir haben zusammen die Bühnen Europas erobert! Er hatte so ein Feuer, so eine Leidenschaft ... aber natürlich hat er mich betrogen. Mit dieser Blonden aus der Maske, kannst du dir das vorstellen? Als ob die jemals Flamenco tanzen könnte! Aber ich habe ihm vergeben. Du weißt schon, wie das ist, wenn man jung und verliebt ist ...»

Anna versuchte nicht die Augen zu verdrehen. Sie hatte genug von Männern. Ihr Handy klingelte erneut und sie sah, dass es wieder einmal ihre Eltern war. Sie ignorierte es und versuchte, Pilar zuzuhören, aber ihre Gedanken schweiften ab.

War es normal, dass das Thermometer 35 Grad anzeigte?

«Also, meine Liebe, ich muss mich jetzt verabschieden. Ich habe einen Termin bei Don Rafael. Er ist der beste Wunderheiler auf der ganzen Insel und wird meine Warzen behandeln. Offenbar kann er das nur während des Vollmonds. Interessant, nicht wahr?» Pilar stand auf und gab Anna einen doppelten Wangenkuss, bevor sie ihren leeren Korb nahm und aus der Tür hinausging.

Kaum hatte Pilar das Haus verlassen, stürzte Anna in den Pool, voll bekleidet und mit einem lauten Platschen. Das kühle Wasser war genau das, was sie nach dem langen und seltsamen Vormittag brauchte. Sie tauchte unter, schloss die Augen und genoss die Stille unter Wasser.

An der Oberfläche sorgte ihr abrupter Abgang für Aufregung. «Mama ist verrückt geworden!», rief Lukas und lachte, während Emma freudig platschend mitmachen wollte. Anna tauchte auf, schnappte nach Luft und lachte mit ihnen.

«Wartet mal, Kinder. Hat eure Mutter euch nicht gesagt, dass sie als Kind eine professionelle Wasserspringerin war?» Sie grinste und spritzte sie mit Wasser an, was die Lacher noch lauter machte.

Endlich fand Anna die Zeit, ihr Handy zu checken und bemerkte die stolze Anzahl von vierundzwanzig verpassten Anrufen. Fast alle waren von ihren Eltern. Mit noch feuchten Haaren und in ihrem tropfenden Kleid rief sie ihre Eltern an.

«Gott sei Dank, Anna Maria, wir haben uns Sorgen gemacht! Ist alles in Ordnung? Sind die Kinder okay?» Die Stimme ihrer Mutter klang durch das Telefon panisch und atemlos.

«Entspann dich, Mama», sagte Anna und lehnte sich in ihrem Liegestuhl zurück, während Emma und Lukas sich im Hintergrund prustend und spritzend verfolgten. «Wir sind alle gesund und munter. Es war nur ein etwas ... turbulenter Vormittag.»

Sie erzählte ihrer Mutter die Ereignisse des Tages, vom frühen Morgen bis zur unerwarteten Begegnung mit Pilar, der flamenco-tanzenden, warzenbeladenen Nachbarin. Ihre Mutter lachte herzlich und sagte dann: «Ach, Anna, du findest immer Abenteuer, egal wo du bist!»

«Tja, Mama, so bin ich eben. Ich bin ein Magnet für das Ungeplante, das Unvorhergesehene und das Unglaubliche.» Sie lachte und ihre Mutter stimmte ein. Trotz der Distanz und der Tatsache, dass sie sich vorerst nicht sehen konnten, fühlte sich Anna durch das Telefonat sehr verbunden mit ihrer Familie.

«Gut, dass ihr Spaß habt», sagte Bianca ernst. «Aber bitte denk daran, uns regelmäßig zu informieren. Dein Vater hat schon überlegt, das Außenministerium anzurufen.»

«Oh Mann, sag Papa, er soll nicht so ein Drama machen. Es ist nicht so, als wäre ich auf einer verlassenen Insel gestrandet. Ich melde mich morgen wieder, versprochen.»

«Okay, mein Schatz. Wir lieben dich und sind stolz auf dich. Pass auf dich und die Kinder auf.»

Mit einem Lächeln auf den Lippen legte Anna auf. Sie liebte ihre Eltern, auch wenn sie manchmal zu besorgt waren.

Anna schickte Felix ein paar Bilder ihrer Kinder, die im Pool spritzten und paddelten. Sie betitelte die Bilderserie mit «Das nächste Olympia-Synchronschwimmteam», obwohl das älteste Kind gerade erst den Froschsprung perfektioniert hatte und das jüngste sich noch im Stadium des überzeugten Planschers befand.

«Ich hoffe, dein Hotelzimmer hat auch einen Pool. Die Kinder wollten, dass ich dir dies schicke, falls du Inspiration für deine morgendlichen Bahnen brauchst», schrieb sie mit einem Schmunzeln.

Nachdem die digitale Post abgeschickt war, wandte sie sich endlich der Berglandschaft aus Koffern zu, die ihren Flur in eine Art Himalaja-Ersatzlandschaft verwandelt hatte. Man hätte schwören können, dass sie die Gipfel der jeweiligen Koffer schon mit kleinen Flaggen kennzeichnen konnte. Mit einem Seufzen rollte sie die Ärmel hoch.

Anschließend machte sie sich daran, das Haus zu putzen. Und was für ein Putzen es war. Mit der Effizienz eines professionellen Reinigungsteams und der Hartnäckigkeit einer Mutter, die gerade eine Wasserschlacht überstanden hatte, bewaffnete sie sich mit Putzmitteln und Mikrofasertüchern.

Die Fliesen im Badezimmer leuchteten bald wieder, der Küchenboden knisterte unter ihren Füßen und das Wohnzimmer roch nach frischer Zitrone. Es war eine wunderbare Veränderung.

Nachdem Anna ihren letzten Sturzangriff auf eine besonders hartnäckige Staubflusenfamilie unter dem Sofa abgeschlossen hatte, sank sie erschöpft auf die Liege und gönnte sich einen wohlverdienten, eiskalten Eistee. Doch kaum hatte sie den ersten Schluck genommen, ertönte die Türklingel. Ihr neues, nicht sehr melodisches Wecklied.

Als sie die Tür öffnete, stand dort ein Mann, der wie das menschgewordene Spanien aussah. Ein verblasster Strohhut saß wie ein gedrungener Sonnenschirm auf seinem Kopf, die Haut erinnerte an ein gut gebratenes Hähnchen und in einem Korb neben dem Fremden, der aussah, als hätte er mehr erlebt als viele Abenteuerromane erzählen könnten, glänzten verschiedene Obstsorten, die so farbenfroh leuchteten, dass es wie eine Ausstellung im Louvre aussah. Der Mann hätte das perfekte Modell für ein nostalgisches Reiseplakat abgegeben.

«Hola!», begrüßte er die junge Mutter mit einer solchen Begeisterung, als hätte er einen lang verlorenen Freund gefunden und reichte ihr den Korb.

«Willkommen in der Nachbarschaft!», sagte er in einem guten Deutsch.

Anna zog die Augenbrauen hoch. «Na, da habe ich ja den Jackpot der ländlichen Willkommenskomitees geknackt», murmelte sie.

Mit einem Lächeln und einem freundlichen Nicken ließ sie ihn ins Haus. Als er die Schwelle überquerte, sah er sich in dem makellosen Raum um und nickte zufrieden. «Ein sauberes Haus ist das Zeichen einer aufgeräumten Seele.»

«Hat das Picasso gesagt oder Bob der Baumeister?», überlegte Anna grinsend.

Er stellte sich als Emilio vor, der Nachbar von nebenan, und ehe sie etwas sagen konnte, hatte er sich bereits in die frisch gesäuberte Finca eingeladen und fing an zu erzählen. Er war ein ehemaliger Stierkämpfer, erzählte er, mit der gleichen Begeisterung, als wäre er ein Astronaut auf dem Mond gewesen.

Er sprach mit der Geschwindigkeit eines Auktionshauses, kombiniert mit der Leidenschaft eines begeisterten Fußballkommentators. Zwischen Worten über seine Zitronenbäume und dem ehemaligen Beruf als Stierkämpfer kam Anna kaum zu Wort.

«Stierkämpfer?», wiederholte sie ungläubig, als er eine Pause einlegte, um Luft zu holen.

«Si» winkte er ab. «Aber das war vor langer Zeit. Bevor meine Frau meinte, dass ich mir besser Hobbys suchen sollte, die nicht dazu führen könnten, dass ich von einem wütenden Tier aufgespießt werde. Jetzt verbringe ich meine Tage mit der Pflege meiner Orangenbäume und dem Stutzen meiner Rosen.»

Anna versuchte zu lächeln und nickte, während Emilio Details über verschiedene Stiere teilte, deren Namen sich anhörten wie ein Aufgebot von Kampfjets und dessen Geschichten vermutlich in einer Sammlung mit dem Titel «Emilios haarsträubende Abenteuer im Ring» veröffentlicht werden könnten.

Voller Leidenschaft erzählte er jedes Detail von den Bändern seiner Capes bis hin zur Farbe des Sandes, so als ob er gerade gestern aus der Arena getreten wäre.

Während er sprach, dachte Anna: «Oh Gott, ein weiterer Redner. Mit Pliar und ihm könnte man ein ganzes Radioprogramm füllen!»

Anna schenkte ihm ein höfliches Lächeln, während sie sich geistig auf einen Marathon von Anekdoten, Metaphern und Stierkampf-Weisheiten vorbereitete. Ihre Putzkarriere hatte schon anstrengende Momente gehabt, aber dieser Nachmittag könnte sie auf eine ganz neue Stufe bringen.

Ihr versuchtes Lächeln erstarrte jedoch, als Emilio anfing, die Bewegungen seiner glorreichen Kämpfe im Wohnzimmer nachzustellen, wobei er sehr nahe an ihre frisch geputzten Fenster kam.

«Und hier habe ich El Toro Furioso mit einem eleganten Verónica ausgetrickst», erklärte er, während er mit imaginären roten Tüchern durch das Wohnzimmer tänzelte. Anna konnte nur hoffen, dass der «Verónica» nicht mit einem zerschmetterten Fenster endete.

Anna beäugte Emilio mit neugierigem Blick. Das hatte sie noch nie erlebt. Ein ehemaliger spanischer Stierkämpfer, der jetzt als obstliebender Hobbygärtner im Ruhestand lebte und Deutsch sprach, als hätte er sein Leben in einem Biergarten in Bayern verbracht.

«Emilio», begann sie, nachdem sie einen weiteren Schluck von ihrem eiskalten Getränk genommen hatte, «warum um alles in der Welt sprechen Sie so gut Deutsch? Sie haben nicht zufällig einen verschollenen deutschen Bruder oder eine verborgene Leidenschaft für Schwarzwälder Kirschtorte?»

Emilio lachte herzhaft, während er sich den Strohhut vom Kopf zog und seine grauen Haare glattstrich.

«No, no. Kein verschollener Bruder. Und die Schwarzwälder Kirschtorte ist zwar sehr lecker, aber mein Geheimnis ist es nicht. Ich habe ein paar Jahre in Deutschland gelebt und gearbeitet. Wissen Sie, in meiner Jugend war ich besessen vom Fußball, insbesondere vom FC Bayern München. Ich habe alle ihre Spiele verfolgt, habe alles über die Mannschaft gelesen, was ich in die Hände bekam. Und dann, als ich ein bisschen älter war, bekam ich die Möglichkeit, nach Deutschland zu gehen und dort zu arbeiten. Ich dachte, das wäre eine großartige Gelegenheit, die Kultur kennenzulernen, die ich durch den Fußball so lieben gelernt habe.»

Anna schnaubte. «Sie meinen also, dass Franz Beckenbauer und Gerd Müller Ihre Deutschlehrer waren? Das ist eine ziemlich coole Geschichte.»

Emilio zuckte mit den Schultern und lächelte bescheiden.

«Si, das waren sie auf eine Art und Weise. Und glauben Sie mir, wenn Sie versuchen, einem spanischen Stierkämpfer beizubringen, wie man 'Tor' auf Deutsch schreit, dann lernen Sie auch ein paar andere Worte dazu.»

Während Emilio seine lebhaften Geschichten erzählte, schlummerten Emma und Lucas friedlich in Annas Bett. Das ständige Toben im Pool und die Überflutung mit all den neuen Eindrücken hatten sie k. o. geschlagen. Sie schliefen so fest, dass nicht einmal der Lärm eines vorbeifliegenden Jumbojets sie hätte wecken können - geschweige denn Emilios enthusiastisches Erzählen.

Anna hätte diese ungewöhnlich friedliche Ruhe im Haus gerne genossen. Vielleicht mit einem guten Buch in der Hand, aber nein, stattdessen saß sie hier mit Emilio, der sie mit Geschichten aus seiner Stierkampfzeit bombardierte und Anekdoten über seine Begegnungen mit berühmten Fußballspielern auspackte. Sie konnte sich nicht erinnern, wann sie das letzte Mal so viel über Fußball gelernt hatte. Und das, obwohl sie eigentlich überhaupt kein Fußballfan war.

Aber es war ihr wichtig, ein gutes Verhältnis zu ihren Nachbarn zu haben. Sie hatte zu Hause schon genug schlechte Erfahrungen mit muffigen Nachbarn gemacht, die sich beschwerten, wenn ihre Kinder zu laut spielten oder wenn sie ihre Wäsche zu früh aufgehängt hatte. Emilio war zwar ein bisschen viel, aber er war nett und auf seine eigene Art unterhaltsam.

Und außerdem war sie froh, dass er Deutsch sprach. Ihre Spanischkenntnisse waren so rudimentär, dass sie Probleme hatte, eine Paella zu bestellen, ohne dabei unfreiwillig eine Gans zu erwerben.

Also setzte sie ihr bestes Lächeln auf und hörte weiter zu, wie Emilio von dem Mal erzählte, als er fast von einem besonders wütenden Stier aufgespießt worden wäre. Und sie musste zugeben, dass sie trotz allem ein bisschen beeindruckt war.

Sie hätte nie gedacht, dass sie jemals einen pensionierten Stierkämpfer treffen würde, der sich als Deutsch sprechender Fußballfanatiker herausstellen würde.

Der erste Tag in ihrer neuen Heimat war nicht langweilig. Der Besuch war eine neue Inspiration für ihren bevorstehenden Beschwerdebrief an den Vermieter: «PS: Bitte informieren Sie die Mieter vorab über mögliche Besuche von ehemaligen Stierkämpfern.»

Kaum hatte sich die Haustür hinter Emilio geschlossen, ertönte ein Geräusch, das Anna nur zu gut kannte. Ein kleiner Dinosaurier? Nein, es war der hungerbedingte Aufschrei ihres Sohnes Lukas, der aus seinem Nachmittagsschlaf erwacht war.

Lukas kam mit roten Wangen die Treppe heruntergestürmt, seine Haare standen in alle Richtungen ab, wie die eines wütenden Stachelschweins.

«Mama, ich hab' Hunger!», verkündete er, während er seinen Bauch hielt, als würde er seit Wochen nichts mehr gegessen haben.

Während Anna damit beschäftigt war, einen Teller mit frischem Obst aus Emilios Korb vorzubereiten, erzählte sie Lukas von ihrem Nachmittagsbesuch. Als sie erwähnte, dass Emilio ein ehemaliger Stierkämpfer war, verschluckte Lukas sich fast an einem Apfelstück.

«Echt? Ein echter Stierkämpfer?» Er sah sie mit großen, staunenden Augen an. «Wie die Helden aus meinen Comics?»

Anna lachte. «Na ja, ich weiß nicht, ob Stierkämpfer fliegen oder Laseraugen haben können, aber ja, er hat gegen echte Stiere gekämpft.»

Lukas' Augen wurden noch größer, und sein Mund formte ein beeindrucktes «Wow». Seine kindliche Fantasie malte wahrscheinlich gerade ein Bild von Emilio, wie er heldenhaft in einer Arena stand, mit einem wütenden Stier vor ihm und einer jubelnden Menge um ihn herum.

«Ich muss ihn kennenlernen!» Lukas war so begeistert, dass er sogar sein Obst stehen ließ, um sofort hinaus zu stürmen und Emilio zu suchen.

Anna zog ihn lachend zurück. «Geduld, kleiner Mann. Du wirst Emilio sicherlich noch oft genug sehen. Aber erst einmal musst du was essen. Stierkämpfer müssen schließlich stark sein, oder?»

Mit einem breiten Grinsen auf seinem Gesicht stimmte Lukas zu und machte sich über seine Früchte her, während er vielleicht von aufregenden Abenteuern mit seinem neuen Helden, dem Stierkämpfer, träumte.

Kaum war Lukas mit seiner Obstplatte fertig, da kam Emma, ihre kleine Prinzessin, mit zerzausten Haaren und noch halb geschlossenen Augen die Treppe heruntergetapst. Sie sah ihren Bruder mit großen Augen an, die immer noch das Leuchten des Heldenkults zeigten.

«Als wir geschlafen haben, war hier ein Stierkämpfer zu Besuch», meinte Lukas noch immer aufgeregt.

«Ist das wahr, Mama? Haben wir einen echten Stierkämpfer zum Nachbarn?» Lukas nickte eifrig und machte einen Versuch, den heldenhaften Kampf von Emilio mit einem imaginären Stier nachzustellen.

«Noch besser», erklärte Anna, während sie versuchte, ein Lächeln zu unterdrücken, «wir haben einen Stierkämpfer, der leckeres Obst bringt.»

«Können wir jetzt endlich zum Strand gehen, Mama?», fragte Emma mit ihrer süßen Stimme, die noch vom Schlaf umhüllt war.

Zwar hatte Anna geplant, dem Vermieter einen gehörigen Einlauf zu verpassen. Sie hatte sogar schon eine Liste mit all den Dingen vorbereitet, die sie ihm an den Kopf werfen würde - vom schmutzigen Boden bis zu den unauffindbaren Besteckteilen, aber als sie in die aufgeregten Gesichter ihrer Kinder blickte, wusste sie, dass der Anruf warten musste.

«Natürlich, ihr Süßen. Lasst uns zum Strand gehen», sagte Anna und legte ihre Liste beiseite. Die Kinder jubelten und rannten los, um ihre Badesachen zu holen.

Die nächsten Stunden verbrachten sie mit Burgen bauen, Wellen springen und Muscheln sammeln. Emma war begeistert von den kleinen Krebsen und Lukas war fasziniert von den Wellen, die immer wieder gegen seine Sandburgen prallten.

Der Ärger über das schmutzige Haus und die stressige Anreise waren für einen Moment vergessen, als Anna ihre Kinder lachen sah und die salzige Meeresbrise ihre Sorgen wegwehte.

Frisch aus dem Meer und mit Sand in jeder Falte und Ritze kehrte die kleine Familie in ihr neues Zuhause zurück. Die Haut der Kinder war leicht gerötet, und sie trugen ein Funkeln in den Augen, das nur ein Tag am Strand hervorrufen konnte.

Anna machte sich daran, das Lieblingsessen ihrer Kinder zuzubereiten: Spaghetti. Die Küche wurde erfüllt vom vertrauten Geruch von Tomatensoße und frisch gekochten Nudeln.

Während das Nudelwasser zum Kochen anhob, lehnte Anna sich an die Küchentheke und ließ ihre Gedanken schweifen. Sie dachte an ihr altes Leben in Berlin, an die Hektik und das ständige Summen der Großstadt. Sie vermisste es nicht. Nein, tatsächlich war sie froh, diesem endlosen Rennen entkommen zu sein.

Es fühlte sich so anders an, im Garten ihrer neuen Heimat auf Ibiza zu essen, anstatt in ihrer vertrauten Berliner Altbauwohnung. Sie mussten hier nicht auf überfüllte Spielplätze gehen oder den Verkehrslärm aushalten, der ihre Berliner Wohnung nie wirklich verlassen hatte. Stattdessen hatten sie hier einen riesigen Garten, das Meer und, naja, einen pensionierten Stierkämpfer als Nachbarn.

Aber es gab jemanden, den sie sehr vermisste. Felix. Er war weit weg, in einem Land, das so anders war als das, was sie kannte. Sie hatten sich getrennt, aber es fühlte sich immer noch an, als wäre ein Teil von ihr mit ihm gegangen. Hatte sie die richtige Entscheidung getroffen, sich von ihm zu trennen? War es richtig, die Kinder aus ihrer gewohnten Umgebung herauszureißen, um sie abzulenken?

Diese Fragen schwirrten in ihrem Kopf herum, während sie das Abendessen zubereitete. Aber dann hörte sie das Lachen ihrer Kinder, die im Garten spielten, und sie wusste, dass sie zumindest etwas richtig gemacht hatte.

«Hey, Mama! Kann Emilio mal zum Abendessen kommen?», rief Lukas aufgeregt. Anna lachte.

«Natürlich, mein Kleiner. Aber erst, wenn du versprichst, dass du ihn nicht nach Stierkampf-Tricks fragst. Ich möchte nicht, dass du beim Spielen mit den anderen Kindern versuchst, ein Stier zu sein.»

Lukas versprach es und rannte lachend davon, seine Schwester Emma im Schlepptau. Anna schüttelte lächelnd den Kopf und konzentrierte sich wieder auf ihre Spaghetti. Sie war nicht sicher, was die Zukunft bringen würde, aber für den Moment, mit dem Lachen ihrer Kinder im Hintergrund, fühlte sie sich genau richtig. Sie waren hier, sie waren zusammen, und das war alles, was zählte.

Anna saß mit ihren Kindern am Gartentisch, umgeben von der sanften Abendbrise, die den Duft der nahe gelegenen Blumen und des frisch gekochten Essens trug. Lukas und Emma langten eifrig in die dampfenden Spaghetti, ihr Gespräch sprudelte genauso schnell wie ihr Appetit.

«Mama, können wir für immer hierbleiben? Ich will nicht zurück zu den lauten Autos und der stinkenden Luft. Ich will hierbleiben, wo es Palmen und Strände gibt und Stierkämpfer», sagte Lukas zwischen zwei Bissen und kaute auf einer Gabel Spaghetti herum, seine Augen leuchteten im sanften Licht der Abendröte.

«Und was ist mit dir, Emma? Wie gefällt es dir hier?»

Emma zuckte die Schultern. «Ich mag es hier», sagte sie. «Aber ich vermisse Mia und Papa.» Ihre Stimme wurde leise, als sie das letzte Wort sagte.

Anna nickte verständnisvoll. «Das kann ich gut verstehen, Emma. Und du weißt, wir können immer mit Mia und Papa telefonieren, wenn du sie vermisst.»

Gerade als sie das sagte, klingelte Annas Handy auf dem Tisch. Sie sah Felix' Namen auf dem Display und musste schmunzeln.

«Sieh mal, wer da anruft.» Sie hielt das Handy so, dass die Kinder es sehen konnten.

Emma und Lukas tauschten überraschte Blicke aus, und dann fingen sie beide an zu lachen. «Das ist doch Zauberei, Mama!», rief Lukas, während Emma nur kicherte.

Anna nahm das Gespräch an. «Hallo Felix. Wie geht es dir?»

Während sie mit Felix sprach, konnte sie nicht anders, als ein Lächeln zu unterdrücken. Die Kinder saßen gespannt da und lauschten mit großen Augen.

Felix' Gesicht auf dem Bildschirm sah aus, als hätte er den letzten Sonnenuntergang vor einer Ewigkeit gesehen. Er sah abgearbeitet und gestresst aus, die typischen Merkmale eines Workaholics auf Auslandsmission. Anna beobachtete ihre Kinder, wie sie fröhlich und aufgeregt mit ihrem Vater sprachen, die kleinen Hände wild gestikulierend, als sie von ihrem Tag am Strand und dem Besuch von Emilio, dem Obst tragenden Stierkämpfer, erzählten.

Während sie zuhörte, dachte Anna an das Leben, das sie in China hätten haben können. Aber sie wusste, dass es für sie und die Kinder nicht das Richtige gewesen wäre. Felix war schon jetzt so in seine Arbeit vertieft, dass er kaum Zeit für einen Videoanruf mit seinen eigenen Kindern hatte. Hätten sie ihn überhaupt zu Gesicht bekommen, wenn sie nach China gezogen wären?

Die Kinder lachten und alberten mit ihrem Vater herum, auch wenn er nur auf einem Bildschirm war. Sie sahen glücklich aus. Zufrieden. Und Anna war überzeugt, dass sie auf Ibiza glücklicher sein würden, dass sie ihr Leben hier lieben würden. Und ja, sie würden ihren Vater vermissen, aber sie würden lernen, damit umzugehen.

Mit einem Seufzer drehte sie sich um und sah in die Dunkelheit ihres neuen Gartens. Das leise Rauschen des Meeres im Hintergrund, die Wärme der Sommernacht und das sanfte Licht der Laternen, das die Szene in ein weiches, goldenes Licht tauchte. Ja, es war eine gute Entscheidung gewesen, nach Ibiza zu ziehen. Sie waren hier glücklicher, sogar wenn sie ihren Vater vermissten.

Die Vorstellung, dass ihre Kinder glücklich waren, war genug, um den kleinen Schmerz in ihrer Brust zu lindern. Sie hörte, wie

Felix seinen Kindern gute Nacht sagte und das Gespräch beendete.

Kaum hatte sich der letzte Widerhall von Felix' Lachen verabschiedet, begann der tief klopfende Bass aus dem Nachbarklub sich seinen Weg in ihr friedliches Abendessen zu bohren. Emma schrie auf und hielt sich die Ohren zu, während Lukas amüsiert im Takt der Musik herumhüpfte.

«Jetzt wirds erst richtig spanisch!», rief Lukas, seine Begeisterung kaum zu bändigen.

Emma, deren Gesicht sich zu einer Mischung aus Überraschung und Entsetzen verzog, warf ihm einen finsteren Blick zu. «Ich mag diese Musik nicht. Es ist zu laut!»

Anna lächelte nur müde und rieb sich die Schläfen. Nun, sie hatte die Ruhe und den Frieden gewollt, nicht wahr? Ironischerweise fühlte sie sich jetzt ein wenig heimisch, fast als wäre sie zurück in ihrer Altbauwohnung in Berlin, mit dem ständigen Lärm der Stadt um sie herum.

«Ach, komm schon, Emma», lachte Anna und rutschte zu ihrer Tochter hinüber. «Es ist wie ein kostenloses Konzert direkt vor unserer Haustür. Außerdem» - Sie zögerte und warf einen Blick auf Lukas, der immer noch begeistert im Rhythmus des Basses hüpfte « - es sieht so aus, als ob dein Bruder es genießt.»

«Das ist unfair!», protestierte Emma, während sie ihre Arme verschränkte und ihrer einen Trotzblick zuwarf.

Anna kicherte. «Ja, das Leben ist manchmal unfair, Schätzchen. Aber weißt du was? Wir werden uns eine neue Finca suchen, eine, die nicht neben einem Nachtklub liegt. Wie wäre das?»

Emmas Gesicht hellte sich sofort auf. «Wirklich? Oh, das wäre wunderbar, Mama!»

Anna konnte nicht anders, als zu lächeln, als sie sah, wie die Hoffnung in den Augen ihrer Tochter aufleuchtete. Nun, sie hatte gerade einen weiteren Punkt zu ihrer immer länger werdenden To-do-Liste hinzugefügt. Aber wenn das bedeutete, dass sie ihren Kindern ein besseres Zuhause bieten konnte, dann war es das wert.

Unterdessen war Lukas immer noch völlig in die Musik vertieft. Nun, zumindest einer von ihnen genoss das Leben auf der wilden Seite von Ibiza.

Nach dem aufregenden ersten Tag entschied Anna, den Abend mit einem Spaziergang am Strand zu beenden. Die Kinder waren immer noch voller Energie, zum Teil durch die Musik, die weiterhin aus dem Klub herüberdröhnte.

Sie zogen sich die Sandalen aus und stolperten lachend über den warmen Sand.

Ein paar junge Leute saßen am Strand, spielten Gitarre und lachten. Es war so idyllisch, dass es fast unwirklich wirkte. Als wäre sie mitten in einem Tourismuswerbespot gelandet. Sie konnte sich immer noch nicht ganz vorstellen, dass das ihr neues Leben sein sollte. Es war wie eine Szene aus einem Urlaubsprospekt. Nur dass es ihr neues Zuhause war, kein vorübergehender Zufluchtsort. Es war schwer zu fassen, und Anna fühlte sich etwas surreal, als sie dort stand und auf das Meer blickte.

Lukas und Emma rannten voraus, lachten und schrien, während sie im weichen, warmen Sand herumtollten. Anna folgte ihnen in gemächlichem Tempo, nahm sich einen Moment, um die Szene aufzunehmen.

Während die Kinder im Sand spielten, dachte Anna darüber nach, ihre Karriere als Fotografin wieder aufzunehmen. Sie bekam genug Unterhalt von Felix, um gut leben zu können. Dennoch wollte sie wieder das Gefühl haben, unabhängig zu sein, ihr eigenes Geld zu verdienen. Und Ibiza schien der perfekte Ort dafür zu sein - voller Leben und Farbe, wartete es nur darauf, durch ihre Linse eingefangen zu werden. Sie stellte sich vor, wie sie ihre Tage damit verbrachte, Bilder von der atemberaubenden Landschaft zu machen. Von den leuchtenden Farben des Sonnenuntergangs oder von den lächelnden Gesichtern ihrer Kinder. Vielleicht konnte sie sogar einige ihrer Werke verkaufen. Es war eine aufregende Vorstellung, wieder ihr eigenes Geld zu verdienen.

«Ja», murmelte sie leise für sich selbst. «Ja, das könnte funktionieren.»

Mit dieser positiven Aussicht in Gedanken sah sie zu, wie Lukas und Emma einen Sandturm bauten, lachte, als sie stritten, wer den höchsten Turm gebaut hatte, und warf einen sehnsüchtigen Blick auf das funkelnde Meer.

Es war eine neue Ära in ihrem Leben. Eine Ära der Unabhängigkeit, der Kreativität und der Freude. Und sie konnte es kaum erwarten, zu sehen, was als Nächstes kommen würde. Aber für den Moment würde sie einfach hier sitzen und dem Geräusch der Wellen und dem Lachen ihrer Kinder lauschen. Weil es keinen besseren Klang auf der Welt gab.

«Wird das jetzt immer so sein, Mama?», fragte Emma, während sie ihre kleinen Hände in den warmen Sand grub. «Immer wie im Urlaub?»

Anna lachte und strich ihrer Tochter liebevoll über den Kopf.

«Vielleicht, Süße. Aber denk dran, hier musst du auch zur Schule gehen und im Haushalt helfen.»

Emma zog ein Gesicht, als hätte sie gerade in eine Zitrone gebissen. «Ihh, Schule.» Aber sie lachte dabei. Die Mutter wusste, dass sie sich anpassen würde.

Nachdem Anna ihre Kinder mit einer kurzen Gutenachtgeschichte - einer abenteuerlichen Erzählung von einem Piraten, der seine Liebe zum Line Dance entdeckte - ins Land der Träume geschickt hatte, zog sie sich in den Garten zurück. Sie zündete ein paar Kerzen an, die sie in der Küche gefunden hatte, und öffnete eine Flasche Rotwein.

Geschafft, aber zufrieden lehnte sie sich in ihrem Stuhl zurück, den Blick zum Himmel gerichtet, wo Millionen von Sternen funkelten. Es war ein herrlicher Anblick, so anders als die lichtverschmutzten Nächte in der Großstadt. Hier konnte sie die Milchstraße sehen, ein glitzerndes Band, das sich über den Nachthimmel erstreckte.

Ein tiefes Atmen entfuhr ihr, als sie einen Schluck vom Wein nahm. Anna konnte den subtilen Hauch von Kirsche und Vanille schmecken, gepaart mit einer Spur Eichenholz. Hier, unter dem ibizenkischen Himmel, schien der Wein noch besser zu schmecken.

Es war beinahe perfekt, bis auf den tiefen Bass, der unerbittlich aus dem nahe gelegenen Klub wummerte und die Stille der Nacht durchbrach.

Nun, das würde sich bald ändern. Sie würde sich auf die Suche nach einem neuen Haus machen, fernab von all dem Lärm und Trubel. Ein Ort, an dem sie und ihre Kinder die Ruhe und Schönheit von Ibiza in vollen Zügen genießen konnten.

Mit diesem Gedanken stieß sie auf die Zukunft an.

Kaum war Annas Kopf auf das Kissen gesunken, fiel sie in einen tiefen Schlaf. Es war ein Schlaf, wie sie ihn schon lange nicht mehr gehabt hatte. Die Klimaanlage summte leise im Hintergrund, während sie in dem breiten Bett lag, die Decke abgeworfen angesichts der warmen ibizenkischen Nacht.

Die Träume kamen schnell und zahlreich, bunt und lebhaft. Sie sah sich selbst auf einem riesigen Stier reiten, der wild durch die sandigen Straßen Ibizas rannte, während Emilio neben ihr herjagte, mit einem riesigen Eimer voller Obst. Sie lachte laut in ihrem Traum, ihre Haare wehten im Wind und die Bewohner Ibizas winkten ihr fröhlich zu.

Dann wechselte das Szenario und sie fand sich in einem riesigen Klub wieder, in der das Lied «Despacito» in voller Lautstärke spielte. Sie tanzte mit ihren Kindern, alle lachten und hatten Spaß, bis das Lied abrupt endete und der Bass aus dem Klub nebenan ihre Party übernahm.

Doch dann wurde ihr Traum nachdenklich. Sie sah Felix in China, in einem riesigen Büro voller Menschen, der auf einem hohen Hocker saß und chinesische Schriftzeichen auf einen riesigen Bildschirm kritzelte. Er sah konzentriert und ernst aus, aber auch ein wenig einsam.

DIE EINZIGARTIGE PILAR

Als Anna am nächsten Morgen aufwachte, wurde sie von dem ansteckenden Kichern ihrer Kinder begrüßt. Es klang so hell und unbeschwert, dass sie nicht anders konnte, als zu lächeln, selbst bevor sie ihre Augen ganz geöffnet hatte.

Der Blick auf den Wecker ließ sie die Augenbrauen hochziehen. 10:37 Uhr zeigten die digitalen Ziffern an. In Berlin wäre sie um diese Zeit bereits seit Stunden wach, hätte Kaffee getrunken, die Kinder in die Schule gebracht und mindestens drei Maschinen Wäsche gewaschen. Aber hier auf Ibiza schien die Zeit anders zu laufen, langsamer, entspannter.

Sie schüttelte den Kopf und lachte leise, bevor sie sich aus dem Bett schwang. Sie griff nach einem luftigen Sommerkleid, das sie in Berlin kaum getragen hatte, aber hier auf Ibiza schien es perfekt zu sein. Es war hellblau mit kleinen weißen Punkten und so leicht, dass es sich anfühlte, als würde sie gar nichts tragen.

Anna öffnete die Fensterläden und wurde sofort von der grellen Sonne geblendet. Sie blinzelte und hielt sich die Hand vors Gesicht, während ihre Augen sich an das helle Licht gewöhnten. Das kräftige Leuchten der Sonne, das glitzernde Blau des Pools und das strahlende Grün der Palmen, es war fast zu viel für ihre noch schlaftrunkenen Augen.

«Dann lassen wir mal die Sonne rein», murmelte sie, als sie ihre Arme ausstreckte, die Wärme und das Licht begrüßte. «Hallo Ibiza, ich bin bereit für dich!»

«Mama, können wir jetzt in den Pool?»

«Vor dem Frühstück? ... Also gut, dann macht mal», gab Anna nach und nickte ihren quengelnden, energiegeladenen Kindern zu, die bereits in ihren bunten Badeanzügen am Rande des Pools standen und nur darauf warteten, sich in das kühle Nass zu stürzen.

«Aber bitte, denkt daran: Kein Toben, kein Geschrei und keine Überschläge!» Sie wusste natürlich, dass diese Vorgaben etwa so viel Wirkung hatten wie der Vorschlag, auf Ibiza den Klubbetrieb einzustellen.

Mit einem genervten Seufzer, aber einem warmen Lächeln auf den Lippen, machte sie sich daran, das Frühstück zuzubereiten. Sie röstete Brot, erwärmte Milch und schnitt Obst, während sie immer wieder aus dem Fenster schaute, um sicherzugehen, dass die Kinder in Ordnung waren. Sie tollten im Pool herum wie junge Delfine und Anna war besorgt, obwohl sie wusste, dass sie gute Schwimmer waren und ihre neonfarbenen Schwimmflügel trugen. Es war nur so, dass die beiden eine beeindruckende Fähigkeit besaßen, aus jeder Situation ein Abenteuer zu machen oder eine Katastrophe, je nach Sichtweise.

Aber was sie sah, war alles andere als beruhigend. Lukas versuchte, den höchsten Sprung vom Poolrand zu machen, während Emma unter Wasser nach imaginären Schätzen suchte. Annas Herz machte jedes Mal einen kleinen Sprung, wenn die Kinder für einen Moment unter der Oberfläche verschwanden, aber die lachenden Gesichter, die jedes Mal wieder auftauchten, beruhigten sie.

Sie schienen eine wahre Explosion an Lebensfreude zu sein. Und genau das liebte Anna an ihnen. Obwohl sie manchmal ihre Nerven auf die Probe stellten, machten sie ihr Leben auf eine merkwürdige Weise auch leichter und bunter.

«Meine Güte», murmelte sie vor sich hin, «auf Ibiza müssen Mütter wahrscheinlich auch Rettungsschwimmer sein.»

Sie lachte leise über ihre eigene Paranoia und wusste, dass sie sich wahrscheinlich unnötig Sorgen machte, aber wer konnte es ihr verdenken? Sie war eine Mutter, und das war, was Mütter taten - sie sorgten sich, egal wie überflüssig es auch sein mochte.

«Frühstück ist fertig.»

Anna hatte gerade den letzten Teller auf den rustikalen Holztisch unter dem alten Olivenbaum gestellt, als die Türklingel ertönte. Sie zuckte zusammen, immer noch nicht an den melodischen Ton gewöhnt, der so anders klang als die nüchterne Klingel ihrer Berliner Wohnung.

Emma, die gerade dabei war, sich mit dem flauschigen Badetuch abzutrocknen, ließ es fallen und rannte mit vor Aufregung leuchtenden Augen zur Tür. «Vielleicht ist es Papa!», rief sie, als würde jeder Besucher zwangsläufig ihr Vater sein.

Als Anna die Haustür öffnete, stand dort jedoch nicht Felix, sondern ihre neue Nachbarin Pilar. Sie trug ein bodenlanges, fließendes Kleid, das so bunt und lebhaft war, dass es fast so aussah, als hätte ein Regenbogen seine Farben darauf verloren. Ihr silbernes Haar war zu einem lockeren Zopf geflochten, und sie trug eine übergroße Sonnenbrille, die ihr Gesicht fast vollständig verdeckte.

«Buenos días! Y hola, preciosa!», rief Pilar mit einer Stimme, die selbst das lauteste Lachen der Kinder übertönen konnte. «Ich hoffe, ich komme nicht ungelegen?»

«Oh, Pilar, du kommst gerade rechtzeitig», sagte Anna und zwang ein Lächeln auf ihr Gesicht. «Das Frühstück ist fertig.»

Die Nachbarin strahlte sie an und hielt ihre freie Hand in die Höhe, in der sie einen Korb mit frischen Brötchen trug.

«Ich dachte, ich bringe ein paar dieser leckeren Panecillos mit.»

«Wie schön!» Sie hatte sich auf ein ruhiges Frühstück mit ihren Kindern gefreut, aber nun sah es so aus, als ob sie eine zusätzliche Portion Obstsalat und Kaffee zubereiten müsste.

Pilar tänzelte herein und begrüßte Emma, die sie begeistert umarmte.

«Bist du schon baden gewesen?», fragte sie das Mädchen und zupfte an den nassen Haarsträhnen. Emma nickte eifrig und begann, von ihren Schwimmabenteuern zu erzählen. Pilar hörte geduldig zu, nickte und lachte an den richtigen Stellen.

Anna schüttelte den Kopf und lachte leise in sich hinein. Pilar war definitiv ein Unikat. Auf eine merkwürdige Weise machte sie das Leben auf Ibiza noch bunter und lebendiger. Und wenn sie ehrlich war, war das genau das, was Anna für sich und ihre Kinder wollte - ein Leben voller Farben, Abenteuer und neuen Freunden. Auch wenn das manchmal bedeutete, dass das Frühstück ein wenig chaotischer war als geplant.

Pilar stürzte sich mit großem Appetit auf die knusprigen Croissants und den saftigen Obstsalat, der auf dem Tisch stand. Anna beobachtete ihre Nachbarin und musste unweigerlich schmunzeln.

Als sie gerade einen großen Schluck Orangensaft nahm, legte Pilar ihre Hand auf den Tisch und streckte ihre Finger aus. «Schau mal, Anna», sagte sie und klang dabei so aufgeregt wie ein Kind, das gerade seine erste Zahnlücke entdeckt hatte. An den Stellen, an denen gestern noch unschöne Warzen prangten, war jetzt nichts als glatte Haut zu sehen. «Dieser Wunderheiler ist wirklich fantastisch!», schwärmte sie.

Anna runzelte die Stirn und sah die Hand ihrer Nachbarin genauer an. Tatsächlich, es waren keine Spuren mehr von den Warzen zu sehen. Sie warf einen kurzen Blick auf ihren eigenen Fuß, auf dem sich hartnäckig ein Hühnerauge breitgemacht hatte.

«Vielleicht sollte ich diesen Wunderheiler auch mal besuchen», meinte Anna schließlich. Pilar strahlte vor Freude und nickte eifrig. «Oh ja, das solltest du unbedingt! Ich bin sicher, er kann dir helfen.» Und wer wusste schon? Vielleicht konnte dieser Wunderheiler tatsächlich mehr als nur Warzen entfernen. Vielleicht konnte er auch helfen, die Lücken in Annas neuem Leben zu füllen.

Pilar war einer dieser Menschen, die man einfach mögen musste. Sie war etwas schrullig und sprudelte über vor Energie und Lebensfreude, aber sie hatte auch ein großes Herz. Und obwohl sie sicherlich bemerkt hatte, dass Anna ohne ihren Mann nach Ibiza gezogen war, hatte sie es nicht zur Sprache gebracht oder nachgefragt. Anna schätzte diese Diskretion und war froh, eine solche Nachbarin gefunden zu haben.

Pilar war eine strahlende Seele mit einer Aura, die das ganze Dorf beleuchtete und hatte in ihrem siebzigsten Lebensjahr die Energie einer Achtjährigen. Es war, als ob das strahlende Ibiza-Sonnenlicht direkt in ihre Adern strömte und ihr eine Vitalität verlieh, die sie mit den Kindern teilen konnte.

Als Anna den Tisch abräumte, sprang Pilar auf und bestand darauf, den Abwasch zu übernehmen. Natürlich war es eine herkulische Aufgabe, denn in der Küche fehlte ein Geschirrspüler.

Mit einem Lächeln griff Pilar zum Spülmittel und verwandelte das Abwaschen in ein Unterfangen, das fast so bezaubernd war wie sie selbst. Ihr Parfum, das wie eine Mischung aus frischen Orangenblüten und sanfter Sommerhitze roch, wirbelte jedes Mal, wenn sie sich bewegte, durch die Küche. Man konnte sich fast vorstellen, auf einem Feld voller Orangenbäume zu stehen, mit der sanften mediterranen Sonne auf der Haut und dem Duft der reifen Früchte in der Nase.

Die Kinder beobachteten sie fasziniert, wie sie die Teller mit einer Begeisterung schrubbte, als ob sie einen verborgenen Schatz polierte. Sie hatten Pilar gerade erst kennengelernt, doch sie war bereits ein geliebter Charakter in ihrer Sommergeschichte geworden, eine wunderbare Überraschung in der Nachbarschaft, die ihren Aufenthalt auf Ibiza noch magischer machte. Pilar war wie eine Mischung aus einer verlorenen Großmutter und einer spanischen Mary Poppins - stets mit einer Prise Humor und einem Hauch von magischem Realismus.

Die Kinder vermuteten, dass Pilar magische Kräfte besaß. Das wäre die einzige logische Erklärung, wieso eine Frau, die sieben Jahrzehnte auf dem Buckel hatte, mit einer derartigen Frische durchs Leben stolzierte.

Nach dem Abwasch machte Pilar keine Anstalten zu gehen. Anna fand das ganz und gar nicht störend, sie fand es erfrischend, diese lebenslustige Frau in ihrer Nähe zu haben, die, wie es schien, einen endlosen Vorrat an Anekdoten über die Insel und ihre Bewohner besaß.

Sie setzten sich wieder in den Garten, tranken frisch gepressten Orangensaft und sahen den Kindern zu, wie sie im Pool herumplanschten und lachten.

«Stört dich der Lärm vom Klub nicht?», fragte Anna, die Stirn in einem Ausdruck des Unverständnisses gerunzelt.

Pilar lächelte und schüttelte den Kopf. «Ach, weißt du, am Anfang dachte ich, ich müsste taub werden oder verrückt, vielleicht beides. Aber ich habe mich daran gewöhnt. Es ist wie das rhythmische Schlagen eines Herzens, das dir sagt, dass die Insel lebt. Außerdem kenne ich den Besitzer des Klubs. Ich bin gut mit ihm befreundet. Das hat seine Vorteile. Manchmal gehe ich hin und zeige den jungen Leuten, wie man richtig tanzt.»

Anna sah sie ungläubig an. «Du gehst in den Klub?»

Pilar lachte, ein herzliches Lachen, das die Luft erfüllte und die Vögel im Baum aufschrecken ließ.

«Ja, meine Liebe. Und du solltest es auch tun. Die Insel lebt nachts auf, und du solltest ein Teil davon sein. Du wirst dich an den Bass gewöhnen. Es ist wie das Meer, das gegen die Klippen schlägt. Es hat seinen eigenen Rhythmus, seinen eigenen Beat. Und manchmal, nur manchmal, wenn der Mond hoch am Himmel steht und der DJ die richtige Platte auflegt, kann man den Herzschlag von Ibiza spüren. Und es ist wunderschön.»

Sie kicherte, als wäre das der beste Witz, den sie je erzählt hatte. Anna konnte sich das Bild von Pilar, die über die Tanzfläche schwebt, kaum vorstellen.

«Dich stört es also nicht, dass du nachts praktisch neben einem Nachtklub wohnst?», hakte Anna noch einmal nach.

Pilar kicherte nur. «Liebes, ich lebe seit Jahrzehnten auf Ibiza. Man gewöhnt sich an den Bass wie an das Meeresrauschen. Es ist eine Art Schlaflied für mich geworden.» Sie zeigte auf ihre Ohren und zwinkerte. «Und außerdem, wenn es mal zu laut wird, habe ich immer meine speziell angefertigten Ohrstöpsel aus gehärtetem Orangenschalenwachs. Ein wahres Wundermittel!»

Anna ließ ihren Blick über den glitzernden Pool schweifen, hin zum mit Zitrusbäumen geschmückten Garten, der in der Mittagssonne leuchtete. Sie seufzte tief und runzelte die Stirn.

«Der Vermieter hat mir nicht gesagt, dass nebenan ein Klub ist. Ich meine, echt jetzt, das ist eine Information, die man schon mal erwähnen könnte», beklagte sie sich. «Ich werde mich bei ihm beschweren, das steht fest, denn ich weiß nicht, ob ich mich jemals an diesen ständigen Lärm gewöhnen kann.»

Pilar nickte verständnisvoll, schien aber irgendwie amüsiert. Sie hatte in ihrer langen Zeit auf Ibiza schon viele Auswanderer kommen und gehen gesehen. Sie alle waren auf der Suche nach dem entspannten Inselleben, waren jedoch nicht darauf vorbereitet, dass dieses Leben manchmal etwas ... laut sein konnte.

«Ich denke, ich muss mir ein neues Haus suchen», fuhr Anna fort, während sie den Kindern beim Herumplanschen im Pool zuschaute. «Aber es ist alles so schön hier und ich kann mir kaum vorstellen, wieder auszuziehen.»

Sie schaute auf ihre Hände und bemerkte, dass sie anfing, sich nervös auf die Lippen zu beißen. Das Haus zu wechseln war ein Schritt, den sie ungern machen wollte, besonders, weil sie für dieses Haus wirklich sehr wenig Miete zahlte.

Pilar legte tröstend eine Hand auf Annas Schulter und lachte leise. «Liebes, du wirst schnell feststellen, dass die Insel mehr Geräusche zu bieten hat als nur den Bass vom Klub. Warte nur, bis du die Schreie der Möwen bei Sonnenaufgang hörst, oder das Stöhnen des alten Pedro, wenn er seine Weinflasche nicht öffnen kann.»

Anna lachte und fühlte, wie sich ihre Sorgen ein wenig lösten. Mit Pilar an ihrer Seite schien selbst das Geräusch des nahe gelegenen Klubs irgendwie weniger beängstigend. Vielleicht war es der Orangenduft oder das Funkeln ihrer warmen Augen.

Nachdem Pilar sich mit einem winkenden Handtuch und dem Versprechen eines weiteren Besuchs verabschiedet hatte, wollte Anna die Umgebung erkunden. «Kommt, Kinder, wir erkunden jetzt das Dorf» verkündete sie, in der Hoffnung, die beiden Wasserwesen aus ihrem Planschparadies zu locken.

Der Widerstand war natürlich groß, die Kinder hatten sich mit dem Pool angefreundet und sahen keinen Grund, ihn zu verlassen. Aber Anna, gewappnet mit der Erfahrung von unzähligen Verhandlungen, zückte ihr Ass im Ärmel: «Es gibt ein großes Eis für jeden, der mitkommt», verkündete sie triumphierend.

Die Magie des Eisversprechens wirkte immer. Wie von der Tarantel gestochen, sprangen die Kinder aus dem Pool, hüpften in ihre Sommerkleidung und standen plötzlich mit leuchtenden Augen neben Anna. Der Gedanke an das Eis hatte sie schneller trocknen lassen als jede Sonne es hätte tun können.

Mit ihren Sonnenhüten auf dem Kopf, großzügig mit Sonnencreme eingeschmiert und bereit für ihr Abenteuer, machten sie sich auf den Weg ins Zentrum.

Während sie gingen, rief Anna über die Schulter: «Und denkt daran, das Eis gibts erst am Ende!» Ein lautes Stöhnen war ihre Antwort, aber Anna grinste nur. Schließlich war ein bisschen Spannungsaufbau nie verkehrt, besonders wenn man neue Orte erkundete.

Das Zentrum von dem kleinen Örtchen war eine sonnengeküsste Perle, ein regelrechter Angriff auf die Sinne. Die urigen Häuser und engen Gassen, in denen es vor Leben nur so wimmelte, waren wie ein lebendiges Gemälde, das ständig seine Farben und Formen änderte. Jeder Winkel schien eine Boutique, einen Schmuckladen oder eine Galerie zu beherbergen. Jede Ecke verströmte ein unaufdringliches Flair, das Anna an einen verschlafenen, gemütlichen Badeort erinnerte, wo die Uhren etwas langsamer tickten.

Es gab Läden, die so viele Traumfänger verkauften, dass Anna sich fragte, ob es auf Ibiza eine heimliche Albtraum-Epidemie gab.

Die junge Mutter zog ihre schwitzenden Kinder durch die belebten Gassen. Sie wurden von einem Meer aus Farben, Geräuschen und Gerüchen mitgerissen - von den tanzenden bunten Bändern, die von den Balkonen hingen, über das Klappern von Künstlerwerkzeugen bis hin zu dem süßen Duft von Vanille und Orange, der in der Luft lag.

«Hier sind wir!», rief Anna und deutete auf das farbenfrohe Schild der Eisdiele. Die Kinder juchzten vor Freude und stürmten vorwärts, ihre kleinen Füße klapperten auf dem Kopfsteinpflaster.

Während Lukas und Emma mit der schwierigen Aufgabe betraut waren, Eissorten auszuwählen, lehnte sich Anna zurück und atmete den Duft von Schokolade und Vanille ein. Entspannt lauschte sie dem friedlichen Summen der Innenstadt und dem Kichern ihrer Kinder.

Mit den Augen halb geschlossen, während die Sonne ihren Rücken wärmte, beobachtete Anna, wie die Kleinen ihr Eis mit einer Begeisterung verschlangen, die nur Kinder aufbringen können. Sie nippte an ihrem Eiskaffee, der eine perfekte Mischung aus süßer Creme und starkem Kaffee war, genau richtig, um sie aus ihrer Mittagssonne-Trägheit zu wecken.

Ein Gefühl von Zufriedenheit breitete sich in Anna aus, ein tiefes, wohliges Glücksgefühl, das sie seit langer Zeit nicht mehr gespürt hatte. Sie schaute auf ihre Kinder, die mit ihren eisverschmierten Gesichtern herumtollten, und ihr Herz füllte sich mit Liebe und Dankbarkeit. Sie hatte das Richtige getan, hierher zu ziehen.

Ibiza war der perfekte Kontrast zu ihrem bisherigen Leben in Berlin. Hier gab es keine endlosen To-do-Listen, keine überfüllten U-Bahnen und keine ständige Eile. Stattdessen gab es nur den sanften Rhythmus des Lebens, der sich nach den Wellen des Meeres und dem Wechsel der Jahreszeiten richtete.

Sie dachte an Pliar, ihre neue Nachbarin, die in nur wenigen Stunden zu einer guten Freundin geworden war. Sie freute sich darauf, mehr Zeit mit ihr zu verbringen und mehr über das Leben auf Ibiza zu erfahren.

«Ein Tag auf Ibiza ist wie ein Jahr in Berlin», sagte sie leise zu sich selbst, als ob sie versuchte, die Magie dieses Ortes in Worte zu fassen.

Anna hatte keine Ahnung, was die Zukunft bringen würde, aber sie wusste, dass sie hierbleiben wollte, auf dieser Insel, wo das Leben langsamer und süßer zu sein schien, genau wie die geschmolzene Eiscreme, die ihre Kinder gerade aßen.

Nach ihrer Eiscremepause schlenderten Anna und die Kinder weiter durch die von der Sonne durchfluteten Straßen Ibizas. In einer der unzähligen Boutiquen fand Anna ein Kleid, das so bunt war, dass es fast schien, als hätte ein Regenbogen sich darin verfangen. Sie probierte es an und stellte fest, dass es nicht nur wunderschön, sondern auch erstaunlich bequem war.

«Seht mal, Kinder, ich glaube, ich habe mein neues Lieblingskleid gefunden!», rief sie aus und drehte sich vor dem Spiegel. Emma lachte und klatschte in die Hände, während Lukas nur die Augen verdrehte.

Als nächstes gingen sie zu einem Schmuckladen, wo Emma eine Kette mit einem kleinen Seestern-Anhänger fand.

«Er ist so hübsch, Mama, darf ich ihn haben?», bat sie mit ihren großen, bettelnden Augen. Anna konnte nicht widerstehen und kaufte die Kette für ihre Tochter.

In einem Spielzeuggeschäft entdeckte Lukas eine riesige Wasserpistole.

«Die wäre perfekt für den Pool, oder Mama?», fragte er mit einem Grinsen. Anna stimmte zu und Lukas verließ den Laden stolz mit seiner neuen Waffe.

Nach dem Einkaufsbummel kehrten sie erfreut in ihren schattigen Garten zurück. Die Kinder stürzten sich sofort in den Pool, während Anna sich mit einem zufriedenen Seufzen auf die Liege legte.

Sie sollte den Vermieter wegen des Klubs und dem Schimmel anrufen, aber dann dachte sie an Pilars Worte über das Leben auf Ibiza. Sie sah, wie Lukas Emma mit seiner neuen Wasserpistole jagte. Sie schloss die Augen und lauschte dem Lachen ihrer Kinder und dem sanften Plätschern des Pools. Der Anruf konnte bis morgen warten. Heute war ein Tag zum Genießen. Ein Tag für Eiscreme, neue Kleider und Wasserpistolen. Ein Tag, an dem sie die Hektik von Berlin hinter sich ließ und in das langsame, süße Leben auf Ibiza eintauchte.

Als die Kinder endlich in ihren Betten lagen, erschöpft vom Tag voller Sonne und Wasser, saß Anna im Garten, umgeben von der sanften Symphonie des Zirpen der Grillen und des Pochens des Klubbasses. Sie griff zum Telefon, wählte die Nummer ihrer Eltern und freute sich auf die vertrauten Stimmen.

«Ja, Papa, es ist wirklich so schön wie auf den Postkarten», begann Anna und schwärmte von den Stränden, den freundlichen Menschen, dem leckeren Essen und natürlich dem unglaublichen Eis. Bianca am anderen Ende lachte und machte ihre üblichen Witze, dass sie doch die ganze Familie auf die Insel schleppen solle, wenn es dort so toll war.

«Wisst ihr was? Vielleicht solltet ihr das wirklich tun! Zieht doch auch nach Ibiza! Ich meine, ihr könntet hier viel Spaß haben und die Kinder würden es lieben.»

Sie konnte das überraschte Lachen ihrer Mutter hören und ihren Vater, der im Hintergrund rief, dass er seine Badehose schon packen würde.

Die milden Nächte von Ibiza hatten ihren Charme, und Anna konnte sich vorstellen, wie ihre Eltern es lieben würden, hier zu leben. Sie malte sich aus, wie ihre Mutter in den örtlichen Boutiquen stöbern und ihr Vater stundenlang über den perfekten Platz für seine Hängematte debattieren würde.

Nachdem sie aufgelegt hatte, blieb sie noch eine Weile draußen sitzen. Die Luft war warm und mild. Der Bass aus dem Klub dröhnte in der Ferne, und zu ihrer Überraschung stellte sie fest, dass sie ihn fast schon als beruhigend empfand. Es war, als wäre es der Herzschlag der Insel, konstant und verlässlich.

Sie nahm ihr Handy und machte ein paar Fotos: das Mondlicht, das auf dem Wasser des Pools glitzerte, die dunklen Silhouetten der Palmen gegen den Sternenhimmel und das sanfte Licht, das aus dem Fenster des Hauses strahlte.

Sie schrieb Felix eine Nachricht: «Erster Tag auf Ibiza. Alles perfekt. Emma hat eine Delfin-Kette, Lukas eine Wasserpistole.

Ich habe ein Kleid, das wie ein Regenbogen aussieht. Die Kinder wollen nicht mehr nach Berlin. Ich glaube, ich auch nicht. Anna.»

Sie schickte die Nachricht ab und lehnte sich zurück, lächelnd in die Dunkelheit hinaus. Es war ein guter Tag gewesen. Ein sehr guter Tag. Und sie konnte es kaum erwarten, was der nächste Tag bringen würde. Denn wie es aussah, würden sie noch viele solcher Tage auf Ibiza haben.

Anna war überrascht, wie schnell sie eingeschlafen war. Der Bass aus dem Klub hatte ihre Gedanken in einen pulsierenden Rhythmus versetzt, und bevor sie es merkte, hatte der Sandmann sie bereits in das Reich der Träume entführt.

Als sie erwachte, war es still. So still, dass sie sich fragte, ob sie taub geworden war. Aber nein, sie konnte die Blätter der Bäume im Wind rascheln hören und das leise Plätschern des Pools.

Die Kinder schliefen noch - ein seltenes Ereignis, das gefeiert werden musste. Anna nutzte die Gelegenheit, um sich in Ruhe zurechtzumachen und das Frühstück vorzubereiten. Sie bereitete frisches Obst vor, kochte Kaffee und presste Orangen aus.

Anschließend trat sie in den Garten hinaus, wo die Luft noch kühl und erfrischend war. Sie atmete tief durch, nahm die Düfte der Insel in sich auf und hielt eine Fußspitze in den Pool. Das Wasser war kalt, aber auf eine erfrischende Art.

Da kam auch schon Emma, wie eine Rakete aus dem Haus geschossen. Sie juchzte und hüpfte auf und ab, ihre Augen funkelten vor Aufregung. Anna hatte sie noch nie so ausgelassen gesehen. Es war, als hätte Ibiza eine Art Magie über sie geworfen, die sie in ein noch lebhafteres, fröhlicheres Kind verwandelt hatte.

«Ist das nicht großartig, Mama?», rief Emma und machte Anstalten, in den Pool zu springen. Anna lachte und nickte. «Ja, Em,», sagte sie, «es ist wirklich großartig.»

Anna schüttelte den Kopf und lachte erneut. «Oh Ibiza», dachte sie, «was machst du nur mit uns?» Aber sie konnte sich keine bessere Veränderung vorstellen. Es war, als ob die Insel eine Art Magie besäße, die ihre Familie in fröhliche, sorglose Sommerkinder verwandelte.

An diesem Tag stand ihr ein administrativer Parcours bevor: Behördengänge, die Anmeldung der Kinder in der Schule und der Kauf eines neuen Autos. Sie dachte daran und konnte sich ein Lachen nicht verkneifen. Ein normaler Mensch hätte für diese Aktivitäten wahrscheinlich drei Tage eingeplant. Aber Anna war Mutter, und Mütter, so hatte sie gelernt, können an einem einzigen Tag mehr erledigen als eine Regierung in einer Legislaturperiode.

Nach dem Frühstück griff Anna nach ihrem Handy und wählte die Nummer des Vermieters, der vergessen hatte, zu erwähnen, dass die traumhafte Villa, die er als «ruhiges Paradies» angepriesen hatte, praktisch neben dem größten Klub der Insel lag.

«Herr Fernandez? Hier spricht Anna, die Mieterin der Villa «Ibiza Dream.»

Die Pause am anderen Ende der Leitung war fast komisch, als würde er überlegen, wie viele «Annas» er kannte und welche davon aktuell in der Villa «Ibiza Dream» wohnte. Schließlich erklang ein vorsichtiges: «Si, natürlich. Wie kann ich Ihnen helfen?»

«Haben Sie schon mal etwas von dem «Klub Paraíso»» gehört?», fragte Anna und versuchte, ihre Stimme so ruhig wie möglich zu halten. In der Pause konnte sie förmlich hören, wie Herr Fernandez seine Unschuldsmiene zurechtrückte.

«Ah, der Klub. Ein sehr beliebter Ort. Sie interessieren sich also für das Nachtleben hier?», kam seine Antwort, so unschuldig und ahnungslos, dass es fast wehtat.

«Nun, es scheint so, als ob das Nachtleben Interesse an uns hat», konterte Anna. «Wir wohnen praktisch nebenan und in den Nächten fühlt es sich an, als ob die Party in unserem Wohnzimmer stattfindet.»

Eine weitere Pause und dann ein schwacher, defensiver Versuch: «Nun, es ist Sommer. Die Menschen feiern gerne...»

«Ja, und Hühner legen gerne Eier», unterbrach sie ihn. «Aber das bedeutet nicht, dass ich einen Hühnerstall im Schlafzimmer haben möchte.»

Herr Fernandez entschuldigte sich und verlangte weniger Miete. Anna legte mit einem zufriedenen Lächeln auf.

Auf dem Weg zur Vorschule schlenderten sie an Pilars Haus vorbei. Annas Blick stolperte über die undurchdringliche Hecke, die den Garten umgab. Es war fast so, als würde Pilar versuchen, ihr spontanes Leben vor der Welt zu verbergen.

Anna zog ihr Handy hervor und tippte eine kurze Nachricht an Pilar. «Heute Abend Grillen bei mir?»

Fast augenblicklich vibrierte das Handy in ihrer Hand. Pilar antwortete: «Klingt super.»

Mit einem Lächeln auf den Lippen setzte Anna ihren Weg fort, in Gedanken schon bei dem Abend. Sie freute sich auf Pilars Gesellschaft. Die Möglichkeit, Tipps von einer Einheimischen zu bekommen, war verlockend, und außerdem würde es nicht schaden, ein bisschen Gesellschaft zu haben, denn Annas Berliner Freunde fehlten ihr. Mit ihnen hatte sie immer gelacht, getratscht und manchmal sogar die Weltprobleme gelöst, meistens zwischen dem dritten Glas Wein und der Käseplatte.

Als Anna sich mit der Erzieherin Paloma unterhielt, waren Emma und Lukas bereits verschwunden. Umgeben von einer Schar lebhafter Kinder standen sie auf dem Spielplatz und waren in eine hitzige Diskussion vertieft, wer als nächstes auf die Schaukel durfte. Das Gespräch schien sich zu einem linguistischen Wettbewerb entwickelt zu haben, bei dem es darum ging, wer die lautesten Argumente auf beiden Sprachen vorbringen konnte. Anna musste lächeln. Ihre Kinder waren eben sozialer als Papageien in einer Kakadu-Konferenz.

Paloma führte Anna herum. Es gab einen Kreativraum, einen Raum zum Ausruhen, eine Minibibliothek und sogar eine kleine Bühne für gelegentliche Darbietungen.

Mit einem erleichterten Seufzer ließ Anna ihren Blick durch die bunten Räumlichkeiten schweifen.

«Und hier ist unser Garten», verkündete die Erzieherin stolz und zeigte auf ein Stück Land, das mit verschiedenen Spielgeräten, Pflanzen und Blumen gespickt war. «Und natürlich das Herzstück, unser Bio-Gemüsegarten. Die Kinder lernen hier, eigenes Gemüse zu züchten.»

Anna lächelte und dachte an den Ausdruck auf Lukas' Gesicht, wenn er realisieren würde, dass Karotten nicht in Supermarktregalen wachsen.

«Aber wir lernen natürlich auch», versicherte Paloma, als wäre das eine notwendige Zugabe zum Spaß.

Ein paar der Kinder sprachen Deutsch, aber es war klar, dass Spanisch die Lingua franca auf dem Spielplatz war. Anna konnte fast sehen, wie ihre Kinder innerhalb von Wochen von «Hola» und «Adios» zu vollständigen Sätzen übergingen.

Am Ende der Tour konnte Anna die Begeisterung kaum verbergen. Die Schule war mehr als sie erhofft hatte und sie konnte es kaum erwarten, ihre Kinder hier abzugeben.

«Können wir nicht noch ein bisschen bleiben?», fragte Emma, während sie ein Kunstwerk präsentierte, das anscheinend aus vier Stöcken und einem Stein bestand.

«Nein, meine Lieben, wir haben noch einiges zu erledigen», antwortete Anna und musste sich ein Schmunzeln verkneifen, als sie Lukas sah, der versuchte, Legosteine in der Tasche zu verstecken.

«Hier ist es viel besser als in unserer Schule in Berlin», verkündete Lukas mit der Weisheit eines achtjährigen Globetrotters. Emma erklärte, dass der Sand viel sandiger sei. Anna musste lachen. Wer konnte schon mit der Sandqualität von Ibiza mithalten? Ihr Mutterherz fühlte sich leichter an. Die Kinder fanden die Schule toll und würden sicherlich schnell Freunde finden. Sie sprachen über Sand und nicht über die Trennung von ihrem Vater. Anna wusste, dass es noch ein langer Weg sein würde, bis die Wunden vollständig verheilt waren, aber solange ihre Kinder lächelten und sich über sandigen Sand freuten, wusste sie, dass sie auf dem richtigen Weg waren.

Nach dem Besuch in der Schule stiegen sie in ein Taxi, das sie nach Sant Antoni fuhr. Während der Fahrt konnte Anna ihren Blick nicht von den vorbeiziehenden Feldern und dem strahlend blauen Himmel lösen. Es fühlte sich an, als wäre sie in einer

Postkarte gelandet. Während das Taxi durch die kurvigen Straßen fuhr, betrachtete sie die weißen Häuser, die sich wie Perlen auf den Hügeln ausbreiteten. Der Wind blies sanft durch die offenen Fenster und trug das Salz des Meeres mit sich. Es war ein idyllisches Bild, das fast vergessen ließ, dass sie im Begriff war, sich in die bürokratischen Wirren des Rathauses zu stürzen.

Als das Taxi vor dem schlichten Gebäude des Rathauses hielt, atmete Anna tief durch. Sie hatte sich gut vorbereitet - Ausweise, Dokumente, Formulare, sogar eine Google-Übersetzung für «Ich möchte hier wohnen und zahle gerne Steuern» hatte sie dabei.

Mit den quengelnden Kindern im Schlepptau trat Anna durch die Tür und wurde von der typischen Atmosphäre eines Bürogebäudes empfangen - das Summen von Gesprächen, das Surren von Kopierern, das gelegentliche Klingeln eines Telefons. Sie holte einen Zettel aus ihrer Tasche, auf dem sie sorgfältig aufgeschrieben hatte, was sie tun musste, und machte sich bereit, den bürokratischen Stier bei den Hörnern zu packen.

Es war weniger verwirrend und zeitraubend als gedacht, und als Anna erleichtert das Rathaus verließ, fühlte sie sich ein wenig mehr wie eine Einwohnerin von Ibiza und ein wenig weniger wie eine Berlinerin.

Nach der erfolgreichen Mission im Rathaus sah sie ihre Kinder an, die inzwischen aussahen, als würden sie sie auffressen, wenn sie nicht sofort etwas Essbares fanden. Anna sah sich um und entdeckte ein kleines, gemütliches Restaurant, das im Schatten eines riesigen Feigenbaums verborgen lag.

«In Ordnung, ihr beiden. Wer von euch die leiseste Maus ist, bekommt den größten Eisbecher nach dem Mittagessen.»

Die Kinder, die noch vor wenigen Sekunden gejammert hatten, verwandelten sich schlagartig in Mäuse und folgten ihrer Mutter still und brav ins Restaurant. Manchmal hatte Anna das Gefühl, dass sie einen Doktortitel in Verhandlungsstrategie verdient hätte.

Nach dem Mittagessen machte die kleine Familie einen kurzen Einkaufsbummel für das abendliche Grillen, dann ging es zurück nach Hause. Dort angekommen, durften die Kinder in den Pool und Anna machte es sich in einem Liegestuhl bequem. Die Hitze war immer noch intensiv, aber ein erfrischendes Bad im Pool und ein sanfter Wind machten es erträglich.

Pilar tauchte pünktlich zum Sonnenuntergang auf, wie es sich für eine echte Insulanerin gehört. Sie hielt einen riesigen Korb in der einen Hand und eine exotische Pflanze in der anderen, die aussah, als käme sie geradewegs aus einem Fantasyfilm. Anna war sich nicht sicher, ob sie die Pflanze gießen oder füttern sollte.

Als Anna ihre Nachbarin begrüßte, fühlte sie sich, als würde sie von einer Welle des ibizenkischen Spirits überrollt. Pilar fiel der jungen Mutter um den Hals, als wären sie alte Freundinnen, die sich seit Jahren kannten und nicht erst seit zwei Tagen.

Die Spanierin war ein echtes Farbfeuerwerk, mit ihrem bunten Kleid, das mehr Farben hatte als Anna in ihrem gesamten Kleiderschrank und dem Schmuck, der bei jeder Bewegung klimperte und klirrte.

Pilar war eine erstaunliche Frau, die selbst Emma und Lukas in ihren Bann ziehen konnte. Die Kinder hingen an ihren Lippen, als sie Geschichten erzählte, die den Rahmen jeder Gute-Nacht-Geschichte sprengten. Sie sprach von verlorenen Schätzen, geheimen Höhlen und Meereskreaturen, die man nur bei Vollmond sehen konnte. Selbst Anna musste zugeben, dass sie sich schwer vorstellen konnte, dass all diese Geschichten wahr waren.

Der Fisch, den Anna auf dem Grill zubereitete, schmeckte köstlich. Die Stille, die sich über das Haus legte, als die Kinder in ihren Betten lagen, war golden. Anna spürte, wie die Anspannung des Tages langsam von ihr abfiel. Dann, als die Nacht hereinbrach und die Klänge des Klubs nebenan durch die Stille drangen, öffnete Anna ihr Herz. Sie erzählte Pilar von ihrer Trennung, von Felix Jobangebot in China und von den Konflikten, die ihre Ehe zerrüttet hatten. Pilar hörte zu, ohne sie zu unterbrechen, ihre Augen voller Mitgefühl.

Anna spürte, wie die Tränen kamen, und sie ließ sie fließen. Es war das erste Mal, dass sie sich wirklich erlaubt hatte zu weinen, seit sie nach Ibiza gezogen war. Sie war noch nicht über die Trennung hinweg, und sie wusste, dass es noch eine Weile dauern würde, bis sie es war.

Pilar zögerte nicht und nahm die junge Mutter in die Arme, hielt sie fest, wie eine alte Freundin, die genau wusste, was sie durchmachte. Die warmen, tröstenden Arme boten Anna einen sicheren Hafen inmitten des Sturms ihrer Gefühle. In diesem Moment, in Pilars warmen Umarmung und der Milde der Nacht, fühlte sie sich ein wenig weniger allein. Pilar strich ihr über den Rücken und sagte leise: «Alles wird gut, Anna. Du bist stärker, als du denkst.»

Anna glaubte ihr. Denn obwohl ihr Leben auf Ibiza gerade erst begonnen hatte, war sie schon so weit gekommen. Sie hatte ihre Kinder in einer Schule angemeldet, sie hatte eine Freundin gefunden und sich ein neues Zuhause aufgebaut. Ja, es war hart, und ja, es würde noch härter werden, aber sie war bereit, sich den Herausforderungen zu stellen.

Mit Pilar an ihrer Seite fühlte sie sich nicht ganz so verloren. Denn in der Mitte von allem, was passiert war und was noch kommen würde, hatte sie eine Freundin gefunden. Und das, dachte Anna, während sie sich an Pilar klammerte und die Tränen trocknete, war vielleicht das wertvollste Geschenk von allen.

Anna, immer noch ein wenig wehmütig von ihrer eigenen Geschichte, fand die Kraft, Pilar eine Frage zu stellen, die ihr auf der Zunge brannte. «Du scheinst so glücklich zu sein, Pilar. Bist du als Single glücklich?»

Die Nachbarin lachte, ein helles und lebhaftes Lachen, das Anna trotz ihrer Stimmung zum Lächeln brachte.

«Aber natürlich, meine Liebe», antwortete sie, «ich habe meine Freunde, meine Kreativität und mein kleines Paradies hier auf Ibiza. Was könnte ich mir mehr wünschen?»

Sie erzählte, dass sie Schmuck entwirft und herstellt, der auf der ganzen Insel auf lokalen Märkten sehr gefragt ist. Es war ihre Leidenschaft und sie liebte es, ihre Kreationen mit anderen zu teilen.

«Und dann ist da noch Juan», fuhr sie fort und ihr Gesicht leuchtete auf. «Er ist wie ein Sohn für mich.» Sie erklärte, dass Juans Tante vor vielen Jahren, als Juan noch ein kleiner Junge gewesen ist, neben ihr gewohnt hatte. Obwohl Pilar keine eigenen Kinder hatte, schien ihre Beziehung zu Juan so innig und liebevoll, als wäre er ihr eigener Sohn.

Pilar griff nach ihrem Handy und fing an, durch eine Reihe von Fotos zu scrollen. Es waren Bilder von Juan, von klein auf bis heute. Anna konnte nicht anders, als fasziniert zu sein von dem attraktiven jungen Mann, der auf allen Fotos ausgelassen lächelte.

«Oh, er sieht sehr nett aus», meinte Anna, ihr Kopf lehnte sich an Pilars Schulter, während sie auf das kleine Display starrte. Juan besaß die gleichen leuchtenden Augen wie Pilar und sein Lächeln war ansteckend.

«Er ist ein echter Schatz», sagte sie mit einem liebevollen Seufzer.

Anna konnte nur nicken und lächeln. Sie war erstaunt über Pilars Zufriedenheit und ihre innige Beziehung zu Juan. Es war beruhigend zu sehen, dass es nicht nur eine Art von Glück gab, sondern viele verschiedene Formen.

Anna sah ihre Nachbarin nachdenklich an. Sie hatte vor, sich für eine Sprachschule anzumelden, um ihr Schulspanisch aufzufrischen, aber dann schoss ihr eine Idee durch den Kopf. «Pilar,» begann sie vorsichtig, «wie wäre es, wenn du mir Spanisch beibringen würdest? Natürlich würde ich dich bezahlen ...»

Pilar schien überrascht, dann begann sie zu lachen. Ihre Augen funkelten, als sie Anna ansah. «Meine Liebe, ich wäre begeistert, dir Spanisch beizubringen! Aber das Geld kannst du stecken lassen.»

Anna sah sie verblüfft an. «Aber, ich kann dich doch nicht einfach umsonst arbeiten lassen!»

Pilar winkte ab. «Keine Sorge. Du kannst mich ja ab und zu zum Essen einladen.»

Annas Augen leuchteten auf. «Wirklich? Das wäre fantastisch! Du musst wissen, mein Spanisch ist... nun, es lässt viel zu wünschen übrig. Ich kann gerade genug, um ein Taxi zu rufen oder um Essen zu bestellen, aber das wars auch schon.»

Pilar zwinkerte ihr zu und erhob ihr Glas. «Dann prost, auf unsere neue Spanisch-Lern-Partnerschaft! Und keine Sorge, mit mir als deiner Lehrerin wirst du in null Komma nichts fließend Spanisch sprechen. Du wirst sehen!»

Die Nacht war noch jung und die Frauen hatten viel zu besprechen. Und während die Musik aus dem Nachbarklub ihren Rhythmus in die stille Nacht trommelte, planten die Frauen ihre zukünftigen Spanisch-Lektionen, die sicherlich genauso abenteuerlich und lehrreich wie Pilars Geschichten sein würden. Anna konnte es kaum erwarten, ihre Sprachkenntnisse zu verbessern und noch mehr in die ibizenkische Kultur einzutauchen.

Als die Uhr schließlich ein Uhr morgens schlug, stand Pilar auf und streckte sich. «Ich glaube, es ist Zeit für mich zu gehen», sagte sie und gab Anna eine warme Umarmung. «Morgen seid ihr herzlich zu mir eingeladen. Ich mache die beste Paella auf der ganzen Insel!»

Anna lachte und nickte. «Das klingt großartig, Pilar. Wir freuen uns darauf. Danke für den schönen Abend.»

Mit einem lächelnden Nicken verließ die Nachbarin die Finca und ließ Anna allein mit dem rhythmischen Puls der Musik vom Klub nebenan. Anstatt sie zu stören, fand sie es plötzlich beruhigend. Sie lächelte in die Dunkelheit hinein. Wie schnell man sich doch an Dinge gewöhnen konnte ...

Müde kroch Anna ins Bett. Kaum waren ihre Augen geschlossen, holte sie der Schlaf ein. Die Musik des Klubs waberte sanft durch ihre Träume, ein konstanter Hintergrundbeat zu den Bildern von spanischen Lektionen am Pool, von lachenden Kindern und von Pilars strahlendem Gesicht.

Sogar im Schlaf konnte sie spüren, wie sie sich in ihrem neuen Leben einlebte, wie sie sich daran gewöhnte. Die Einsamkeit und

Unsicherheit des ersten Tages waren verschwunden, ersetzt durch Vorfreude und Entschlossenheit.

EIN NEUES AUTO UND EIN WAHRES PARADIES

Am nächsten Morgen erwachte Anna mit dem ersten Licht des Tages. «Heute muss ich mich um ein Auto kümmern», murmelte sie in ihr Kopfkissen.

Lukas hatte eine fixe Idee von dem perfekten Auto: einen schnittigen, blitzenden Porsche, der jede Straße mit seiner Eleganz bezaubern würde. Emma hatte eine eher fantasievolle Vorstellung: Ein Auto so groß wie ein Haus. Ein fahrbares Schloss auf Rädern. In Wirklichkeit hatte Anna jedoch die Absicht, sich ein kleines, praktisches Auto zu kaufen, idealerweise eines, das in jede Parklücke passt.

Der Autohändler, ein Mann mit dickem Schnauzbart und lebhaften Augen, sprach kein Deutsch. Sein Englisch war ein lyrischer Mix aus Shakespeares Frühwerk und dem Singsang eines Kleinkindes, das gerade die ersten Worte lernt.

Während Anna nervös durch die Reihen von schillernden Autos schlenderte, fühlte sie sich wie Alice im Wunderland, nur ohne den Vorteil eines sprechenden Kaninchens als Führer. Die Kühlergrills grinsten sie an wie Cheshire-Katzen und die Rücklichter blinzelten ihr verschmitzt zu, als wüssten sie etwas, was sie nicht wusste.

«Oh, wäre Papa doch hier», dachte Anna. In Berlin hätte sie ihren autoliebenden Vater mitgenommen, der jedes einzelne

Autoteil mit einem liebevollen Blick erfasste, als wäre es ein lang vermisstes Familienmitglied.

Aber hier, in dieser fremden Stadt, mit einem Autohändler, der das englische Wort für «Rost» mit «Toast» verwechselte, fühlte sie sich verloren. Jedes Mal, wenn sie sich ein Auto anschaute, fürchtete sie, dass sie gleich einen Wagen kaufte, der sich als umgebaute Schubkarre entpuppte.

Anna war alleine mit einem Haufen metallischer Rätsel und einem Verkäufer, dessen Wortschatz hauptsächlich aus «Yes», «No» und «Special Price» bestand.

Angst, über den Tisch gezogen zu werden, prickelte auf ihrer Haut. Sie strich mit den Fingern über die glänzenden Autokörper und wünschte sich, sie könnte wie eine Autohexe mit den Modellen kommunizieren.

«Ihr Autos da draußen, sagt mir bitte, welches von euch ist das treuste, das zuverlässigste, das langlebigste?» Sie blickte hoffnungsvoll auf die Fahrzeuge, aber natürlich blieben sie stumm, nur ihre polierten Karosserien reflektierten ihr eigenes besorgtes Gesicht zurück.

Anna misstraute dem Autoverkäufer wie einem Eichhörnchen, das zu viel Interesse an einer Kreditkarte zeigte.

Lukas, der sich in der Zwischenzeit in einen knallgelben Sportwagen verliebt hatte, der so hell leuchtete, dass man eine Sonnenbrille brauchte, um ihn anzuschauen, saß stolz hinter dem Steuer und machte Brummgeräusche. Anna konnte den Wagen nicht mal in die engere Wahl nehmen, weil sie noch immer damit beschäftigt war, ihre Netzhaut zu schützen.

Lukas, überwältigt von der Macht der Lederpolster und blinkenden Armaturen, fühlte sich wie der junge König einer benzindurchtränkten Welt.

Anna starrte das Auto an, als ob es ein Einhorn mit Durchfall wäre. Es war weit entfernt von ihrer engen Auswahl, die sich mehr um kompakte, bodenständige Fahrzeuge drehte, mit einem Design, das weniger «Hollywood-Star» und mehr «praktische Bibliothekarin» schrie.

Lukas redete und redete, sein Mund war ein Wasserfall von Worten und sein Enthusiasmus war ansteckend - oder wäre es gewesen, wenn Anna nicht an den enormen Kraftstoffverbrauch und die Frage gedacht hätte, wo sie einen Sportwagen in dieser Stadt überhaupt parken sollte.

«Mama, sieh dir doch nur diese Ledersitze an!», rief Lukas und streichelte das Armaturenbrett, als wäre es eine zarte Geliebte. «Es ist, als würde man auf einer Wolke sitzen!»

«Ja, eine knallgelbe, leuchtende Wolke», murmelte Anna, die versuchte, die Kosten für den Sprit in diesem Auto zu berechnen und gleichzeitig ihr Augenlicht zu behalten.

Nachdem sie den Autohändler höflich, aber bestimmt darauf hingewiesen hatte, dass ihre Entscheidung noch nicht feststand, fuhren sie in den Supermarkt. Es war ein Ort, den Anna inzwischen mit dem gleichen Gefühl von familiärer Geborgenheit betrachtete, mit dem man ein altes Paar Pantoffeln ansieht. Anna atmete auf, als sie den Supermarkt betrat. Hier, zwischen den Gängen mit Nutella-Gläsern und den Regalen voller Toilettenpapier, war sie in ihrem Element. Hier konnte sie Äpfel von Birnen unterscheiden und wusste, dass die einzige Gefahr darin bestand, von einem herunterfallenden Cornflakes-Paket getroffen zu werden. Hier, in diesem vertrauten Chaos aus Lebensmitteln, fühlte sie sich sicher. Und sie hatte fest vor, diesen Ort nicht zu verlassen, bevor Lukas den gelben Blitz aus seinem Kopf verbannt hatte.

Mittags traf die Hitze sie wie ein Brathähnchen in einem Hochleistungsofen. Selbst die Fliegen sahen aus, als würden sie ins Schwitzen geraten, wenn sie flatternd auf der Suche nach Schatten waren. Sie verbarrikadierten sich in ihrem Haus und versuchten, sich mit der Kunst des Möbelrückens abzulenken. Es war wie Tetris, nur ohne den Highscore.

«In einer Woche wird unser Container kommen!», rief Emma immer wieder aus, als ob sie eine prophetische Vision hatte. Die Kinder waren auf Entzug von ihren Spielzeugen, die zurzeit wahrscheinlich in einem Container auf hoher See schaukelten und sich fragten, wo ihre Besitzer abgeblieben waren. Die

Vorfreude auf die Ankunft ihrer persönlichen Sachen war so groß, dass sie die glühende Hitze fast vergaßen.

Am Nachmittag gab es nur ein Heilmittel gegen die Hitze: den Pool. Das war ihre Oase, ihre kleine blaue Lagune mitten in der Wüste. Anna saß am Rand des Pools, ihre Füße im Wasser baumelnd, während sie mit Freunden und Eltern telefonierte, die am liebsten jede Stunde ein Lebenszeichen von ihr bekommen hätten. «Ja, Mama, ich trinke genug Wasser. Nein, Papa, ich habe den Sportwagen nicht gekauft. Ja, Emma, ich werde den Telefonhörer nicht ins Wasser fallen lassen.»

Es war ein Balanceakt zwischen Familienmanagement, Hitzewelle und der Vorfreude auf den Container. Es war chaotisch, es war verrückt und es war einfach wunderbar. Denn trotz all der Hitze und des Durcheinanders gab es keinen anderen Ort, an dem sie lieber gewesen wäre.

Anna konnte den Abend kaum erwarten. Die Einladung, die Pilar ausgesprochen hatte, hatte sie mit der gleichen Freude angenommen, wie ein Kind das erste Stück Schokolade nach einer Woche ohne Süßigkeiten.

Sie war unheimlich gespannt, wie Pilar wohnte. Würde das Haus voller antiker Möbel sein, die so alt waren, dass sie Geschichten aus der Zeit erzählten, als Elektrizität noch eine verrückte Idee war? Oder würde es voller moderner Kunst sein, die aussah, als hätte ein wütender Tintenfisch auf eine Leinwand gekotzt?

Im Supermarkt hatte Anna die teuerste Flasche Wein gekauft, die sie finden konnte. Sie war so teuer, dass der Kassierer sie zweimal gescannt hatte, nur um sicherzugehen, dass er sich nicht geirrt hatte. Anna hoffte, dass Pilar den Wein genauso sehr mochte, wie ihr Kontostand es hasste.

Schließlich war es soweit. Sie und die Kinder putzten sich heraus, so fein, dass sie aussahen, als würden sie zum königlichen Ball gehen und nicht nur ein paar Meter die Straße hinunter zu Pilars Haus, das sich hinter einer hohen Hecke verbarg.

Mit der teuren Flasche Wein in der Hand und einem Lächeln, das hell genug war, um eine dunkle Straße zu beleuchten, klingelten sie. Anna hoffte, dass der teure Wein nicht aus einem Leck im Keller einer billigen Weinkellerei stammte.

Hinter Pilars geheimnisvoller Hecke verbarg sich ein Garten, der so verzaubert wirkte, dass Anna erwartete, eine Elfe oder einen Kobold hinter einem Blumenbeet hervorhuschen zu sehen. Das Haus war klein und unscheinbar, wie ein bescheidener Bühnenarbeiter, der den glitzernden Hauptdarsteller - den Garten - in Szene setzte.

Es war ein wahres Garten-Eden, mit so vielen Blumen, dass es aussah, als hätte ein Regenbogen hier seine Endstation. Kübel mit exotischen Pflanzen zierten jeden Winkel, ein kleiner Teich funkelte wie ein Spiegel in der Mitte, und Palmen, die majestätisch in den Himmel ragten, säumten den Rand des Gartens und bildeten eine grüne Mauer. Und als ob das nicht genug wäre, gab es einen ganzen Bereich, der Kakteen gewidmet war, eine Sammlung stacheliger Persönlichkeiten, die wie grüne Soldaten in Reih und Glied standen.

Anna und ihre Kinder standen da, die Augen weit aufgerissen vor Staunen, ihre Münder offen in stummer Bewunderung, als hätten sie gerade das achte Weltwunder entdeckt. Pilar, die in einem Kleid erschien, das mehr Farben hatte als Annas ganze Garderobe, begrüßte sie mit einer Umarmung, die sie fast zu Boden brachte.

Sie machten zunächst eine Gartenführung, die mehr einer Expedition durch einen Miniatur-Dschungel glich. Pilar zeigte auf jede einzelne Pflanze, als ob sie persönlich mit ihr befreundet wäre und erzählte Geschichten, die Anna an Märchen erinnerten.

Schließlich ließen sie sich auf einer der zahlreichen Terrassen nieder, die so gemütlich wirkten, dass Anna am liebsten nie wieder aufgestanden wäre.

«Das ist ein Paradies», schwärmte Anna, während sie an einem kühlen Drink nippte, der so fruchtig schmeckte, dass sie sich fragte, ob sie gerade einen Schluck Sommer erwischt hatte.

Pilar lachte, ihr Lachen klang wie das Glöckchen einer Elfe.

«Nun, wenn man im Paradies lebt, muss man sich keine Sorgen um den Stau auf der Autobahn machen», sagte sie und zwinkerte.

Während Pilar im Haus verschwand, tollten die Kinder wie zwei aufgeregte Welpen zwischen den Beeten und Büschen herum und gingen auf Entdeckungsreise. Emma war fasziniert von den bunten Koi-Karpfen im Teich und Lukas war in eine hitzige Diskussion mit einem besonders stacheligen Kaktus verwickelt.

Mit einem großen Tablett, das so voll mit Köstlichkeiten war, dass es aussah, als hätte ein sehr ambitioniertes Restaurant seine Küche auf dem Tisch entleert, kam die Gastgeberin zurück. Es gab Oliven, exotisches Obst und eine Auswahl an Käsesorten, die Anna das Gefühl gab, in ein kulinarisches Wunderland eingetreten zu sein. Und das war nur die Vorspeise!

Annas Magen knurrte wie ein hungriger Bär beim Anblick der Delikatessen, denn sie hatte mittags nur wenig gegessen. Sie griff nach einem Häppchen, und als sie in das köstliche Gebäck biss, musste sie kurz die Augen schließen und genießen.

Sich zurücklehnend, blickte Anna auf Pilar, die mit einem Lächeln in ihrem bunten Kaftan dasaß. Plötzlich war Anna sich sicher: Sie würde kein neues Haus suchen. Wie konnte sie, wenn sie eine solch wunderbare Nachbarin und diesen traumhaften Garten direkt nebenan hatte?

«Du bist wunderbar», sagte Anna, und obwohl Pilar nur lachte und mit der Hand abwinkte, war sie sich sicher, dass ihre Worte angekommen waren.

Anna hatte so viel gegessen, dass sie das Gefühl hatte, sie würde platzen wie eine überreife Wassermelone. Ihr Bauch wölbte sich unter ihrem Kleid hervor und sie musste sich zurücklehnen, um genügend Raum zum Atmen zu schaffen.

Gerade als Pilar einen goldenen Likör einschenkte, der duftete, als hätte man Sonnenschein in flüssige Form gebracht, klingelte es an der Tür.

«Oh, das ist Juan», erklärte Pilar und sprang auf, als ob sie eine unsichtbare Sprungfeder unter sich hätte.

Mit einem Mann, der aussah, als wäre er direkt aus einem Hollywoodfilm gestiegen, kam sie zurück in den Garten. Juan war groß, besaß pechschwarzes Haar und dunkle Augen, die so tief und geheimnisvoll waren wie der nächtliche Himmel. Sein Lächeln war warm und charmant, und Anna bemerkte, wie ihr Puls plötzlich schneller wurde.

«Juan, das ist Anna, meine neue Nachbarin, und das sind ihre Kinder Emma und Lukas», stellte Pilar sie vor. Juan reichte ihr seine Hand und Anna konnte nicht anders, als zu bemerken, wie stark und doch sanft sein Griff war.

«Es ist mir eine Freude, Anna», sagte er mit einer Stimme, die klang, als hätte er Schokolade zum Frühstück gegessen. Anna fühlte, wie sie errötete, sie fühlte sich in diesem Moment weniger als zauberhaft.

«Hola, Juan», stammelte sie, während sie sich bemühte, wieder in ihren Stuhl zurückzusinken.

Juan setzte sich neben Anna. Sie konnte seinen Duft wahrnehmen, eine Mischung aus Meersalz, Zitrone und etwas, das sie nicht identifizieren konnte, aber unwiderstehlich fand. Er lächelte sie an, ein Lächeln, das seine Augen erreichte und ihr Herz ein kleines bisschen schneller schlagen ließ.

Juans Augen leuchteten, als ob er ein ständiges Feuerwerk in seinem Kopf hatte. Sein Lächeln war ansteckend.

Er war also der Besitzer dieses ohrenbetäubenden Klubs, der die nächtlichen Rhythmen ausstrahlte, die stark genug waren, um ein ganzes Dorf in Schwung zu bringen. Anna hatte sich den Klubbesitzer als einen verschwitzten, arroganten Disco-König mit einer Goldkette um den Hals und einem Herzen aus Stein vorgestellt. Aber statt des lauten Machos fand sie einen Mann vor, dessen Charme und Charakter sie genauso überraschte wie die Tatsache, dass es ihr gelungen war, eine Erdbeerpflanze in ihrem winzigen Stadtbalkon zum Blühen zu bringen.

Seine Art und Weise mit Pilar umzugehen, war besonders beeindruckend. Es war, als ob ein sanfter Riese mit einer Schmetterlingsfänger-Hand spielt, vorsichtig und doch verspielt.

Lächelnd beobachtete er die Kinder, die im Garten Fangen spielten.

«Pilar hat mir erzählt, dass sie eine neue zauberhafte Nachbarin hat», sagte er im gebrochenen Deutsch, das auf eine charmante Art und Weise verunstaltet wurde, die Anna zum Schmunzeln brachte. «Sie haben sicherlich schon von meinem Klub gehört. Ich hoffe, die Musik stört Sie nicht zu sehr», fügte er hinzu. Seine Augen funkelten schelmisch.

Anna runzelte die Stirn. «Sie sind also der Besitzer des Klubs, der die ganze Straße bis spät in die Nacht mit Musik beschallt.»

Juan nickte und lächelte. «Ich bitte um Verzeihung, wenn die Musik zu laut ist, aber die Gäste wünschen es so laut.»

«Juan, darf ich mal in deinen Klub kommen?», fragte Lukas mit einer beinahe pleitegehenden Ernsthaftigkeit, die bei einem Achtjährigen wirklich selten anzutreffen ist. Juan antwortete mit einem Lachen, das klang wie das Rasseln einer Maraca.

«Sicher, mein Kleiner. Komm morgen Vormittag mal vorbei. Ich zeige dir, wie wir die Erwachsenen zum Tanzen bringen», sagte Juan, und Lukas' Augen leuchteten so hell wie Juans Zähne.

Kaum war das Wort «erlaubt» ausgesprochen, saß Lukas schon wie ein aufgezogener Wackeldackel neben Juans Stuhl.

Der kleine Junge, der schnell von der Faszination des Klubs zu seiner nächsten kindlichen Begeisterung wechselte, fragte Juan, ob er mit ihm Fußball spielen würde. «Meine Schwester kann das nicht so gut», erklärte er, während Emma ihren Bruder mit einem Blick anschaute, der an eine geplatzte Limonade erinnerte - spritzig, sauer und mit einer ordentlichen Portion Kohlensäure.

Juan ließ sich nicht zweimal bitten und sprang auf. In seinem edlen weißen Hemd und der dunklen Hose, die mehr nach einem Tango-Tänzer aussah als nach einem Fußballspieler, war er nicht das Modell für ein Fußball-Magazin-Cover.

Anna beobachtete das ganze Schauspiel, ein Lächeln spielte um ihre Lippen, während sie an Felix dachte. Er, der nie Zeit für Fußball gehabt hatte, weil er damit beschäftigt war, die nächste berufliche Leiter zu erklimmen, dass er vergessen hatte, wie es sich anfühlte, auf dem Boden zu stehen. Aber hier war Juan, der Klubbetreiber, bereit, sich in seinen Designerklamotten ins Gras zu stürzen und mit Lukas zu kicken. Vielleicht, dachte Anna, könnte Juan ihrem Sohn zeigen, dass nicht alle Erwachsenen vergessen, wie man das Spiel des Lebens spielt. Und vielleicht könnte sie sich an den Sound des Klubs gewöhnen. Es war schließlich besser als das ständige Ticken der Arbeitsuhr ihres Mannes.

Juan hatte mehr Ausdauer als ein Marathonläufer, der sich im letzten Kilometer befindet. Er und Lukas jagten über eine Stunde lang den Ball hinterher, sprangen, liefen und lachten. Juan warf sich mehrfach auf den Boden, um den Ball abzuwehren, ohne Rücksicht darauf, dass seine Hose dabei litt. Anna konnte nicht anders, als beeindruckt von diesem Mann zu sein, der so spielte, als ob er das Schicksal der Welt in den Händen hielt und nicht nur einen simplen Fußball.

Währenddessen erzählte Pilar ihr mehr über Juan. Die Geschichte war wie ein trauriger Flamenco-Song, in dem der Tänzer lacht, während sein Herz weint. Juans Eltern waren früh gestorben, und der kleine Junge war bei seiner Tante aufgewachsen, die strenger war als ein spanischer Lehrer, der auf korrektes Akzentsetzen besteht. Juan sprach vier Sprachen und wie Anna festgestellt hatte, ein verständliches Deutsch. Sie stellte sich den kleinen Juan vor, der bitterlich über den Tod seiner Eltern weint, alleine in einem großen Haus mit nichts als den strengen Regeln seiner Tante als Gesellschaft.

Kaum volljährig war er schließlich aus seinem Käfig ausgebrochen und nach Madrid gezogen, wo er sich mit verschiedenen Jobs durchschlug. Anna stellte sich vor, wie er Oliven verkaufte, in einem Flamenco-Klub arbeitete oder sich auf einem Bauernmarkt durchmogelte.

Juan, dessen Gesicht nun so rot war wie eine überreife Tomate, ließ sich lachend und atemlos neben Anna und Pilar nieder. Er schnappte sich das Wasser, das ihm Pilar reichte, und kippte es in sich hinein.

Lukas, dessen Energiespeicher anscheinend aus unerschöpflichen Quellen gespeist wurde, hatte sich wieder neben Juans Stuhl positioniert. In seinen Augen war Juan gerade vom Klubbesitzer zum Fußballgott befördert worden.

«Juan, du spielst besser als Messi. Hast du morgen Zeit, wieder mit mir zu spielen?», fragte er, seine Augen groß vor Hoffnung.

«Morgen, mein kleiner Champion, habe ich leider keine Zeit», antwortete Juan und strich Lukas liebevoll über den Kopf und lächelte, «aber übermorgen, da bin ich wieder bereit, von dir eine Fußballlektion zu bekommen. Ich muss dann mal wieder zurück zu meinen wilden Tanzbären», erklärte er, während er sich erhob, die Grashalme von der Hose strich und Anna die Hand schüttelte. Er streichelte Lukas und Emma zärtlich über die Köpfe und küsste Pilar liebevoll auf die Stirn.

«Behalte den Ball im Auge, kleiner Champion», sagte er zu Lukas, bevor er mit einem Lächeln abmarschierte, das hell genug war, um eine Disco-Kugel neidisch zu machen.

Kaum war er weg, zückte Anna ihr Handy. Sie hatte mehrere Anrufe verpasst, von Felix und ihren Eltern. Ihre Sorge stand in den digitalen Notizen geschrieben wie eine Neon-Leuchtschrift an der Fassade eines Hotels. Anna fühlte sich ein bisschen wie eine Geheimagentin, die in einer fremden Stadt untergetaucht war.

«Die Kinder müssen ins Bett», sagte sie, während sie sich erhob und Lukas und Emma bat, ihre Schuhe anzuziehen.

«Vielen Dank für das köstliche Essen.»

Pilar, die sich schon fast wie eine Freundin anfühlte, lächelte und fragte: «Und wie wäre es, wenn wir morgen mit unserer ersten Spanisch-Stunde beginnen?»

«Klingt nach einem Plan», antwortete Anna und konnte ein breites Lächeln nicht unterdrücken und stellte sich dabei vor, wie sie ihre Bestellung in Juans Klub auf Spanisch aufgab.

Anna kehrte nach Hause zurück, ihr Kopf voller neuer Eindrücke, wie ein überfüllter Paella-Teller. Der wundervolle Abend bei Pilar, der Garten, der wie ein kleines grünes Paradies wirkte, das Essen, das noch immer auf ihrer Zunge tanzte und natürlich - Juan, der den Charakter einer Telenovela-Hauptfigur hatte.

War er vergeben? Wie lebte er? Hatte er etwa einen Mops, der Fußball genauso liebte wie er? Solche Fragen tanzten in ihrem Kopf herum, ein Gedanken-Flamenco, der sie schmunzeln ließ.

Auch Lukas war noch ganz aufgedreht, seine Augen funkelten heller als die Sterne am Himmel.

«Mama, Juan ist der beste Fußballspieler der Welt!», schwärmte er, bevor sie ihn ins Bett brachte. Es war wohl eine lange Weile her, seit er so begeistert von etwas gewesen war.

Als die Kinder schließlich schliefen, setzte sich Anna in den Garten. Der Himmel spannte sich wie ein dunkelblauer Samtvorhang über ihr und die laue Sommerluft streichelte ihre Haut. In Berlin war es meistens zu kalt, um abends draußen zu sitzen, aber hier ... hier fühlte es sich wie ein kleines Stück vom Paradies an.

Sie zog ihr Handy hervor und schrieb Felix und ihren Eltern. Sie wollte sie an ihren Erfahrungen teilhaben lassen, wollte ihnen zeigen, dass sie das Inselleben genoss und schickte ein paar Fotos von Pilars Garten, vom Essen und einem heimlich geschossenen Foto von Juan, der gerade mit Lukas Fußball spielte.

Sie legte das Handy weg und lehnte sich in ihrem Stuhl zurück. Ihr Herz fühlte sich leicht an, ihr Geist war ruhig. Sie sah zum Himmel hoch, betrachtete die Sterne und ließ den Duft der blühenden Bäume und das leise Summen der Insekten auf sich wirken. Ja, es war anders hier, ganz anders und vielleicht war anders genau das, was sie gebraucht hatte.

In Berlin konnte sie sich nicht daran erinnern, jemals so lange draußen gesessen zu haben. Es war zu kalt, zu grau, zu voller Beton. Aber hier, in dieser kleinen spanischen Oase, konnte sie sich stundenlang verlieren, einfach nur sitzend und lauschend.

Nachdem Anna den Mann hinter dem allabendlichen Rhythmus kennengelernt hatte, schien der Lärm, der vom Klub kam, eher wie eine entfernte Melodie, als eine Störung. Es war fast so, als würde jeder Bassschlag sie daran erinnern, dass sie jetzt hier war, in dieser neuen, aufregenden Welt und nicht mehr in ihrem alten, vorgezeichneten Leben in Berlin.

Bevor sie ins Haus ging, ließ sie ihre Füße in den Pool gleiten. Das Wasser war kühl und belebend. Während sie das kühlende Nass genoss, kam ihr ein Gedanke. Vielleicht könnte Juan ihr beim Autokauf behilflich sein? Sie hatte gehört, dass Autodealer dazu neigen, Frauen, die sich nicht auskennen, übers Ohr zu hauen. Und sie wollte nicht am Ende mit einem Auto dastehen, das eher nach dem Spruch «mehr Schein als Sein» funktionierte.

Ja, das würde sie tun! Sie würde Juan bitten, ihr beim Autokauf zu helfen und lächelte bei dem Gedanken. Sie zog ihre Füße aus dem Pool und schüttelte die Wassertropfen ab, die wie kleine Sterne im Licht der Außenbeleuchtung glitzerten.

ERSTE LEKTION

Anna erwachte am nächsten Morgen mit einem Gefühl der Vorfreude, das so stark war, dass sie sich wie eine Sprosse aus einer Bohne fühlte. Sie sprang aus dem Bett, während ihre Kinder noch im Land der Träume waren und begab sich zum Pool. Das Wasser war erfrischend kalt, eine Wohltat bevor die Hitze des Tages vollständig über die Insel hereinbrach.

Noch immer fühlte sie sich wie in einem endlosen Urlaub, wo jeder Tag neue Abenteuer und Überraschungen bereithielt. Als die Hitze begann, sich wie eine flauschige Decke über die Insel zu legen, verzogen sie sich ins Haus.

Am Nachmittag kam Pilar vorbei, mit einem Stapel Bücher unterm Arm, die aussahen, als ob sie Geschichten und Grammatikregeln in sich verborgen hielten. Pilar war eine erstaunliche Lehrerin, ihre Art zu lehren war genauso warm und einladend wie ihr Lächeln. Sie entpuppte sich als eine Lehrerin, die der Wunschtraum eines jeden Schülers wäre. Sie war geduldig, engagiert und hatte dieses ansteckende Lachen, das bei jedem Fortschritt von Anna ertönte. Und Anna war eine gewissenhafte Schülerin - sie konnte das «R» so gut rollen, dass es fast wie das Schnurren einer Katze klang. Pilar klatschte in die Hände und lobte Anna, was ihr ein Gefühl von Stolz verlieh, das sie schon lange nicht mehr gespürt hatte.

Emma, neugierig und eifrig wie sie war, gesellte sich zu ihnen und begann, die fremden Worte nachzusprechen. Ihr kleiner

Akzent brachte Pilar und Anna zum Lachen und ihre Augen funkelten vor Begeisterung.

Lukas, der eher das Action-Abenteuer-Kind war, fand eine andere Art, sich zu beschäftigen. Er beschloss, dass es sein Job war, die «langweilige» Spanischstunde aufzulockern. Jedes Mal, wenn Anna oder Emma ein neues Wort korrekt aussprachen, bespritzte er sie mit Wasser. Es war wie ein ungewöhnliches Belohnungssystem, das für viele Lacher sorgte.

Der Tag endete mit durchnässten Kleidern, Lachanfällen und ein paar neuen spanischen Wörtern im Wortschatz. Es war ein perfekter Sommertag - voller Sonne und Spaß.

Am nächsten Tag tauchte der Vermieter wie ein U-Boot in Annas ruhigem Morgen, auf. Herr Fernandez war ein kleiner Mann mit einer Stimme, die klang, als hätte jemand eine Maus heliumatmen lassen und einem Haar, das so dünn war, dass es von einem Windhauch hinweggetragen werden könnte. Anna hatte bislang nur mit ihm telefoniert und hatte sich ihn ganz anders vorgestellt. Vielleicht etwas im Stil eines strammen Seemanns oder zumindest eines Mannes, der aufrecht gehen konnte, ohne dass er von einem Windstoß weggefegt wurde.

Sie führte den Vermieter durchs Haus, zeigte ihm die ein oder andere Kleinigkeit, die nicht in Ordnung war. Er machte sich Notizen, nickte verständnisvoll und versprach, sich darum zu kümmern.

Als sie noch mal den Klub erwähnte, zuckte er zusammen, als hätte sie ihn mit einer Wasserpistole besprüht. Es stellte sich heraus, dass er vergessen hatte, diesen wichtigen Punkt in seiner Anzeige zu erwähnen. Mit einem betretenen Ausdruck auf seinem Gesicht und einer Stimme, die plötzlich noch höher klang, stimmte er einer kräftigen Mietminderung zu.

Anna war zufrieden. Zufrieden mit dem Haus, zufrieden mit der neuen Miete und sogar zufrieden mit dem kleinen Mann, der sich sehr entgegenkommend zeigte. Sie hatte sich bereits eingelebt, hatte sich in das Haus und vor allem den Garten verliebt und nahm den nächtlichen Lärm dafür gerne in Kauf.

Mit einem Lächeln auf dem Gesicht sah sie Herrn Fernandez nach, als er mit schnellen Schritten davonwatschelte. Sie schüttelte den Kopf und lachte leise. Es war definitiv kein normaler Alltag hier, aber es war ihr Alltag und sie liebte jede Minute davon.

Kaum hatte der Vermieter den Garten verlassen, durchbrach das Klingeln ihres Handys die Stille. Es war Pilar, die wie immer, eine Welle von positiver Energie in ihr Telefonat brachte. «Ich wollte nur kurz stören, aber ich habe eine Nachricht von Juan», begann sie. «Er fragt, ob Lukas heute Nachmittag zum Fußballspielen kommen möchte?»

Pilar bot an, das Spiel in ihrem Garten auszutragen. «Ich habe eine größere Rasenfläche», erklärte sie, «und die Rosenbüsche sind robust genug, um einen oder zwei verirrten Fußbälle zu überleben.»

Sie einigten sich auf den späten Nachmittag und Anna versprach, eine frische Erdbeerbowle mitzubringen. Als sie auflegte, war Lukas außer sich vor Freude. Er hüpfte durch den Raum wie ein Flummi, der zu viel Energie getankt hatte.

Emma hingegen war ein bisschen eingeschnappt. «Warum darf ich nicht mitspielen?», fragte sie mit gesenktem Kopf und schmollendem Gesicht.

«Emma, wir werden mit Pilar Spanisch lernen», tröstete Anna sie. «Denk daran, du wirst die Sprache schneller sprechen als dein Bruder. Stell dir nur vor, wie du ihm dann Spanisch beibringen kannst!»

Die Vorstellung brachte ein Lächeln auf Emmas Gesicht. «Und ich kann ihm die falschen Wörter beibringen!», fügte sie hinzu, ihre Augen blitzten vor Schalk.

Als Juan in Pilars Garten erschien, war er nicht länger der Gentleman in einem weißen Hemd und einer Stoffhose. Nein, er kam im sportlichen Outfit, fast wie ein verirrter Fußballprofi. Seine nackten, kräftigen Beine waren so stark behaart, dass sie aussahen wie zwei Igel auf einem Spaziergang.

Lukas' Augen weiteten sich vor Aufregung, als er den echten Lederfußball sah, den Juan mitgebracht hatte. Der Ball war mit den Unterschriften bekannter Fußballer übersät.

Lukas konnte seine Aufregung nicht verbergen und vollführte einen Luftsprung, der in der olympischen Disziplin «Freudentänze» sicherlich eine Goldmedaille gewonnen hätte. «Wow!» war das einzige Wort, das er herausbrachte, bevor er mit Juan auf das Spielfeld stürmte.

In der Zwischenzeit ließen sich die Frauen mit der Erdbeerbowle nieder. Pilar begann, Geschichten aus ihrer Vergangenheit zu erzählen, die so farbenfroh und lebendig waren, dass Anna fast das Gefühl hatte, sie könnte die Szenen direkt vor sich sehen. Es waren Geschichten von Liebe und Verlust, von Abenteuern und dem Alltag und von der Art von Lebensfreude, die Anna in ihrem eigenen Leben vermisst hatte.

Anna lauschte den Geschichten, beobachtete Lukas und Juan beim Fußballspielen und genoss die süße Bowle.

Nach einer ausgiebigen Fußballsession, die mehr als eine Stunde dauerte und bei der kein Rasenfleck unberührt blieb, kamen die beiden Männer erschöpft, aber strahlend zu den Frauen. Juans Haut war mit Schweißperlen bedeckt, die wie kleine Kristalle in der untergehenden Sonne glitzerten. Er lachte entspannt und Lukas legte sich neben ihm auf den Rasen, wo er den Lederball auf seinen Händen balancierte, als wäre er ein Zirkusakrobat.

«Mama, Juan hat früher in Madrid in der zweiten Liga gespielt», erzählte Lukas, noch immer voller Bewunderung für seinen neuen Fußballmentor.

«Oh, hat er das?» Anna sah überrascht zu Juan, der mit einem bescheidenen Nicken bestätigte.

«Ich will auch in einen Verein», erklärte Lukas entschlossen.

Anna lächelte und strich ihrem Sohn über den Kopf. «Ja, wir werden sehen. Erst mal gehst du in die Schule. Vielleicht kannst du dort auch Fußball spielen» schlug sie vor, während sie Juan ein Glas Bowle reichte.

«Ich wäre nicht überrascht, wenn er in ein paar Jahren die spanischen Ligen erobert», meinte Juan und erhob sein Glas auf Lukas. «Auf unseren zukünftigen Fußballstar!»

«Möchtet ihr euch vielleicht morgen meinen Klub ansehen?», fragte Juan und schaute dabei speziell Anna an. Die Kinder reagierten sofort wie eine Rakete, die gerade gezündet worden war.

«Ja, ja, ja!», schrien sie fast im Chor, während Anna erst einmal innehielt und überlegte.

«Morgen wollten wir uns eigentlich Autos ansehen», sagte Anna vorsichtig, nicht ohne Hintergedanken. Ihre Augen schweiften unauffällig zu Juan hinüber, in der stillen Hoffnung, dass er den Wink mit dem Zaunpfahl verstand und sich anbot, beim Autokauf behilflich zu sein.

Juan runzelte die Stirn und nickte dann. «Ich könnte mitkommen, wenn ihr möchtet. Ich kenne ein paar zuverlässige Händler hier in der Gegend.»

Anna fühlte sich, als ob sie gerade ein Tor geschossen hätte. Sie versuchte, ihre Freude zu verbergen und gab ihr Bestes, um zögerlich zu wirken, obwohl sie innerlich jubelte.

«Das wäre sehr nett von dir, Juan. Aber wir möchten dich nicht belästigen.»

«Belästigen?» Juan lachte und winkte ab. «Vielleicht kann ich ja einen guten Preis für euch aushandeln.»

Vorfreude auf den nächsten Tag war fast schon greifbar. Juan, der charmante Klubbesitzer und nun auch noch Autoexperte - was für eine Mischung!

Anna und die Kinder fühlten sich bereits wie Teil der Familie bei Pilar. Sie lachten, spielten und fühlten sich an diesem Ort einfach wohl. Juan musste in seinen Klub und hinterließ einen traurigen Lukas, der noch gerne weiter Fußball gespielt hätte. Aber die Welt hatte Glück, denn sie hatten Pilar, die das Problem sofort löste. Sie holte ein Brettspiel aus dem Haus, das Anna nicht kannte. Es hatte komplizierte Regeln und unglaublich viele kleine Spielfiguren, aber Pilar erklärte geduldig, wie es funktionierte. Mit dem Spiel hatten sie eine fantastische Zeit, die sie bis tief in die Nacht hinein verlängerten.

Nachdem Anna die Kinder ins Bett gebracht hatte, nutzte sie die Ruhe, um mit Felix zu chatten. Sie machte sich etwas Sorgen um ihn. Er schrieb, dass er wenig schlief und viel arbeitete. Er wohnte noch immer im Hotel und von seiner Nachricht ging eine gewisse Traurigkeit aus.

Anna versuchte, ihn aufzumuntern und teilte ein paar Bilder von ihrem Abend mit ihm.

Pünktlich wie ein Schweizer Uhrwerk - oder wie der Gong einer großen spanischen Kathedrale - stand Juan um zehn Uhr vor Annas Tür. Sie hatte ein bisschen nachgeholfen, um ihre natürliche Schönheit zu betonen. Eine Prise Mascara hier, ein Hauch Lippenstift dort. Sie sah aus wie ein Leinwandgemälde, bei dem jeder Strich perfekt platziert war.

«Mama, ich möchte auch rote Lippen haben», verkündete die kleine Emma, während sie ihre Puppen zum Tee einlud. Anna lächelte. «Aber meine kleine Prinzessin, deine Lippen sind wie Erdbeeren, von der Natur selbst bemalt. Das ist viel schöner.»

Lukas, der seine Verantwortung als Mann im Haus sehr ernst nahm, ließ den Klubbesitzer ins Haus. Juan, in einem legeren, schicken Leinenanzug, der aussah, als hätte er gerade eine Jacht geparkt, war die personifizierte spanische Gelassenheit. Seine Sonnenbrille war im Haar versteckt, als würde sie einen Ausblick auf die kunstvolle Landschaft seiner Gedanken suchen.

Anna suchte aufgeregt nach ihrer Geldbörse und vermied dabei den Blick auf Juan, denn seine Augen hatten eine eigene Gravitationskraft. Jedes Mal, wenn sie in diese tiefen, dunklen Galaxien hineinschaute, fühlte sie sich wie ein kleiner, verwirrter Stern, der einfach hineingezogen wurde. Sie kämpfte gegen dieses Gefühl, denn sie wusste, wie leicht Sterne in schwarzen Löchern verschwinden können.

Stattdessen stolperte sie leichtfüßig durch den Raum, auf der Suche nach ihrem Portemonnaie und murmelte vor sich hin: «Wo habe ich nur dieses blöde Ding gelassen? Vielleicht hat es sich aus Angst vor Juans Charme versteckt.»

Als sie auf die Straße traten, quietschte Lukas wie ein Geisterbahn-Ausgangs-Tonband, als er Juans Auto sah. Ein schwarzer Geländewagen, der den Eindruck vermittelte, als könnte er einen Ausflug zum Mars unternehmen und dabei noch cool aussehen. Lukas umkreiste das Fahrzeug wie ein hungriger Hai, berührte es fast ehrfürchtig und flüsterte dann: «Wow!»

Anna und Emma tauschten einen amüsierten Blick aus. «Fußball und Autos», sagte Anna und schüttelte den Kopf, «ich weiß nicht, woher er das hat. Vielleicht wurde er von einer Fußball spielenden Autowerkstatt adoptiert, als wir nicht hingeschaut haben.»

Lukas, völlig vertieft in seine Bewunderung, hörte sie nicht. Für ihn waren Fußball und Autos das, was für andere Kinder Dinosaurier oder Einhörner waren. Anna kratzte sich am Kopf und fragte sich, woher dieses Interesse kam. Sie selbst konnte ein Auto nicht von einem Toaster unterscheiden, wenn es nach den technischen Details ging. Und Felix? Der dachte, ein V8 sei eine Gemüsesaftmarke.

Als sie im Wagen saßen, genossen sie die erfrischende Kühle der Klimaanlage. Juan setzte seine Sonnenbrille auf, was ihm das Aussehen eines Hollywood-Schauspielers verlieh, der gerade eine Pause zwischen zwei Actionszenen einlegt. Aber anstatt das Gaspedal durchzudrücken, fuhr er erstaunlich ruhig und bedächtig los.

Lukas dagegen war sichtlich enttäuscht. «Wieso fahren wir nicht schneller, Juan?», fragte er und sah aus dem Fenster.

«Wir sind nicht in einem Actionfilm, Lukas», antwortete der Spanier mit einem Grinsen.

Nach einer Fahrt, die sich eher wie eine entspannende Bootsfahrt auf einem stillen See anfühlte, erreichten sie das erste Autohaus. Juan hob die kleine Emma aus dem Wagen wie ein erfahrener Papa-Kranich und für einen flüchtigen, irrwitzigen Moment sah Anna ihn als den Vater ihrer Kinder. Ein Bild, das schneller vorbeiflog als ein mit Nitro-Boost ausgestattetes

Einhorn. «Hör auf damit, Anna», schimpfte sie mit sich selbst, «das ist so albern wie eine Giraffe auf einem Einrad.»

Anna wusste nur Bruchstücke aus Juans Vergangenheit, dass er einst der Traurigste unter den spanischen Kinderzimmerhelden gewesen war. Aber über seinen aktuellen Beziehungsstatus tappte sie völlig im Dunkeln. Sein Finger war frei von jeglichem Ehering, aber das war heutzutage kein sicherer Indikator mehr. Vielleicht war er in einen geheimen Klub von unverheirateten Milliardären eingetreten, die keine Ringe tragen durften. Oder er hatte einfach nur vergessen, ihn am Morgen anzuziehen. Oder und das war der verwirrendste Gedanke - er hatte nie einen gehabt.

Anna schüttelte den Kopf und konzentrierte sich wieder auf das Hier und Jetzt. Sie war nicht im Autohaus, um über das Liebesleben von Juan zu spekulieren.

Sie hörte Lukas' begeistertes Geschrei von der anderen Seite des Autohauses. «Mama! Schau dir diesen an! Er hat Flügel!»

«An was für ein Auto hast du denn gedacht?», fragte Juan und Anna konnte fast das Geräusch von knisternder Spannung hören.

«Ich hätte gerne etwas Kleines, aber Geräumiges. Etwas, in das ich den gesamten Wochenmarkt einladen kann, ohne dass die Karotten sich an die Tomaten kuscheln müssen», antwortete sie.

«Und es muss mindestens 500 PS haben und richtig sportlich aussehen», fügte Lukas mit der Entschlossenheit eines kleinen Auto-Enthusiasten hinzu.

«Und es soll rot oder rosa sein!» Emma legte den letzten Schliff auf die Auto-Bestellung, was alle zum Lachen brachte. Das Lachen hing in der Luft wie ein leichter Sommerregen.

Der Autoverkäufer, der aus seinem Kabuff kam, sah aus, als hätte er sein ganzes Leben zwischen glänzenden Motorhauben und scharfen Scheinwerfern verbracht. Er begrüßte Juan mit einem warmen Händedruck und einem breiten Lächeln, wie man einen alten Freund begrüßt, der plötzlich auf deiner Hochzeit auftaucht. Sie tauschten einige Worte auf Spanisch aus, während Anna ihren Blick über das glänzende Automeer schweifen ließ.

In der Zwischenzeit war Lukas zu einem giftgrünen Sportwagen gewandert. «Wow, schau dir das an, Mama», rief er und streichelte ehrfürchtig die Motorhaube, «das wäre doch etwas!»

Anna lachte und rief zurück: «Ja, für einen Ausflug zum Mars vielleicht, mein Schatz!»

«Also, ihr möchtet ein eher kleines, sportliches, rotes oder rosafarbenes Auto mit genug Platz für Großeinkäufe. Vielleicht ein Rennwagen mit einem Kofferraum wie ein Lieferwagen?», fragte Juan scherzhaft und Anna musste lachen.

«Ja, genau so ein Hybridmodell. Und es muss auch fliegen können, während es Kaffee kocht», fügte Anna hinzu.

Emma zupfte am Ärmel ihrer Mutter. «Mama, das da!», rief sie und zeigte auf einen knallroten Flitzer.

Anna seufzte. Das Autokaufen mit der Familie war definitiv ein Abenteuer. Ein bisschen wie eine Reality-TV-Show, nur ohne die Kameras und das Preisgeld.

Der Autoverkäufer, ein Mann, der aussah, als hätte er die Spannweite eines Gorillas und den Bauchumfang eines Bierfasses, drückte Annas Hand und musterte sie mit einem Ausdruck, der irgendwo zwischen einem Geschäftsmann und einem Wachhund lag. Er zog seine Hose hoch, als würde er sich auf ein wichtiges Rodeo vorbereiten und begann in rasantem Spanisch zu sprechen.

Da der Verkäufer kein Deutsch sprach und Annas Spanisch noch auf «Hola» und «Paella» beschränkt war, übernahm Juan die Rolle des Übersetzers, was ihm eine Aura von Geheimagentenflair verlieh.

Der Verkäufer führte Anna zu einem weißen Kleinwagen, der aus der Ferne so makellos aussah wie ein frisch gebleichter Zahn. Aber Lukas, mit seinem unerschütterlichen Gespür für «cool» verwarf ihn sofort. «Der sieht aus wie der Turnschuh eines Riesen», sagte er und verdrehte die Augen.

«Wir schauen ihn uns trotzdem mal an», meinte Anna und ließ sich hinter das Steuer fallen. Lukas und Emma hüpften auf die Rückbank. Aber schon nach wenigen Sekunden ging ein lautes Stöhnen durch das Auto. «Mama, es stinkt hier drin, als hätte eine Stinktiernation hier drinnen ihre Jahresversammlung abgehalten», beschwerte sich Lukas und hielt sich die Nase zu.

«Und die Sitze sehen aus, als hätte Picasso sie bemalt.» Anna war erstaunt, dass ihr Sohn Picasso kannte. Sie zog die Nase kraus. «Ihr habt Recht», stimmte sie zu und stellte sich vor, wie der letzte Besitzer einen wilden Abend mit zu viel Paella und... nun ja, sie wollte diesen Gedanken nicht weiterverfolgen.

«No», sagte sie und schüttelte den Kopf, was der Verkäufer sofort verstand. Dann zeigte er ihr den nächsten Wagen und Anna hoffte insgeheim, dass dieser weniger nach einer Käsefabrik und mehr nach einem neuen Anfang riechen würde.

Nachdem sie sich durch eine Armada von Autos gekämpft hatte - von Familienkutschen, die wie Rhinozerosse aussahen, bis hin zu winzigen Kompaktwagen, die von der Ferne aus betrachtet wie übergroße Spielzeugautos wirkten -, war ihr Enthusiasmus geschrumpft wie eine Rosine in der Sommersonne. Es war sengend heiß, und Anna war kurz davor, aufzugeben, als der Autohändler ein Fahrzeug präsentierte, das ihr Herz höherschlagen ließ und die Augen ihrer Kinder zum Leuchten brachte.

Der Verkäufer präsentierte ihnen einen kleinen, aber feinen SUV, der in einem himmlischen Blau funkelte. Der Wagen versprach genügend Platz für einen kompletten Zoo von Plüschtieren und genug Kompaktheit, um in die engsten Parklücken zu passen - eine wahrhaftige automobile Zaubernuss.

Die Probefahrt war ein Traum. Der SUV schnurrte wie ein zufriedener Kater. Es war Liebe auf den ersten Kilometer. Die Klimaanlage war so kühl wie eine Eisprinzessin, der Innenraum so sauber, als hätte eine Gruppe von Putz-Elfen darin eine After-Party veranstaltet. Das einzige Problem: Der Preis hing über dem Auto wie eine dunkle Gewitterwolke. Aber mit Juan an ihrer

Seite, der mehr Handelsgeist hatte als ein orientalischer Basarhändler, fühlte Anna sich sicher.

Nach einem harten Preiskampf, bei dem Juan den Preis so weit nach unten schraubte, dass er fast im Erdmittelpunkt ankam, war der Deal in trockenen Tüchern. Der Kaufvertrag wurde schneller unterzeichnet, als man «Ferrari» sagen konnte und Anna konnte den Wagen in zwei Tagen abholen.

Die Freude war groß, denn endlich konnten sie die Insel erkunden, an Strände fahren und in verborgenen Buchten picknicken. Sie würden mit dem neuen Auto so viele Abenteuer erleben, dass selbst Indiana Jones neidisch werden würde.

Mit einem kollektiven Seufzen der Zufriedenheit stiegen sie wieder in Juans Wagen. Anna drehte sich zu Juan und sagte: «Ich weiß nicht, wie ich dir danken soll, Juan. Aber wie wäre es, wenn ich dich zum Essen einlade? Ich könnte etwas Deutsches kochen. Wie wäre es mit Bratwurst und Sauerkraut?» Sie stellte die Frage mit einem schiefen Lächeln, während sie den Spanier aus dem Augenwinkel musterte.

Er hatte das Profil eines GQ-Models - gerade Nase, markantes Kinn und das dunkle Haar, das perfekt in seine Stirn fiel. Er war so anders als Felix, der sich mit der Mode genauso gut auskannte wie ein Goldfisch mit Quantenphysik.

Juan lächelte und Anna hätte schwören können, dass sein Lächeln das Innere des Autos ein wenig aufhellte.

«Ich freue mich über deine Einladung, Anna», sagte er.

Lukas, der seine Prioritäten klar im Blick hatte, erinnerte Juan daran, dass sie noch seinen Klub besuchen wollten. Vielleicht hoffte er, dass es dort einen speziellen Kinderbereich mit Videospielen und unendlich vielen Gummibärchen gab.

«Natürlich, Lukas», erwiderte Juan mit einem Lachen. «Ich erwarte euch um 16 Uhr.»

Er ließ die Familie vor ihrem Haus aussteigen und fuhr mit einem eleganten Schwung davon, fast so, als hätte er geübt, wie man stilvoll wegfährt. Anna stand noch eine Weile da und bewunderte, wie selbstlos Juan seine Zeit für sie aufgeopfert hatte, obwohl er zweifellos ein viel beschäftigter Mann war. Sie konnte es kaum erwarten, ihn zum Essen einzuladen und ihn mit ihren Kochkünsten zu beeindrucken.

Lukas stand die Vorfreude auf den Klubbesuch ins Gesicht geschrieben wie ein strahlender Neonwerbeschriftzug. Anna, die indes einen knackigen Salat zubereitete, träumte schon von einem gemütlichen Mittagsschlaf im Schatten der Zitronenbäume. Sie drehte ein kurzes Video von den Kindern, die im Pool herumtobten, um es an Freunde und Familie zu verschicken. Es enthielt so viele strahlende Lachgesichter und Spritzwasser, dass es wie der perfekte Werbespot für ein idyllisches Urlaubsparadies aussah.

Annas Mutter würde sicherlich kommentieren, wie groß die Kinder geworden sind, und ihr Vater fragen, ob der Pool sicher ist.

Später stand Anna vor ihrem Kleiderschrank und fühlte sich ein bisschen wie Cinderella vor dem Ball - nur dass ihr Kleiderschrank kein märchenhafter Kleiderberg war, sondern eher eine mickrige Sammlung von Outfits. Ihr Hab und Gut war noch immer auf den Weg nach Ibiza.

Sie verspäteten sich etwas, weil Emma den Auftritt in Juans Klub als ihre eigene kleine Fashion Show sah. Sie hatte eine Frisur verlangt, die so kompliziert war, dass selbst ein professioneller Friseur einen Nervenzusammenbruch bekommen hätte. Mit viel Geduld, einigen Haarklammern und mindestens fünf Anläufen hatte Anna schließlich eine akzeptable Frisur gezaubert.

Der Klub war nur zwei Straßen entfernt. Von außen sah der Tanztempel aus wie der unauffällige Hinterhof eines ehemaligen Fabrikgebäudes - aber der Parkplatz glich dem eines Premier-League-Stadions. Lukas' Augen leuchteten auf, als er Juans Auto sah, das dort wie ein silberner Blitz in der Sonne glänzte.

Die Tür zum Klub stand einladend offen, als wäre es ein Portal in eine andere Welt. Als sie das Innere betraten, mussten sie sich einen Moment lang die Augen reiben, denn es war wie das Innenleben eines gigantischen Juwelkästchens. Überall glitzerte und funkelte es. An einer Seite des Raums erstreckte sich die Bar, die länger schien als die Startbahn eines Flughafens. Flaschen in allen möglichen Farben, Formen und Größen standen nebeneinander, bereit, zu jedem erdenklichen Cocktail gemixt zu werden. Es gab sogar einen lebensgroßen Papagei aus Glas, der von der Decke herunterhing.

Lukas' Augen wurden groß, nicht weil er Interesse an den Getränken hatte, sondern wegen der beeindruckenden Größe des Raumes. Emma war fasziniert von den bunten Lichtern, die von der Decke herabtropften wie glitzernde Wassertropfen.

Plötzlich, fast wie ein Zaubertrick, tauchte Juan aus dem Schatten auf. Er trug ein lässiges Hemd und eine elegante Hose und schritt mit einer Leichtigkeit durch den Raum, die zeigte, dass er hier zu Hause war. Annas Herz fühlte sich plötzlich an, als würde es Samba tanzen. Sie konnte nicht leugnen, dass sie bei seinem Anblick ein Kribbeln im Bauch spürte. Es war dieses gefährliche, aber wunderbare Gefühl, das Menschen Liebe und Zuneigung nennen. Und obwohl sie es nicht wollte, musste sie einsehen, dass dieses Gefühl, wie ein ungebetener Gast, bereits Platz in ihrem Herzen genommen hatte.

«Willkommen in meinem bescheidenen Reich», empfing Juan sie mit einem schelmischen Grinsen, wobei das Wort «bescheiden» bei diesem Anblick absolut fehl am Platz schien. Anna versuchte, sich zu sammeln und nicht wie ein Teenager zu kichern, aber es war ein harter Kampf. Es sah so aus, als wäre dieser Klubbesuch interessanter als erwartet.

Mit der Begeisterung eines Kindes, das zum ersten Mal in einen Süßwarenladen tritt, führte Juan die Gruppe durch die gigantischen Räume des Klubs. Lukas hing an Juans Lippen und klammerte sich an seine Hand, als wären sie mit unsichtbaren Fäden verbunden. Der Junge, der seinen Vater vermisste, schien in Juan eine Art Ersatz Papa zu suchen. Überraschend schien Juan diese Rolle mit offenen Armen zu begrüßen und behandelte Lukas mit einer Zärtlichkeit, die Anna fast umwarf. Es war ihr zwar etwas peinlich, wie anhänglich Lukas war, aber sie konnte ihm keinen Vorwurf machen.

«Kannst du mal die Musik und die Lichter anmachen?», fragte Lukas.

Juan schaltete ein kompliziert aussehendes Panel an der Wand ein und plötzlich war der Raum von pulsierenden Lichtern und dem Bass eines Liedes erfüllt.

Zufälligerweise war es Annas Lieblingslied, das sie an eine wilde Tanznacht in ihrem Studentenwohnheim erinnerte. Ein Lied, das sie stundenlang auf Wiederholung gehört hatte. Ihr Herz zuckte bei den ersten Takten und sie hätte am liebsten das Tanzbein geschwungen. Aber sie beschränkte sich darauf, mit dem Fuß im Takt zu wippen.

Als das Lichtspektakel einsetzte, brachen die Kinder in Jubel aus und Anna konnte nicht anders, als mit ihnen zu lachen. Dabei versuchte sie sich ins Gedächtnis zu rufen, wann sie das letzte Mal getanzt hatte. Eine Erinnerung, die sie in eine melancholische Stimmung versetzte, doch sie lächelte und warf diesen Gedanken beiseite. Heute war nicht der Tag für Nostalgie, heute war der Tag für Neuanfänge. Und wer weiß, vielleicht würde sie hier, in diesem Klub, bald wieder das Tanzbein schwingen.

Lukas klatschte in die Hände und hüpfte von einem Fuß auf den anderen. «Komm schon, Mama! Tanzen!», rief er.

Die Lichter spielten auf Annas Gesicht, während sie sich im Takt der Musik wiegte. «Oh, ich bin vielleicht ein bisschen aus der Übung», gab sie zu, während sie versuchte, sich an ihre früheren Tanzbewegungen zu erinnern.

Juan lachte. «Keine Sorge, das ist ein urteilsfreier Bereich.»

Bevor sie es realisierte, tanzten Anna und die Kinder inmitten des Lichtermeers, lachend und ohne Sorgen. Ein kleiner, perfekter Moment in einem sonst so chaotischen Leben. Und während Anna sich bewegte, konnte sie nicht anders, als zu denken, dass das Leben manchmal Überraschungen bereithält, die man nie kommen sieht. Wie ein Lieblingslied in einem fremden Klub.

Juan war sichtlich in seinem Element. Mit flinken Händen und einer Präzision, die von jahrelanger Praxis zeugte, mixte er alkoholfreie Cocktails für Anna und die Kinder. Dabei bewegte er sich mit der Leichtigkeit eines Balletttänzers hinter der Bar, griff nach Flaschen und Zutaten, schüttelte den Cocktailshaker mit geübtem Handgelenk und goss die bunten Flüssigkeiten in schlanke Gläser. Er dekorierte jedes Glas mit einer Zitronenscheibe und einem kleinen Schirmchen, als wäre es das Wichtigste auf der Welt.

Zufrieden betrachtete er sein Meisterwerk. «Das, meine lieben Gäste», sagte er und wies auf den schaumig pinken Cocktail, «ist die geheime Mischung, die alle Kinder lieben. Und ehrlich gesagt, auch einige Erwachsene.»

Anna lachte, nippte an ihrem Glas und genoss die sanfte Süße des Getränks. Es schmeckte nach Sommer, nach Ferien und ein wenig nach Abenteuer. Sie blickte zu den Kindern, die auf der Tanzfläche herumtollten und schüttelte den Kopf. «Lukas und Emma haben genug Energie für ein ganzes Fußballteam. Manchmal wünschte ich, ich hätte nur ein Zehntel davon.»

«Ja, das glaube ich dir gerne.» Juan lachte, als er sah, wie Lukas versuchte, den Moonwalk zu machen.

«Nun, wie bist du eigentlich zu diesem Klub gekommen?», fragte Anna, neugierig auf seine Geschichte. Ihre Augen funkelten bei der Vorstellung, dass sein Leben wahrscheinlich genauso farbenfroh und spritzig war wie der Cocktail in ihrer Hand.

Juan lächelte und lehnte sich an die Bar. Er zog die Augenbrauen hoch und begann, seine Geschichte zu erzählen, die - wie Anna schnell feststellte - genauso bunt und voller Überraschungen war, wie sie es sich vorgestellt hatte. Von einem Glücksfall, der ihn von einem kleinen Angestellten in einer Bar zu dem Besitzer eines der angesagtesten Klubs der Insel gemacht hatte. Und von einer komischen Ziege, die eine unerwartete Rolle in dieser Geschichte spielte. Anna lachte mehrmals laut auf, als er von seinen absurden Erlebnissen erzählte, und sie konnte nicht anders, als von seiner ansteckenden Energie und Lebensfreude mitgerissen zu werden.

Mit einem Versprechen, das sie darüber nachdenken würde, mal ohne die Kinder am Abend vorbeizukommen, verabschiedete sich Anna von Juan. Es fühlte sich ein bisschen so an, als würde sie aus einer farbenfrohen Seifenblase in die Realität zurückkehren.

Lukas und Emma hüpften die ganze Strecke nach Hause. Sie hielten die kleinen Schirmchen aus ihren Cocktails hoch wie kleine bunte Fähnchen und sangen eine wilde Mischung aus Kinderliedern und dem Refrain des Songs, den Juan im Klub gespielt hatte.

«Das muss ich Papa unbedingt erzählen!», rief Lukas begeistert und Anna konnte sich nur zu gut vorstellen, wie Felix auf der anderen Seite der Welt vor seinem Computer saß, während er sich die bunte Beschreibung seiner Kinder anhörte. Wahrscheinlich würde er sich die Augen reiben und sich fragen, was in aller Welt sie auf der Insel machten.

Nachdem die Kinder im Bett waren, kam Pilar für eine weitere Spanischlektion vorbei. Die Luft war mild und das Zirpen der Grillen erfüllte die Stille. Anna lehnte sich zurück und atmete tief durch. «Ich habe nie gedacht, dass ich sagen würde, wie sehr ich Spanisch mag. Es klingt einfach so ... romantisch!», schwärmte sie.

Pilar lachte und prostete ihr zu. «Es ist auch eine wunderschöne Sprache, besonders wenn man damit flucht.»

Beide Frauen lachten herzlich. Anna nahm einen Schluck Wein und sagte: «Weißt du, als ich hierherkam, war ich mir nicht sicher, ob das die richtige Entscheidung war. Aber jetzt, mit all diesen neuen Erfahrungen und Freundschaften, fühle ich mich richtig lebendig.»

Pilar lächelte und nickte. «Manchmal ist es genau das, was wir brauchen: einen Tapetenwechsel und ein bisschen Abenteuer. Und du, Anna, du bist hier mit offenen Armen empfangen worden.»

«Und mit offenen Herzen», fügte Anna hinzu, «ich meine, schau dir nur Lukas und Juan an. Ich glaube, mein Sohn hat seinen neuen besten Freund gefunden.» «Und ich ... na ja, vielleicht auch», dachte sie und wurde leicht rot.

«Ist Juan verheiratet?»

«Nein, aber er hat eine Freundin», begann Pilar, während sie den Rotwein genüsslich im Glas schwenkte. «Sie ist eine bekannte Influencerin und kommt aus Madrid.»

Annas Gesichtsfarbe wechselte von neugierig zu leicht ernüchtert, dann zu besorgt. «Oh, das wusste ich nicht», murmelte sie und versuchte, ihre Enttäuschung zu verbergen.

Pilar seufzte. «Luna hat diese typische Großstadt-Eitelkeit. Immer auf der Suche nach dem nächsten großen Ding, immer im Mittelpunkt der Aufmerksamkeit. Ich bin mir sicher, dass sie Juan nur wegen seiner Verbindungen und seinem Klub will. Sie ist ständig auf Instagram und postet Bilder von sich in seinem Klub. Ich meine, wer braucht schon so viel Bestätigung? Vielleicht sind sie wirklich verliebt, aber von außen betrachtet scheint es, als ob sie ständig versucht, ihn zu verändern. Und Juan, er ist so ein guter Kerl. Er verdient jemanden, der ihn so liebt, wie er ist.»

Nach einer kurzen Pause fuhr Pilar fort: «Weißt du, Liebe ist kompliziert. Manchmal sehen wir Dinge, die andere nicht sehen können. Und manchmal sehen wir nur, was wir sehen wollen. Aber ich hoffe, dass Juan irgendwann erkennt, was wirklich wichtig ist.»

Anna nickte und trank den Rest ihres Weins aus. «Ja, das hoffe ich auch.» Sie dachte an die kurzen Momente, die sie mit Juan geteilt hatte.

Pilar zuckte mit den Schultern. «Aber weißt du, das Herz will, was es will. Und Juans Herz ist anscheinend ein bisschen närrisch. Er hat sich wohl in ihre wunderschönen Selfies und endlosen Stories verliebt», fügte sie ironisch hinzu und rollte mit den Augen.

Anna versuchte, ein Lachen zu unterdrücken. «Oh, na dann! Das erklärt natürlich alles. Ein paar gute Winkel und Filter und schon ist man verzaubert.»

Pilar kicherte. «Du sagst es! Wenn sie wenigstens Humor hätte oder einen echten Charakter. Aber das Einzige, was echt an ihr ist, sind die 10.000 Fotos auf ihrem Instagram-Account.»

Anna stellte sich theatralisch mit einer Hand an die Stirn. «Oh nein, bitte sag mir, dass sie keine dieser Menschen ist, die ihr Essen fotografieren, bevor sie es essen.»

Pilar nickte dramatisch. «Und nicht nur das, sie hat auch diese... wie nennen sie es? Ah ja, #MorningRoutine und #NightRoutine Videos. Es ist furchtbar!»

Anna lachte laut auf. «Nun, dann sollte ich vielleicht auch eine Influencerin werden.»

Pilar zwinkerte ihr zu. «Ich habe gehört, #CocktailMitPilar geht gerade durch die Decke. Vielleicht ist das deine Chance!»

Die beiden Frauen lachten und genossen die warme Sommernacht, sich gegenseitig Geschichten erzählend und sich über die Absurditäten des modernen Lebens amüsierend.

DAS NEUE AUTO UND EIN PERFEKTER AUSFLUG

Anna war am nächsten Morgen so aufgeregt wie ein Kind in einem Süßwarenladen. Sie bekam ihr neues Auto! Und wer bot sich an, sie zu begleiten? Der charmante Juan, natürlich. Anna versuchte nicht wie ein verknallter Teenager zu klingen, als er sich angeboten hatte, sie zu begleiten.

Lukas, immer der Enthusiast, hatte bereits die ganze Karte der Insel durchforstet und diverse Orte markiert. «Hier müssen wir unbedingt hinfahren, und da, und da...», plapperte er munter vor sich hin. Für Anna war es, als hätte er schon eine ganze Weltreise geplant, dabei war das Auto noch nicht einmal abgeholt!

Nach einem Frühstück, bei dem man meinen könnte, sie wären in einem luxuriösen Ressort, kam Juan pünktlich wie ein deutscher ICE-Zug. Zu Annas Leidwesen hatte er Süßigkeiten für die Kinder dabei. Er war wirklich zu gut, um wahr zu sein, dachte Anna. Als sie die Tür öffnete und Juan sie mit seinem strahlenden Lächeln begrüßte, fühlte sie, wie ihr Herz einen kleinen Salto machte, bevor es in ihre Schuhe plumpste. Ihre Gefühle für Juan waren so verwirrend, besonders jetzt, wo sie von seiner Verlobung wusste. Ein kleiner Schatten der Melancholie legte sich über ihr Herz.

Während der Fahrt zum Autohaus plauderten die Männer angeregt über Fußball. Lukas, der kleine Wikipedia der Fußballwelt, bombardierte Juan mit Fakten. «Wusstest du, dass in der Saison '82 ein Spieler in der 34. Minute wegen eines zu kurzen Stutzenstrumpfes ausgewechselt wurde?» Juan zuckte nur mit den Schultern und lachte. «In Spanien tragen wir manchmal gar keine Stutzen!»

Anna schaute aus dem Fenster, während sie versuchte, sich den Weg einzuprägen.

Als sie das Autohaus betraten, führte sie der Verkäufer mit einem Lächeln, das fast breiter war als sein Gesicht, zu ihrem neuen Wagen. Und da stand er, glänzend und beeindruckend - eine wahre Symphonie in Blau.

Lukas hüpfte vor Aufregung auf und ab. «Mama, darf ich die Hupe betätigen, wenn wir im Auto sitzen?» Anna warf ihm einen liebevollen Blick zu und sagte: «Nur, wenn du versprichst, es nicht zu übertreiben.» Lukas' Augen leuchteten vor Begeisterung, er ballte die kleine Faust und schwor feierlich, sein Bestes zu tun.

Während Anna den Schlüssel entgegennahm, konnte Lukas nicht mehr länger warten und stürzte sich auf die Hupe. Das Autohaus hallte von dem unerwartet lauten Tuten wider. Die Kunden sahen sich erschrocken um, und der Verkäufer sprang vor Schreck fast einen Meter hoch. Anna schaute ihren Sohn mit hochgezogenen Augenbrauen an.

«Vielen Dank, dass du uns begleitet hast, Juan», sagte Anna, als sie den Schlüssel ihres neuen Autos in der Hand hielt. Sie blickte auf, stahl sich einen kurzen Blick in seine Augen und fügte dann hastig hinzu: «Ich wollte dich doch zum Abendessen einladen ... als Dankeschön.» Für einen Moment befürchtete sie, dass sie zu aufdringlich wirkte. Sollte sie seine Verlobte einladen? Sie wusste ja offiziell noch nichts von ihr und hatte kein großes Interesse, sie kennenzulernen.

«Das ist sehr nett von dir, Anna. Montag wäre perfekt. Mein Klub ist da geschlossen.»

«Super, dann Montag um sieben Uhr», sagte Anna und versuchte, ihr strahlendes Lächeln etwas zu dämpfen. «Ich freue mich drauf.»

Sie kletterte in ihr neues Auto und machte sich daran, die Spiegel einzustellen. Sie betätigte einen Knopf, in der Hoffnung, dass es der richtige für die Klimaanlage war. Plötzlich strömte eisige Luft aus den Lüftungsschlitzen, als hätte sie einen Polargeist geweckt, der in den Tiefen des Autos geschlummert hatte.

«Heilige Eiswürfel», rief sie aus, während sie hastig versuchte, die arktischen Winde einzudämmen. «Ich glaube, ich habe gerade den Knopf für «Instant-Antarktis» gefunden!» Sie stellte die Temperatur auf eine weniger frostige Stufe und lachte, während sie den Rückwärtsgang einlegte.

Nach dem aufregenden Vormittag war der allgemeine Konsens einstimmig: Eine Probefahrt mit dem neuen Auto war nicht nur notwendig, sondern geradezu obligatorisch. Immerhin hatten die Kinder ihre Sitze im Wagen bereits inoffiziell als «Lukasland» und «Prinzessin Annas Thron» getauft. Anna betrachtete eine Karte von Ibiza und war überrascht, wie überschaubar die Insel tatsächlich war. «Also wirklich, das ist ja kleiner als mein letztes Sudoku-Rätsel» murmelte sie und kicherte in sich hinein.

Die Kinder halfen beim Packen. Schwimmflossen, Taucherbrillen, Sonnencreme, handgefertigte Sandwich-Monster mit allem Drum und Dran und ein riesiger Strohhut für Emma, den sie unbedingt dabei haben wollte, weil er angeblich «magische Kräfte» hatte.

Anna warf einen Blick auf die Karte und entschied, dass eine kleine Bucht im Nordosten, die als «Geheimbucht» bezeichnet wurde, der perfekte Ort für ihr Abenteuer wäre. «Also gut, Kinder», sagte sie und hob den prall gefüllten Picknickkorb in die Luft, «lasst uns diese Bucht erobern!»

Die Fahrt war eine aufregende Mischung aus «Ich sehe was, was du nicht siehst» und «Sind wir schon da?» Anna war beeindruckt, wie gut sich ihr neues Auto auf den kurvigen Straßen fuhr. «Es ist, als hätte es einen eingebauten Kompass. Vielleicht sollte ich ihm einen Namen geben ... Wie wäre es mit

«Kapitän Kompass»?» Die Kinder lachten und stimmten begeistert zu.

Als sie in der Bucht ankamen, war die Szenerie atemberaubend. Das Wasser war kristallklar und die Sonne reflektierte auf den Wellen wie ein Meer aus funkelnden Diamanten.

Sie verbrachten den Nachmittag damit, im klaren Wasser zu schwimmen, im Sand zu spielen und das leckere Picknick zu genießen.

«Mama, du bist die beste Piratenkapitänin aller Zeiten», erklärte Lukas, während er ein Stück Wassermelone verschlang.

Anna lachte und nickte. «Und das, mein Sohn, ist, weil ich das beste Piratenschiff habe.» Sie deutete auf «Kapitän Kompass» und alle lachten. Es war ein perfekter erster Ausflug, der Anna das Gefühl gab, dass sie trotz der Herausforderungen, die sie in ihrer neuen Heimat erwarteten, bereit war, das Ruder in die Hand zu nehmen und ihren Weg zu finden.

Pilar war eine echte Institution geworden. Wie ein verlässlicher Wecker, der pünktlich klingelt, klopfte es jeden Abend, nachdem Anna die Kinder zu Bett gebracht hatte, an ihrer Tür. «Anna, bereit für unsere tägliche Dosis Spanisch?», rief Pilar mit einem breiten Lächeln, während sie ihr übergroßes Wörterbuch unter dem Arm trug.

«Hola, Pilar!» Anna bemühte sich, ihre Aussprache so akzentfrei wie möglich zu gestalten. «Du wirst es nicht glauben, aber heute habe ich versucht, auf dem Markt nach Äpfeln zu fragen und endete mit einer Tüte Zwiebeln.»

Pilar lachte herzlich. «Ach, das passiert den Besten von uns. Das nächste Mal einfach nach «manzanas» fragen und nicht «cebollas».»

Die beiden setzten sich auf die Terrasse, überzogen mit einer Decke aus funkelnden Sternen. Während sie die Vokabeln durchgingen, wurde Anna immer wieder von kleinen, saftigen Klatschhäppchen über Juan und seiner mysteriösen Freundin unterhalten.

«Heute hat Juan mir erzählt, dass Luna in Madrid einen Flamenco-Tanzkurs besucht», plauderte Pilar mit einem schelmischen Grinsen aus. «Anscheinend ist sie sehr leidenschaftlich beim Tanzen.»

Die beiden Frauen lachten gemeinsam und die Stunden verstrichen wie Minuten. Während Anna jeden Abend mit neuen Vokabeln und Grammatikregeln ins Bett ging, schlief sie auch mit Geschichten und Anekdoten ein, die Pilar über Juan und Luna zu berichten wusste. Es war fast so, als würde Anna durch Pilars Erzählungen einen Film im Kopf abspielen - eine witzige spanische Telenovela, die sie nicht verpassen wollte.

Pilar war eine strahlende Seele mit einer Aura, die das ganze Dorf beleuchtete und hatte in ihrem siebzigsten Lebensjahr die Energie einer Achtjährigen. Es war, als ob das strahlende Ibiza-Sonnenlicht direkt in ihre Adern strömte und ihr eine Vitalität verlieh, die sie mit den Kindern teilen konnte.

Anna war fest entschlossen, Juan ein Stück ihrer Heimat näher zu bringen - kulinarisch zumindest. «Wenn ich schon in Spanien lebe, kann ich auch ein bisschen Deutschland nach Ibiza bringen», murmelte sie vor sich hin, während sie ihre Rezepte durchblätterte. «Sauerbraten? Zu kompliziert. Bratwurst? Zu klischeehaft. Ah! Königsberger Klopse! Perfekt!»

Sie machte sich eine Einkaufsliste und bemerkte dabei, wie viele der Zutaten sie in ein spanisches Äquivalent übersetzen musste. «Kapern? Wie nennt man die hier? Oh je, ich brauche dringend einen Spanisch-Kochkurs», lachte sie.

Mittlerweile waren auch ihre Sachen aus Deutschland angekommen. Ein großes Holzschiff voller Erinnerungen und Besitztümer. Die Kinder tauchten begeistert in die Kisten ein und es war, als würden sie Weihnachten und Geburtstag gleichzeitig feiern. Das Wohnzimmer verwandelte sich in ein Meer aus Stofftieren, Büchern und Spielzeug.

«Mama, schau mal! Mein Teddy!», rief Emma und hielt triumphierend den plüschigen Bären hoch.

«Und meine Ritterburg!» Lukas jubelte, während er Türme und Mauern aufbaute.

Während die Kinder glücklich in ihre neu entdeckten alten Spielzeuge vertieft waren, nutzte Anna die Gelegenheit, um einige dringende bürokratische Dinge zu erledigen. Sie sortierte Papiere, rief Behörden an und versuchte, den spanischen Formularkram zu entziffern.

«Warum muss bürokratisches Zeug auf der ganzen Welt so kompliziert sein?», seufzte sie.

Anna fühlte sich an dem Tag, an dem sie Juan eingeladen hatte, als hätte sie eine Gallone Kaffee intus - und das schon vor dem ersten Schluck.

Sie räumte das Haus auf, als wäre ein Team von Einrichtungsexperten auf dem Weg, um Fotos für eine Zeitschrift zu machen. Das alte Geschirr? Pah, zu alt. Anna brauste in den nächsten Laden und erstand ein neues Service. Und die Weingläser? Die mussten einfach elegant und edel aussehen - Juan sollte schließlich denken, sie habe einen Sinn für Klasse.

Während sie in der Küche stand, Klopse formte und Soße rührte, stellte sie fest, dass sie sich in ein wandelndes Dampfbad verwandelt hatte. Ein kurzer Abstecher ins Pool war genau das, was sie brauchte! Das kühle Nass beruhigte ihre Nerven ein wenig, aber das Lachen und Gezanke der Kinder holte sie schnell in die Realität zurück.

«Emma, gib Lukas seinen Ritter zurück!», rief sie, während sie versuchte, Wasser aus ihren Ohren zu bekommen. Die beiden hatten heute offensichtlich beschlossen, sich wie Tom und Jerry zu benehmen. Das Timing hätte nicht unpassender sein können.

Sie sehnte den Tag herbei, an denen sie die beiden zur Vorschule schicken konnte.

Stirnrunzelnd betrachtete Anna ihren Kleiderschrank, der nun so voll war, dass er einer Boutique glich. Sie entschied sich für ein schickes Etuikleid, das ihre neu entdeckte schlanke Figur betonte. Wer hätte gedacht, dass die Trennung von Felix so eine tolle Diät sein könnte?

Ihr Haar, das sie normalerweise praktisch zu einem Pferdeschwanz band, ließ sie an diesem Abend offen fließen.

Jetzt musste sie nur noch sicherstellen, dass die Klopse genauso gut schmeckten, wie sie aussah.

Anna hatte das Gefühl, dass ihr inneres Thermostat völlig aus dem Ruder lief. Heiß, kalt, heißer, kälter. Die Königsberger Klopse hatten mit Sicherheit ein einfacheres Leben in ihrem Topf. Das Haus roch nach dem kräftigen Aroma des deutschen Comfort-Foods, das sich mit dem süßen Duft des Desserts vermischte.

Die Kinder, sonst eine Quelle des Lärms und der Energie, waren durch die Magie des Fernsehens in stille, spanischsprachige Zeichentrickfiguren verwandelt worden. Anna war fast dankbar für die spanischen Sender - kein Lärm, keine Fragen, nur große Augen und gelegentliches Lachen.

Dann kam die Klingel und alles in Anna schrie: «Alarm!» Sie eilte zum Spiegel, zupfte an ihrem Kleid und überprüfte, ob die Frisur noch hielt.

Die Tür öffnete sich, und da stand er - Juan, der aussah, als wäre er geradewegs aus einem spanischen Modemagazin gestolpert. Das weiße Leinenhemd schmeichelte seinem Teint und die dunkle Hose betonte seine Silhouette. Anna hätte schwören können, dass in diesem Moment irgendwo im Hintergrund eine romantische Gitarrenmelodie spielte.

«Hola, Anna», begrüßte er sie mit einem Lächeln, das heller strahlte als die ibizenkische Sonne. Das traditionelle Küsschen zur Begrüßung ließ Annas Herz höherschlagen, und sie schnupperte - war das Sandelholz? Zeder? Was auch immer es war, es passte perfekt zu dem aufregenden Spanier.

«Hallo Juan, komm rein», stotterte Anna, während sie ihm den Weg ins Wohnzimmer wies. Sie nahm einen Moment, um sich zu fassen. «Okay, Anna, bleib cool.»

Amüsiert beobachtete sie, wie ihre Kinder an Juans Lippen hingen, als wäre er der beste Geschichtenerzähler der Insel. Er erzählte von seiner kurzen, aber leidenschaftlichen Fußballkarriere. «Stellt euch vor, mit zwölf war ich der Star meiner Jugendmannschaft! Aber dann, ein Jahr später, während eines entscheidenden Spiels, machte es «knacks», und das war das Ende meiner vielversprechenden Karriere», erklärte er und verdrehte die Augen dramatisch. Die Kinder saßen am Tisch, als wären sie gerade aus einem Gemälde von Norman Rockwell gestolpert. Ihre Augen waren so weit aufgerissen, dass Anna befürchtete, sie könnten jeden Moment aus den Höhlen fallen. Juans Augen leuchteten vor Stolz und ein bisschen Wehmut.

Emma sah verwirrt aus und flüsterte Lukas zu: «Was macht «knacks»?» Lukas zuckte mit den Schultern: «Vielleicht ist ein Knochen explodiert?»

Die Königsberger Klopse kamen bei Juan gut an. «Oh, Anna, diese... Klopsdinger... sind himmlisch! Ich fühle mich, als wäre ich in einem deutschen Sternerestaurant», schwärmte er und nahm noch einen Bissen. «Aber, ohne Scherz, das ist wirklich großartig.»

Als sie fast fertig waren, konnte Lukas sich nicht mehr zurückhalten. «Juan, kannst du mir noch ein paar Fußball Tricks zeigen?» Seine Augen funkelten vor Aufregung.

Juan grinste. «Nun, ich habe meine Karriere zwar mit 13 beendet, aber ich habe immer noch ein oder zwei Moves im Repertoire.»

Er versuchte, Lukas einige Dribbeltechniken zu zeigen, aber es endete damit, dass beide lachend im Gras lagen, nachdem Juan über den Ball gestolpert war. «Ich glaube, ich bin wirklich zu alt für diesen Sport», lachte er.

Anna lächelte. «Oder vielleicht sind es doch die Klopse, die dir zu schaffen machen?»

Juan zwinkerte ihr zu. «Vielleicht. Aber es war jeden Bissen wert.»

Es war herzerwärmend zu sehen, wie natürlich und authentisch Juan mit den Kindern umging. Ein Gedanke an Felix huschte durch Annas Kopf. Sie erinnerte sich daran, wie oft er Ausreden gefunden hatte, um nicht Zeit mit den Kindern zu verbringen. Ein kleiner Stich des Bedauerns durchzuckte sie, und sie fragte sich, ob Felix wohl jetzt, wo er sie alle nicht mehr sah, bereute, was er verpasst hatte.

Nachdem Juan und Lukas sich ausgiebig ausgetobt hatten - und zwar so ausgiebig, dass Lukas gegen Ende aussah, als wäre er gerade einem Farbtopf entstiegen - kehrten sie zu Emma und Anna zurück. Lukas' kleine Augen begannen zu sinken und er gähnte herzhaft. Es war definitiv Schlafenszeit für die Kleinen.

«Juan», begann Anna «du kannst gerne noch etwas bleiben, wenn du möchtest. Ich habe da einen deutschen Wein, den du unbedingt probieren solltest.»

«Natürlich. Ich würde liebend gerne bleiben. Dein Haus... es fühlt sich wie ein richtiges Zuhause an», sagte er, und Anna spürte ein warmes Gefühl in ihrer Brust.

«Prost», sagte Juan und hob sein Glas. «Also, dein Sohn hat einen guten Schuss. In ein paar Jahren wird er vielleicht meinen kurzzeitigen Ruhm übertreffen.»

Anna kicherte. «Vielleicht sollten wir eine Karriereberatung für ihn in Erwägung ziehen.»

Juan rückte auf seinem Stuhl unruhig hin und her, schien sich nach der richtigen Formulierung umzusehen und fand letztlich den Mut zu fragen: «Anna, darf ich dich etwas fragen?» Sein Gesicht wurde ernst und seine sonst so lebhaften Augen schienen mit einem Mal voller Sorge zu sein. «Was ist mit Emmas und Lukas' Papa?» Seine Stimme war leise, fast zögerlich, als wären die Worte nur schwer über seine Lippen gekommen.

Anna spürte, wie ihr Herz einen Moment innehielt. Sie hatte nicht erwartet, dass diese Frage so bald aufkommen würde. Sie sah in Juans Augen und konnte das Mitgefühl darin erkennen. Offenbar hatte er angenommen, dass der Vater ihrer Kinder gestorben war.

«Wir... wir haben uns getrennt», begann sie langsam und bemühte sich, ihre Stimme fest zu halten. «Felix, mein Ex-Mann, hatte immer nur seine Karriere im Kopf. Er hatte kaum Zeit für uns ... für die Kinder.»

Juan nickte, seine Augen immer noch voller Mitgefühl. «Das ist hart», murmelte er und es schien ihm wirklich leidzutun.

Anna schenkte beiden noch einmal nach und setzte dann ihre Geschichte fort. «Felix hat ein Jobangebot in China bekommen und wollte, dass wir alle mitkommen. Aber ich... ich wollte das nicht. Ich wollte nicht nach Asien ziehen. Und so haben wir uns letztendlich getrennt.»

Es war still zwischen ihnen für einige Momente, bis Juan schließlich den Schweigezauber brach. «Wenigstens hat er dir nicht vorgeschlagen, auf den Mond zu ziehen», sagte er und versuchte, ein kleines Lächeln auf sein Gesicht zu zaubern.

Anna musste trotz allem lachen. «Ja, das ist wohl wahr. Immerhin konnte ich da noch «Nein» sagen.»

«Stell dir vor, du hättest zustimmen müssen, weil du keine andere Wahl hattest!», fuhr Juan fort, und sein Lachen war ansteckend. «Schatz, ich habe ein Jobangebot auf dem Mond bekommen. Pack die Kinder und die Raumanzüge ein, wir ziehen um!»

Beide brachen in herzhaftes Lachen aus und in diesem Moment war die schwere Stimmung wie weggeblasen. Juan, mit seinem breiten Lächeln und seinen leuchtenden Augen, war wie ein Frühlingswind in ihr Leben getreten, der die trüben Wolken der Vergangenheit vertrieben hatte. Es war nicht nur sein gutes Aussehen oder seine charmante Art, die Anna in seinen Bann gezogen hatten. Es war sein Humor. Ein Humor, so einzigartig und mitreißend, dass Anna lachte, bis ihr die Tränen kamen und ihr Bauch vor Lachen schmerzte.

Wo Juan sie zum Lachen brachte, hatte in ihrer vorherigen Beziehung der Humor gefehlt. Es war nicht so, dass Felix keine Witze machte, aber sie waren oft sarkastisch und auf Kosten anderer. Es hatte immer eine gewisse Schwere in ihrer Beziehung gegeben, eine Ernsthaftigkeit, die Anna im Nachhinein erdrückend fand.

Mit Juan fühlte sich alles leichter an. Er nahm das Leben nicht zu ernst und das war genau das, was Anna brauchte. Sie hatte gelernt, dass Liebe nicht nur darin besteht, gemeinsame Interessen zu haben oder sich gegenseitig zu unterstützen, sondern auch darin, gemeinsam zu lachen und das Leben in vollen Zügen zu genießen.

Juan war wirklich ein faszinierender Mann - er strahlte eine seltene Mischung aus Empathie, Kinderfreundlichkeit und Humor aus. Ganz zu schweigen von seinem atemberaubenden Äußeren, das jedes Mal, wenn er lächelte, nur noch mehr zum Vorschein kam. Anna konnte nur davon träumen, einen solchen Mann an ihrer Seite zu haben.

Seine Verlobte war sicherlich eine glückliche Frau, dachte Anna. Vielleicht saß sie ja gerade irgendwo in Madrid und wühlte sich durch Berge von weißen Stoffen und Spitzenapplikationen, auf der Suche nach dem perfekten Hochzeitskleid.

Erstaunlicherweise sprach Juan nie über seine Freundin und Anna mochte nicht fragen. Vielleicht wollte er einfach seine Privatsphäre wahren, oder er fand es unangebracht, über Luna zu sprechen, während er mit einer anderen Frau Wein trank.

Schließlich, nachdem sie zusammen eine halbe Flasche Wein geleert hatten, stand Juan auf, um sich zu verabschieden. «Danke für das wunderbare Essen. Und sag Lukas, er kann mich jederzeit anrufen, wenn er Fußball spielen will. Es macht mir wirklich großen Spaß.»

«Lukas wird dich beim Wort nehmen!», warnte sie schmunzelnd, «er wird dich jeden Tag zum Fußball herausfordern.»

«Das nehme ich gerne in Kauf», erwiderte Juan lachend.

Nachdem er gegangen war, ließ Anna sich in Juans Stuhl fallen und ließ ihren Blick über den leeren Tisch und die halb leere Weinflasche schweifen. Sie konnte noch den sanften Duft seines Rasierwassers wahrnehmen, der in der Luft hing.

Sie dachte zurück an den wunderschönen Abend, den sie verbracht hatten, und ein Lächeln zog sich über ihr Gesicht. Ja, Juan war wirklich ein unglaublicher Mann.

Am nächsten Morgen empfing Anna die Welt mit einem unnatürlich grauen Teint. Sie öffnete die Fensterläden und war ein bisschen überrascht, als ihr Regen entgegenschlug. Die frische Luft war allerdings ein willkommener Ersatz für die Hitze der letzten Tage. Aber wie es das Schicksal auf Ibiza so wollte, hatte sich der Regen schon verzogen, noch bevor die Marmelade auf den Frühstückstoast geträufelt war. Ibizas Wetter konnte manchmal so launisch sein wie ein wankelmütiger Liebhaber.

Anna hatte vor, sich an diesem Tag mit den Kindern den berühmten Hippiemarkt in Punta Arabí anzusehen. Die Wege auf Ibiza waren nie weit - im Grunde konnte man es als ein großes Dorf betrachten, in dem man jeden Ort innerhalb kurzer Fahrminuten erreichen konnte.

Emma und Lukas waren an diesem Morgen erstaunlich friedlich miteinander. Es war fast so, als wären sie eine kleine Verschwörung eingegangen, um ihrer Mutter einen entspannten Tag zu ermöglichen. Dieser Frieden war allerdings ein seltenes Phänomen und Anna war weise genug, diesen Moment zu schätzen, statt zu viele Fragen zu stellen.

Der Hippiemarkt war ein buntes Durcheinander von Ständen, die mit allem gefüllt waren, was das Herz begehren konnte. Von schillernden Kleidern und handgefertigtem Schmuck bis hin zu exotischen Gewürzen und seltsamen Deko-Objekten. Dank der großzügigen Provision, die Felix kürzlich erhalten hatte und die er gnädigerweise mit Anna teilte, fühlte sie sich wie die Königin des Shoppings.

Am Ende des Tages kehrten sie mit vollen Taschen und den Kopf voller Eindrücken nach Hause zurück. Sie waren erschöpft, aber auf eine gute Art und Weise.

«Fruta del jardín!», verkündete Pilar triumphierend und präsentierte Anna stolz einen Korb mit duftenden Orangen, saftigen Zitronen und einigen Exoten, deren Namen Anna noch nie gehört hatte. Pilar war immer eine Freude, besonders wenn sie Geschenke aus ihrem Garten dabeihatte.

In Vorbereitung auf Pilars Besuch hatte Anna ein paar Häppchen zubereitet - nichts Besonderes, nur ein paar kleine Snacks, um den Hunger während ihrer Spanisch-Lektion zu stillen. Pilar war eine leidenschaftliche Esserin und Anna hatte schnell gelernt, dass es immer ratsam war, etwas zum Knabbern zur Hand zu haben, wenn sie zu Besuch kam.

Der Abend verlief wie gewohnt - ein fröhliches Durcheinander aus Sprachlektionen, Klatsch und Tratsch und dem Genuss von Häppchen. Wie es so oft geschah, kamen sie schließlich auf Juan zu sprechen. Anna konnte nicht anders, sie schwärmte in höchsten Tönen von Juans liebenswürdiger Art mit den Kindern und seinem ansteckenden Humor.

Pilar hörte aufmerksam zu und seufzte dann tief. «Juan», begann sie mit einem nachdenklichen Blick «Er würde so gerne eine eigene Familie haben. Mindestens drei Kinder sind sein Traum - wahrscheinlich, weil er selbst Einzelkind war und seine eigene Familie so früh zerbrochen ist. Aber da gibt es ein kleines Problem... seine schöne Luna möchte keine Kinder.»

Pilar zuckte mit den Schultern und ließ ein kleines Lächeln zu, das mehr Sympathie als Spott verriet. «Sie kann sich einfach nicht vorstellen, Kinder in ihr perfektes Influencer-Leben zu integrieren. Wahrscheinlich hat sie Angst, ihre Figur zu ruinieren oder ihre Karriere aufs Spiel zu setzen.»

Pilars Blick wurde ernst. «Ich sehe keine Zukunft für die beiden. Juan hofft immer noch, dass Luna ihre Meinung ändert, dass irgendwann ein Kinderwunsch in ihr erwacht. Aber ich ... ich glaube nicht daran.» Ihre Worte hingen in der Luft, eine Mischung aus Bedauern und Resignation.

Annas Träume waren oft bizarr und schillernd, doch dieser war besonders verworren. In ihrem Traum trat Juan auf, und er küsste sie mit einer Zärtlichkeit, die sie fast atemlos machte. Doch dann wurde die Szene unterbrochen, als Felix auf einmal wie aus dem Nichts auftauchte. Aus unerfindlichen Gründen war er bewaffnet - und zwar mit Essstäbchen. Er schwang sie mit eifersüchtiger Wut auf Juan ein, der sich überraschend wehrte, indem er mit Paella-Pfannen zurückschlug.

Lukas, inzwischen offenbar zu einem Superhelden mutiert, sprang dazwischen und versuchte, den Kampf zu beenden.

Emma stand daneben und weinte bitterlich, während sie eine große Menge spanischer Churros aß.

Anna erwachte mit einem Lachen, immer noch von den Bildern ihres bizarren Traumes amüsiert. Sie schlich sich aus dem Haus und in den Garten, wo der Mond den Pool in ein geheimnisvolles Licht tauchte. Ein kleiner Falter zappelte am Wasser. Anna, immer die Retterin in der Not, holte das zarte Wesen heraus und setzte es sanft auf ihre Liege.

Dort, unter dem funkelnden Sternenhimmel von Ibiza, ließ sie sich zurückfallen, lauschte den beruhigenden Geräuschen der Natur und gab sich ihren Gedanken hin.

Ehe sie sich versah, waren ihre Augen schwer und die sanfte Melodie der Grillen wiegte sie erneut in den Schlaf. Als die ersten Strahlen der Morgensonne den Himmel berührten, war Anna immer noch dort, friedlich schlummernd unter dem endlosen Himmel von Ibiza, sicher im Wissen, dass ihr neues Leben voller Möglichkeiten, Abenteuer und vielleicht sogar einer Prise Romantik war.

Unsanft wurde sie aus ihren Träumen gerissen, als die Haustürglocke in ihre Ohren drang. Sie murmelte ein mürrisches: «Morgenstund hat Gold im Mund, aber noch nicht in meinen Augen» und rollte sich aus dem Bett.

Sie stolperte zur Tür, wobei sie jedes Hindernis auf ihren Weg mitnahm und rieb sich die Augen, die in diesem Zustand mehr an eingeschrumpelte Rosinen erinnerten als an das Fenster zur Seele.

Nur mit einem T-Shirt und Slip bekleidet, was ihrem Look einen Hauch von «Fashion-Modell nach einem 48-Stunden-Fotoshooting» verlieh, blickte sie durch das kleine Fenster der Tür, bereit, den Störer ihres Schönheitsschlafes mit einer Kombination aus Groll und Koffeinmangel zu begrüßen.

Zwei Männer, die frisch und munter aussahen, dass man meinen könnte, sie hätten das gesamte Starbucks-Angebot vor Sonnenaufgang geleert, warteten auf Einlass. Werkzeugkoffer neben sich, standen sie da wie zwei Reinkarnationen von Bob dem Baumeister, bereit, die Welt zu reparieren.

Dann dämmerte es Anna - sie erinnerte sich an die E-Mail des Vermieters, der versprochen hatte, sich um die Mängel des Hauses zu kümmern.

Mit ihrem spanischen Grundwortschatz begrüßte sie die Handwerker. Sie sprachen jedoch mit der Geschwindigkeit eines Rap-Künstlers, sodass Anna nur verstand, dass es um «etwas» und «irgendwo» ging.

Als sie sich umzog und den Kaffee aufsetzte, machten sich die Handwerker ans Werk. Die Ruhe des Morgens wurde abrupt von einem Klangteppich durchbohrt, der dem Geräusch einer Horde metallfressender Termiten glich.

Emma und Lukas schlurften in ihren Pyjamas in den Garten, das Haar zerzaust wie zwei Mini-Zombies aus einem kinderfreundlichen Horrorfilm.

«Warum klingt es so, als hätte eine Metalband ein Konzert in unserem Wohnzimmer?», fragte Lukas, wobei er nur noch das Fehlen eines kleinen Mikrofons für die perfekte Kinder-Pressekonferenz-Szene benötigte.

Emma schmollte und sah aus, als wäre sie bereit, den nächsten, der sie weckte, mit einem Stofftier zu bewerfen. «Was ist das für ein Krach?», klagte sie und legte sich theatralisch in den Schoß ihrer Mutter.

«Die Handwerker machen aus unserem Haus ein Schloss... ohne Schimmel», erklärte Anna mit einem Lächeln und versuchte, ihr Gähnen zu unterdrücken.

Nach zwei Stunden verschwanden die Handwerker und ließen eine ohrenbetäubende Stille zurück.

Kaum hatte Anna den Hörer in die Hand genommen, um ihre Eltern anzurufen, klingelte es an der Tür. Sie öffnete und da stand Emilio, der Nachbar, dessen Abenteuer als Stierkämpfer mehr Seiten füllen könnte als ein Telefonbuch. «Oh nein, nicht heute», dachte Anna.

Mit einem Augenzwinkern und dem Charme eines alten Hollywoodstars präsentierte Emilio einen Korb mit duftenden Orangen, so groß wie Babyköpfe und einen Strauß exotischer

Rosen. «Für die schönste Frau im Dorf», verkündete er theatralisch.

Etwas überrumpelt und in der Hoffnung, die Stierkampf-Geschichten auf ein Minimum zu reduzieren, bat Anna ihn herein. Die Kinder, neugierig wie sie waren, spähten aus dem Wohnzimmer und versuchten, den wilden Charakter einzuordnen.

Annas Handy hörte nicht auf zu klingeln. Sie wusste, dass es ihre Eltern waren. Mit einem Lächeln dachte sie: «Ja, definitiv Helikoptereltern. Nur dass ihr Helikopter aus purer Sorge und Liebe gebaut war.» Wenn sie doch nur manchmal ihre Propeller ausschalten würden.

Anna, gefangen zwischen Höflichkeit und dem dringenden Bedürfnis, ihre Eltern anzurufen, die sich wahrscheinlich bereits ein Szenario ausgedacht hatten, in dem sie von wilden Tieren entführt worden war, bat Emilio hinein.

Kaum hatte Anna ihrem Nachbarn, der immer noch mit der Wucht eines Vulkanausbruchs erzählte, den dritten Kaffee serviert, wurde das Wohnzimmer wieder zur Arena. Emilio schwang sein imaginäres rotes Tuch, duckte sich und sprang auf, die Beine weit auseinander, den Kopf heldenhaft in den Nacken gelegt.

Man konnte fast den Staub der Arena riechen, das Grollen des unsichtbaren Stiers hören, und wenn man die Augen schloss, wäre es nicht allzu schwer gewesen, sich vorzustellen, dass man mitten in Sevilla war, umgeben von einer begeisterten Menge.

Lukas beobachtete Emilio mit großen Augen. Jede Bewegung, jede Geste des ehemaligen Stierkämpfers zog ihn in seinen Bann. Emma dagegen versteckte sich halb hinter ihrer Mutter, als ob der unsichtbare Stier plötzlich das Wohnzimmer betreten und sie direkt angreifen könnte.

Nach dem, was sich wie ein Marathon von Kaffee und Stierkampfgeschichten angefühlt hatte, entschied Emilio endlich, dass seine Rosen wahrscheinlich kurz vor dem Verdursten waren. Anna seufzte erleichtert.

In der Tür drehte der Nachbar sich um und gab Lukas ein anerkennendes Nicken. «Du hättest ein guter Matador werden können», sagte er, und Lukas strahlte, als hätte ihm Ronaldo gerade ein Autogramm gegeben.

Sobald die Tür geschlossen war, verwandelte sich Lukas' Begeisterung in Bedauern. «Arme Stiere», murmelte er.

Dann blickte er hoffnungsvoll zu Anna auf. «Mama, kann ich heute Nachmittag mit Juan Fußball spielen?» Er bat so eifrig, als ob er hoffte, alle Stiere der Welt durch sein Fußballspiel retten zu können.

Anna lächelte. Es war ein seltsamer Morgen gewesen, aber wenigstens war jetzt Ruhe eingekehrt. «Wir müssen Juan fragen, ob er Zeit hat.»

Mit einer Mischung aus Nervosität und Vorfreude tippte Anna ihre Nachricht an Juan und drückte auf «Senden». Kaum hatte sie das Handy beiseitegelegt, vibrierte es. Mit einem hoffnungsvollen Lächeln nahm sie es in die Hand und las die Nachricht. Die Enttäuschung stieg in ihr auf wie eine unerwünschte Seifenblase.

«Lukas, Juan kann heute leider nicht...», begann sie, nur um von einem herzzerreißenden Seufzer ihres Sohnes unterbrochen zu werden.

«Aber ich wollte doch ...», jammerte Lukas, seine Worte verklangen in einem leisen Schluchzen. Anna konnte sich nicht erinnern, wann sie das letzte Mal so viel Drama in seinem Gesicht gesehen hatte.

Aber Anna war fest entschlossen, den Tag zu retten. «Wie wäre es mit einem Ausflug zum Strand?», schlug sie vor. «Und vielleicht kaufen wir unterwegs neue Luftmatratzen.»

Lukas' Gesicht hellte sich auf. «Können wir eine dieser coolen mit einem Fenster kaufen? Ich will Fische sehen!»

Nachdem sie am Geschäft angekommen waren und Lukas mit großen Augen eine Luftmatratze mit Fenster ausgesucht hatte, machten sie sich auf den Weg zum Strand.

Der erste Blick auf das grünlich-blaue Meer ließ alle Sorgen vergessen. Der Strand war ein Paradies für Kinder - flach abfallend, das Wasser klar und der Sand warm und weich unter ihren Füßen.

Lukas und Emma rannten vor Vergnügen quietschend ins Wasser.

Anna ließ sich auf ihre Stranddecke fallen und beobachtete, wie ihre Kinder mit den neuen Luftmatratzen ins Wasser stürzten. Lukas lag auf dem Bauch auf seiner Matratze und starrte durch das Fenster.

Anna schloss die Augen und lauschte dem Klang der Wellen. Der Duft von Salzwasser und Sonnencreme, das Lachen ihrer Kinder - das war das Paradies.

Als sie von ihrem Strandausflug zurückkehrten, waren Lukas und Emma bereits halb im Schlafmodus, ihre kleinen Gesichter glänzten von Salz und Sonne. Anna schmunzelte. «So müde kann nur ein gelungener Strandtag machen», dachte sie.

Die Kinder hatten es sich auf den Liegestühlen im Schatten gemütlich gemacht. Lukas mit einem Buch über Piraten und Emma mit einem Märchenbuch, das Anna aus ihrer Kindheit aufbewahrt hatte. Es war so still, dass man nur das leise Rascheln der Buchseiten und das gelegentliche Summen von Bienen hören konnte.

Annas Handy klingelte, durchbrechend die friedliche Stille. Auf dem Display stand «Felix». Sie atmete tief durch und nahm den Anruf entgegen.

«Anna? Wie geht es euch?», fragte Felix mit einer Stimme, die ein wenig angespannt klang.

«Uns geht es gut. Wie geht es dir?»

Während sie sprachen, ließen Annas Gedanken nicht nach. Die Erinnerungen an ihre gemeinsamen Jahre waren wie alte Fotos, die in einem verstaubten Album versteckt waren. Es gab schöne Momente, ja, aber auch viele, die sie lieber vergessen würde.

Sie erinnerte sich an die endlosen Diskussionen über Dinge, die so unwichtig schienen. Das ständige Rennen gegen die Uhr, das Gefühl, in einem Hamsterrad gefangen zu sein. Jeder Tag mit

Felix war wie ein vorher aufgezeichnetes Lied, das immer wieder abgespielt wurde. Es war vorhersehbar und ermüdend.

Als sie auflegte, blickte sie zu ihren Kindern hinüber, die so in ihre Bücher vertieft waren, dass sie die Welt um sich herum vergaßen. Ein Lächeln breitete sich auf ihrem Gesicht aus.

«Es war die richtige Entscheidung», murmelte sie leise vor sich hin und schloss die Augen, um den Moment zu genießen. Das einfache Glück des Augenblicks, das Gefühl von Freiheit.

Anna hatte die stille Hoffnung, dass die Schule eine Art Partnerbörse für Mütterfreundschaften sein könnte.

Am Abend, pünktlich wie die Tagesschau, stand Pilar wieder auf der Matte.

Anna konnte ihre Bewunderung nicht verbergen, als Pilar ihr die Instagram-Seite von Luna zeigte. Jedes Foto war ein Meisterwerk der Ästhetik, eingefangen in den bezaubernden Ecken von Madrid und Ibiza. Die Sonne hinter Luna schien stets ein bisschen heller, als wären alle natürlichen Elemente in die Verschwörung der Perfektion involviert.

«Sie ist wirklich atemberaubend», gab Anna zu, während sie sich einen weiteren Schnappschuss von Luna ansah, die auf einem weißen Pferd ritt, während sie ein rotes Kleid trug.

Sie fühlte sich im Vergleich zu dieser Instagram-Göttin wie Aschenputtel - nicht das Märchenende, sondern das Pre-Ball-Modell. Lunas Bilder schienen aus einer anderen Welt zu kommen, einer Welt, in der die Menschen auf Pferden anstelle von Autos zur Arbeit gingen und jeder Tag mit einem perfekten Sonnenuntergang endete.

«Hey», sagte Pilar und legte beruhigend eine Hand auf Annas Schulter. «Vergiss nicht, Instagram ist nicht die Realität. Niemand sieht 24/7 so aus.»

Anna lächelte. «Außer Luna offensichtlich.»

«Sie ist mal wieder auf der Insel. Wenn sie hier ist, verwandelt sich Juan in ihren treuen Schoßhund und lässt sich nicht bei mir blicken. Sie hat ihn fest im Griff und kann mich nicht ausstehen.

Vermutlich, weil sie merkt, dass ich Juan vor ihr beschützen will», lamentierte Pilar und rollte mit den Augen.

«Mit jeder Faser meines Seins hoffe ich, dass Juan nicht den Fehler seines Lebens macht und diese oberflächliche Frau heiratet», erklärte Pilar entschieden. «Ich werde bestimmt nicht auf deren Hochzeit gehen.»

Anna verdrängte einen Seufzer, während sie sich vorstellte, wie es wäre, wenn sie selbst an Juans Seite stehen würde. Ihre Kinder, mit ihren strahlenden Augen, würden sicherlich begeistert sein. Und Felix? Er war der Vater ihrer Kinder, und auch wenn die Dinge zwischen ihnen kompliziert waren, wünschte sie ihm nur das Beste.

Als Pilar schließlich ging, konnte Anna sich der Versuchung nicht länger widersetzen und tippte mit der Geschwindigkeit eines hungrigen Eichhörnchens «Luna Lu» in die Instagram-Suche ein.

Innerhalb von Sekunden öffnete sich Lunas Profil mit Bildern, die direkt aus einem Hochglanzmagazin zu stammen schienen. Anna klickte sich durch endlose Fotos von Luna in Yoga-Posen, Luna mit grünen Smoothies, Luna in exotischen Urlaubszielen, Luna mit einem Lächeln, das die Sonne blenden könnte.

«Hmm, sieht so aus, als hätte jemand den «Lebe-dein-bestes-Leben»-Filter entdeckt», dachte sie sarkastisch. Bei einem Foto von Luna, die meditierend auf einem Berggipfel saß, konnte Anna sich ein Grinsen nicht verkneifen und murmelte: «Klar, wer meditiert nicht mal eben auf einem Berggipfel vor dem Frühstück?»

«Kein Wunder, dass Juan sich in sie verliebt hat», dachte Anna, während sie durch die Bilder scrollte, die voller glücklicher Menschen, bezaubernder Landschaften und unzähliger exotischer Mahlzeiten waren, die so appetitlich aussahen, dass sie fast den Bildschirm abschleckte.

Sogar Lunas Hund, eine kleine französischer Bulldogge mit dem Namen «Champagner», hatte mehr Glamour als Anna jemals haben würde. Sie musste lachen, als sie ein Bild von Champagner sah, der auf einem luxuriösen Kissen saß und eine

Sonnenbrille trug. «Okay, das ist zu viel», sagte sie zu sich selbst und schüttelte den Kopf.

Anna schloss kurz die Augen, um die wachsende Beklemmung in ihrer Brust zu bekämpfen. Jeder Post, jedes Bild schien zu schreien, wie glücklich und erfüllt Lunas Leben war. Und natürlich war da auch Juan, lachend und scheinbar so verliebt, dass es Anna schwerfiel, weiterzuschauen.

Sie schloss Instagram und lehnte sich zurück. Ein schwerer Kloß bildete sich in ihrem Hals. Sie wollte nicht eifersüchtig oder traurig sein, aber es war schwer, diese Gefühle zu unterdrücken. Anna wusste, sie hätte Lunas Profil nicht stalken sollen. Es war nie eine gute Idee, sich in die sozialen Netzwerke einer anderen Person zu vertiefen, besonders wenn man versuchte, über Gefühle hinwegzukommen. Doch die Neugier und die stille Hoffnung, irgendeinen Hinweis darauf zu finden, dass Juan vielleicht nicht so glücklich war, wie es den Anschein hatte, hatten sie getrieben.

Aber die Wahrheit war klar. Juan und Luna waren zusammen und Anna war nur eine Bekannte.

SAURE LIMONADE

Am nächsten Tag war Anna etwas frustriert. Sie schob es auf den schlechten Kaffee, aber insgeheim wusste sie, es lag an Juan. Oh Juan! Sie hatte geplant, nach Felix wieder die freie Wildbahn zu genießen und sich vielleicht auf exotische Kochkurse oder Extremstricken zu konzentrieren. Nicht auf so etwas wie... Liebe.

Als sie Juan das erste Mal sah, traf es sie wie ein von Amor abgefeuerter Pfeil. Der liebenswerte Spanier löste eine Sehnsucht in ihr aus. Ihr Kopfkino lief ständig: Juan und sie, am weißen Strand, er spielt Gitarre, sie versucht den Sand aus ihrem Buch zu pusten ... Doch wie das Schicksal so spielt, hatte Juan schon eine Freundin. Und diese war so bildschön, dass sie direkt von einem Gemälde gestiegen zu sein schien. Das war natürlich höchst unfair.

So saß Anna da, murrte vor sich hin, wälzte sich auf der Couch und wünschte sich, die Welt würde sie und ihr Liebesleben einfach in Ruhe lassen. Und doch, tief in ihrem Herzen, konnte sie nicht leugnen, dass sie hoffte, eines Tages könnte dieser wunderbare Spanier ihr gehören. Aber bis dahin musste sie sich wohl mit ihren Träumen und einer Menge Schokoladeneis zufriedengeben.

Anna war gerade dabei, den dritten Löffel Schokoladeneis in ihren Mund zu schieben, als sie ein leises Klopfen an ihrer Haustür hörte. Sie fuhr hoch, warf beinahe die Eisschale auf den

Boden und stürzte zur Tür, wobei sie sich den Löffel aus dem Mund riss. Sie öffnete die Tür und da stand er, der Mann ihrer Träume und der Albtraum ihrer Diät: Juan.

«Ich hoffe, ich störe nicht», sagte er, und Anna konnte fast seine Unschuld sehen. Dieser Mann war eine Gefahr für ihr emotionales Gleichgewicht. Er entschuldigte sich dafür, dass er nicht früher hatte vorbeikommen können, um mit Lukas Fußball zu spielen. Anna konnte nicht anders, als von einem Ohr zum anderen zu grinsen. Der Mann war eine Wohltat für ihre Augen und ihr Herz.

«Kein Problem», antwortete sie und versuchte, so locker wie möglich zu klingen. Innerlich aber schrie sie vor Freude. Denn nicht nur Lukas freute sich, dass Juan gekommen war, auch sie war außer sich vor Begeisterung. Natürlich konnte sie ihm das nicht sagen, also tat sie so, als wäre das alles kein großes Ding.

Lukas, der kleine Unruhestifter, war natürlich überglücklich. Er sprang auf, warf seine Spielsachen beiseite und rannte in den Flur, um seine Fußballschuhe anzuziehen.

«Lukas, nicht so hastig!», rief Anna, aber der Junge war bereits verschwunden, seine Aufregung war fast greifbar.

Als sich Anna und Emma im Pool abkühlten, konnte sie ihren Blick nicht von Juan abwenden. Er lachte, schwitzte und spielte, als gäbe es kein Morgen mehr. Sie stellte sich vor, wie er und Luna, das makellose Instagram-Phänomen, ihre Tage verbrachten. Wahrscheinlich Fotoshootings am Strand, teure Dinner und ständige Selfie-Sessions. Aber hat seine Freundin Juan jemals so ausgelassen und glücklich gesehen wie jetzt, wo er mit Lukas spielte?

Während Anna eifrig Zitronen auspresste und den süßen Sirup hinzugab, konnte sie Juan nicht aus den Augen lassen. Wie er da so stand, schweißgebadet aber immer noch mit einem strahlenden Lächeln auf den Lippen, hoffte sie, dass er bleiben würde. Die selbst gemachte Limonade war ihr Trumpf, ihr kleiner Zaubertrank, um ihn noch ein wenig an sich zu binden.

Lukas, der kleine Wirbelwind, machte keine Anstalten, sich zu verlangsamen. Mit einem lauten «Bombe!» sprang er in den Pool, spritzte Wasser in alle Richtungen und rief dann herausfordernd zu Juan: «Komm rein, das Wasser ist herrlich!»

Juan grinste und kratzte sich am Kopf. «Ich habe keine Badehose dabei», erklärte er schuldbewusst.

Lukas, in seiner kindlichen Naivität, sah kein Problem darin. «Bad einfach in Unterhose! Ist doch fast wie eine Badehose.»

Anna verschluckte sich fast an ihrer eigenen Limonade. Der Gedanke an Juan nur in Unterhose ließ sie leicht erröten. Sie versuchte, ihren Enthusiasmus zu verbergen, aber konnte nicht anders, als zu hoffen, dass er Lukas' Vorschlag annehmen würde.

Doch Juan schüttelte lächelnd den Kopf. «Vielleicht das nächste Mal, Kleiner.»

Anna schenkte Juan ein letztes Glas Limonade ein, wobei sie heimlich hoffte, dass er durch die unwiderstehliche Mischung aus Zitrone, Zucker und Eiswürfeln doch noch ein wenig länger bleiben würde. Aber als er das Glas geleert hatte und Lukas mit einem High Five verabschiedete, wusste sie, dass ihre Limonaden-Magie dieses Mal nicht funktioniert hatte.

«Also, Juan, wann kommst du wieder? Wir müssen doch unser Fußballturnier fortsetzen!», meinte Lukas mit funkelnden Augen, während er hoffnungsvoll den Fußball hochhielt.

Juan zögerte und kratzte sich am Kopf. «Ich kann es dir nicht sagen, Kleiner. In den nächsten Tagen bin ich ziemlich eingespannt. Einen Klub zu führen ist nicht so einfach, wie es aussieht. Es ist fast so anstrengend wie ein Fußballspiel gegen dich!»

Lukas' Gesichtsausdruck schlug von hoffnungsvoll zu tief enttäuscht um. Er ließ den Ball sinken und trat mit dem Fuß dagegen. «Das ist aber schade.»

Auch Anna fühlte eine leichte Schwere in der Brust. Nicht nur, weil sie Juan gerne wiedersehen würde, sondern auch, weil sie sich in den letzten Stunden an das Lachen und die Freude gewöhnt hatte, die Juan ins Haus gebracht hatte.

Aber Anna, immer die Optimistin, lächelte und sagte: «Nun, wenn du das nächste Mal Zeit hast, sag einfach Bescheid. Vielleicht haben wir dann ja noch eine andere

Limonadenvariante für dich parat. Erdbeer-Limonade? Himbeer-Limonade? Oder vielleicht eine exotische Drachenfrucht-Limonade?»

Juan lachte. «Das klingt verlockend, Anna. Ich werde es mir merken.»

Emma, die neben Anna stand, fügte mit einem schelmischen Grinsen hinzu: «Und vielleicht bringst du beim nächsten Mal ja auch eine Badehose mit?»

Mit einem letzten Winken verließ Juan den Garten, und obwohl er versprochen hatte, wiederzukommen, fühlte sich das Haus plötzlich ein bisschen leerer an.

Während des Abendbrots schreckte Anna aus ihren Gedanken auf, als ihr Handy vibrierte. Es war eine Nachricht von Juan. Er schrieb, dass er überraschend nach Madrid fliegen musste und dass sie Lukas ausrichten solle, er sei in einer Woche zurück auf Ibiza. Als kleines Trostpflaster wollte er Lukas einen Fußball und ein Trikot schicken.

Anna seufzte und wandte sich an ihren Sohn. «Lukas, ich habe gerade eine Nachricht von Juan bekommen ...»

Seine Augen leuchteten auf. «Kommt er morgen zum Fußballspielen?»

Anna schüttelte den Kopf. «Leider nicht, er muss nach Madrid fliegen. Aber er hat gesagt, er kommt in einer Woche zurück.»

Lukas' Gesicht fiel. «In einer Woche? Das ist ja ewig!»

Anna lächelte und legte ihre Hand auf seine. «Ich weiß, es fühlt sich lange an, aber die Zeit vergeht schneller, als du denkst. Und er hat gesagt, er schickt dir einen Fußball und ein Trikot.»

Lukas starrte sie an. «Echt? Ein neuer Ball und ein Trikot? Wow!» Sein Gesicht hellte sich etwas auf, aber Anna konnte immer noch die Enttäuschung in seinen Augen sehen.

«Weißt du was?», sagte sie, «Wie wäre es, wenn wir zum Minigolf gehen? Und wer gewinnt, bekommt ein extra großes Eis!»

Lukas' Augen leuchteten auf. «Mit drei Kugeln?»

Anna lachte. «Mindestens! Und die Verlierer müssen die Eiswaffel des Gewinners halten.»

Die Tage ohne Juan vergingen für Anna ähnlich wie ein Abendessen ohne Gewürze - essbar, aber eben nicht besonders schmackhaft. Und während sie versuchte, ihre Leere mit lärmenden Kinderaktivitäten zu füllen, konnte sie das Bild von Juan und Luna, wie sie vermutlich glücklich Ringe aussuchten, nicht aus dem Kopf bekommen.

Sie wählte einen Aktionsplan, den sie «Operation Ablenkung» nannte, der eine Reihe von Aktivitäten beinhaltete, um sich und die Kinder zu beschäftigen. Ob es der Versuch war, mit ihnen einen vierstöckigen Pfannkuchenturm zu bauen, was sie schnell bereute, als sie den klebrigen Teig von den Wänden schrubben musste, oder eine Schatzsuche, die Anna im Garten veranstaltete. Hierbei fand sie ihre verlorenen Ohrringe wieder und einen fast verrotteten Apfel, von dem niemand wusste, wie er dahin gekommen war.

Die Vorstellung, dass Juan in Madrid bei Lunas Eltern um die Hand anhalten könnte, versetzte Anna in eine nervöse Aufregung. Sie stellte sich vor, wie er mit Blumen und Schokolade in der Hand vor Lunas Eltern stand, mit der gleichen charmanten Art, die auch sie so fasziniert hatte.

Der Tag des Schulstarts konnte nicht schnell genug kommen. Anna war es gewohnt, ihre Kamera immer in der Hand zu halten, denn das war ihre Therapie, ihr Ausgleich, ihr Weg, mit der Welt umzugehen. Bald konnte sie sich wieder auf das konzentrieren, was sie liebte - das Fotografieren. Aber selbst dann fand sie sich dabei wieder, wie sie die Welt durch das Objektiv einer Kamera betrachtete und sich vorstellte, wie Juan, statt dem Motiv, das sie gerade fotografierte, vor ihrer Linse stehen würde. Ihre Gedanken kamen immer wieder zu ihm zurück, und sie wusste, dass sie einen Weg finden musste, diese Sehnsucht zu stillen.

Lukas war stolz wie Oskar. Er lief mit dem neuen Trikot, das inzwischen mehr nach einem abstrakten Kunstwerk mit diversen Flecken aussah, durch das Haus und verkündete jedem, der es hören wollte - und auch denen, die es nicht hören wollten -, dass es ein Geschenk von Juan war. «Das ist von Juan! Kennst du Juan? Er besitzt den größten und coolsten Klub! Und er ist mein Freund!», sagte er zu jedem, auch zum Postboten, der etwas irritiert nickte.

Lukas war so stolz auf sein neues Trikot, dass er selbst beim Baden nur zögerlich zuließ, dass es am Rand des Badezimmers abgelegt wurde. Jedes Mal, wenn Anna versuchte, es zu waschen, verwandelte sich der kleine Junge in einen Ninja und verteidigte sein Trikot mit aller Macht.

«Schau mal, hier auf der Schulter ist schon ein bisschen Marmelade, da ein Eisfleck und hier ... ist das etwa ein Schokoladenabdruck?!», versuchte Anna, ihn zu überzeugen.

«Oh, das ist nur ein Stempel von meiner Superheldenmission gestern», erwiderte Lukas mit ernster Miene.

Annas Versuch, das Trikot heimlich zu waschen, endete mit einem dramatischen Szenario, bei dem sie schließlich aufgeben musste.

Inzwischen bereitete sich Anna intensiv auf die Rückkehr in ihren Fotografenberuf vor. In der Hoffnung, endlich Ruhe vor dem nie endenden Chaos zu Hause zu haben, hatte sie bereits eine neue Kameraausrüstung gekauft. Sie stellte sich vor, wie sie in einem stillen Studio arbeiten würde, ohne ständig von einem Trikot besessenen Jungen oder einem Kind, das gerade das neue Sofa mit Kekskrümeln dekoriert, abgelenkt zu werden.

Die neuen Schulranzen waren ein voller Erfolg. Anna hatte das Gefühl, für jeden Rucksack einen halben Monatslohn ausgegeben zu haben, aber wenn es den Kindern half, sich in der neuen Umgebung einzuleben, war es das wert. Sie war nur froh, dass Lukas nicht darauf bestand, sein Trikot als Schulsack zu verwenden.

Pilar, mit ihrem unendlichen Vorrat an Geduld und Spaß, half den Kindern dabei, Spanisch zu lernen. «Buenos días, Lukas! Wie sagt man «Trikot» auf Spanisch?», fragte sie schelmisch.

Lukas überlegte kurz und sagte dann stolz: «Mi tesoro!», was «mein Schatz» bedeutet.

Anna lachte. «Genau, das trifft es ziemlich gut!» Es waren diese kleinen Momente des Lachens und der Freude, die den Alltagsstress vergessen ließen. Und auch wenn das Trikot wahrscheinlich noch einige Wochen - oder Monate - getragen würde, war Anna sicher, dass sie diese Zeit irgendwann vermissen würde.

Als Anna die Nachricht von Juan erhielt, dass er am nächsten Tag vorbeikommen wollte, wäre sie fast vom Stuhl gefallen. Sie hätte denken können, dass die Botschaft in Goldbuchstaben auf Pergament geschrieben und von einem weißen Taubenboten geliefert worden war, so begeistert war Lukas davon.

Anna freute sich mindestens genauso wie Lukas, hatte aber noch ein paar zusätzliche Schmetterlinge im Bauch. Sie wollte unbedingt einen guten Eindruck auf Juan machen und versuchte nicht daran zu denken, dass er gerade aus Madrid zurückgekehrt war, wo er möglicherweise Luna um ihre Hand angehalten hatte. Das wäre ein echter Stimmungstöter gewesen.

Ihre Versuche, mit Luna zu konkurrieren, ähnelten eher einer Slapstick-Komödie. Ihre Maniküre sah aus, als hätte ein betrunkener Affe versucht, sie mit einem Pinsel zu malen. Und das Fitnessstudio, das sie besucht hatte, um ihren Körper zu straffen, erinnerte mehr an eine Folterkammer aus dem Mittelalter. Aber zumindest hatte sie es versucht.

Trotz allem konnte sie nicht anders, als Lunas makellose Instagram-Bilder anzustarren. Luna, die immer perfekt aussah, egal ob sie gerade aus dem Bett stieg oder einen Marathon gelaufen war. Luna, die keine Ahnung hatte, dass Anna ihre Bilder sah und sich dabei wie eine Graugans neben einem Pfau fühlte.

Aber tief in ihrem Herzen wusste sie, dass sie nicht Luna war. Sie war Anna, Mutter zweier Kinder, eine Frau, die ihre Nägel nicht ohne Unfall lackieren konnte und die seit Wochen versuchte, eine Fußballmutter zu sein. Und das war in Ordnung so. Vielleicht musste sie gar nicht mit Luna konkurrieren. Vielleicht musste sie einfach nur sie selbst sein. Und so packte sie ihre Unsicherheit in die Schublade, schnappte sich den Fußball und ihre Kinder und machte sich bereit für das Spiel des Lebens.

Der Morgen hatte katastrophal begonnen. Anna hatte ihre Lieblingstasse Kaffee umgestoßen, die sich prompt über das weiße Tischtuch ergoss. Und ihre Haare, oh ihre Haare! Sie waren widerspenstiger als ein nasser Mops nach dem Baden. Die Vorstellung, dass Juan sie in diesem Zustand sehen könnte, ließ sie kurz überlegen, ob sie sich vielleicht im Keller verstecken sollte.

Als sie die Kinder anzog, waren ihre Hände so zittrig, dass sie die Schnürsenkel von Lukas' Schuhen zu einem Knoten verwandelte, den selbst ein Pfadfinder nicht gelöst bekommen hätte.

«Was ist los mit dir, Mama?», fragte Emma, während sie ihr Marmeladenbrot aß und mit großen Augen beobachtete.

«Nichts, Schatz. Mama hat nur... eine kleine Hummel im Hintern», versuchte Anna es mit einem Lächeln abzutun.

«Sieht eher aus wie ein ganzer Bienenstock», murmelte Lukas und kicherte.

Anna atmete tief durch und bemühte sich, einen klaren Kopf zu bewahren. Doch als das Klingeln an der Tür ertönte, fühlte sie sich, als hätte sie fünf Espresso hintereinander getrunken. Ihr Herzschlag beschleunigte sich und sie hätte schwören können, dass sie das Trommeln in ihren Ohren hörte.

Juan stand vor der Tür, lächelte und seine Augen funkelten auf eine Weise, die Anna beinahe an Ort und Stelle schmelzen ließ. Dieses winzige Küsschen auf ihre Wange ließ ihr Gesicht in Flammen stehen.

«Hola Anna, schön, dich zu sehen.» Seine Stimme klang wie Samt.

Ehe sie irgendetwas Peinliches sagen oder tun konnte, stürmte Lukas herbei und umarmte Juan fest. «Juan! Du bist da!» Annas Dankbarkeit für diesen kleinen Moment der Ablenkung war unermesslich. Lukas rettete sie vor weiteren möglichen Verlegenheiten - zumindest vorerst.

Sie lächelte Juan an und dachte sich: «Oh je, wenn er nur wüsste, wie sehr ich im Inneren gerade ausflippe.» Dann führte sie ihn ins Wohnzimmer, wobei sie jeden Augenkontakt mied, aus Angst, sie könnte in seinen Augen ertrinken.

«Was hast du denn in Madendrid gemacht?», fragte Lukas, seine kindliche Neugier kannte keine Grenzen. «Hast du einen Schatz gesucht? Oder einen Drachen besiegt? Oder ... oder ... hast du geheime Fußball-Zaubertränke gemischt?»

Juan kniete sich zu Lukas herunter und zwinkerte ihm verschwörerisch zu. «Es war eine geheime Mission, kleiner Mann. Du weißt, wie Erwachsene manchmal solche komischen Dinge machen.»

Lukas nickte ernst. «Wie Brokkoli essen?»

Juan lachte. «Genau! So was in der Art.»

Anna rollte innerlich mit den Augen. «Geheime Mission... klar», dachte sie. Vielleicht eine geheime Shoppingtour für Hochzeitsdekorationen oder ein geheimes Treffen mit einem Priester, um das Hochzeitsdatum festzulegen.

Juan lachte herzlich und knuffte Lukas sanft in die Seite.

Anna konnte sich ein Schmunzeln nicht verkneifen. Wäre sie in Lukas' Alter gewesen, hätte sie genau das Gleiche gefragt.

«Du könntest mir doch einen kleinen Hinweis geben», schmollte Lukas, während er den Ball vorbereitete.

Juan sah zu Anna und zwinkerte ihr zu. «Okay, ein kleiner Hinweis ... Es hat etwas mit einem Ring zu tun.» Annas Herz schlug schneller. War es wirklich das, was sie dachte?

Lukas hingegen hatte eine völlig andere Idee. «Du bist zum Zirkus gegangen und hast mit den Jongleuren gelernt, wie man Ringe durch die Luft wirft!»

Anna musste lachen. «Ja, genau, Lukas! Juan ist jetzt ein geheimer Zirkusartist!»

Juan verneigte sich theatralisch. «Nun, das Geheimnis ist gelüftet. Ich hoffe, ihr kommt alle zu meiner ersten Show.»

Lukas und Juan verbrachten den Nachmittag damit, sich gegenseitig mit Fußballtricks zu überbieten. Anna saß am Rand, beobachtete sie und genoss den Ausblick. Es war etwas Schönes daran, die beiden zusammen lachen und spielen zu sehen. Ein kleiner Stich in ihrem Herzen erinnerte sie daran, dass sie Juan nicht für sich haben konnte, aber sie schob den Gedanken beiseite.

Kaum saß Juan, schlug Lukas ihm vor, ein Wettschwimmen zu veranstalten.

«Ein Wettschwimmen?», wiederholte Juan, der sich gerade auf eine Pause eingestellt hatte. «Klingt nach einer großartigen Idee. Wer von uns beiden ist wohl der schnellere Fisch im Teich?»

Lukas strahlte. «Ich bin ein Hai! Du kannst ein ... ein ... Goldfisch sein!»

«Anna schmunzelte. «Na, das klingt ja nach einem fairen Wettkampf. Ein Hai gegen einen Goldfisch.»

Juan tat so, als müsse er ernsthaft überlegen. «Hmm, ich weiß nicht. Goldfische sind ziemlich flott, wenn es ums Futter geht. Aber gegen einen Hai? Vielleicht sollte ich der Krake sein. Die haben immerhin acht Arme.»

Lukas kicherte. «Okay, du bist der Krake und ich der Hai. Mama, du bist der Schiedsrichter! Der Verlierer muss ein Eis ausgeben.»

«Ein Eis also?», sagte Juan, während er sich theatralisch streckte, als wärme er sich für ein olympisches Rennen auf.

Anna schüttelte den Kopf, amüsiert über die beiden. «Also gut, Hai und Krake an die Startlinie. Auf die Plätze, fertig, los!»

Die beiden stürzten sich ins Wasser und planschten so heftig, dass Anna halb erwartete, eine Flutwelle über den Garten zu sehen. Juan, trotz seiner «acht Arme», schien keine Chance gegen den energiegeladenen Lukas-Hai zu haben.

Als sie schließlich außer Atem an der gegenüberliegenden Seite des Pools ankamen, rief Lukas triumphierend: «Ich habe gewonnen! Goldfisch, äh, ich meine Krake, du schuldest mir ein Eis!»

Juan lachte und hielt die Hände hoch. «Du bist der König der Meere, Kumpel. Ein Eis für den Champion. Morgen lade ich euch zum Eisessen ein, aber jetzt muss ich arbeiten.»

«Arbeit? An einem so schönen Tag?», fragte Lukas enttäuscht, während er noch versuchte, seinen Atem nach dem energischen Schwimmen zu fangen.

Juan lächelte und rieb dem Jungen sanft über den Kopf. «Manchmal muss man eben, Kleiner.»

Anna, die ihren Sohn mit traurigem Gesicht beobachtete, fühlte, wie ihr Herz sich zusammenzog. Sie wusste, dass sie sich nicht zu sehr an diese Momente gewöhnen sollte. Aber es war so schwer, nicht in dieser glücklichen Blase zu bleiben. Sie fragte sich, wie das Leben mit einem verheirateten Juan aussehen würde. Würden sie immer noch so unbeschwerte Nachmittage verbringen können? Oder würde alles anders werden?

«Es war wirklich eine Freude, Juan», sagte sie und versuchte, ihre Enttäuschung nicht durchblicken zu lassen. «Danke, dass du dir die Zeit genommen hast.»

Er nickte und trocknete seinen makellosen, braunen Körper ab.

«Keine Ursache», flüsterte er mit einem warmen Lächeln. «Ich hatte wirklich eine Menge Spaß. Bis morgen also!»

Mit diesen Worten winkte er ihnen zum Abschied und verschwand aus dem Garten. Anna sah ihm hinterher und konnte nicht umhin zu bemerken, wie still und leer der Garten plötzlich wirkte. Sie sah hinunter zu Lukas, der enttäuscht auf das Wasser starrte.

Als Anna am nächsten Tag eine Nachricht von Juan erhielt, blickte sie enttäuscht auf ihr Handy. Lukas saß neben ihr am Küchentisch, schlürfte seinen Kakao und sah sie mit erwartungsvollen Augen an.

«Was ist los, Mama?», fragte er und Anna bemühte sich, eine aufmunternde Miene aufzusetzen.

«Leider hat Juan heute keine Zeit, Schatz», erklärte sie und sah, wie die Begeisterung aus Lukas' Augen verschwand.

«Oh ... und ich hatte mich schon so auf den Erdbeereisbecher gefreut», seufzte er enttäuscht und starrte in seine leere Kakaotasse.

Anna sah ihren Sohn an und nahm eine schnelle Entscheidung. «Weißt du was, Lukas? Wir machen uns trotzdem einen tollen Tag. Wie wäre es, wenn wir zum Markt gehen und ihr euch etwas aussuchen dürft?»

Lukas' Augen leuchteten auf und er sprang aufgeregt auf. «Können wir wirklich etwas aussuchen? Auch ein Spielzeug?»

Anna lachte. «Ja, ein kleines Spielzeug. Und vielleicht finden wir auch einen Eisstand.»

Der Markt war lebhaft und bunt, und die Kinder rannten von Stand zu Stand, zogen an Annas Rock und zeigten auf alles, was ihnen gefiel.

Am Ende des Tages hatte Lukas ein neues Spielzeugauto, seine Schwester ein hübsches Haarband und Anna trug eine Tüte voller frischer Früchte.

Pilar kam am Abend mit einem schelmischen Grinsen durch die Tür, die typische Aufregung in ihren Augen, die immer auftrat, wenn sie Klatsch und Tratsch zu erzählen hatte. Anna wusste, wenn Pilar diesen Blick hatte, war es nie langweilig.

«Anna, meine Liebe!» Pilar hielt ein kleines, hübsch verpacktes Paket hoch. «Ich dachte, das könnte dir gefallen!»

Anna nahm das Paket und öffnete es vorsichtig, um eine wunderschöne, handgefertigte Kette zu enthüllen. «Oh, Pilar! Die ist wunderschön. Danke dir!» Sie umarmte ihre Freundin fest.

«Nichts zu danken. Das Basteln hat mir geholfen, mich von gewissen... Ablenkungen abzulenken.»

«Ablenkungen?», fragte Anna unschuldig und setzte sich auf das Sofa, wissend, dass es Zeit für Pilars berüchtigte Informationsstunde war.

Die Spanierin räusperte sich theatralisch und begann: «Nun, ich war heute in der Stadt und habe ... zufällig ... Luna getroffen.» Sie betonte das «zufällig» so stark, dass es Anna zum Lachen brachte.

«Oh, wirklich? Und?»

Pilar schob ihr Gesicht näher zu Anna und flüsterte: «Sie waren Ringe aussuchen. Eheringe!»

„Tatsächlich!» Anna saß da und betrachtete die Kette in ihren Händen, als Pilar die schweigende Stille brach.

«Luna ist wieder auf der Insel und hat Juan ganz für sich», erklärte sie und ihre Stimme klang bedauernd. Annas Herz zog sich zusammen. Es ergab alles Sinn. Die Absage, die Ringe, Luna...

«Vielleicht wird er ja mit Luna glücklich», murmelte Anna, mehr zu sich selbst. Aber Pilar hörte sie und schüttelte entschieden den Kopf.

«Nein, sie ist nicht die Richtige», sagte sie bestimmt. Ihre Augen funkelten im Kerzenschein. «Weißt du, wer die richtige Frau an seiner Seite wäre? Du, Anna!»

Anna war überrascht. Ihre Wangen färbten sich rosa und sie stotterte ein ungläubiges «Ich?»

Pilar nickte. «Ja, du. Er mag dich, Anna. Und er liebt deine Kinder, von denen er mir ständig vorschwärmt. Und du kannst mir nicht sagen, dass du nichts für ihn empfindest.»

Anna seufzte und strich sich eine Haarsträhne aus dem Gesicht. «Das ist kompliziert. Ich meine, ich schätze Juan wirklich sehr. Er ist charmant, großzügig, sieht gut aus und ist wahnsinnig nett zu den Kindern. Aber...»

«Aber was, Anna?», unterbrach sie Pilar. «Hast du Angst vor deinen Gefühlen oder vor dem, was andere Leute sagen könnten? Oder hast du Angst vor Luna?»

Anna schüttelte den Kopf. «Ich ... ich weiß es nicht, Pilar. Es ist einfach so ... verwirrend.»

Pilar lächelte und drückte Annas Hand. «Liebe ist immer verwirrend. Aber es lohnt sich. Und ich glaube, dass du und Juan es wert seid, es herauszufinden.»

Anna seufzte wieder und betrachtete die Kette in ihren Händen. Was, wenn Pilar recht hatte? Was, wenn sie und Juan tatsächlich zusammengehören könnten? Aber was, wenn sie sich irrte? Es stand so viel auf dem Spiel und Anna hatte keine Ahnung, was sie tun sollte. Aber eines wusste sie: Sie konnte diese Gefühle nicht länger ignorieren.

Annas Herz schlug für Juan, so laut wie die Bassdrum auf einem Metal-Konzert, und Pilar war die Einzige, die den Rhythmus hören konnte. «Wir müssen die beiden auseinanderbringen», sagte Pilar. Ihre Worte klangen so sicher wie das Urteil eines Fernsehkochs, der gerade eine perfekt gebratene Ente probiert hatte.

Anna sah wenig Hoffnung, so düster wie ein Himmel ohne Sterne. Luna und Juan hatten bereits Ringe gekauft. Aber Pilar, sie war nicht eine, die sich von ein bisschen Dunkelheit einschüchtern ließ. «Wenn man nicht die Sonne sehen kann», sagte sie, «muss man eben den Mond zum Leuchten bringen.»

Und so machten sie sich daran, den Mond zum Leuchten zu bringen. In ihren Herzen brannte das Feuer des Mutes heller als das Leuchtfeuer von Alexandria, und sie wussten, sie mussten alles geben, um Juan von Luna zu befreien. Sie waren bereit, durch die Feuer des Schicksals zu gehen, so mutig wie zwei Kriegerinnen, die in die Schlacht ziehen. Sie würden die Ringe zurückbringen und Anna würde ihr Herz nicht nur an Juan preisgeben, sondern ihm auch zeigen, dass es für ihn schlug. Nur für ihn.

Pilar hatte ihren «Denkmodus» eingeschaltet. Sie plante, die nächsten Tage zu nutzen, um gegen eine mögliche Hochzeit von Juan und Luna vorzugehen. Ihre Strategien kamen und gingen in ihrem Kopf wie eine Horde rebellischer Schafe, die versuchte, einen Schäferhund auszutricksen.

Anna hingegen befand sich auf einer Achterbahn der Gefühle. Sie war nicht sicher, ob es eine kluge Entscheidung war, ihre tiefsten Gefühle Pilar preiszugeben, wie ein Schatzsucher, der die Position seines kostbarsten Fundes auf einer Postkarte schreibt und sie an einen zufälligen Empfänger sendet.

Zu allem Überfluss war sie nicht sicher, ob sie bereit war, sich wieder in das Durcheinander einer Beziehung zu stürzen, nachdem sie gerade erst aus dem wilden Strom ihrer Ehe mit Felix geklettert war. Sie war sich bewusst, dass Beziehungen keine schnellen Drehungen und Wendungen wie bei einem Tanzwettbewerb sind, sie erfordern Geduld, Zeit und einen guten Rhythmus.

Hinzu kam, dass die Kinder Juan mochten, doch wenn er als Ersatzvater in ihre Familie treten würde, würde das Chaos auf ein neues Level gehoben werden. Die Kinder fragten laufend nach ihrem Vater wie eine Band nach ihrem Leadgitarristen, der plötzlich einen Solotrip startet. Es wäre, als würde man eine Torte aus Sand bauen, während die Flut heranrollt.

Sie wollte keine Herzen brechen, nicht Lunas, nicht Juans und vor allem nicht das eigene.

Anna war verzweifelt und konnte sich nicht vorstellen, eine Beziehung zu zerstören. Sie war schließlich kein Abrisskommando. Ihre Unsicherheiten kreisten in ihrem Kopf wie eine Schar von Tauben um einen Leckerbissen auf dem Boden. Was sollte sie nur tun?

«Ich bin nicht sicher, ob ich bereit bin für eine neue Beziehung», gab Anna zu. «Zumal die Kinder immer noch fragen, ob ihr Papa morgen zum Frühstück vorbeikommt.»

Pilar sah sie nachdenklich an. «Weißt du, Anna», sagte sie, «in der Liebe gibt es keine Garantien. Es ist wie beim Kochen. Manchmal wird es perfekt und manchmal verbrennt man sich die Finger. Aber wenn man nie wieder versucht zu kochen, wird man immer hungrig bleiben.»

Anna lächelte. «Du und deine Kochmetaphern. Okay, vielleicht hast du Recht. Aber ich werde nichts überstürzen. Und wenn die Kinder Juan als ihren persönlichen Superhelden sehen, dann ist das okay. Aber ob er bereit ist, seine Superhelden-Cape gegen einen Bademantel zu tauschen und morgens Frühstück macht, das bleibt abzuwarten.»

Pilar lachte. «Dann lass uns abwarten und Tee trinken.»

Nach Pilars Abgang war in Annas Kopf so ein Durcheinander, als ob ein Zirkusclown einen Stapel Akten durch den Ventilator geschossen hätte.

Anna malte sich aus, wie Pilar am nächsten Tag mit einem bunten Strauß an Ideen zur Tür hereinschneien würde, jede verrückter als die vorherige. Womöglich würde sie vorschlagen, Juan und Luna heimlich auf eine einsame Insel zu schicken, wo sie feststellen, dass sie ohne W-LAN und Lieferdienste gar nicht zusammenleben konnten.

Aber wollte Anna das wirklich? War sie bereit, in der Rolle der romantischen Saboteurin zu glänzen und eine Liebe zu zerstören? Die Frage ließ sie nicht schlafen. Sie wanderte durch das Haus und den Garten wie ein Gespenst, das seinen Frieden noch nicht gefunden hatte.

Im Hintergrund dröhnten die Bässe aus dem Klub. Jeder Schlag war wie ein Pfeil in ihr Herz. Sie stellte sich vor, wie Juan und Luna dort eng umschlungen tanzten, ihre Hüften im perfekten Rhythmus. Luna in einem glitzernden Kleid, Juan in seinem besten Hemd. Und sie, Anna, irgendwo im Dunkeln, außerhalb des Scheinwerferlichts.

«Vielleicht», dachte sie, «sollte ich mich auch mal wieder ins Nachtleben stürzen.»

Schließlich ließ Anna sich in einen Gartenstuhl fallen, schaute zum Himmel und seufzte. «Liebe ist kompliziert», murmelte sie. Ein Stern schien besonders hell zu blinken, als ob er zustimmend zwinkerte. Oder vielleicht war es einfach nur ein vorbeifliegendes Flugzeug.

VERRÜCKTE PLÄNE

Wie der Weihnachtsmann pünktlich zum Fest erscheint, stand Pilar mit einer Tüte frischer Brötchen am nächsten Morgen vor Annas Tür. Ihr Duft nach Orangen ließ den Morgen augenblicklich frischer wirken. Pilar strahlte in sämtlichen Farben, als wäre sie direkt aus einem Regenbogen entsprungen - und mit einer Energie, die den Verdacht aufkommen ließ, dass ihr Kaffee heimlich mit Raketenantrieb versetzt wurde.

Anna hingegen sah aus, als hätte sie eine Runde mit einem Sandmann gekämpft und verloren. Ihre Augen erinnerten an die dunklen Schatten des Mondes. Pilar, in ihrer unvergleichlichen Art, übernahm sofort das Tischdecken, wobei sie die Brötchen so künstlerisch arrangierte, als wäre es eine Ausstellung im Louvre.

«Versuch doch, diesen Schlafwandler-Look zu vertreiben», schlug Pilar vor, und Anna nickte dankbar. Sie machte sich auf ins Badezimmer, in der Hoffnung, dass eine kalte Dusche ihr wieder zu ihrem gewohnten Selbst verhelfen würde.

Während Anna das Wasser laufen ließ, konnte sie durch das Badezimmerfenster die Kinder beobachten, die schon im Pool planschten. Wie zwei glückliche Delfine schienen sie sich keine Sorgen über das Drama des Erwachsenenlebens zu machen.

Kaum war Anna zurück in der Küche, beugte sich Pilar mit dem Gesichtsausdruck einer Verschwörerin zu ihr und flüsterte: «Ich hab's! Der Masterplan, um Juan und Luna zu trennen!» Sie zog eine winzige Notiz aus ihrer Tasche, die so kompliziert aussah, dass Anna vermutete, sie könnte genauso gut die Blaupause für eine Rakete zum Mars sein.

Anna blinzelte. «Das siehst du vielleicht überdimensioniert, oder?»

Pilar zwinkerte. «Wenn man etwas tun will, dann richtig. Zuerst brauchen wir ein Lasso, eine Packung Gummitiere und einen Hypnotiseur...»

Anna konnte nicht umhin zu lachen. «Du bist wirklich einmalig, Pilar. Mal schauen, was dieser ... ehm, «Plan» bringt.»

Pilar rückte ihre Sonnenbrille zurecht, beugte sich näher zu Anna und sagte geheimnisvoll: «Keine Sorge. Mein Plan ist zu 99,9 % legal.»

Anna hob eine Augenbraue. «Und die anderen 0,1 %?»

«Details, Details. Hör zu ...»

Die Spanierin senkte ihre Stimme, als ob sie gerade dabei war, den Standort des Heiligen Grals zu verraten.

«Ich habe es», begann Pilar mit ernster Miene, «eine dreistufige Operation, die ich «Operation Liebe» nennen werde.»

«Ernsthaft?», fragte Anna und verdrehte die Augen. «Klingt eher nach einer Mission aus einem billigen Spionagefilm.»

Pilar winkte ab. «Aber nein, Anna, du musst die Genialität hinter diesem Plan erkennen!»

Stufe eins bestand darin, Juan auf seine vermeintliche Allergie gegen Lunas Lieblingsparfüm aufmerksam zu machen. «Wir tun einfach so, als hätten wir zufällig ein medizinisches Dokument gefunden, das besagt, dass Juan extrem allergisch auf eine der Hauptzutaten in Lunas Parfüm ist. Denkst du, wir könnten uns eine Doktorunterschrift besorgen?»

Anna lachte. «Ich fürchte, du überschätzt meine Kontakte in die medizinische Unterwelt.»

Pilar, unbeeindruckt, enthüllte Stufe zwei: «Wir schicken Luna anonym einen Brief von einer Wahrsagerin, die eine schreckliche Zukunft voraussieht, wenn sie jemanden namens «Juan» heiratet. Es ist unheimlich und mysteriös genug, um sie zum Nachdenken zu bringen, oder?»

Anna konnte nicht anders, als zu lachen. «Pilar, du bist verrückt, weißt du das?»

«Und schließlich», sagte Pilar, während sie den dritten und letzten Schritt ankündigte, «werden wir heimlich ein Video von Juan drehen, in dem er schrecklich schief singt. Dann stellen wir es online und hoffen, dass Luna es sieht und merkt, wie schrecklich ihre gemeinsamen Karaoke-Nächte wirklich klingen.»

Anna hielt sich den Bauch vor Lachen. «Ich kann nicht glauben, dass du das ernst meinst!»

Aber Pilar saß da, den Kopf hochgehoben und das Gesicht voller Zuversicht. «Vertrau mir, Anna, es ist der perfekte Plan.»

Anna schüttelte nur den Kopf und lächelte. «Pilar, wenn das alles vorbei ist, sollten wir wirklich einen eigenen Comedy-Film drehen. Du wärst die perfekte Hauptdarstellerin.»

Pilar sah Anna an und rieb sich nachdenklich das Kinn. «Spaß beiseite», begann sie und hielt kurz inne, «Ich denke, es ist an der Zeit, dass wir deine innere Diva ausgraben.»

Anna sah sie an, der Mund offen, die Augen rund. «Meine was?»

«Deine Diva, Anna. Dein glamouröses Ich, das du nur für besondere Anlässe aus der Mottenkiste holst. Heute Abend gehst du in Juans Klub und du wirst auftrumpfen.»

Annas Augen wurden noch größer. «Aber Pilar, ich bin keine Diva. Und außerdem, ich habe nichts anzuziehen.»

Pilar lachte und winkte ab. «Du bist eine Mutter von zwei Kindern, mein Liebling. Du hast die Fähigkeit, zehn Dinge gleichzeitig zu tun, ohne dass dir die Haare ausfallen. Du bist eine Superheldin! Wenn das keine Diva ist, dann weiß ich auch nicht. Und was das Anziehen betrifft», Pilar stand auf und ging zu Annas Kleiderschrank, «wir werden schon etwas finden.»

Es war ein interessanter Anblick, Pilar, die energisch Annas Kleiderschrank durchwühlte und immer wieder Teile herausholte, sie gegen Anna hielt, den Kopf schief legte und sie dann wieder zurück in den Schrank warf. Anna saß auf ihrem

Bett und beobachtete das Schauspiel mit einer Mischung aus Amüsement und Schrecken.

Schließlich hielt Pilar triumphierend ein Kleid hoch, das Anna schon seit Jahren nicht mehr getragen hatte. Es war rot, mit tiefem Ausschnitt und einer engen Taille. «Perfekt», verkündete sie und drückte Anna das Kleid in die Hand.

Anna blickte auf das Kleid und dann auf Pilar. Sie seufzte. «Okay, ich versuche es. Aber wenn Juan mich sieht und sich vor Lachen auf dem Boden wälzt, dann schiebe ich die Schuld auf dich.»

Pilar lächelte sie an. «Wenn Juan dich sieht, wird er nur Augen für dich haben, meine Liebe. Und wenn er lacht, dann, weil er sich so freut, die bezauberndste Frau im Raum gesehen zu haben.»

So nahm das Vorhaben, Juan mit Annas Charme und Glamour zu verzaubern, seinen humorvollen Lauf. Pilar konnte nur hoffen, dass ihr Plan genauso gut in der Praxis funktionierte wie in ihrer Vorstellung. Und Anna, sie hoffte einfach nur, dass sie in dem Kleid noch atmen konnte.

Pilar war in Annas Leben weniger eine Freundin und mehr eine Naturgewalt. Wenn sie sich etwas in den Kopf setzte, dann passierte es auch. Und heute Abend hatte sie sich in den Kopf gesetzt, Anna in die Arme von Juan zu katapultieren.

Anna blickte sich im Spiegel an. Das Kleid war tatsächlich wunderschön, wenn auch ein bisschen eng. Es zauberte Kurven an Stellen, von denen sie vergessen hatte, dass sie überhaupt existierten. Pilar hantierte derweil an einem mysteriösen Beutel und brachte ein silberfarbenes Diadem zum Vorschein.

«Das wird dir Glück bringen», verkündete sie und setzte es Anna auf den Kopf. Anna lachte. «Ich sehe aus wie die Königin des Klubtanzes!»

«Genau das ist der Plan! Eine Königin wird Juan nicht so einfach ignorieren können», sagte Pilar mit einem verschwörerischen Grinsen.

Anna seufzte. «Ich weiß nicht, ob ich das wirklich machen kann. Was, wenn er mich nicht erkennt? Oder schlimmer noch, was, wenn er mich erkennt und denkt, ich bin völlig durchgeknallt?»

Pilar legte ihren Arm um Annas Schulter und drückte sie fest an sich. «Dann haben wir wenigstens einen tollen Lacher für den nächsten Mädelsabend, oder? Außerdem, wenn er deinen Humor nicht schätzt, dann ist er eh der Falsche.»

Das brachte Anna zum Schmunzeln. «Du könntest wirklich in jeder Situation den Silberstreifen am Horizont finden.»

Pilar zuckte mit den Schultern. «Jemand muss es ja tun.»

Mit einem Lachen und einer finalen Prüfung im Spiegel gab sich Anna geschlagen. Vielleicht war das Ganze ja doch nicht so eine schlechte Idee. Und selbst wenn, sie hatte zumindest ein Abenteuer zu erzählen - und eine ziemlich beeindruckende Tiara auf dem Kopf.

Kurz bevor Anna sich auf den Weg in den Klub machen wollte, klingelte ihr Handy. Felix' Gesicht erschien auf dem Bildschirm, und Anna hielt das Handy so, dass nur ihr Gesicht zu sehen war. Felix sah aus wie eine traurige Version von Casper, dem freundlichen Geist. Seine Haut war so blass, dass Anna vermutete, er war schon lange nicht mehr an der frischen Luft gewesen. Dagegen hatte sie eine Farbe, die aussah, als wäre sie gerade erst von einem zweiwöchigen Karibikurlaub zurückgekommen.

«Hallo Felix», begrüßte sie ihn, ihr Ton so kalt wie sein Teint.

«Hallo Anna», sagte er und rieb sich die Schläfen «du siehst ... gut aus.»

Anna hielt den Atem an. Hatte er bemerkt, dass sie mehr Make-up trug als gewöhnlich? «Oh, danke. Du siehst... auch aus», antwortete sie, wobei sie es vermeiden wollte zu lügen.

Sie konnte sehen, wie Felix versuchte, einen Blick auf das zu erhaschen, was hinter ihr lag. «Du hast nicht zufällig unsere Kinder dort?», fragte er, und Anna konnte den angespannten Unterton in seiner Stimme nicht überhören.

«Sie sind bei mir. Sie spielen gerade Twister. Möchtest du sie sprechen?»

Felix' Augen leuchteten auf. «Ja, bitte.»

Anna drehte das Handy zu den Kindern, die immer noch lachend auf dem Boden lagen. Pilar versuchte, ihren linken Fuß auf das rote Feld zu bringen, ohne ihren rechten Arm von dem blauen zu nehmen.

Felix' Lächeln, als er seine Kinder sah, war echt, und Anna konnte nicht anders, als es zu bemerken. «Sie sind in guten Händen, Felix. Du solltest dir keine Sorgen machen.»

Felix nickte, doch sein Lächeln verschwand. «Ich vermisse sie.»

Anna zögerte. «Ich weiß, Felix. Sie vermissen dich auch.» Dann hielt sie das Handy wieder hoch und blickte direkt in die Kamera. «Aber jetzt muss ich los. Pilar passt auf die Kinder auf. Ich bin bei einer Nachbarin eingeladen.»

Felix sah sie an, seine Augen voller Fragen. Aber bevor er eine stellen konnte, hatte Anna schon aufgelegt.

Sie atmete tief durch und drehte sich um, um zu gehen. Aber bevor sie es tat, warf sie einen Blick auf ihr Spiegelbild. Ja, sie sah gut aus. Sie sah besser aus, als sie sich seit einer langen Zeit gefühlt hatte. Und heute Abend, so hoffte sie, würde sie Juan das auch zeigen.

Mit einem ermutigenden Klaps auf den Rücken schickte Pilar Anna hinaus in die Nacht. Sie konnte nur hoffen, dass die «Operation Juan» ein Erfolg werden würde.

Anna war gerade dabei, ihre Schuhe anzuziehen, als Lukas sie umarmte. Er blinzelte sie an, sein kleiner Mund öffnete sich vor Erstaunen. «Mama, du siehst aus wie eine Prinzessin. Suchst du einen Prinzen?»

Anna konnte nicht umhin zu lachen, während sie einen hohen Absatz nach dem anderen anschnallte. «Nein, mein Schatz, Mama möchte heute nur mal tanzen. Das hat mir früher ganz viel Spaß gemacht.»

«Mama, ich will mit», jammerte Emma, die ihren Bruder zur Seite drängte, um sich an Annas Hals zu hängen.

«Das geht leider nicht, meine Süße, weil da nur Erwachsene reindürfen. Aber ich verspreche dir, ich mache Fotos für euch.»

Emma zog ein unglückliches Gesicht, aber Lukas leuchteten die Augen. «Kannst du ein Foto machen, wenn du tanzt, Mama?»

Anna lächelte und nahm ihre Kinder in die Arme. «Das verspreche ich euch. Und morgen zeige ich euch dann alle Fotos und erzähle, wie es war, okay?»

Die Kinder nickten, ihre Gesichter hell vor Vorfreude.

Anna näherte sich dem Klub und spürte, wie die Bässe unter ihren Füßen vibrierten. Der Gedanke an Luna, Juans perfekt gestylte Verlobte mit den immer makellosen Haaren und Nägeln, ließ ihre Knie weich werden. Bilder von Luna, wie sie auf der Tanzfläche mit einer Krone aus funkelnden Lichtern tanzte, erschienen vor Annas Augen. Ihr Herz sank.

«Verdammt, Pilar!», murmelte sie, sich der Aussicht bewusst, dass ihre Freundin sie bei einem Rückzieher umgehend wieder in den Klub geschoben hätte. Wahrscheinlich mit den Worten: «Nun mach schon, Anna! Es ist nur ein Klub, nicht der Mount Everest!»

Vor dem Klub war die Energie der jungen Leute ansteckend. Ihr Gelächter klang wie das Klingeln von Glöckchen und ihre modischen Outfits ließen Anna das Gefühl haben, dass sie aus einem ganz anderen Jahrzehnt stammte. Ein Mädchen in neongrünen Stilettos stolperte fast über Anna, bevor sie lachte und sagte: «Oh, Entschuldigung, Tante!»

Anna seufzte. «Tante! Na klasse.»

Als sie den Eingang erreichte, stellte sie fest, dass der Eintrittspreis dem eines guten Abendessens in einem Restaurant entsprach. Das war das Problem, wenn man so lange nicht mehr ausgegangen war. Die Preise schienen über Nacht in die Höhe geschossen zu sein.

Sie zückte ihre Kreditkarte und bemerkte den Türsteher, der sie neugierig beäugte. «Erster Besuch hier?», fragte er mit einem amüsierten Lächeln.

«Äh, ja, ist das so offensichtlich?»

Der Türsteher lachte. «Ein bisschen. Aber keine Sorge, der Klub wird es überleben.»

Während sie den Tanztempel betrat, dachte sie: «Vielleicht hätte ich Juan doch vorher anrufen sollen.» Sie schüttelte den Gedanken ab und erinnerte sich an ihr Ziel: Tanzen, Spaß haben und vielleicht einen flüchtigen Blick auf Juan werfen. Luna hin oder her, Anna war bereit, das Tanzparkett zu erobern. Und wenn alles schief ging, hätte sie zumindest eine gute Geschichte für Pilar.

Im Inneren des Klubs war es angenehm kühl - endlich mal ein Ort, wo ihr Sommerschweiß sich von der Stirn trollen konnte. Doch die Musik war so laut, dass selbst ihr inneres Navi Probleme hatte, sich zurechtzufinden.

Ringsumher tanzten Menschenmassen, deren Bewegungen im Schein der bunten Lichter aussahen wie ein schlecht organisierter Flashmob. Die schicke Bar, die mehr LEDs als ein Weihnachtsbaum hatte, war so überfüllt, dass nicht mal ein Bleistift dazwischen gepasst hätte.

Da stand sie nun, zwischen den vielen tanzenden, schwitzenden jungen Leuten, fühlte sich ein bisschen wie ein Pinguin in der Sahara und überlegte, ob sie vielleicht doch in den falschen Film geraten war. Ihr Blick glitt durch den Raum, auf der Suche nach Juan. Aber statt Juan sah sie nur Joans und Jons.

Mit einem Schulterzucken steuerte sie auf die Bar zu und bestellte einen Gin Tonic. Nicht, weil sie ihn mochte, sondern weil sie gehört hatte, dass alle coolen Leute das tun. Sie hob das Glas und prostete sich selbst zu. «Auf einen chaotischen Abend», dachte sie und verzog das Gesicht beim ersten Schluck.

Sie schüttete den Gin Tonic runter, als wäre er ein bitteres Medikament, das man schnell hinter sich bringen wollte. Sie hustete, ihre Augen wässerten, und sie hätte schwören können, dass sie jetzt die gesamte Farbpalette des Regenbogens in ihrem Gesicht hatte. Ein harsches Husten entwich ihr und sie fühlte, wie ihre Lungen kleine Protestschilder hochhielten.

Ein junger Kerl, der aussah, als ob er noch darauf wartete, dass seine Stimme bricht, fragte: «Alles OK?»

«Si, gracias», erwiderte Anna, wobei sie sich fragte, warum sie auf Spanisch antwortete. Vermutlich war der Gin Tonic stärker gewesen, als sie dachte. Dann wankte sie auf die Tanzfläche, wobei es eher aussah, als würde sie einer unsichtbaren Biene ausweichen.

Auf der Tanzfläche versuchte sie, sich in den Rhythmus einzufinden, beobachtete die anderen Gäste - eine Mischung aus synchronisierten Robotern und Leuten, die gegen unsichtbare Mücken kämpften. Anna tat ihr Bestes, sich in das wilde Getümmel zu fügen, auch wenn sie das Gefühl hatte, ihr Herz machte gerade einen Solotanz, der nicht zum Beat passte.

Es erinnerte sie an ihre Jugend, als sie zu Songs getanzt hatte, die sie eigentlich nicht mochte, nur um dabei zu sein. Wie lange war es her, dass sie zuletzt getanzt hatte? Vermutlich in einer Zeit, als Handys noch Tasten hatten, Discokugeln noch keine Antiquitäten waren und der Moonwalk kein Schuhmodell war.

Anna fühlte sich in ihren hohen Sandaletten etwa so stabil wie ein Flamingo auf Rollschuhen. Jeder Schritt fühlte sich an, als würde sie auf einem Minenfeld aus Legosteinen tanzen.

Die Jugend von heute konnte das alles offensichtlich genießen, aber Anna fühlte sich mehr wie ein Dinosaurier. Wenn sie nicht bald Juan treffen würde, könnte sie genauso gut wieder nach Hause gehen und sich eine gemütliche Folge ihrer Lieblingsserie «Die Golden Girls» anschauen.

«Definitiv zu alt für diesen Kram», dachte sie und hatte das Gefühl, als würde ihre Lebenserfahrung plötzlich in Lebensjahren gerechnet.

Ihr Blick huschte durch den Raum, in der Hoffnung, dass Juan plötzlich aus einer Ecke hervorspringen und «Überraschung!» rufen würde. Aber anscheinend war er zu beschäftigt, vielleicht im Hinterzimmer, wo er wie Dagobert Duck in einem Geldspeicher saß und Münzen zählte.

Während sie noch ihre nächste Taktik überlegte, näherte sich ein Mann, der sie angrinste. Er hatte das selbstsichere Grienen eines Verkäufers, der ihr einem eindeutig zu teuren Staubsauger andrehen will. Sein Blick sagte: «Du willst tanzen!» Aber Annas

Blick antwortete klar: «Nicht in diesem Leben, Kumpel!» Sie erhöhte ihr Tempo und tänzelte weiter, immer in der Hoffnung, Juan endlich zu finden. Oder zumindest einen Ausgang. Wirklich toll! Ihr Klubbesuch war etwa so erfolgreich wie ein Schneemannverkauf in der Sahara. Sollte sie noch warten, bis Juan auftauchte?

Plötzlich passierte etwas, das man nur aus Filmkomödien kennt, bei denen das Publikum schallend lacht, während die Hauptfigur leidet. Anna knickte auf ihren tödlichen Sandaletten um. Sie schrie so laut auf, dass sie kurzzeitig das komplette Sound-System des Klubs ausstach. Im Grunde war das eine beachtliche Leistung, aber sie hatte wenig Zeit, um sich darüber zu freuen.

Ihr Knöchel fühlte sich an, als hätte ein kleiner, fieser Troll darauf herumgehüpft, und sie ließ sich in die Arme der Schwerkraft fallen. Sofort bildete sich eine Menschenmenge um sie, die aussah, als wäre sie das Hauptevent des Abends geworden - Anna, live auf der Tanzfläche, jetzt mit Extra-Schmerzen!

Sie war umringt von einer Menge besorgter Gesichter, die sie wie ein modernes Kunstwerk begutachteten, und sie fragte sich, ob jemand dabei war, der Erste-Hilfe leisten könnte oder zumindest einen Eisbeutel hatte. Doch dann tauchte Juan auf, der sich durch die Menge kämpfte, als wäre er ein Hauptdarsteller in einem Actionfilm. Seine braunen Augen trafen ihre und für einen Moment vergaß Anna alles - den Schmerz, den peinlichen Sturz, die Tatsache, dass sie einen fast vampirischen Schrei ausgestoßen hatte.

«Anna! Ich wusste nicht, dass du hier bist. Was ist passiert?», fragte er mit einer Mischung aus Panik und Verwirrung in seiner Stimme.

Mit einem leicht zerknirschten Lächeln antwortete sie: «Ich habe den Kampf gegen die Schwerkraft und meine Schuhe verloren.»

Juan zögerte keine Sekunde und hob Anna in seine Arme, als wäre sie leicht wie eine Feder. Als sie ihre Arme um seinen Hals schlang und sich an seine Brust kuschelte, hätte sie vor Glück beinahe das Bewusstsein verloren. Nun, das oder der Schmerz war wirklich intensiv. Aber in diesem Moment, als sie durch den Klub getragen wurde, fühlte sie sich wie in einem Märchen - oder zumindest wie in einer dieser schlechten Komödien mit einem unerwartet süßen Ende.

Als sie in seine Augen blickte, fühlte sie sich kurz wie in einem dieser romantischen Werbespots - die Art, wo die Zeit stillsteht, Vögel singen und alles in Zeitlupe geschieht. Wären da nicht der pulsierende Schmerz in ihrem Knöchel und das Gefühl, als hätte ihr Ego gerade einen freien Fall aus einem Flugzeug ohne Fallschirm gemacht.

Die Menge machte Juan Platz, wie das Rote Meer für Moses, und er trug sie in sein Büro, wo ein bequemes Sofa stand. Das geräumige Büro war erstaunlich ordentlich. Anna hatte damit gerechnet, einen Stapel unsortierter Unterlagen und ein paar zerknitterte Hemden zu sehen, aber es gab nicht mal einen einzigen Post-it-Zettel auf seinem Schreibtisch. Der Raum sah so aus, als hätte ein Innenarchitekt versucht, eine Kombination aus einem Gentleman's Klub und einer Psychologenpraxis zu entwerfen. Das rote Sofa in der Ecke war das einzige Möbelstück, das Farbe ins Spiel brachte und wirkte so einladend wie ein Teddybär in Lebensgröße.

Juan legte Anna sanft auf ein Sofa, als wäre sie ein fragiles Porzellanobjekt, das er bei einem Antiquitätenmarkt ergattert hatte, und sie stellte fest, dass es genauso kuschelig war, wie es aussah.

«Darf ich mir deinen Knöchel ansehen?» Juan fragte das mit einer solchen Ernsthaftigkeit, dass Anna überrascht war, dass er nicht noch nach einer Lizenz zum Knöchel-Untersuchen gefragt hatte.

Vorsichtig zog er ihre Sandalette aus, die Anna nur ein einziges Mal getragen hatte - und das auch nur, weil es eine Sitzparty gewesen war und sie die meiste Zeit auf einem Stuhl verbracht hatte. Juans Berührung war sanft und für einen

Moment vergaß sie den Schmerz, fast als ob ihr Körper beschlossen hätte, eine kurze Pause von der Realität zu nehmen.

Aber als er ihren Knöchel berührte, war der Schmerz wieder da und sie stieß einen kleinen Schrei aus, der klang wie eine Maus.

«Ich glaube, dass er gebrochen ist», vermutete Juan und Anna fühlte, wie ihr Herz einen kleinen Stolperer machte.

«Oh nein, das kann doch nicht sein. Das passt mir jetzt gar nicht.» Sie hörte sich an, als hätte sie gerade erfahren, dass ihr Lieblingskleid in der Reinigung ruiniert worden war.

«Ich denke, dass es nie passen wird. Du musst ins Krankenhaus. Ich werde dich fahren», sagte Juan entschlossen.

«Ich muss Pilar Bescheid sagen. Sie passt auf die Kinder auf und so wie es aussieht, muss sie wohl etwas länger bleiben.»

Anna konnte sich nur allzu gut vorstellen, wie Pilar reagierte. Vermutlich würde sie einen Schokoladenkuchen backen und die Kinder davon überzeugen, dass ihre Mutter nur eine sehr überzeugende Rolle in einer Sitcom spielt.

«Kannst du denn deinen Klub alleine lassen? Ich kann auch ein Taxi nehmen», schlug Anna vor. Sie wollte nicht, dass Juan das Gefühl hatte, er müsse den Helden spielen, nur weil sie entschieden hatte, Sandaletten in einem Klub zu tragen, der eher nach Springerstiefeln verlangte. Heimlich hoffte sie, dass er darauf bestehen würde, sie zu fahren.

Juan lächelte. «Keine Sorge. Der Klub wird nicht ohne mich in Flammen aufgehen. Und selbst wenn, haben sie alle gelernt, wie man einen Feuerlöscher benutzt. Ist dir kalt?»

Anna nickte leicht zitternd, ob vom Schmerz oder von der Nähe zu Juan konnte sie nicht genau sagen. Er legte ihr sein Sakko über die Schultern, das warm war und nach ihm roch. Sie konnte sich nicht erinnern, wann sie das letzte Mal so umsorgt wurde.

Als er sie zu seinem Auto trug, war sie ihm so nahe, dass sie jedes Detail seines Gesichts erkennen konnte, dass sie die einzelnen Fasern seiner Wimpern zählen konnte. Der sanfte Duft seines Eau de Toilette schlich sich in ihre Nase - ein Aroma, das sie immer mit diesem Moment in Verbindung bringen würde. Sie bemerkte die feinen Bartstoppeln, die ihm dieses rustikale, aber dennoch gepflegte Aussehen verliehen, und eine winzige Narbe, die wie die Erinnerung an ein längst vergessenes Abenteuer wirkte.

Annas Herz schlug in einem Tempo, das selbst den heftigsten Klub-Beat Konkurrenz machen würde. Dieses Lächeln, diese Augen, diese... alles! «Verdammt, warum muss Liebe so kompliziert sein?», dachte sie.

Wie gerne hätte sie ihm gesagt, dass sie sich in ihn verliebt hatte, dass sie sich vorstellen könnte, wie er ihren Kindern Fahrradfahren beibringt. Doch da war Luna, seine Verlobte. Sie sah sie vor ihrem geistigen Auge, wie sie ihn liebevoll anschaute.

Für einen Moment hätte sie sich gewünscht, dass der Weg zum Krankenhaus etwas länger wäre. Ja, vielleicht bis ans Ende der Welt, nur um ein paar Minuten länger mit ihm alleine zu sein. Sein strahlendes Lächeln, seine fürsorgliche Art und diese unwiderstehlichen braunen Augen brachten sie fast um den Verstand.

Als sie losfuhren, nahm Anna ihr Handy und wählte Pilars Nummer. Ihre Freundin antwortete mit der Aufgeregtheit einer Person, die sich auf einen gemütlichen Abend mit Netflix und Eiscreme gefreut hatte.

Anna musste ein paar Minuten damit verbringen, Pilar zu beruhigen, um ihr zu erklären, wo das «Monster-Spray» lag und wie man die perfekte Gute-Nacht-Geschichte erzählt. Sie teilte auch einige Geheimtipps, wie man den berüchtigten «Ich-will-nicht-ins-Bett»-Aufstand verhindert und wie man mit dem «Ich-brauche-noch-ein-Glas-Wasser»-Manöver umgeht.

Juan warf ihr ein aufmunterndes Lächeln zu. «Mach dir keine Sorgen, Anna. Pilar ist fantastisch mit Kindern. Es ist wirklich schade, dass sie nie eigene hatte, obwohl sie sich immer welche gewünscht hat.»

Anna nickte. Das war eine Information, die Pilar ihr bisher nicht offenbart hatte, aber es erklärte, warum sie immer so bemüht war, mit den Kindern eine gute Beziehung zu haben.

Im Krankenhaus angekommen, parkte Juan sein Auto direkt vor dem Eingang, wie in einem dieser Hollywoodfilme, in denen niemand jemals einen Parkplatz suchen muss. «Ich hole einen Rollstuhl», sagte er und verschwand.

Während Anna auf ihn wartete, begann sie an ihren Nägeln zu knabbern, ein altes Nervositätslaster, das sie immer nur dann plagte, wenn die Dinge außer Kontrolle gerieten. In ihrem Kopf spielten sich schon Szenarien ab, wie sie mit einem Gipsbein versuchte, den Haushalt zu führen und die Kinder zu versorgen.

Juan war im Krankenhaus Annas persönlicher Übersetzer, Bodyguard und moralische Unterstützung in einem. Es war, als hätte er eine neue Berufung gefunden. Jedes Mal, wenn ein Arzt oder eine Krankenschwester mit Anna sprach, schaute sie hilflos zu Juan, der ihr mit einer geduldigen und manchmal übertrieben theatralischen Stimme alles übersetzte. «Keine Sorge, sie fragen nur, ob du allergisch gegen irgendetwas bist», sagte er einmal, und ein anderes Mal erklärte er: «Sie wollen wissen, ob du jemals eine Beziehung zu einem Zirkustrapezkünstler hattest. Ach nein, falsch verstanden, sie fragen nach deiner Blutgruppe.»

Anna musste zugeben, dass es auch seine charmante Art war, die die Ärzte überzeugte, sie so schnell wie möglich zu behandeln.

Endlich war es Zeit, das Krankenhaus zu verlassen. Anna, jetzt ein faszinierendes Ensemble aus Gips und Krücken, humpelte aus dem Gebäude, unterstützt von Juan. Erschöpfung breitete sich in ihr aus, als sie ins Auto stieg. Der Adrenalinschub war vorbei, die Realität holte sie ein.

Als sie zu Hause ankamen, öffnete Pilar die Tür, die Augen weit aufgerissen, als hätte sie einen Geist gesehen. «Ach, du heilige Scholle!», rief sie aus.

«Das war nicht ganz der Abend, den ich mir vorgestellt hatte», gestand Anna mit einem verschmitzten Lächeln.

«Du solltest doch eigentlich Spaß haben! Und jetzt sieh dich an!»

Anna lächelte schwach. «Tja, das Leben ist eben eine Box voller Überraschungen.»

Sie wandte sich an Juan. «Ich danke dir. Ich schulde dir was.»

Juan lächelte. «Vielleicht kochst du mir irgendwann mal wieder eines deiner deutschen Gerichte.»

Mit einem lässigen «Buenas noches», Küsschen links, Küsschen rechts, verschwand er in die Nacht, seine Silhouette nur noch ein Schatten unter dem Mondlicht.

Nachdem sie die Haustür geschlossen hatten und Anna sich auf die Couch fallen ließ, sah Pilar sie erwartungsvoll an. «Also, erzähl schon! Wie war es im Klub?»

Anna stöhnte. «Es war laut. Es war stickig. Die Musik war nicht mein Geschmack und die Schuhe... Nun, du siehst das Ergebnis.»

Pilar lachte. «Also war es wirklich so schlimm?»

Anna zuckte mit den Schultern. «Na ja, es war anders. Nicht unbedingt mein Ding, aber interessant.»

«Und Juan?», bohrte Pilar weiter.

Anna errötete leicht. «Er war nett. Sehr nett. Und, na ja, vielleicht hast du Recht. Vielleicht gibt es eine kleine Chance, dass er mich bemerkt hat.»

Pilar grinste verschmitzt. «Ein kleines Feuer in seinen Augen, habe ich recht? Ich kann so was sehen, weißt du? Ich habe einen sechsten Sinn dafür. Es ist mein Talent. Neben Kinderbetreuung und meiner erstaunlichen Fähigkeit, einen Hamster im Dunkeln zu finden.»

Beide lachten und Anna schüttelte den Kopf. «Danke, Pilar. Ehrlich, ich weiß nicht, was ich ohne dich tun würde. Vor allem jetzt mit diesem Gips.»

Pilar winkte ab. «Das ist doch nichts. Ich werde da sein und dir helfen. Ich meine, wie schwer kann es schon sein, dir dabei zu helfen, deinen Kaffee nicht über den Gips zu kippen?»

Anna grinste. «Du bist ein Engel, Pilar.»

Sie zwinkerte. «Nur ohne Flügel und mit einer Vorliebe für spanischen Wein.»

HERZLICHE FÜRSORGE

Anna öffnete am nächsten Morgen ein Auge und blickte in das runde, gespannte Gesicht ihrer Tochter. Die kleinen Hände waren flach auf Annas Wange gelegt, als ob sie eine besonders empfindliche Tomate prüfen würde. «Mama, warum liegst du noch im Bett?»

Anna seufzte und versuchte, sich aufzusetzen, eine Aktion, die sofort von ihrem Fuß mit einem schmerzhaften Stechen quittiert wurde. «Ah, das erinnert mich daran, dass ich das vergessen habe», murmelte sie und versuchte, ein Lächeln aufzusetzen.

Emma sah sie mit großen Augen an. «Was hast du vergessen, Mama?»

Anna hob ihren eingegipsten Fuß. «Siehst du das hier, Emma? Das ist der Grund, warum Mama noch im Bett ist.»

Emma machte große Augen. «Oh, das ist ja wie in meinem Märchenbuch! Bist du von einer bösen Hexe verflucht worden, Mama?»

Anna lachte. «Nein, Em. Keine Hexe. Nur Mamas schlechte Entscheidung, hohe Schuhe zu tragen und zu tanzen.»

«Kannst du überhaupt noch laufen?» Emmas Augen füllten sich mit Sorge.

Anna lächelte und hob ihre Krücken, die neben dem Bett lagen. «Keine Angst, mein Schatz, Mama hat Stöcke bekommen. Ich werde mich nur ein bisschen wie ein Flamingo bewegen.»

Das brachte Emma zum Lachen. «Ein Flamingo! Das ist lustig, Mama!»

Als Anna versuchte sich zu waschen, kam Lukas ins Badezimmer gestürmt: «Mama, Emma hat gesagt, du hast einen Stein am Fuß!» Lukas' Augen weiteten sich, als er den Gips sah.

Anna lachte und versuchte, sich auf einem Bein stehend zu stabilisieren, wobei sie sich am Waschbecken festhielt. «Es ist kein Stein. Das nennt man Gips.»

Lukas kniff die Augen zusammen und betrachtete den Gips genauer. «Darf ich darauf malen?»

«Ja, ihr könnt ein bisschen darauf malen. Aber nur, wenn ihr versprecht, dass ihr es schön macht und nicht überall herumkleckst.»

Lukas' Augen leuchteten auf. «Ich werde ein Raumschiff malen! Und vielleicht ein paar Aliens.»

Anna lachte. «Das wird sicher toll aussehen. Aber zuerst muss ich fertig werden. Und du gehst jetzt bitte zurück ins Kinderzimmer und hilfst deiner Schwester, die Malstifte zu suchen.»

Lukas nickte und rannte aus dem Badezimmer, während er laut rief: «Emma, wir dürfen malen! Aber nur schöne Sachen!»

Anna schüttelte den Kopf und lächelte. Trotz der Unannehmlichkeiten brachte dieser Gips auch seine lustigen Momente. Ein Fuß, der zum Kunstwerk werden würde, war sicherlich ein Highlight.

Kurz nachdem Anna sich notdürftig gewaschen hatte, kam Pilar wie ein rettender Engel. Mit ihrer unbändigen Energie ging sie direkt in die Küche und begann alles für das Frühstück vorzubereiten.

«So, hier sind spanische Tomaten, frische Oliven und der beste Manchego, den man für Geld kaufen kann. Und weil ich weiß, dass ihr Deutschen euer Brot liebt, habe ich auch noch dieses wunderbare Vollkornbrot besorgt.»

Emma und Lukas klatschten in die Hände. «Pilar, du bist die Beste!»

Pilar lachte. «Das sage ich mir jeden Morgen vor dem Spiegel.»

Anna, die sich mit ihren Krücken ins Wohnzimmer begeben hatte, rief: «Brauchst du Hilfe?»

Pilar winkte ab. «Mach dir keine Sorgen. Ich habe alles im Griff. Du solltest heute deinen «Prinzessinnen-Tag» genießen und dich von uns bedienen lassen.»

Emma, die diese Idee liebte, setzte sich neben ihre Mutter auf das Sofa und drapierte ein Kissen unter dem Gips. «Mama, du siehst aus wie Cinderella nach Mitternacht. Nur dass du deinen Schuh nicht verloren hast, sondern ihn gegen einen Gips eingetauscht hast.»

Anna lachte. «Dann hoffen wir mal, dass mein Prinz mich heute besucht und nicht auf die Idee kommt, den Gips als passenden Schuh zu betrachten.»

Lukas, der bereits ein Brötchen mit Schinken in der Hand hielt, grinste. «Wenn er das tut, kann ich ihm meine alten Fußballschuhe anbieten. Die riechen auch ziemlich königlich.»

Pilar konnte sich ein Kichern nicht verkneifen, während sie Orangensaft einschenkte. «So, Fräulein Anna, was möchtest du heute essen? Soll ich dir ein königliches Frühstück zubereiten?»

Anna zwinkerte ihr zu. «Ja, bitte. Und vergiss nicht, einen kleinen Schirm ins Glas zu stecken, für das richtige Urlaubsfeeling.»

Emma klatschte vor Vergnügen in die Hände. «Mama, du bist so albern!»

Anna lachte. «Das ist Teil des Jobs als Mutter. Und Pilar, danke. Ohne dich wäre dieser Morgen wesentlich chaotischer verlaufen.»

Es war ein wunderschöner Morgen, an dem die Sonne in den Garten schien, als ob sie selbst mit den Blumen um die Wette strahlte. Alle saßen am reich gedeckten Frühstückstisch: knuspriges Brot, Marmelade, frisch gepresster Orangensaft und Kaffee, der so stark war, dass man fast den Löffel darin hätte stehen lassen können.

Mitten in das friedliche Stimmengewirr, dem Klirren der Tassen und dem Zwitschern der Vögel mischte sich plötzlich das Klingeln der Tür. Pilar, die immer ein Gespür für dramatische

Momente hatte, hob eine Augenbraue und sagte mit verschmitztem Lächeln: «Ich glaube, ich weiß, wer das ist.» Sie zwinkerte Anna zu, die gerade dabei war, einen zu großzügigen Klecks Honig auf ihrem Brötchen zu verteilen.

Währenddessen rannte Lukas wie ein geölter Blitz zur Tür. Kurze Zeit später kehrte er mit Juan zurück, der einen riesigen Strauß Blumen bei sich trug. Sie waren so bunt und groß, dass man Juan dahinter kaum erkennen konnte. Es sah aus, als wäre ein wandelnder Blumengarten in ihren Frühstückskreis getreten.

Juan trug sein strahlendes Lächeln zur Schau, das so bezaubernd war, dass es Annas Herz schneller schlagen ließ. Es war das Lächeln, das sie in den Nächten an den Rand ihrer Träume begleitete. Ihr Gesicht leuchtete wie eine Erdbeere auf, und es schien, als würde sie gleich in Flammen aufgehen.

«Lieferung für Frau Anna», verkündete Juan mit einem Augenzwinkern. Er überreichte ihr den Strauß. «Ich wollte nur nach deinem gesundheitlichen Zustand fragen... und vielleicht ein bisschen Sonnenschein in deinen Tag bringen.»

Mit einem breiten Grinsen lud Anna Juan ein, sich zu ihnen an den Tisch zu setzen.

Der Spanier lachte und nahm den angebotenen Platz an. Sein Blick wanderte zu Annas Gipsfuß und er schüttelte betrübt den Kopf. «Es tut mir wirklich leid, Anna. Hätte ich gewusst, dass die Tanzfläche in meinem Klub so tückisch sein kann, hätte ich dir Wanderschuhe geliehen», entschuldigte er sich mit einem schelmischen Lächeln.

Anna lachte und winkte ab. «Oh, das hat nichts mit deinem Klub zu tun. Ich glaube, ich habe die letzten hohen Schuhe getragen, als Discokugeln noch als modern galten. Aber danke, dass du mich ins Krankenhaus gefahren hast.»

Plötzlich sprang Lukas mit der Energie eines überzuckerten Kindes auf und verkündete: «Juan, spielst du gleich eine Runde Fußball mit mir?» Und ohne eine Antwort abzuwarten, rannte er los, um den Ball zu suchen, der irgendwo zwischen den Rosenbüschen versteckt lag.

Juan lachte. «Warum nicht?» Dann blickte er Anna an und fragte mit einem schüchternen Lächeln: «Wie wäre es, wenn ich euch heute Nachmittag auf das versprochene Eis einlade?»

«Oh ja! Das ist toll!», schrie Lukas und Anna nickte.

Die Damen sahen Juan zu, wie er mit Lukas über den Rasen jagte. Lukas, ein kleiner Wirbelwind, versuchte Juan mit kindlicher Unbeholfenheit auszutricksen. Jedes Mal, wenn er an ihm vorbeizischte, rief er triumphierend: «Du kommst gegen den Meister nicht an!» Juan lachte und tat so, als sei er der ungeschickteste Fußballspieler aller Zeiten, indem er jedes Mal theatralisch stolperte, wenn Lukas an ihm vorbeirauschte.

Pilars schelmisches Grinsen ließ keinen Zweifel daran, dass sie innerlich bereits die Hochzeitsglocken für die beiden läuten hörte. Und wer weiß, vielleicht konnte man Juans anstehende Hochzeit mit Luna ja doch noch verhindern. Denn wie es aussah, gab es für Juan vielleicht doch eine bessere Partie - und die saß direkt neben ihr, mit einem lächerlichen Gipsfuß und einem riesigen Lächeln im Gesicht.

Emma, die sich ausgeschlossen fühlte, versuchte ihr Einhorn namens «Rosa Rausch» ins Wasser zu setzen, was ziemlich komisch aussah. Das Gummiwesen schien seinen eigenen Kopf zu haben und wollte partout nicht in die vorgesehene Richtung. «Komm schon, Rosa! Tu nicht so zickig!»

Pilar flüsterte Anna ins Ohr: «Siehst du das?», sie nickte in Richtung Juan. «Der hat doch total Spaß und dann dieser Blumenstrauß. Der sagt alles.»

«Meinst du wirklich?», zweifelte Anna.

Pilar legte theatralisch ihre Hand auf die Brust. «Anna, ich kenne Juan schon seit Jahren. Und glaub mir, der kauft nicht einfach so riesige Blumensträuße, es sei denn, er hat entweder etwas angestellt oder er ist verliebt. Und soweit ich das beurteilen kann, hat er hier nichts kaputtgemacht.»

Nach zwanzig Minuten intensiven Fußballspiels, bei dem Lukas offensichtlich den Sieg für sich beanspruchte, kam Juan völlig außer Atem zu den beiden Frauen zurück. Sein Hemd war durchgeschwitzt und seine Wangen glühten vor Anstrengung und Vergnügen.

Er keuchte ein wenig, während er sagte: «Also, Ladies, ich fürchte, ich muss jetzt gehen. Um 16 Uhr hole ich euch für unser Eis-Date ab. Passt das?» Er schaute zwischen den beiden hin und her.

Pilar schüttelte lachend den Kopf. «Danke, Juan, aber ich habe heute Nachmittag schon einen Termin mit meiner Yoga-Matte. Und glaub mir, die lässt sich nicht versetzen.» Ihr Augenzwinkern ließ jedoch keinen Zweifel daran, dass sie vollkommen zufrieden mit dem Verlauf des Morgens war.

Während Juan den Frauen Küsschen auf die Wangen gab, schloss Anna für einen Moment die Augen. Seine Nähe, der Hauch seines Parfums - alles ließ ihr Herz schneller schlagen. Sie stellte sich vor, wie es wäre, wenn dieser flüchtige Kuss nicht auf ihrer Wange, sondern auf ihren Lippen landen würde. Ein Schauer durchfuhr sie bei dem Gedanken, und ein verträumtes Lächeln umspielte ihre Lippen.

Juan, nichtsahnend von Annas Gedankenspielen, rief noch: «Bis später!» und eilte davon. Anna sah ihm nach, und Pilar bemerkte das Funkeln in ihren Augen.

«Wow!» war das Einzige, was sie sagen konnte.

Pilar lachte und legte ihren Arm um Anna. «Ich weiß, Mädchen, ich weiß. Dich hat es wirklich schlimm erwischt.»

Anna lachte und stieß Pilar spielerisch mit der Schulter an. «Ich weiß nicht, was du meinst.»

Pilar hob eine Augenbraue. «Natürlich nicht. Wir werden sehen, wie lange du das noch leugnen kannst.»

Annas Gipsfuß war nicht nur weiß und klobig, sondern auch ein ständiger Querulant, der über Schmerzen klagte. Aber das Silberfutter an dieser wolkengrauen Wolke? Ihre Kinder verwandelten sich plötzlich in kleine Hauselfen, die bereit waren, jeden Wunsch ihrer Mutter zu erfüllen. Von «Mama, soll ich den Müll rausbringen?» bis zu «Brauchst du noch ein Kissen?» Sie waren so überaus liebevoll, dass Anna fast glaubte, sie hätten das Handbuch «Wie man sich um verletzte Eltern kümmert» gelesen.

Aber, lassen wir uns nicht täuschen: Die Kinder hatten nicht nur Mitleid mit ihrer Mutter. Ihre Augen leuchteten bei dem Gedanken an die Eiseinladung, die sie von Juan bekommen hatten. Jeder Blick auf die Uhr wurde gefolgt von der Frage: «Wann kommt Juan?». Nach dem zehnten Mal überlegte Anna, ob sie eine große Uhr mit der Aufschrift «Juan-Time» an die Wand hängen sollte. Es war, als hätte ein Eis-Countdown begonnen, und jeder Tick war ein Schritt näher zu dem ersehnten Moment, in dem Schokoladen- und Vanilleeis den Gipsfuß und seine Kapriolen vergessen lassen würde.

Juan, eine seltene Spezies in Spanien, war so pünktlich wie ein Schweizer Uhrwerk, eine Eigenschaft, die die Siesta-liebenden Insulaner als Kuriosität ansahen. Die Inseluhr lief nach dem Rhythmus des Lebens und der Wellen, aber Juan bewegte sich scheinbar im Takt eines anderen Planeten.

Anna hatte gehofft, dass Juan, wie ein Ritter in schimmernder Rüstung, sie zu seinem Auto tragen würde, aber stattdessen humpelte sie, ähnlich einem Seekapitän mit Holzbein, die Einfahrt hinunter. Dabei wurden sie begleitet von zwei hüpfenden kleinen Kängurus, die sich zufällig als ihre Kinder entpuppten.

Juan startete den Motor und navigierte das Auto mit der Präzision eines Tour-de-France-Fahrers durch die gewundenen Straßen Ibizas. Ihr Ziel war das Juwel unter den Eisdielen, ein Ort, der so exklusiv war, dass eine Kugel Eis den Preis eines halben Pfunds Kaffee aufbringen konnte. Als Anna die Eispreise sah, stellte sie sich vor, wie die Kuh, die die Milch für das Eis gab, wohl auf einem goldenen Strohbett lag und mit Sangria gefüttert wurde.

Im Schatten eines majestätischen Olivenbaumes, der mitten in der Eisdiele stand, als wäre er gerade einer italienischen Oper entsprungen, fanden sie einen freien Tisch. Die Kinder zappelten auf ihren Stühlen herum wie Popcorn in der Mikrowelle, während sie das eisige Angebot studierten.

Lukas stand vor einer gewichtigen Entscheidung, die nur ein Erwachsener nachvollziehen konnte: Eierlikör oder Baileys? Seine Stirn war so runzlig vor Konzentration, dass man hätte meinen können, er löse ein Schachproblem.

Doch bevor er seine Wahl treffen konnte, sprang seine kluge Schwester in die Bresche. «Lukas!», sagte sie mit einer Stimme, die plötzlich um Jahre gealtert klang, «du darfst das nicht haben. Das ist Alkohol!» Seine Stirn glättete sich, als er sie entgeistert ansah. «Alkohol im Eis?»

Juan, der die Szene amüsiert beobachtete, versuchte, sein Lachen hinter einer Hand zu verbergen. Anna konnte sehen, dass er diese kindlichen Eskapaden genoss, es brachte ein Funkeln in seine Augen. Doch dann fiel ihr Blick auf seinen Verlobungsring, der in der Sonne glitzerte und ihre Laune abrupt veränderte. Der Ring war nicht zu übersehen, so präsent wie ein Leuchtturm in einer stürmischen Nacht. Ihr schoss die Frage durch den Kopf: Hatte er seiner Verlobten schon von diesen wunderbaren, etwas chaotischen deutschen Freunden erzählt?

Die Kinder hatten ein untrügliches Gespür dafür, wann es an der Zeit war, die kulinarischen Zügel etwas lockerer zu lassen. Bei der Eisauswahl gingen sie nach dem altbekannten Prinzip vor: «Je größer, desto besser». Sie stürzten sich auf die mächtigsten Eisbecher der Speisekarte, die aussahen wie kleine schmelzende Eisberge mit Sahnehauben. Und warum auch nicht? Heute musste Mama nicht bezahlen, zudem war sie sonst immer die Zucker-Polizei, die dafür sorgte, dass ihre Kids sich nicht in kleine Zuckerzombies verwandelten.

Anna hingegen entschied sich für einen bescheidenen Eiskaffee, vielleicht weil sie tief im Inneren noch immer eine vernünftige Erwachsene war - oder zumindest so tat, als wäre sie eine. Sie nippte genüsslich daran und beobachtete das bunte Treiben um sie herum. Die Touristen glichen bunten Papageien, die alle in ihre eigenen kleinen Abenteuer vertieft waren. Ein Mann versuchte, eine überdimensionierte Landkarte zu falten, während eine Familie scheinbar zum fünften Mal an ihr vorbeilief, vielleicht auf der Suche nach einem nicht existierenden Restaurant.

Es war einfach herrlich. Auch wenn sie schon eine Weile hier lebte, fühlte sich jeder Tag für Anna wie ein Mini-Urlaub an - vor allem, wenn die Kinder so beschäftigt waren, ihre Zuckerberge zu erklimmen, dass sie keine Zeit hatten, Unfug anzustellen. Und das war ein echter Urlaub für jede Mutter.

Juan war der Typ Mann, bei dem man, wenn er in einem Raum stand, die anderen Männer auf einer Skala von «nicht-Juan» bis «fast-Juan» einordnete. Es war seltsam, dass er nicht von seiner Verlobung sprach oder seinen funkelnden Verlobungsring wie ein Laserschwert schwenkte.

Während Felix nie wirklich verstanden hatte, wie man mit Kindern spricht oder lacht, schien Juan eine geheime Verbindung zu ihnen zu haben. Vielleicht war es seine kindliche Seele oder einfach nur sein unerschütterlicher Sinn für Humor. Er lachte viel und seine Scherze waren so frisch und unerwartet wie ein plötzlicher Regenschauer an einem heißen Sommertag. Er hatte dieses besondere Talent, den Humor in den einfachsten Dingen zu finden - und das liebten Frauen. Denn, sind wir mal ehrlich, Humor ist oft attraktiver als ein Waschbrettbauch - und viel leichter zu erreichen.

Anna lächelte bei dem Gedanken. Ja, für viele Frauen war Humor der Schlüssel zum Herzen. Denn während Diamantringe kommen und gehen, bleibt ein gutes Lachen für immer in Erinnerung. Und in diesem Moment war Juan definitiv der König des Lachens.

«Juan, hast du eine Frau?», platzte Emma mit der kindlichen Direktheit heraus, die oft genug zu den lustigsten und peinlichsten Momenten des Lebens führte.

Anna, die ihr Glas gerade zum Mund führte, erstarrte. Juan schien einen Augenblick in einer anderen Dimension zu sein.

«Äh...», begann er und Anna konnte sehen, wie sein Gehirn auf Hochtouren arbeitete, um die richtigen Worte zu finden.

«Ja, ich habe eine Freundin. Wir haben uns letzte Woche verlobt.» Und dann, als wäre es der natürlichste Teil der Geschichte, zeigte er seinen schlichten Ring.

Anna spürte, wie ihr Herz einen kleinen Sprung machte.

Aber Emma, immer neugierig und ohne Filter, hatte schon die nächste Frage parat. «Ist deine Freundin schöner als Mama?»

Anna wurde so rot wie Erdbeermarmelade.

Juan, nun sichtlich in der Zwickmühle, warf Anna einen schnellen Blick zu, der alles sagte: «Hilf mir!»

«Deine Mutter», sagte er schließlich mit einem schiefen Lächeln, «ist absolut wunderschön. Aber meine Verlobte, nun ja, sie ist auch sehr schön.» Er seufzte.

Emma schien zufrieden mit seiner Antwort und widmete sich wieder ihrem Eisbecher zu.

Lukas, der gerade den komplexen Zyklus des Lebens entdeckt hatte, stellte fest: «Wenn du verlobt bist, dann kommt doch danach die Hochzeit.»

Anna musste schmunzeln.

Noch bevor Juan sich von Lukas' scharfsinniger Beobachtung erholen konnte, warf der kleine Kerl schon die nächste Frage in den Raum: «Sind wir dann eingeladen?»

Juan, der wohl eher mit einer Frage über Dinosaurier oder Raumschiffe gerechnet hatte, wurde von dieser Frage völlig überrascht. Anna konnte sehen, wie er verzweifelt nach der richtigen Antwort suchte, während er nervös mit seinem Verlobungsring spielte. Ihm schienen kurz die Worte zu fehlen. Vielleicht malte er sich in seinem Kopf gerade eine Hochzeit mit tobenden Kindern, einem Ringträger, der die Ringe verschluckt, und einer kleinen Brautjungfer aus, die den Blumenstrauß frisst.

«Wir haben noch keinen Termin für die Hochzeit, da wir beide... sehr beschäftigt sind», stotterte er und suchte nach einer diplomatischen Fortsetzung «und so eine Hochzeit muss gut geplant sein. Du weißt ja, Torten bestellen, Blumen aussuchen, herausfinden, wie man klebrige Hände von teuren Anzügen fernhält ...»

Es war fast, als hätte er gerade einen wichtigen Geschäftsvortrag über Unternehmensfusionen gehalten und nicht über seine bevorstehende Hochzeit gesprochen.

«Ja, und du brauchst auch Zeit, um den perfekten Anzug auszuwählen», fügte Anna hinzu, um die Atmosphäre etwas aufzulockern. «Und du musst sicherstellen, dass es genug Schokoladeneis gibt. Wir alle wissen, dass das das Wichtigste bei einer Hochzeit ist, nicht wahr, Kinder?»

Die Kinder nickten eifrig und lachten und für einen Moment war die peinliche Situation vergessen. Juan schenkte ihr ein dankbares Lächeln.

Lukas sah ihn mit großen Augen an, wahrscheinlich fragend, was an Torten und Blumen so kompliziert sein könnte. Aber das war das Schöne am Erwachsenwerden. Man konnte einfache Dinge kompliziert machen und sich dann hinter einer Fassade aus Beschäftigung und Terminen verstecken.

Juan, der Gentleman des Tages, fuhr das fröhliche Trio nach dem kalorienreichen Abenteuer direkt nach Hause.

Als sie ankamen und Juan die Tür für Anna öffnete - echte Gentleman-Manieren aus dem Lehrbuch -, zog Lukas ihn am Ärmel hinunter zu sich. Mit seinen großen, unschuldigen Augen sah er zu Juan auf und sagte: «Danke für das große Eis. Lädst du uns noch mal ein?»

Juan konnte nicht anders, als herzhaft zu lachen. «Klar, kleiner Mann. Aber ich fürchte, deine Mama würde mich rauswerfen, wenn ich euch zu oft mit Eisbergen füttere.»

«Da hat Juan recht», gab Anna zu und versuchte, dabei möglichst autoritär zu klingen. Doch es war schwer, streng zu sein, während man auf Krücken balancierte. Sie stützte sich darauf und bemerkte, wie ihr verletzter Fuß bei jedem kleinen Druck protestierte. «Aber vielleicht, nur vielleicht, könnte es hin und wieder eine kleine Eis-Ausnahme geben.»

Sie zwinkerte Juan zu und er antwortete mit einem Lächeln, das verriet, dass er bereit war, sich zu jeder Eisverschwörung anzuschließen. Es schien, als hätte der verletzte Fuß wenigstens eine süße Nebenwirkung: mehr Eis und charmante Gesellschaft!

Kaum war Juan mit seinem Wagen verschwunden, tauchte Pilar auf. Sie kam, um Anna im Haushalt zu helfen, was in Annas Augen hieß: «um das Chaos zu beseitigen, das ihre Kinder jeden Tag aufs Neue schufen». Es war eine Art Superhelden-Job, nur ohne das hautenge Kostüm und den coolen Umhang.

Während die Kinder fröhlich im Pool planschten und Wasserfontänen in die Luft spuckten, machten Anna und Pilar es sich auf der Terrasse gemütlich.

«Und, wie war euer Eisessen?» Pilar lehnte sich zurück und wartete auf die gewohnten Anekdoten.

«Es war sehr nett», begann sie, «aber Lukas und Emma haben Juan in Verlegenheit gebracht. Sie wollten wissen, ob er bald heiratet, nachdem sie seinen Verlobungsring bemerkt haben.» Anna schüttelte den Kopf, ein Lächeln spielte um ihre Lippen. «Ich habe das Gefühl, sie haben einen neuen Sport daraus gemacht, Erwachsene in peinliche Situationen zu bringen.»

Pilar brach in ein herzhaftes Lachen aus. «Deine Kinder sind zu drollig! Aber weißt du, Kinder haben diese Gabe, genau die richtigen Fragen zur falschen Zeit zu stellen. Sie sind wie kleine Detektive mit einer Vorliebe für peinliche Geheimnisse.» Sie wischte sich eine Träne von der Wange.

«Das stimmt! Manchmal wünschte ich, sie würden diese Fähigkeiten nutzen, um herauszufinden, wo ihre verlorenen Socken sind, anstatt das Liebesleben der Erwachsenen zu erforschen.»

Pilar schmunzelte. «Oh, Anna, das wäre wirklich ein Wunder. Aber ich fürchte, das bleibt nur ein Traum.»

«Und hat Juan gesagt, wann er wiederkommt? Hat er dir nicht seine Hilfe angeboten?», fragte Pilar, die eine Schwäche für Romantik hatte und hoffnungsvoll wirkte.

Anna schüttelte den Kopf und ihr Lächeln verblasste ein wenig. «Nein, leider nicht, aber weißt du, ich habe nachgedacht und ich... ich möchte Juans Beziehung nicht zerstören. Er ist nun verlobt und Luna ist eine bezaubernde Frau, die ihn bestimmt glücklich macht. Ich möchte jetzt auch gar keine Beziehung und mich voll auf die Kinder und die Fotografie fokussieren.»

Pilar nickte verständnisvoll, auch wenn ihr das Bedauern in den Augen stand. Doch Anna fuhr fort, jetzt, da sie einmal angefangen hatte, ihren Gedanken freien Lauf zu lassen. «Klar finde ich Juan toll und habe mich ein bisschen in ihn verguckt, aber es ist eine Schnapsidee, davon zu träumen, dass er Luna verlässt und mich und meine zwei kleinen Teufelchen heiratet», sagte sie mit einem traurigen Lachen.

Pilar schnaubte belustigt. «Zwei kleine Teufelchen? Das ist aber sehr diplomatisch ausgedrückt.» Ihre Stimme nahm einen ernsten Ton an, als sie fortfuhr. «Aber Anna, du weißt doch, in der Liebe gibt es keine Schnapsideen. Nur Mut und Chancen. Du hast so viel zu geben und zu bieten. Du und deine kleinen Teufelchen.»

Anna lächelte bei Pilars Worten. «Vielleicht hast du recht. Aber für jetzt bin ich glücklich damit, einfach nur ich zu sein. Und eine fantastische Mutter, natürlich.»

Pilar lachte. «Und eine fantastische Fotografin, vergiss das nicht!»

«Ja», sagte Anna und ihr Lächeln kehrte zurück. «Und eine fantastische Fotografin. Danke, Pilar. Du bist eine wahre Freundin.»

«Schade», meinte Pilar mit einem Seufzer. «Ich hätte dich so gerne an Juans Seite gesehen. Ich bin mir sicher, ihr hättet ein glückliches Paar abgegeben. Aber was nicht ist, kann ja noch werden, nicht wahr? Jetzt werde ich mal im Haus für Ordnung sorgen und du legst deinen kranken Fuß hoch und entspannst dich. Das ist ein Befehl!» Pilar versuchte streng zu klingen, aber das Lächeln in ihren Augen verriet ihre wahre Natur.

Anna seufzte. «Pilar, wie kann ich mich jemals für deine Hilfe revanchieren?» Sie sah sie mit einem dankbaren Lächeln an, es war ihr jedoch sichtlich unangenehm, dass ihre Freundin so viel für sie tat.

Pilar lachte und winkte ab. «Ach, das ist nichts. Ich bin froh, dass ich helfen kann. Und was die Revanche angeht...» Sie schaute Anna nachdenklich an. «Du könntest mir ein paar Fotos von meinem Garten machen.»

Anna lachte. «Okay, das ist ein Deal. Neue Fotos im Austausch für deine großartige Hilfe. Und ich verspreche, dass ich beim nächsten Mal, wenn Juan vorbeikommt, ein paar Schnappschüsse von ihm mache.»

Pilar kicherte. «Das klingt nach einem fairen Tausch. Jetzt los, Beine hochlegen und entspannen. Ich habe ein Haus zu putzen!»

Anna hatte ihren Eltern noch nicht von ihrem Unfall berichtet und während Pilar singend das Haus putzte, tanzten Annas Finger über die Tasten ihres Handys. Ein leichter Seufzer entwich ihr, bevor ihre Mutter sich mit einem fröhlichen «Hallo, mein Schatz!» meldete.

«Mama, Papa, nicht erschrecken, aber ... ich habe mir den Knöchel gebrochen. Aber bevor ihr in den Flugmodus wechselt und euch hierher beamt: Es ist alles okay!»

Es folgte ein kurzes, atemloses Schweigen am anderen Ende der Leitung, das Anna fast physisch spüren konnte. Dann platzte ihre Mutter heraus: «Oh, mein Gott, wie ist das passiert? Ich habe ja gesagt, dass die Insel gefährlich ist und dann du so alleine mit den Kindern…»

Anna seufzte. Ihre Mutter hatte die unglaubliche Fähigkeit, innerhalb von Sekunden vom besorgten «Muttermodus» in den «Ich-habe-dich-gewarnt-Modus» zu wechseln.

«Mama, ich bin in Europa nicht im Dschungel. Tatsächlich habe ich versucht, etwas zu tanzen … nun ja, ich hätte Ballerinas anstatt Sandaletten anziehen sollen.»

Ein schelmisches Kichern war von ihrem Vater im Hintergrund zu hören. «Hast du das auf Video?»

«Mach dir keine Hoffnungen, Papa. Das Video wird gelöscht, bevor es den Weg zu deinen Augen findet.»

«Anna, sollen wir kommen?», fragte Bianca, immer noch besorgt. «Dein Vater kann deinen Gips mit all den Fußballvereinslogos bemalen, die er kennt.»

«Danke, Mama, aber nein. Ich habe gute Freunde hier, und ehrlich gesagt, ist der Gips schon voll mit Kunstwerken.»

Bernhard lachte. «Es wäre ein Meisterwerk geworden.»

«Ich weiß, dass ihr es gut meint, aber ich komme klar.»

Nachdem Anna das Gespräch beendet hatte, lehnte sie sich zurück und betrachtete ihren Gips. Die nächsten Tage würden, um es vorsichtig auszudrücken, nicht gerade Annas besten Tage werden. Mit einem Gipsbein war jeder Gang ein Abenteuer. Und auch wenn die Kinder versuchten, hilfreich zu sein, ihre Idee von «Hilfe» bedeutete meistens, dass Anna doppelt so viel zu tun hatte. Wie das Mal, als sie versuchten, das Mittagessen zuzubereiten, und Anna sie fand, wie sie mit einer Mischung aus Spaghetti, Erdnussbutter und Apfelmus experimentierten.

Aber das Schlimmste von allem war der Pool. Er glitzerte verführerisch im Sonnenlicht, versprach kühle Erleichterung von der schweißtreibenden Hitze und sie konnte nicht hineinspringen. Es war, als würde man auf Diät gesetzt und dann neben einer Konditorei wohnen.

Pilar war ihre Rettung. Sie kam täglich mehrmals vorbei, half im Haushalt, sorgte dafür, dass die Kinder nicht das Haus in Brand setzten und brachte Anna sogar ein aufblasbares Kinderplanschbecken für ihren gesunden Fuß, damit sie wenigstens ein bisschen die Kühle des Wassers genießen konnte.

Anna hatte fest damit gerechnet, dass Juan sich nach dem Eisessen melden würde, aber statt süßer Nachrichten gab es nur ein bitteres Schweigen. Sie stellte sich Juan als Geisel vor, festgehalten von seiner Verlobten, die ihn mit Paella und Churros gefügig machte.

Vielleicht hatte Luna herausgefunden, dass ihr Verlobter die charmante Deutsche mit den lebhaften Kindern und dem gebrochenen Knöchel besucht hatte. Vielleicht war sie eifersüchtig?

Seit dem fröhlichen Eisausflug schien Juan in ein schwarzes Loch der Kommunikation gefallen zu sein. Annas Handy blieb weiterhin Juan-frei, und selbst Pilar, die normalerweise über das Geschehen im Dorf bestens informiert war, bekam nur sporadische und kryptische Nachrichten von ihm.

Die Frage «Wann kommt Juan wieder, Mama?» war zu einer regelmäßigen Hintergrundmelodie in Annas Leben geworden. Lukas, der sich offenbar als Juans offiziellen Fußballprotegé betrachtete, vermisste die Spiele und Juans geduldige Anleitung.

«Ach, Schatz, ich weiß es nicht», antwortete Anna geduldig, zum hundertsten Mal. «Vielleicht hat Juan gerade viel zu tun.»

Anna vermisste die leichte, unbeschwerte Anwesenheit des charmanten Spaniers. Sein Lachen, seine kleinen Scherze und die Art, wie er die Kinder immer wieder zum Kichern brachte. Es war, als würde ein kleiner Funken Sonnenlicht fehlen, und obwohl sie versuchten, das Beste daraus zu machen, hofften sie doch insgeheim, dass Juan bald wieder auftauchen würde.

ME TIME

Einen Tag bevor die Vorschule begann, saß Anna im Garten, den Fuß im Kinderplanschbecken, ein Buch in der Hand und ein Tuch auf dem Kopf, um sich vor der gnadenlosen spanischen Sonne zu schützen. Plötzlich hörte sie die Haustür aufgehen und die fröhlichen Rufe ihres Sohnes. Sie senkte ihr Buch und sah auf. Lukas kam Hand in Hand mit einem strahlenden Juan auf sie zu gerannt, beide breit grinsend, als hätten sie gerade den Jackpot gewonnen.

Annas Herz machte einen Freudensprung. Sie hätte nie gedacht, dass sie sich so freuen würde, diesen Mann wieder zu sehen. Und die Überraschung wurde noch größer, als sie bemerkte, dass Juan zwei bunte Schultüten in der Hand hielt.

«Schau mal, Mama!», rief Lukas aufgeregt. «Juan hat uns Schultüten gebracht!»

Anna starrte sprachlos auf die bunten, mit Süßigkeiten und kleinen Überraschungen gefüllten Tüten. In Deutschland waren Schultüten eine Tradition, aber sie hatte nicht erwartet, dass sie diese Tradition in Spanien fortsetzen könnte.

«Oh, Juan», stammelte sie, «das ist ... das ist so lieb von dir.»

Juan lächelte schüchtern. «Ich hoffe, es ist okay. Pilar hat mir von der Einschulung erzählt und ich dachte, es wäre eine schöne Überraschung.»

Anna spürte, wie sich ihre Augen mit Tränen füllten. Sie versuchte, sie zurückzuhalten, aber es war eine verlorene

Schlacht. Sie stand auf, so gut sie konnte, zog ihren Fuß aus dem Planschbecken, ohne dabei zu sehr zu schwanken, und ging zu Juan. Dieser Mann hatte wirklich ein goldenes Herz.

«Es ist mehr als okay», sagte sie und umarmte ihn. «Es ist das Schönste, was jemand seit Langem für uns getan hat.»

Lukas, der immer noch vor Freude strahlte, stimmte zu. «Ja, Juan. Du bist der Beste! Em, komm schnell! Juan hat eine Überraschung für dich!»

In wenigen Sekunden stürmte Emma aus dem Kinderzimmer, gefolgt von einer Spur glitzernder Seifenblasen, die sie vorher gezaubert hatte. «Für mich?», fragte sie mit großen Augen, als sie die Schultüte sah.

Juan kniete sich nieder und überreichte jedem Kind seine Schultüte. «Für einen aufregenden ersten Schultag», sagte er und zwinkerte.

Die Kinder stürzten sich wie kleine Piranhas auf die Schultüten, ihre Augen leuchteten vor Begeisterung und ihre Hände flogen in einer Geschwindigkeit, die das menschliche Auge kaum verfolgen konnte.

Sogar Lukas riss seine Tüte mit der gleichen Euphorie auf, mit der er auf dem Fußballfeld nach einem Tor jagte.

Anna warf Juan einen fragenden Blick zu, der offensichtlich etwas auf dem Herzen hatte.

«Es tut mir wirklich leid, dass ich so lange verschwunden war», begann er. «Wir hatten einen riesigen Wasserschaden im Klub. Das gesamte DJ-Pult war hinüber. Du kannst dir nicht vorstellen, wie schwer es ist, mitten in der Saison eine Ersatz-DJ-Ausrüstung zu finden.»

Anna versuchte, sich das vorzustellen, musste an die Vorstellung von Juan denken, wie er in Gummistiefeln durch seinen Klub watet, während Discokugeln traurig im Wasser treiben.

«Und dazu kam dann noch all der Papierkram mit der Versicherung. Sie wollten genau wissen, wie und warum das passiert ist. Als ob ich das DJ-Pult absichtlich unter Wasser gesetzt hätte», fügte er hinzu.

Während die beiden so plauderten, überlegte Anna. War wirklich der Wasserschaden der Grund für sein Verschwinden gewesen oder hatte seine Verlobte ihn in einen goldenen Käfig gesperrt?

Sie konnte sich schon vorstellen, wie Luna, im Kopf mit einer Federboa und riesigen Sonnenbrillen, ihren Verlobten festhielt und ihm drohte: «Du wirst nicht zu dieser deutschen Frau gehen! Nicht, bevor dieses DJ-Pult repariert ist!»

Sie unterdrückte ein Kichern bei dem Gedanken.

«Was?», fragte Juan, der ihr Schmunzeln bemerkte.

«Ach, nichts», winkte sie ab. «Magst du Limonade?»

«Das klingt gut. Aber Anna, du hast einen Gips. Lass mich doch ...»

Anna schüttelte entschlossen den Kopf. «Nein, nein, ich kann das. Ich bin praktisch zur Expertin für einbeinige Küchenmanöver geworden. Du hättest mich gestern mit dem Pürierstab sehen sollen. Ich habe einen ganzen Smoothie gemacht, ohne einmal umzufallen!»

Juan schmunzelte. «Das glaube ich dir gerne, aber ich fühle mich schlecht, wenn ich dich nur rumhüpfen lasse. Lass mich wenigstens helfen.»

Anna seufzte, gab aber nach. «In Ordnung. Du kannst die Zitronen auspressen. Und keine Angst, wenn du sie nicht perfekt auspresst, es ist noch niemand an unausgepressten Zitronen gestorben.»

Sie hüpfte in die Küche, stolz darauf, dass sie nur einmal fast umgefallen war und reichte Juan die Zitronenpresse.

Sie beobachtete, wie er mit Hingabe die Früchte presste, die Muskeln in seinen Armen spielten, seine Augen waren auf die Zitronen gerichtet und sein Körper bewegte sich mit einer Anmut, die sie faszinierte. Dann spritzte eine Zitrone auf sein Hemd.

«Diese Zitronen sind ja wie kleine Sprengsätze!», rief er aus, während er versuchte, das Zitronenwasser von seinem Hemd zu wischen.

Anna lachte und half ihm, das Hemd sauber zu machen. «Das ist die Rache der Zitronen, Juan. Du solltest nie eine Zitrone unterschätzen.»

Sie standen da, in der Küche, die noch immer das Schlachtfeld ihres Limonadenwettbewerbs war, und die Welt schien für einen Moment stillzustehen. Anna hielt den Atem an und fixierte Juans Augen, die plötzlich dunkler aussahen als je zuvor. Sie konnte fast spüren, wie das vertraute Kribbeln, das sie immer verspürte, wenn sie in seiner Nähe war, sich in ihrem Magen ausbreitete.

Die Stille zwischen ihnen war so intensiv, dass sie fast körperlich war. Anna konnte kaum atmen. Sie war sich sicher, dass Juan sie küssen würde. Er musste es tun. Es gab keinen anderen Grund, warum er sie so ansah, warum seine Hände sich um die ihren schlossen, warum sein Atem auf ihrer Haut prickelte ...

Aber bevor sie die Möglichkeit hatte, diesen Gedanken zu Ende zu bringen, brach Lukas in die Küche ein, die Arme voller Lego-Steine und ein riesiges Grinsen im Gesicht. «Mama, schau mal, was in der Schultüte war.»

Anna zuckte, so überrascht von der plötzlichen Unterbrechung, dass sie fast ihr Gleichgewicht verlor. Juan fing sie auf.

Anna, noch immer ein bisschen benommen von der Nähe zu Juan, antwortete:

«Sehr beeindruckend, Lukas!»

«Juan, kommst du morgen Nachmittag zu unserer Einschulungsfeier? Mama macht eine Erdbeertorte.»

Der Spanier zögerte und warf einen Blick zu Anna, die ihm ein ermutigendes Lächeln schenkte. «Also, Erdbeertorte, hm?», sagte er und rieb sich nachdenklich das Kinn. «Ich muss zugeben, das klingt sehr verlockend.»

Lukas klatschte vor Freude in die Hände. «Dann musst du kommen! Mama macht die beste Erdbeertorte überhaupt! Besser als Oma, aber das darfst du ihr nicht sagen.»

Juan lachte. «Okay, das bleibt unser Geheimnis. Aber ich warne dich, wenn ich komme, esse ich vielleicht die ganze Torte alleine.»

Anna schüttelte den Kopf und gab vor, empört zu sein. «Dann lade ich dich lieber nicht ein!»

«Aber Mama!», protestierte Lukas, «du hast gesagt, Teilen macht Spaß.»

Anna zog eine Augenbraue hoch und sah Juan herausfordernd an. «Nun, wenn du dich an das Teilen erinnerst, dann ... darf Juan vielleicht ein kleines Stück bekommen.»

Juan legte eine Hand aufs Herz. «Ein kleines Stück? Nach all dem, was wir durchgemacht haben? Limonadenkämpfe und Zitronenflecken?»

Anna lachte. «Okay, vielleicht zwei Stücke. Aber nur, wenn du morgen zur Einschulungsfeier kommst.»

Juan schaute Lukas an, dann Anna und seufzte theatralisch. «Für Erdbeertorte würde ich Berge versetzen. Also, ich werde da sein.»

Lukas jubelte und sprang auf Juans Schoß, um ihn zu umarmen. «Juhu! Du wirst es nicht bereuen!»

Juan lachte und drückte Lukas fest an sich. «Da bin ich mir ganz sicher, Kumpel.»

Anna fühlte, wie ihr Herz einen kleinen Sprung machte. Es war nicht nur die Vorstellung von Juan als Vater, die sie berührte, sondern auch die Art und Weise, wie er Lukas zum Lachen brachte.

Kaum dass die Haustür hinter Juan geschlossen war, griff Anna zu ihrem Handy. Ihr Herz hüpfte noch immer wild in ihrer Brust und sie hatte ein breites Lächeln auf dem Gesicht, das sie nicht mehr loswurde. Sie wählte Pilars Nummer und konnte kaum abwarten, bis sie abnahm. «Pilar! Du glaubst nicht, wer gerade hier war!», rief sie aufgeregt ins Telefon.

Pilar lachte. «Lass mich raten. Ein geheimnisvoller Pirat auf der Suche nach einem verlorenen Schatz?»

«Fast richtig!» Anna kicherte. «Juan war hier. Und stell dir vor, er hat Schultüten für die Kinder mitgebracht. Echte Schultüten! Woher weiß er überhaupt, was das ist?»

Pilar seufzte dramatisch. «Oh, der charmante Juan. Er hat sicherlich seine geheimen Quellen. Vielleicht eine deutsche Ex-Freundin?»

«Du und deine wilden Theorien», lachte Anna. «Aber jetzt halt dich fest: Ich habe ihn zur Einschulung eingeladen und er will kommen - wegen der Erdbeertorte!»

Pilar pfiff anerkennend. «Oho, jemand ist wirklich interessiert! Niemand nimmt eine Einladung zur Erdbeertorte leichtfertig an. Oh, Anna! Du lockst die Männer mit Erdbeertorte an. Das ist also dein Geheimnis!»

«Ja, genau. Wer kann schon einer hausgemachten Erdbeertorte widerstehen? Aber mal im Ernst, Pilar, es war so schön. Die Kinder haben sich sehr gefreut und Juan... er war einfach zauberhaft.»

Pilar kicherte. «Du bist verknallt!»

«Bin ich nicht!» protestierte Anna, wobei ihre Stimme leicht unsicher klang.

«Natürlich, natürlich», sagte die Spanierin sarkastisch. «Du rufst mich an, um mir in allen Details von Juans Besuch zu erzählen, schwärmst von ihm und seiner Art, mit den Kindern umzugehen, aber nein, verknallt bist du natürlich nicht.»

Anna seufzte. «Okay, okay, vielleicht ein bisschen. Aber nur ein klitzekleines bisschen!»

«Ich komme dann morgen um acht Uhr und helfe dir.»

«Danke, meine Liebe. Oh, und Pilar, ich muss noch Sahne kaufen. Denkst du, Juan mag Sahne auf seiner Erdbeertorte?»

Pilar lachte herzlich. «Anna, du machst dir wirklich Gedanken über die Sahne? Du weißt, wenn es Juan wirklich um die Erdbeertorte ginge, würde er sie auch mit Ketchup essen, oder?»

«Ja, du hast recht. Aber du kennst mich, immer perfektionistisch.»

«Deshalb liebe ich dich ja so.»

«Weißt du, ob Luna wieder in Madrid ist?»

«Ich weiß es nicht. Er hat nichts darüber gesagt.»

«Er redet in meiner Gegenwart nicht über sie. Aber mal ehrlich, meinst du, er redet nicht über sie, weil er Gefühle für mich hat? Oder ist es einfach eine dieser komplizierten Männer-Sachen, die wir nie verstehen werden?»

«Wer weiß? Männer sind manchmal so undurchschaubar wie die Anleitung für ein IKEA-Regal. Aber hey, egal, was es ist, du bist wunderbar, Anna. Und wenn Juan das nicht sieht, ist er derjenige, der etwas verpasst.»

«Danke, Pilar. Du hast immer die richtigen Worte parat. Und die lustigsten Ideen!»

«Jemand muss ja für den Humor sorgen, während du dich mit deinen romantischen Rätseln herumschlägst. Und ich bin immer für dich da, egal ob als Love-Coach oder als Partnerin im Lachen.»

Als Anna im Bett lag und an den Moment mit Juan zurückdachte, als sie das Gefühl hatte, dass er sie küssen wollte, konnte sie das prickelnde Gefühl auf ihrer Haut immer noch spüren und das leise Flüstern in ihrem Kopf, das ihr sagte, dass vielleicht doch mehr hinter Juans Blick steckte.

Am nächsten Morgen brach im Haus Chaos aus. Emma hatte offenbar beschlossen, dass ihr Kleiderschrank einen Großangriff auf sie gestartet hatte, da nichts passend schien. Zwischen Kleiderbergen erklärte sie ihrer Mutter, dass heute der «wichtigste Tag ihres Lebens» wäre und sie daher besonders gut aussehen müsse.

Lukas, der inzwischen Juans Trikot als zweite Haut betrachtete, war verzweifelt, als er feststellte, dass es noch nass war. Er stand vor der Waschmaschine und starrte das Kleidungsstück an, als ob er es durch reine Willenskraft trocknen könnte. Er beschloss schließlich, es trotzdem anzuziehen, was zu einer interessanten Diskussion mit seiner Mutter über die Gefahren von Erkältungen führte.

Gerade als Anna das Gefühl hatte, sie würde sich bald in eine Kreisel-Drehscheibe verwandeln, trat Pilar durch die Haustür. Sie schaute sich um, lachte laut auf und sagte: «Aha, genau das, was ich erwartet hatte.»

Mit wenigen, beruhigenden Worten schaffte sie es, Emma davon zu überzeugen, dass das pinke Kleid mit den weißen Tupfen unschlagbar aussah, und sie überzeugte Lukas, dass das saubere grüne T-Shirt, das Anna ihm gegeben hatte, tatsächlich «genau wie Juans Trikot» aussah, wenn man nur lange genug hinsah.

Anna sah Pilar dankbar an. «Du bist eine Zauberin», seufzte sie. «Kannst du mir auch einen Kaffee zaubern? Mit viel Zaubersahne?»

Pilar lachte. «Einen magischen Kaffee. Und während sie die Kaffeemaschine startete, schenkte sie Anna ein verschwörerisches Lächeln und flüsterte: «Und denk daran, Anna, heute ist nicht nur der «wichtigste Tag» in Emmas und Lukas Leben, sondern vielleicht auch in deinem. Juan kommt schließlich zur Erdbeertorten-Party!»

Anna rollte mit den Augen und lachte. «Oh Pilar, wie werde ich diesen Tag nur überstehen? Ich weiß nicht, wie du das immer machst, aber danke. Der erste Schultag wäre ohne dich ein absolutes Chaos geworden.»

Die Kinder schienen ebenso aufgeregt wie ihre Mutter. «Mama, werden da auch andere Kinder sein, die deutsche Eltern haben?», fragte Lukas hoffnungsvoll.

Anna lächelte. «Vielleicht, Schatz. Aber es wird auch viele spanische Kinder geben, mit denen du spielen kannst.»

Emma kämpfte mit ihrem Ranzen. «Mama, er ist so schwer! Was ist, wenn ich umkippe?»

«Keine Sorge, Liebling», sagte Anna lachend, «die Bücher darin sind aus magischem Papier. Sie sind nur schwer, wenn man sie nicht trägt.»

Als es endlich soweit war, die Kinder zur Schule zu bringen, fuhr eine kleine Karawane los.

Vor der Schule herrschte ein buntes Treiben. Kinder rannten herum, Eltern unterhielten sich und überall war fröhliches Stimmengewirr zu hören.

Anna blickte sich um und sah Juan in der Ferne. Er winkte ihr zu und kam mit großen Schritten auf sie zu. «Hola! Wie geht es den zukünftigen Schulkindern?»

Es war kaum zu glauben, dass dieser Mann, der wie ein Model aus einem Luxusmagazin aussah, sich wirklich für die Einschulung interessierte. Juan, in einem hellen Leinenanzug, sah so elegant aus, als ob er gleich auf eine Luxusjacht steigen würde.

Anna, die versucht hatte, ihre Nervosität mit einer doppelten Portion Lippenstift und einem neuen Kleid zu kaschieren, fühlte sich neben ihm plötzlich wie Cinderella vor ihrer Verwandlung. Sie konnte sich nicht helfen, aber ihr Herz schlug einen Takt schneller, als sie seinen Duft roch.

«Entschuldigung für die Verspätung», flüsterte Juan ihr ins Ohr, nachdem er die Runde mit seinen Küsschen abgeschlossen hatte.

Die Direktorin, eine kleine, robuste Frau mit einer Brille, die ständig von ihrer Nase rutschte, begann ihre Rede. Sie erzählte von den Abenteuern, die die Kinder in diesem Jahr erleben würden und den Herausforderungen, die vor ihnen lagen.

Während die meisten Eltern höflich klatschten, zog Lukas Juan am Ärmel. «Kannst du Spanisch?», fragte er neugierig.

Juan lachte. «Ja, Kleiner. Ich bin Spanier.»

Anna beobachtete die beiden und spürte wieder dieses warme, flauschige Gefühl im Bauch. Ihr Blick traf Juans und für einen Moment schien die Welt stillzustehen.

Dann hörte sie das Schluchzen einer Mutter neben ihr. Sie reichte ihr ein Taschentuch und die Frau lächelte dankbar. Anna kicherte leise. Es war, als ob alle Mütter in einem geheimen Klub wären, wo Tränen und Taschentücher die Hauptmitglieder waren.

Die Zeremonie ging weiter und bald waren die Kinder in ihren Klassenzimmern. Anna fühlte sich plötzlich leer. Ihre Babys waren jetzt groß und in der Schule.

Pilar legte sanft ihren Arm um sie. «Komm, lass uns einen Kaffee trinken. Du siehst aus, als könntest du einen vertragen.»

Anna lachte. «Oder zwei.»

Juan verabschiedete sich und versprach, am Nachmittag vorbeizukommen.

«Wirklich, Anna, Juan ist verzaubert von dir. Ich habe beobachtet, wie er sich von dir verabschiedet hat», bemerkte Pilar.

Sie saßen in einem kleinen Café in der Ortsmitte, schlürften am Kaffee und genossen die angenehme Ruhe nach dem Trubel der Einschulungszeremonie.

Anna zog skeptisch eine Augenbraue hoch und schüttelte den Kopf. «Juan ist nur nett, Pilar. So wie er zu jedem ist.»

Pilar lachte, ein tiefes, herzliches Lachen. «Anna, du bist vielleicht die einzige Frau in diesem Dorf, die nicht bemerkt, dass Juan halb verrückt nach dir ist. Sein Blick hat dich heute Morgen fast ausgezogen!»

Anna wurde rot und stieß Pilar sanft in die Seite. «Hör auf! Er ist verlobt!»

Die Bedienung, ein älterer Mann mit grauen Haaren und einem freundlichen Lächeln, kam zu ihrem Tisch und bot ihnen einen zweiten Kaffee an.

«Und du bist verliebt», sagte Pilar leise, als sie wieder allein waren. «Ich kann es sehen, Anna.»

Anna seufzte und rührte nachdenklich in ihrem Kaffee. «Ich weiß nicht. Es ist alles so kompliziert.»

Pilar legte ihre Hand auf Annas. «Liebe ist immer kompliziert. Aber sie ist es auch wert. Denke nur an deine Erdbeertorte. Sie erfordert viel Arbeit und Sorgfalt, aber das Ergebnis ist köstlich, oder?»

«Ja, das stimmt. Und ich bin gespannt, wie Juan sie finden wird.»

Sie genossen den Rest ihres Kaffees, während sie auf den Nachmittag warteten und auf das, was er bringen würde.

Das große Tor der Vorschule öffnete sich, und Pilar und Anna warteten ungeduldig auf die beiden kleinen Wirbelwinde.

Und dann, wie zwei kleine Sonnenstrahlen, die plötzlich durch die Wolken brechen, kamen Emma und Lukas angerannt. Emma hielt ein Stück buntes Papier hoch, das mit Glitzer und Klebstoff verziert war. Es sah aus wie... tja, was auch immer es war, es war definitiv kreativ. «Mama, schau, was ich gemacht habe!», rief sie stolz.

Anna umarmte ihre Tochter und bewunderte das Kunstwerk. «Em, das ist wunderschön! Wir hängen es in der Küche auf, okay?» Die Kleine nickte eifrig und klammerte sich an ihre Mutter, ihr Gesicht strahlte vor Stolz.

Lukas sprang von einem Bein auf das andere und konnte kaum stillstehen. «Mama, ich habe Freunde!», erzählte er atemlos. «Sie heißen Carlos und Miguel und wir werden im Fußballteam spielen. Aber sie sagten, ich brauche richtige Fußballschuhe. Können wir welche kaufen?»

Anna drückte beide Kinder fest an sich. «Natürlich, mein Schatz. Aber erst, wenn du mir alles über deinen Tag erzählt hast.» Sie warf Pilar einen erleichterten Blick zu. Alle Sorgen, ob die Kinder Schwierigkeiten haben würden, sich einzufinden, schienen unbegründet.

Pilar zog ihre Sonnenbrille herunter, um Anna über den Rand anzuschauen. «Du hättest dir nicht so viele Gedanken machen sollen. Kinder sind Anpassungskünstler.»

«Warte nur, bis Emma anfängt, mit Jungs auszugehen!»

Pilar schnalzte mit der Zunge. «Oh, ich werde da sein, bewaffnet mit einer Taschenlampe und bereit, jeden Jungen auszuleuchten, der es wagt, sich deiner Emma zu nähern!»

In diesem Moment fühlte Anna eine Welle der Erleichterung, die über sie hinwegrollte. Das Ziehen in ihrer Brust, das sie am Morgen verspürt hatte, ließ nach. Sie hatte sich Sorgen gemacht, ob ihre Kinder in einer fremden Umgebung zurechtkommen würden, ob sie Freunde finden und sich einleben würden. Aber jetzt, als sie ihre strahlenden Gesichter sah und ihre aufgeregten Geschichten hörte, wusste sie, dass alles in Ordnung sein würde.

Pilar steuerte den Wagen mit einer Mischung aus Eleganz und wildem spanischem Temperament. Jedes Mal, wenn sie das Lenkrad ruckartig drehte oder abrupt bremste, schien der Wagen um ein Haar der Katastrophe zu entgehen. Anna hielt sich, mehr aus Gewohnheit als aus Angst, an der Tür fest, während sie nebenbei beobachtete, wie ihre Kinder auf der Rückbank vor Aufregung quasselten.

Anna warf einen schiefen Blick auf Pilar. «Du weißt schon, dass Stoppschilder nicht nur Dekoration sind?»

Pilar zwinkerte. «In Spanien sind sie eher ... Vorschläge.»

Anna lachte. «Das erkläre mal der Polizei, wenn sie dich anhält!»

Pilar warf den Kopf zurück und lachte. «Oh, du wirst es lieben: Letzte Woche habe ich einen Strafzettel bekommen und auf die Frage des Polizisten, ob ich wisse, weshalb, antwortete ich, dass ich dachte, es sei ein Kritzelwettbewerb für Kinder gewesen!»

Anna konnte sich ein Lachen nicht verkneifen. «Du bist wirklich unverbesserlich, Pilar!»

Während die Landschaft an ihnen vorbeizog, bemerkte Anna, wie das Lächeln ihrer Kinder langsam breiter wurde. Sie fühlte ein warmes Glühen in ihrer Brust. Es schien, als würden die schmerzhaften Erinnerungen an Berlin und die verpassten Spielkameraden langsam verblassen, um Platz für neue Freundschaften und Erlebnisse zu machen.

«Ich freue mich so sehr auf die freien Vormittage!», sagte Anna. «Endlich Zeit für mich, ein Buch zu lesen, in Ruhe zu frühstücken oder... na ja, einfach nichts zu tun!» Sie stellte sich vor, wie sie morgens in ihrem Bademantel auf der Terrasse saß, die Füße hochlegte und endlich das Buch las, das sie seit Monaten auf ihrem Nachttisch liegen hatte.

Nachdem die Kinder in ihrem Zimmer verschwunden waren, um sich auszuruhen, machten sich Anna und Pilar in der Küche an die Arbeit. Während sie die Erdbeeren wuschen und schnitten, die Sahne schlugen und den Teig rührten, schwatzten sie und lachten.

Als Anna gerade den letzten Schliff an der wunderbar duftenden Erdbeertorte vollzog, hallte plötzlich Lukas' aufgeregte Stimme durch das Haus. «Oma, Opa!» Seine Begeisterung war so ansteckend, dass selbst der stets zurückhaltende Nachbarhund bellend an seinem Zaun auf und ab sprang.

Anna fuhr zusammen. Ihre Augen weiteten sich vor Überraschung, während sie den Zuckergusslöffel langsam sinken ließ. «Das kann nicht sein...», murmelte sie.

Lukas' fröhliches Geschrei zerriss die Stille des Nachmittags. Anna spürte, wie ihr Herz für einen Moment aussetzte. Sie hatte ihre Eltern doch erst gestern angerufen und ihnen erzählt, wie alles läuft. Von einem spontanen Besuch in Spanien war nicht die Rede gewesen.

Anna blickte Pilar an, die genauso überrascht aussah, aber auch amüsiert. «Oh, jetzt wird es interessant.»

Mit gemischten Gefühlen ging Anna in den Flur. Da standen sie, ihre Eltern, breit grinsend mit Koffern in der Hand. Ihr Vater, immer der Dramatiker, schlug theatralisch mit der Hand auf sein Herz. «Unsere Tochter, so weit weg von zu Hause und mit einem gebrochenen Bein! Wir mussten einfach vorbeikommen und sehen, ob es dir gut geht!»

Bianca nickte zustimmend. «Wir haben uns Sorgen gemacht! Und die Kinder! Oh, Lukas, du bist ja schon so groß geworden!» Dabei knuddelte sie ihren Enkel, der sich lachend windete.

Anna versuchte, ihre Verblüffung zu verbergen. «Mama, Papa, was macht ihr denn hier?»

«Na, was wohl? Urlaub!», erklärte Bernhard grinsend. «Wir dachten, wir schlagen zwei Fliegen mit einer Klappe - sehen, wie es euch geht und ein bisschen die Sonne genießen.»

«Und wer sind die jungen Leute?», fragte Pilar mit gespieltem Erstaunen, als sie auf Annas Eltern zuging.

«Das sind meine Eltern», stellte Anna vor, «Mama, Papa, das ist Pilar, meine Freundin und Lebensretterin in der Not.»

Bernhard, der von der spanischen Sonne und dem Haus überwältigt war, sagte: «Oh, Retterin in der Not? Da hat unsere Anna ja wirklich Glück gehabt!»

Nach der herzlichen Begrüßung und ersten Gesprächen führte Anna ihre Eltern in den Garten zum Kaffeetisch. Das üppige Grün, der Duft der Blumen und der sanfte Gesang der Vögel wirkten wie Balsam auf die Nerven. Die Erdbeertorte, die eigentlich für Juan bestimmt war, schien plötzlich ganz klein zwischen all den neuen Gästen.

Bevor es zu weiteren Erklärungen kommen konnte, unterbrach Lukas: «Aber wo ist Juan? Du hast gesagt, Juan kommt auch, Mama!»

«Oh, Juan wird bestimmt gleich hier sein», versicherte Anna, während sie sich innerlich darauf vorbereitete, die bevorstehende Vorstellung und Gespräche zu managen.

Der Nachmittag versprach, unterhaltsam zu werden, vor allem mit dem drohenden Erscheinen von Juan, Annas potenziellem spanischem Märchenprinzen, vor ihren besorgten und stets neugierigen Eltern.

Als Juan klingelte, ging Pilar mit einem verschmitzten Grinsen zur Tür und ließ Juan ein. Der Charmeur warf Anna einen neugierigen Blick zu, als wolle er fragen: «Wieder eine neue Überraschung?»

Lukas rief aufgeregt: «Juan!» und lief dem großen, muskulösen Mann, der in Jeans und einem lässigen T-Shirt strahlte, in die Arme.

Lukas, stolz wie Bolle, grinste und nickte. «Juan ist der Beste! Er kann den Ball mit dem Kopf balancieren!»

Anna räusperte sich und stand auf, versuchend ihre Röte zu verbergen.

«Mama, Papa, das ist Juan», stellte sie ihn vor, wobei sie sorgfältig das Wort «Freund» vermied.

Juan, der Annas Unbehagen spürte, streckte seine Hand aus und begrüßte die Eltern mit einem strahlenden Lächeln: «Es ist mir eine Ehre, die Eltern der bezaubernden Anna kennenzulernen.»

Annas Mutter erhob sich von ihrem Liegestuhl. Ihr Hut war in einer merkwürdigen Position verrutscht und gab ihr das Aussehen einer verwirrten Vogelscheuche. «Ach, du bist also der Fußballkumpel von Lukas?» Sie musterte Juan von Kopf bis Fuß, sichtlich überrascht über das Alter und Aussehen des «Kumpels» ihres Enkelsohns.

Juan lachte herzlich. «Ja, das bin ich. Lukas ist ein großartiger Spieler. Er hat mir schon ein paar Tricks beigebracht.»

Annas Vater, der das Gespräch aufmerksam verfolgt hatte, warf einen skeptischen Blick auf Juan und sagte trocken: «Hm, in meinem Alter würde mir das eher Kopfschmerzen als Freunde bringen.»

Das Eis war gebrochen und alle lachten. Anna atmete tief durch, dankbar für Juans Charme und die Fähigkeit, selbst die unangenehmsten Situationen zu meistern.

Annas Mutter hatte sich, ausgestattet mit ihrer riesigen Sonnenbrille und ihrem neu erworbenen spanischen Wörterbuch, neben Juan gesetzt. «Sag mal, Juan, was bedeutet eigentlich «guapo»? Ich habe das Wort heute am Flughafen gehört, als eine ältere Dame auf mein neues Sommerkleid zeigte», fragte sie unschuldig.

Juan, der versuchte, nicht zu lachen, antwortete: «Nun, «guapo» bedeutet «hübsch» oder «gutaussehend».»

«Oh!», rief sie aus und kicherte wie ein junges Mädchen. «Na, da hat die Dame aber guten Geschmack!»

Anna rollte mit den Augen, während Bernhard versuchte, mit Pilar Konversation zu machen, die ihm geduldig die Grundlagen der spanischen Sprache beibrachte. «Also, «cómo estás» bedeutet «wie gehts dir», richtig?», fragte er, während er die Worte in sein kleines Notizbuch kritzelte.

«Genau! Sehr gut, Bernhard», lobte Pilar.

«Du musst wissen, Pilar, ich habe damals in der Schule nur Französisch und Latein gelernt. Aber das hat mir ja nicht so viel gebracht, wenn ich in den Urlaub fahre. Da sprechen die meisten nicht Latein», sagte er mit einem Augenzwinkern.

Anna konnte nicht anders, als zu lächeln. Es war rührend, ihren Vater so eifrig lernen zu sehen. Und ihre Mutter? Nun, sie schien vollauf beschäftigt zu sein, Juan mit ihren Geschichten über Annas Kindheit zu unterhalten, während er höflich zuhörte und immer wieder nickte.

Die Situation wurde noch humorvoller, als Lukas zu Juan sagte: «Du solltest Oma mal beim Badminton spielen sehen. Sie spielt zwar nicht Fußball, aber beim Badminton ist sie unbesiegbar!»

Juan lachte. «Ich werde es mir merken. Vielleicht kann sie mir ein paar Tipps geben.»

Es war ein Tag, den Anna sicher nicht so schnell vergessen würde. Wer hätte gedacht, dass ihre Eltern, die fest davon überzeugt waren, dass nur Vögel fliegen sollten, tatsächlich ins Flugzeug steigen und sie in Spanien besuchen würden? Das Leben war voller Überraschungen.

Bevor der Nachmittag zu Ende ging, hatten Annas Eltern Juan alles über ihre Reisen durch Deutschland, ihre alten Knieverletzungen und ihre Liebe zu deutschen Fernsehshows erzählt. Juan, der Gentleman, der er war, hörte geduldig zu und lachte an den richtigen Stellen. Anna schüttelte immer wieder den Kopf und warf Pilar einen hilfesuchenden Blick zu, der nur ein Schmunzeln als Antwort bekam.

Juan, nach einer ausgiebigen Partie Fußball mit Lukas und Bernhard, dessen Engagement auf dem Rasen eine Mischung aus Enthusiasmus und mangelnder Kondition war, verabschiedete sich von der Gesellschaft. Als er Bianca die Wangenküsschen gab, errötete sie leicht. Ihre Augen leuchteten auf, als wäre sie ein verliebter Teenager.

Juan warf Anna noch einen letzten Blick zu, der ihr Herzklopfen verursachte. Bianca sah ihren zufriedenen Gesichtsausdruck und zwinkerte ihr verschmitzt zu. «Also Anna, das ist aber ein fescher junger Mann, dein Fußballfreund da. Und solche Manieren! Sehr charmant», bemerkte sie.

Anna spürte, wie sie rot wurde. «Mama, das ist einfach seine Art. In Spanien ist es üblich, sich mit Küsschen zu verabschieden.»

«Aber natürlich, das weiß ich doch», erwiderte Bianca. «Aber ich sage dir, so wie er dich angesehen hat... Da ist mehr im Spiel. Oder ist er schon vergeben?»

Anna zuckte die Schultern und versuchte, ihre Röte zu überspielen. «Ja, er ist verlobt!»

Bernhard klopfte sich den Staub von der Hose und gesellte sich zu den Frauen. «Juan ist wirklich ein guter Spieler, aber ich denke, ich habe ihm ein oder zwei Tricks gezeigt», prahlte er scherzhaft.

Annas Mutter schenkte ihrem Mann ein amüsiertes Lächeln und sagte: «Ich bin sicher, er war beeindruckt von deinen «Tricks». Aber wahrscheinlich mehr von deinen Tanzeinlagen auf dem Rasen.»

Nachdem auch Pilar sich verabschiedet hatte, wollte Anna von ihren Eltern wissen, in welchem Hotel sie untergekommen sind. Sie sah die beiden an, die mit unschuldigen Gesichtern vor ihr standen, als ob sie gerade einen Haufen Süßigkeiten im Laden gestohlen hätten.

«Wir haben kein Hotel gebucht», antwortete Bianca, ihre Augen ein Spiegelbild des blauen Pools. «Die Preise sind ja astronomisch. Wir dachten, wir könnten einfach hier übernachten.» Sie breitete ihre Arme aus, als würde sie das ganze Anwesen umfassen.

«Natürlich ... kein Problem. Aber versprecht mir, keine Enten im Pool zu halten und keine Wäscheleinen im Garten zu spannen!»

Bernhard kicherte. «Keine Sorge, Anna. Die Enten sind zu Hause geblieben!»

Mental ging Anna durch ihr Haus, um einen geeigneten Schlafplatz zu finden. Das Gästezimmer war voller unsortierter Wäsche, die vor ihrem Knöchelbruch auf den letzten Drücker in den Raum geworfen worden war.

«Nun, wir dachten, das wäre kein Problem. Deine Mutter hat sogar ihr Gänsefederkissen mitgebracht.»

Anna blickte zu Bianca, die ein unschuldiges Lächeln aufsetzte. «Ich habe schlechte Erfahrungen mit Hotels gemacht, Schatz. Einmal hatte ich solche Nackenschmerzen ... Ich dachte, ich überlebe das nicht.»

«Aber ich habe nur ein Gästezimmer. Einer von euch muss auf der Couch schlafen.»

«Oh, das ist kein Problem», sagte Annas Mutter fröhlich. «Dein Vater schnarcht sowieso so laut, dass ich froh bin, wenn er auf der Couch ist.»

«Was? Ich schnarche nicht!», protestierte er. «Das ist ... ähm ... nächtliches Atmen mit Charakter.»

«Nächtliches Atmen mit Charakter? Das merke ich mir fürs nächste Mal, wenn jemand behauptet, ich würde schnarchen», meinte Anna schmunzelnd.

«Siehst du, Liebling? Man lernt nie aus, egal wie alt man ist. Jetzt, wo wir das geklärt haben, wo ist dieses Gästezimmer? Ich möchte meine Füße hochlegen und mich ein bisschen von Juans Charme erholen.»

«Wo habt ihr überhaupt eure Koffer?»

Bernhard deutete stolz zu einem riesigen Berg von Koffern und Taschen, die hinter dem Sofa aufgetürmt waren. «Deine Mutter hat für jeden Tag ein anderes Outfit mitgebracht. Und für den Fall, dass es regnet, hat sie auch Gummistiefel, Regenhüte, Regenschirme und Regenjacken dabei.»

Anna sah die Berge von Gepäck an. «Mama, wir sind im sonnigen Spanien! Wie viele Regentage erwartest du denn?»

Bianca hob beschwichtigend die Hände. «Man kann nie wissen, Schätzchen. Außerdem habe ich gehört, dass in Spanien das Wetter manchmal unberechenbar sein kann. Und ich wollte einfach auf Nummer sichergehen.»

Trotz des anfänglichen Schocks über die unangekündigte Übernachtung ihrer Eltern war Anna froh, sie bei sich zu haben. Das Haus fühlte sich lebendiger an, und das Chaos, das ihre

Eltern mitbrachten, war eigentlich genau das, was sie gebraucht hatte, um aus ihrer kleinen Routine auszubrechen.

Als Emma und Lukas friedlich in ihren Betten schlummerten und vielleicht von pastellfarbenen Wachsmalstiften und matschigen Fingerfarben träumten, saß Anna mit ihren Eltern im Garten. Ihre Mutter zupfte gedankenverloren an den Blüten einer Geranie und ihr Vater hatte den Blick fest auf den Grill gerichtet, in der Hoffnung, dass sich spontan Würstchen darauf materialisieren würden.

«Schön, dass ihr da seid», begann Anna, «Ich war zuerst total überrumpelt. Und ich meine nicht im positiven Sinne, so wie wenn man unerwartet im Lotto gewinnt oder einen freien Parkplatz direkt vor der Haustür findet.» Anna strahlte beide an.

Ihr Vater lachte. «Wir dachten, eine kleine Überraschung schadet nie. Na ja, außer vielleicht beim Zahnarzt.»

«Oder wenn man feststellt, dass die neuen Schuhe doch nicht im Sale waren», fügte ihre Mutter hinzu, ihre neueste schmerzhafte Erfahrung zum Besten gebend.

«Und wie geht es eigentlich Felix? Hat er die Trennung gut verkraftet?», fragte Annas Mutter, während sie an ihrem Weinglas nippte und mit dem anderen Auge versuchte, einen flüchtigen Schatten im Dunkeln zu identifizieren. «Ich hoffe, er wird nicht plötzlich hier auftauchen, wie wir.»

Anna stöhnte melodramatisch. «Mama, Felix ist überhaupt nicht der Typ, spontane Überraschungsbesuche zu machen. Er wird mich nicht überrumpeln. Es sei denn, du verstehst unter «Überraschung» eine neueste Analyse der Börsenentwicklung oder einen ausführlichen Vortrag über die Vorzüge eines Elektroautos.»

Ihre Mutter legte den Kopf schief und lächelte. «Erzähl doch mal von Juan. Der Junge scheint ja sehr interessiert an dir zu sein. Und du, mein Liebes, hast diesen speziellen Glanz in den Augen, wenn du von ihm sprichst.»

Sie verdrängte das Bild von Juan aus ihrem Kopf. «Es gibt nur die Kinder, die Sonne, das Meer und einen gebrochenen Knöchel.

Das ist genug Aufregung für mich.» Sie hob ihr Glas. «Auf unser Abenteuer auf Ibiza! Ich freu mich, dass ihr hier seid.»

Bernhard hob grinsend eine Augenbraue. «Juan hat einen ordentlichen Kick. Felix hat sich immer vor dem Ball geduckt, erinnere ich mich richtig?»

Anna lachte. «Ja, genau. Felix und Sport - das waren immer zwei verschiedene Dinge.»

Sie saßen noch eine Weile zusammen, lachten über alte Geschichten, futterten aus Annas Keksdose und versicherten sich gegenseitig, dass das Leben voller kleiner Überraschungen steckt - ob nun beim Zahnarzt, beim Schuhkauf oder beim abendlichen Familientreffen im Garten.

«Anna, meine Liebe, sind wir uns sicher, dass dieses Laken hier hingehört?», fragte Bianca, während sie gegen ein rebellisches Spannbettlaken kämpfte.

Anna schmunzelte vom Türrahmen aus. «Ja, Mama, das ist für das Bett. Du musst es nur richtig herumdrehen.»

«Also, ich bin mir ziemlich sicher, dass es entweder ein versteckter Kampfkünstler ist oder wir hier ein verirrtes Gespenst in den Laken haben.»

Gleichzeitig hatte Bernhard den Pool für sich entdeckt. Anna konnte ihn durch das Fenster sehen, wie er dastand und den beleuchteten Pool wie ein Feldherr betrachtete. Dann zog er plötzlich sein Hemd aus, hüpfte wie ein freudiger Delfin in das Wasser und tauchte unter.

«Liebling», rief Bianca in Richtung Garten, «wir sind hier zum Helfen und nicht um Badespaß zu haben!»

«Ich teste nur die Wasserqualität!», kam die prustende Antwort vom Pool, als Bernhard wieder auftauchte. «Alles klar hier, es ist nicht mit Limonade gefüllt.»

Anna konnte nur den Kopf schütteln und lachen. Ihr Vater war schon immer ein großer Spaßvogel gewesen.

Nachdem sie den Lakenkampf endlich gewonnen hatten und ihr Vater sich entschieden hatte, dass er genug geplanscht hatte, zogen sich alle zurück. Anna ließ ihre Eltern in ihrem Schlafzimmer schlafen und quartierte sich im Gästezimmer ein.

Sie kletterte in das schmale Bett, das den unerklärlichen Duft von alten Socken und Zimt ausstrahlte, und schloss die Augen.

Als Anna in der Früh das Kichern und Geflüster ihrer Eltern vernahm, hatte sie das Gefühl, sich in einem Traum zu befinden. Ein Lächeln breitete sich auf ihrem Gesicht aus. Sie war so sehr an das schnelle und oft chaotische Morgenritual mit den Kindern gewöhnt, dass der Gedanke, ihre Eltern könnten hier das Ruder übernehmen, ihr surreal vorkam. Es war schön, nicht alleine zu sein. Und es war noch schöner, dass ihre Eltern hier waren und offensichtlich dabei waren, Frühstück zu machen.

Vorsichtig, um nicht erneut mit dem Gips an irgendetwas hängen zu bleiben, schlich Anna zur Küche, blieb einen Moment in der Tür stehen und sah zu, wie ihre Eltern gemeinsam am Herd standen. Ihr Vater, noch in seinem karierten Morgenmantel und mit zerzausten Haaren, war damit beschäftigt, Pfannkuchen zu wenden, während ihre Mutter mit strahlendem Gesicht und frisch aufgebrühtem Kaffee in der Hand, Eier rührte.

«Guten Morgen, Liebling», rief Bernhard fröhlich, als er seine Tochter sah. «Wir hoffen, du magst Pfannkuchen. Und wenn nicht, dann haben wir... äh... Pfannkuchen.»

Anna lachte und setzte sich an den Tisch. «Ihr seid einfach die Besten. Aber ich hoffe, ihr habt auch Kaffee gemacht. Ohne den kann ich heute nicht überleben.»

Ihre Mutter hob ihre Tasse und zwinkerte ihr zu. «Nur das Beste für meine Tochter. Ein Tag ohne Kaffee ist wie ein Tag ohne Sonnenschein.»

Als die Sonnenstrahlen durch die Jalousien schienen, rüttelte Anna vorsichtig an Emma und Lukas, die tief in ihren Bettdecken eingemummelt waren. «Aufstehen, ihr zwei Marmeladenkleckser! Die Vorschule wartet nicht.»

«Noch fünf Minuten, Mama...», murmelte Emma verschlafen, während Lukas sich nur tiefer in seine Decke rollte, in der festen Absicht, die nächste Kokon-Stufe zu erreichen.

Bernhard, der die Situation aus dem Türrahmen beobachtete, grinste breit. Dann schlich er sich heran und brummte mit tiefer, kratziger Stimme: „Kekseeeee! Wo sind meine Kekseeeee?»

Die Kinder, die das Krümelmonster aus der «Sesamstraße» nur zu gut kannten, kicherten und warfen ihre Bettdecken beiseite. «Opa! Du bist das beste Krümelmonster!», lachte Emma, während Lukas seine kleinen Arme ausstreckte, um seinen Opa zu umarmen.

«Wer braucht schon einen Wecker, wenn er ein Krümelmonster-Opa hat?», sagte Anna und zwinkerte ihrem Vater zu.

Das Frühstück verlief heiter und voller Lachen. Die Kinder erzählten aufgeregt von dem, was sie in der Schule vorhatten. Annas Vater schüttelte den Kopf und tat so, als würde er von all dem modernen Kram nichts verstehen. «In meiner Zeit hatten wir nur Kreide und eine Tafel, und das wars.»

Anna lächelte und schüttelte den Kopf. «Papa, du und deine Geschichten aus der Steinzeit.»

«Jetzt mach schon, ihr beiden», mahnte Bianca aus der Küche. «Sonst kommt ihr noch zu spät.»

Nachdem die Kinder ihre Schuhe angezogen und die Schulranzen geschnappt hatten, sprangen sie in den Wagen. «Bereit für das Abenteuer Schule?», fragte ihr Opa mit einer theatralischen Stimme.

«Ja!», riefen die beiden im Chor.

Zurück zu Hause fand Anna ihre Mutter beim Staubsaugen vor. «Anna, ich habe deine Waschmaschine zum Laufen gebracht. Sie klingt ein bisschen wie ein startendes Flugzeug.»

«Oh ja, das ist ganz normal. Ich nenne sie liebevoll «Die Donnermaschine».»

Am Nachmittag fand sich die gesamte Familie am Strand wieder, wo sie von der Sonne, dem Sand und dem Duft des Meeres begrüßt wurden. Anna konnte es kaum glauben, wie entspannt sie war, als sie auf ihrer Liege lag und dabei zusah, wie ihr Vater mit den Kindern eine beachtliche Sandfestung errichtete.

«Emma, Lukas, macht euch bereit! Der Feind könnte jederzeit angreifen!», rief ihr Großvater mit vorgetäuschtem Ernst, während er die Kinder mit Eimern und Schaufeln bewaffnete.

«Aber Opa, wer ist der Feind?», fragte Emma mit großen Augen.

«Die Möwen, meine Liebe», sagte er mit gespielter Angst. «Die niederträchtigen Möwen könnten jederzeit versuchen, unsere Festung zu erobern.»

Das sorgte natürlich für große Lacher und viel Aufregung, während die Kinder hastig Sand sammelten, um ihre Festung zu verteidigen.

Anna schaute zu, wie ihr Vater die Kinder zum Lachen brachte. Sie dachte daran, wie sehr sie diese Momente als Kind geliebt hatte und war dankbar, dass ihre Kinder sie nun auch erleben durften.

Während der zwei Wochen, die Annas Eltern blieben, entpuppten sie sich nicht nur als Experten im Krümelmonster-Nachahmen und im Festungsbau, sondern auch als mutige Inselentdecker. Anna war fast überrascht, wie viel Energie ihre Eltern besaßen. Die Insel, die Anna in den Monaten zuvor nur teilweise erkundet hatte, war bald kein Geheimnis mehr für die zwei Abenteurer.

Bei einem Spaziergang hörte sie ihren Vater rufen: «Schnell, Anna, komm! Ich habe eine neue Spezies entdeckt!» Es stellte sich heraus, dass es nur ein besonders großer Gecko war, aber das minderte nicht den Stolz ihres Vaters.

Bianca wurde zur selbst ernannten Expertin für exotische Früchte und experimentierte mit allem, was sie finden konnte. «Schau mal, das könnte die nächste Acaibeere sein», erklärte sie fasziniert ihrer Tochter und zeigte ihr eine leuchtend lila Frucht.

Die schöne Zeit mit Annas Eltern verging wie im Flug. Die Familie verbrachte die Tage mit der Erkundung der Insel, sah sich Sehenswürdigkeiten an, probierte lokale Speisen oder fand unerwartete Juwelen an den unmöglichsten Orten. Bernhard, der sich für einen Amateurgeologen hielt, behauptete, er hätte sogar einen Dinosaurierknochen gefunden, der sich allerdings als ein Stück Treibholz herausstellte.

Aber wie bei allen guten Dingen musste auch dieser Besuch zu Ende gehen. Der Abschied am Flughafen war bitter-süß. Es war eine Mischung aus Tränen, Umarmungen und dem Versprechen, bald wiederzukommen.

Bianca schluchzte dramatisch, während sie Emma und Lukas in den Armen hielt. «Oh, meine kleinen Abenteurer, ich werde eure fröhlichen Gesichter vermissen!»

Bernhard strich seiner Tochter liebevoll über die Wange. «Wir sind so stolz auf dich, mein Schatz. Du hast ein wunderbares Zuhause.»

Nachdem das Flugzeug abgehoben hatte, wischte Anna ihre Tränen weg und lächelte. Es war hart, sich von ihrer Familie zu verabschieden, aber sie freute sich auch auf die Rückkehr zur Normalität, auf ihr eigenes Bett und auf Juan.

Als ihre Eltern sich auf dem Heimflug befanden, bemerkte Anna, wie still es plötzlich war. Kein «Anna, wo ist meine Badehose?» oder «Ich habe das Gefühl, die Waschmaschine ist ein Portal in eine andere Dimension».

Und da war noch Juan. Zwei Wochen ohne ihn waren wie ein Leben ohne Schokolade: irgendwie möglich, aber definitiv nicht zu empfehlen.

Lukas trat von einem Fuß auf den anderen, ein funkelnagelneuer Fußball unter dem Arm. «Mama», sagte er mit seinem unschuldigen, aber doch unnachgiebigen Blick, «ruf bitte Juan an. Ich möchte mit ihm Fußball spielen.»

«Du hast doch jetzt deine Schulfreunde, Schatz», sagte Anna, ein Lächeln im Gesicht, während sie Keks Teig knetete.

«Aber Mama, sie spielen Fußball wie ... Na ja, als ob sie versuchen würden, einen Pudding an die Wand zu nageln. Es funktioniert einfach nicht!», sagte Lukas dramatisch und ließ sich theatralisch auf einen Stuhl fallen. Seine Mutter lachte herzhaft und wischte sich eine Mehlspur von der Stirn.

«Juan ist eben ein Profi, oder?»

Lukas' Augen funkelten. «Genau! Er hat diese coole Drehung und den Fallrückzieher. Die Jungs aus der Schule... die fallen einfach nur zurück», sagte er und grinste. «Und außerdem», fügte er leise hinzu, während er seinen Fußball streichelte», erinnert er mich ein bisschen an Papa.»

Anna hielt einen Moment inne und blickte ihm tief in die Augen. «Ich weiß, Schatz», sagte sie sanft. «Ich rufe ihn an.»

Juan war für Lukas mehr als nur ein Spielkamerad. Er war ein Vorbild, ein Leitstern in einer Welt voller Sandkuchen und Kinderlieder.

Lukas sprang begeistert auf. «Und vielleicht», schlug er vor, «kannst du auch Juan ein paar von diesen Keksen geben. Nur um sicherzugehen, dass er auch wirklich kommt.»

«Du bist ein Meister der Verhandlung, genau wie dein Vater.»

Als Anna Juans Stimme am anderen Ende der Leitung hörte, schien sie von einem inneren Blitz getroffen zu werden, der ihre Fußspitzen kribbeln ließ. Juan, mit seinem sonoren Timbre, das stets eine Spur zu laut war, als ob er ständig an einem gut besuchten Ort wäre und sich gegen den Lärm durchsetzen müsste.

«Hola, Anna! Wie geht es dir und deinen Eltern?», erkundigte er sich mit der Leichtigkeit eines Menschen, der nie vergaß, dass es immer einen Grund zum Lachen gab.

«Hola Juan, meine Eltern sind zurück nach Hause geflogen. Übrigens, du bist bei Lukas hoch im Kurs. Er redet die ganze Zeit davon, wie er dich im Fußball besiegen will.» Anna lachte leise.

«Oh, hat er das gesagt? Ich sollte wohl meine Karriere als Fußballspieler überdenken», scherzte er. «Ich komme am Nachmittag vorbei und bringe meine Super-Fußballskills mit.»

«Perfekt! Lukas wird vor Freude Luftsprünge machen», antwortete Anna und ein Lächeln breitete sich über ihr Gesicht. Sie spürte, wie sich in ihrem Inneren eine kleine, zappelnde Vorfreude breitmachte. Auch wenn sie vorgab, dass es nur wegen Lukas war, gab es einen kleinen Teil in ihr, der zugeben musste: Ein Nachmittag mit Juan war definitiv ein Highlight.

Nachdem sie aufgelegt hatte, konnte sie ein breites Grinsen nicht verbergen. Lukas, der sie beobachtet hatte, hob eine Augenbraue und meinte: «Mama, du siehst aus, als hättest du gerade den größten Schokoladenvorrat der Welt entdeckt.»

Anna lachte. «Na ja, fast so gut.»

EIN ÜBERRASCHUNGSGAST

Juan kam, wie es bei einem echten Gentleman zu erwarten war, mit Süßigkeiten und einer Flasche Wein unter dem Arm. Das war jedoch nicht das Einzige, was Annas Aufmerksamkeit erregte. Sein Dreitagebart, der ihm das Aussehen eines verwegenen George Clooney verlieh, ließ sie schwindelig werden. Vielleicht lag es aber auch nur an der intensiven Hitze des Sommers.

«Hola, Anna», sagte er, während er ihr zwei flüchtige Küsschen auf die Wangen hauchte. Anna spürte eine kleine Elektrizität, oder vielleicht war es nur die statische Aufladung ihrer Haare. Die Luft zwischen ihnen war geladen, wie vor einem Gewitter.

Sie spürte die Stoppeln seines Bartes und ihre Knie wurden weich wie Butter im Sommer. Als ihre Augen sich trafen, lag da ein spezieller Funken. Anna kannte diesen Blick - dieser «Ich bin hier nicht nur für das Kind, sondern auch für die Mutter»-Blick.

Sie stotterte ein wenig, «Juan... schön, dass du da bist.» Anna konnte nicht anders, als in diese tiefen, dunklen Augen zu blicken, die aussahen, als würden sie ein Universum voller Geheimnisse bergen.

«Oh, Wein?» Ihre Stimme war etwas höher als gewöhnlich, als sie versuchte, ihre Aufregung zu überspielen.

Juan lachte, seine Augen strahlten Verschmitztheit aus. «Vielleicht können wir nach dem Spiel ...»

Lukas warf sich an den Spanier und schlang sich um seine Taille. «Juan! Komm, wir müssen uns aufwärmen!»

Juan zwinkerte Anna zu. «Ich sollte wohl meinen Pflichten als persönlicher Fußballtrainer nachkommen, hm?»

Trotz der glühenden Hitze des Sommertages, die die Luft flimmern ließ, schienen Lukas und Juan genug Energie zu haben, um ein komplettes Champions-League-Finale zu spielen. Jeder wuchtige Tritt, jedes hektische Hin und Her wurde begleitet von Gelächter und Schreien, die so rein waren, dass sie Annas Herz berührten. Ihre Schweißperlen glänzten in der Sonne, und Juan schien sich mit jedem Dribbling in einen wahren Cristiano Ronaldo zu verwandeln. Nur, dass Ronaldo wahrscheinlich weniger außer Atem war, nachdem er nur fünf Minuten gegen einen Achtjährigen gespielt hatte.

Anna und Emma saßen indes im Schatten, umgeben von einer Menge farbigem Papier, das sie in alle möglichen Vogelarten verwandelten. Origami war immer eine nette Ablenkung, aber Anna schielte ständig über die Ränder ihrer Papierkraniche hinweg zu Juan.

Er war endlich wieder bei ihr, lachend und schwitzend und dabei so unwiderstehlich. Sie fragte sich, ob Juan nur ein Zehntel der Gefühle für sie hatte, die sie für ihn empfand.

Bianca hatte einmal gesagt, dass Liebe ein Kampf ist - aber ein Kampf, der sich lohnt. «Anna», hatte sie kurz vor ihrem Abflug gesagt, «wenn du einen Mann liebst, musst du um ihn kämpfen. Dein Vater war schon vergeben, als ich ihn kennengelernt habe. Aber ich habe ihn gewonnen, weil ich mutig genug war, um ihn zu kämpfen.»

Anna warf immer wieder verstohlene Blicke in Juans Richtung, und mit jedem Blick fühlte sie, wie ein kleiner Schmetterling in ihrem Magen aufwachte. «Warum können Gefühle nicht so einfach sein wie Origami?», dachte sie und verzweifelte an einem besonders komplizierten Faltschritt.

Lukas, offensichtlich von dem Drang beseelt, ein Stück kühleren Planeten unter sich zu spüren, nahm Anlauf und sprang mit einem begeisterten Quietschen in den Pool. Wasser spritzte in alle Richtungen und kurz darauf hörte man nur noch sein glückliches Lachen und das Plätschern.

Juan, dessen Hemd mehr Schweiß als Stoff zu enthalten schien, kam zu den beiden Bastelmeisterinnen herüber und ließ sich mit einem erleichterten Seufzen neben ihnen nieder. Sein Lachen klang wie das eines Schuljungen, der gerade seinen ersten Streich erfolgreich hinter sich gebracht hatte.

«Sieht so aus, als hättest du heute nicht nur gegen einen zukünftigen Fußballprofi gespielt, sondern auch gegen die Sonne.»

Er wischte sich die Stirn ab und nickte. «Die Sonne hat definitiv gewonnen. Das war wie Fußballspielen in einer Sauna.»

Emma, die sich sehr erwachsen fühlte, reichte ihm ein Glas Limonade. «Hier, gegen den Flüssigkeitsverlust.»

Er trank hastig und verzog das Gesicht. «Wow, das ist... sauer!»

«Ja, vielleicht habe ich ein bisschen zu viel Zitronensaft hineingetan», gab Anna zu.

Während er trank, blickte Juan auf die Papiervögel. «Das sind wirklich Kunstwerke», sagte er beeindruckt und hob einen der Vögel hoch, wobei er fast den Kopf abriss. «Oh!», rief er erschrocken.

Anna lachte. «Keine Sorge, das war nur ein Prototyp. Aber ich schätze, du hast gerade gezeigt, warum du Fußballer und kein Origami-Meister bist.»

Juan grinste verlegen. «Gut erkannt. Ich werde wohl bei dem bleiben, was ich kann - und das ist definitiv nicht Basteln.»

Anna stellte sich vor, wie es sein würde, wenn Juans Verlobte ihn jetzt sehen könnte - ein bisschen zerzaust, mit einem zerstörten Papiervogel in der Hand und einem unschuldigen Lächeln im Gesicht. Es war fast zu köstlich, um wahr zu sein.

Mit etwas Wehmut bereitete sich Anna auf den Abschiedskuss vor, doch Juan zeigte keinerlei Anstalten zu gehen und als Lukas vorschlug, dass er zum Abendessen bleiben könnte, nickte er, ohne zu zögern.

Anna verschluckte sich fast an ihrem Limonadenschlückchen. «Wirklich? Du willst bleiben?», fragte sie, bemüht, ihre Überraschung und Freude zu verbergen.

Juan zuckte mit den Schultern. «Na klar. Wer könnte schon einem hausgemachten Abendessen widerstehen? Und nach dem Match mit Lukas könnte ich definitiv etwas Nahrung gebrauchen.»

Lukas grinste verschmitzt. «Hoffentlich reicht unser Vorrat aus, um deinen Riesenappetit zu stillen.»

Juan lachte. «Keine Sorge, ich werde mich zurückhalten. Vielleicht.»

Während Anna sich in die Küche begab, um das Essen vorzubereiten, konnte sie nicht anders, als sich zu fragen, warum Juan so eifrig bleiben wollte. War es nur der Hunger? Oder gab es mehr dahinter? Sie erinnerte sich daran, dass Juans Verlobte oft in Madrid war, und vielleicht ... nur vielleicht ... suchte Juan nach ein wenig Gesellschaft.

Als das Essen schließlich serviert wurde, schien Juan beeindruckt. «Wow, Anna! Das sieht fantastisch aus.»

Anna lächelte breit. «Das ist nur der Anfang. Warte, bis du probiert hast.»

Und während das Abendessen mit Lachen, Geschichten und einer Atmosphäre gefüllt war, die so warm war wie die Sommerabende selbst, konnte Anna nicht anders, als zu hoffen, dass dies der Beginn von vielen weiteren gemeinsamen Abenden mit Juan sein würde. Obwohl sie nichts überstürzen wollte, konnte sie das leise Flüstern der Hoffnung in ihrem Herzen nicht ignorieren. Wer wusste schon, was die Zukunft bringen würde? Aber im Moment, hier und jetzt, fühlte sich alles einfach richtig an.

Seit Lukas und Emma die Schule besuchten, waren ihre Energiereserven dramatisch gesunken. Schon um sieben Uhr waren sie meistens so platt, dass sie nicht einmal mehr den Kopf heben konnten, um «Gute Nacht» zu sagen. An diesem Abend waren sie nach dem Abendessen so erschöpft, dass sie buchstäblich in ihren Betten kollabierten, als wären sie von einer Sandmann-Armee besiegt worden.

Juan, der offenbar immer noch genug Energie hatte, um die beiden zu überleben, saß mit Anna am beleuchteten Pool und machte keine Anstalten zu gehen. Es war ein malerischer Anblick, der Pool, der das Licht der untergehenden Sonne einfing und es in unzähligen Farbnuancen zurück in den Abendhimmel spiegelte.

«Wollen wir den Wein trinken, den du mitgebracht hast?», fragte Anna, als sie Kerzen an den Rändern des Pools aufstellte. Ihre Stimme war nur knapp über dem Flüsterton und sie versuchte, ihren Herzschlag zu übertönen, der wie eine einsame Trommel in ihrer Brust schlug.

Juan sah zu ihr auf und sein Gesicht zog sich zu einem Grinsen zusammen. «Sehr gerne.»

Er öffnete die Flasche mit einem lauten Plopp und schenkte sich einen Schluck in ein Glas. Seine Augen waren auf den Wein gerichtet, aber Anna konnte das Lächeln auf seinen Lippen sehen, das verriet, dass er diesen Moment genauso genoss wie sie.

Er hob das Glas zum Licht und betrachtete den Wein, als würde er das Geheimnis des Universums darin suchen. «Ein guter Wein ist wie ein gutes Buch», murmelte er. «Man muss sich die Zeit nehmen, um ihn zu verstehen.»

Anna lachte. «Und wie lange brauchst du, um diesen zu verstehen?»

Und während die Sterne auf sie herabschauten, als wären sie das Publikum einer romantischen Komödie, war es klar, dass dieser Abend der Beginn von etwas Besonderem war. Ein Abend, der ebenso süß und berauschend war wie der Wein, den sie tranken.

«Du hast wundervolle Kinder, Anna. Du kannst dich glücklich schätzen», sagte Juan. Er blickte auf den fast vollen Mond, der das Gespräch mit einem sanften, silbrigen Schein überzog. Sein Gesicht zeigte eine Mischung aus Ehrfurcht und

Bewunderung, als ob er gerade das Achte Weltwunder entdeckt hätte.

Anna lächelte, ihr Blick auf die glitzernde Wasseroberfläche des Pools gerichtet. «Danke, Juan. Die Kinder sind in der Tat etwas ganz Besonderes. Auch wenn sie mich regelmäßig an den Rand des Wahnsinns treiben. Aber im Ernst, sie erinnern mich täglich daran, wie wertvoll das Leben ist und wie wichtig es ist, den Moment zu leben.»

Juan schaute sie an und nickte zustimmend. «Kinder haben diese Gabe, nicht wahr? Sie bringen uns dazu, die kleinen Dinge im Leben zu schätzen und uns an die Schönheit und das Wunder des Lebens zu erinnern.»

«Genau das. Aber ich bin auch froh, dass sie jetzt in der Schule sind. Es gibt mir die Möglichkeit, mich wieder meiner wahren Leidenschaft, der Fotografie, zu widmen.»

Juan drehte sich zu ihr um. «Pilar hat mir erzählt, dass du Fotografin bist. Das ist ein schöner Beruf.»

«Ja, ich liebe ihn», erklärte Anna mit einem strahlenden Lächeln. «Es ist wie Magie, Momente einzufangen und für die Ewigkeit festzuhalten. Und diese Insel bietet so wundervolle Motive. Der Sonnenuntergang am Strand, die leuchtenden Farben der Märkte, die historischen Gebäude in der Altstadt...»

Juan nickte. «Ich könnte dir einige geheime Ecken auf Ibiza zeigen», schlug er vor und sah ihr dabei tief in die Augen. «Orte, die noch nicht von Touristen überrannt wurden, Orte, die perfekt für atemberaubende Fotos wären.»

Anna spürte, wie ihr Herz schneller schlug. «Das klingt verlockend.» Ihre Stimme zitterte ein wenig, aber sie war entschlossen, sich nicht die Aufregung anmerken zu lassen. «Ich freue mich schon darauf, diese geheimen Ecken zu entdecken.»

Während sie in die glitzernden Augen des Mannes vor ihr schaute, wusste sie, dass sie nicht nur von der Aussicht auf einzigartige Fotomotive begeistert war. Die Möglichkeit, diese Insel mit Juan zu erkunden, war mindestens genauso reizvoll.

Annas Blick verweilte auf den flimmernden Reflexionen des Pools, während Juan zu sprechen begann. Es war, als hätte er eine unsichtbare Schwelle überschritten, die ihn bisher daran gehindert hatte, über Luna zu sprechen.

«Meine Verlobte Luna...», begann er und es schien, als würden die Worte schwer auf seiner Zunge liegen»,... sie möchte leider keine Kinder.»

Annas Herz zog sich zusammen, und sie blickte auf. Ihre Augen trafen seine und sah darin einen Sturm aus Enttäuschung und Resignation. Sie hatte schon vermutet, dass zwischen Juan und Luna nicht alles rosig war, aber die Gewissheit dieser Tatsache war ein anderer Schmerz.

«Sie ist eine unglaubliche Frau», fuhr Juan fort, seine Stimme von Melancholie gezeichnet. «Luna ist beruflich sehr erfolgreich, ständig auf Reisen, ständig in Bewegung. Die Welt ist ihr Spielplatz. Aber mit Kindern ... Sie fühlt, dass sie dann nicht mehr sie selbst sein könnte. Sie will ihre Freiheit, ihren Beruf, nicht durch die Verantwortung für eine Familie kompromittieren.»

Anna nickte langsam, wissend, wie schwer es für einige Menschen sein kann, ihre Lebensziele und -wünsche mit denen eines Partners in Einklang zu bringen. «Das muss für dich schwer sein», sagte sie leise.

Juan seufzte tief und ließ den Kopf hängen. «Es ist nicht nur die Tatsache, dass sie keine Kinder will, es ist die Art, wie sie es sagt. Als ob es keine Kompromisse, keine Diskussionen, kein gemeinsames Wachstum geben könnte. Ich wünsche mir manchmal, sie könnte die Freude sehen, die Kinder ins Leben bringen. Die kleinen Momente, die das Herz erwärmen. Aber ich verstehe auch ihren Standpunkt und respektiere ihn. Es ist nur ... schwer.»

«Das Leben hat oft seine eigenen Pläne. Und manchmal führen sie uns auf Wege, die wir nie erwartet hätten.»

Er blickte auf und ein schwaches Lächeln zeigte sich auf seinen Lippen. «Ja, das stimmt. Wie zum Beispiel dieser unerwartete Abend hier mit dir.»

Das Licht des Mondes tauchte die Szene in ein zartes Silber. Die beiden saßen einander gegenüber, die Stille der Nacht um sie herum. Die sanften Klänge der Zikaden füllten die Lücken zwischen ihren Worten und bildeten eine melancholische Melodie, die die Schwerfälligkeit des Augenblicks widerspiegelte.

«Mein Ex-Mann Felix», begann Anna zögernd, ihre Stimme weich und nachdenklich», er hatte andere Prioritäten. Von Anfang an war ihm seine Karriere das Wichtigste. Ich habe lange geglaubt, dass er sich ändern würde, dass irgendwann die Sehnsucht nach einer Familie in ihm aufkeimt ...»

Juan hörte ihr aufmerksam zu, die Intensität seiner Blicke zeigte, wie tief er in ihre Erzählung eintauchte. Sein Gesicht war ernst, aber in seinen Augen lag ein Funke von Verständnis.

«Monate vergingen», fuhr Anna fort «und immer wieder versprach er, dass er bald mehr Zeit für uns haben würde. Aber «bald» kam nie. Es gab immer einen neuen Vertrag, ein neues Projekt, eine weitere Reise. Ich habe verstanden, dass er seine Arbeit liebte, aber ich begann mich zu fragen, ob er je Platz in seinem Leben für uns, für seine Familie, finden würde.»

Ein schwerer Seufzer entwich ihren Lippen. «Ich wollte einen Partner, der da ist. Einen Vater, der seine Kinder in den Schlaf singt, der beim ersten verpassten Tor tröstet und beim ersten gewonnenen Spiel jubelt. Aber Felix... er konnte oder wollte das nicht sein. Das war der Punkt, an dem ich wusste, dass ich weitergehen muss.»

Juan nickte langsam, sein Blick immer noch fest auf sie gerichtet. «Es ist mutig, zu erkennen, was man wirklich braucht und sich dann danach auszurichten, selbst wenn es schmerzhaft ist.»

Anna lächelte schwach. «Ich wusste, was auf dem Spiel stand. Aber ich musste auch an meine Kinder denken, an die Zukunft, die ich für sie wollte.»

Die beiden saßen noch einen Moment in Stille da, jeder in seinen eigenen Gedanken versunken, aber durch die geteilte Erfahrung irgendwie enger miteinander verbunden. Sie verstanden beide, dass Liebe manchmal Opfer verlangt und dass wahres Glück oft bedeutet, den Mut zu haben, für das zu kämpfen, was wirklich zählt.

«Darum», sagte Anna, während sie den Wein nachschenkte, «bin ich so froh, dass du für Lukas da bist.» Ihre Stimme war voller Wärme, und ihre Augen strahlten in der spärlichen Beleuchtung.

Juan sah sie überrascht an, aber es war eine angenehme Überraschung. Ein Lächeln schlich sich in sein Gesicht und seine Augen leuchteten auf. «Ich?»

Anna nickte. «Ja, du. Du kannst nicht glauben, wie sehr Lukas dich bewundert. Nicht nur, weil du ein cooles Auto fährst oder ihm riesige Eisbecher spendierst, obwohl ich zugeben muss, dass das durchaus hilft.» Sie lachte leise und ihr Lächeln leuchtete auf.

«Es ist mehr als das», fuhr sie fort, ihre Stimme wieder ernst. «Er vermisst seinen Vater. Du bist ein sehr positiver männlicher Einfluss in seinem Leben. Ich sehe, wie sehr er sich freut, wenn du da bist und das bedeutet mir sehr viel.»

Juan runzelte die Stirn. Sichtlich berührt schaute er Anna tief in die Augen und sie konnte die Emotionen darin erkennen: Überraschung, Freude, vielleicht ein wenig Verlegenheit. «Ich habe immer gedacht, dass Kinder einfach ehrliche kleine Wesen sind, die Liebe und Verständnis brauchen. Es kostet nicht viel, ihnen zuzuhören und da zu sein. Und Lukas, er ist ein besonderer Junge. Es ist leicht, ihm Liebe zu geben.»

«Und genau das ist es, was zählt, Juan. Du bist natürlich, ehrlich und du gehst so liebevoll mit Kindern um, dass es mich wirklich beeindruckt.»

Sie hob ihr Weinglas in einer stillen Geste des Dankes. «Auf dich, Juan. Auf die Freundschaft, die du meinen Kindern schenkst und auf die Freude, die du in unser Leben bringst.»

Juan hob ebenfalls sein Glas und stieß mit Anna an. Ihre Augen trafen sich über dem Glitzern des Weins und in diesem Moment spürte jeder von ihnen, dass zwischen ihnen eine besondere Verbindung bestand, die über ihre vorherige Freundschaft hinausging.

Das sanfte Summen der Nacht, begleitet vom entfernten Meeresrauschen, füllte die Stille zwischen ihnen. Der Mond schien gerade so hell genug, dass Anna die Konturen von Juans Gesicht erkennen konnte. Sie sah die Falten der Sorge, die an den Rändern seiner Augen tanzten und die ernsten Linien, die seinen Mund umgaben.

Während sie dasaßen, ließ Annas Gedankenstrom nicht nach. Würde Juan sich wirklich für ein Leben ohne Kinder entscheiden, obwohl er so deutlich zeigte, dass er sie liebte? Sie konnte nicht anders, als sich Juan an ihrer Seite vorzustellen, wie er mit Lukas lachte, wie er für sie da war, nicht nur als Freund, sondern als Lebenspartner.

Sie sah zu ihm rüber und wollte gerade sprechen, als er ihr zuvorkam. «Anna, ich wollte dir sagen ...» Seine Stimme war tief, ernst und zitterte ein wenig.

Bevor er jedoch weiterreden konnte, durchschnitt das Klingeln der Tür die schwer aufgeladene Stimmung. Beide zuckten zusammen, überrascht und ein wenig enttäuscht.

«Entschuldige, ich sollte nachsehen, wer das ist», murmelte Anna, noch immer von der Intensität des Moments gefangen.

«Klar, ich warte hier.»

Das Klingeln wurde drängender und Anna beeilte sich. Doch während sie zur Tür ging, fühlte sie die schwere Bedeutung des unterbrochenen Gesprächs und fragte sich, wer um diese Uhrzeit klingeln könnte. Aber der drängendere Gedanke, der in ihrem Kopf herumschwirrte, war: Was wollte Juan ihr gerade sagen? Das Timing hätte nicht schlechter sein können.

Annas Herz schlug schneller, während sie in Felix Gesicht starrte. Seine dunklen Augen, in denen sie einst so viel Liebe und später so viel Kummer gesehen hatte, schienen müde und nachdenklich. Sein üblicher strenger Anzug war durch eine locker sitzende Hose und ein leichtes Hemd ersetzt. Doch trotz seiner lässigen Aufmachung hatte er immer noch diese dominante Aura um sich.

«Felix! Was ... Was machst du hier?», stotterte sie, während ihre Gedanken wild herumwirbelten. «Du hättest dich ankündigen können. Es ist mitten in der Nacht, die Kinder schlafen schon.»

«Ja, ich weiß», antwortete er und rieb sich die Schläfe. «Es tut mir leid. Ich dachte nur, es wäre eine nette Überraschung für sie. Und für dich.»

Annas Gedanken wirbelten wild durcheinander. Sie dachte an Juan, der gerade im Garten wartete. Die innige Stimmung, die zwischen ihnen entstanden war, die vertraulichen Worte, die kurz davorstanden, ausgesprochen zu werden. Und jetzt das. Die Rückkehr ihrer Vergangenheit, just in dem Moment, als sie die Möglichkeit einer neuen Zukunft in Erwägung zog.

Sie seufzte leise und trat beiseite, um Felix hereinzulassen. «Komm rein!»

Er nickte dankbar und betrat das Haus. Als sie die Tür schloss und sich umdrehte, traf sie Juans Blick. Ein Blick voller Fragen und Unsicherheit. Ein Blick, der sie daran erinnerte, dass sie nun an einem Kreuzweg stand. Einem Weg zwischen ihrer Vergangenheit und der potenziellen Zukunft. Einem Weg, den sie bewusst wählen musste.

«Felix, das ist Juan», erklärte Anna, versuchend die Atmosphäre zu lockern. «Juan, das ist Felix, mein Ex-Mann.»

Die beiden Männer sahen sich einen Moment an, bevor sie sich höflich, wenn auch ein wenig steif, begrüßten.

«Ich habe von Ihnen gehört», sagte Felix, seine Augen kurz auf Anna gerichtet, bevor sie zu Juan zurückwanderten. «Lukas hat von Ihnen erzählt.»

Juan nickte. «Lukas ist ein toller Junge.»

Anna spürte, wie die Situation zunehmend komplizierter wurde. Sie war nicht darauf vorbereitet, die beiden Männer in ihrem Leben an diesem Abend - oder jemals - zusammenzubringen. Doch hier standen sie nun, und sie musste die Situation irgendwie handhaben.

Bevor Anna etwas sagen konnte, wandte Juan sich zum Gehen um. Die lockere Stimmung von vorhin war wie weggeblasen, ersetzt durch eine angespannte, unangenehme Atmosphäre.

Juans Lächeln war verschwunden. In seinen Augen konnte Anna Spuren von Enttäuschung und Verwirrung erkennen.

«Ich werde dann mal gehen. Gute Nacht», sagte er mit einer ungewöhnlichen Förmlichkeit in seiner Stimme. Er nickte kurz in Richtung Felix, bevor er sich umdrehte und das Grundstück verließ.

Die Luft war noch warm von dem Sommerabend, doch eine eisige Kälte schien sich in Annas Herzen breitzumachen. Mit einem schweren Seufzer schloss sie die Tür und drehte sich um, um Felix ins Gesicht zu sehen.

Sein überraschter Blick traf sie wie ein Schlag in den Magen. Warum war er hier? Warum jetzt, gerade als sie dachte, dass sie weitermachen konnte, dass sie eine Chance auf etwas Neues hatte?

«Felix, du hättest anrufen sollen», sagte sie, ihre Stimme zitterte leicht. Er öffnete den Mund, um zu antworten, aber Anna hob die Hand, um ihn zum Schweigen zu bringen. «Nicht jetzt. Ich... brauche einen Moment.»

Felix rieb sich den Nacken, etwas, das er immer tat, wenn er nervös war. «Ich dachte, es wäre eine gute Idee, die Kinder zu überraschen. Ich habe nicht damit gerechnet ...», er warf einen flüchtigen Blick zur Tür, «dass du Besuch hast.»

Annas Augen funkelten. «Juan ist ein guter Freund und spielt mit Lukas Fußball.»

«Ich dachte, jetzt wo du den Gips hast, könntest du Hilfe gebrauchen», sagte er in seiner typischen «Ich-weiß-es-besser»-Manier. Er warf einen Blick auf Annas Fuß, der in einem farbenfrohen Gips ruhte.

«Ich habe seit Wochen einen Gips. Ich komme ganz gut zurecht. Zudem habe ich dir von Pilar erzählt, die praktisch all meine Arbeiten übernommen hat.» Sie machte eine dramatische Pause und fügte hinzu: «Außerdem haben wir jetzt einen Staubsaugerroboter. Er heißt Herbert und ist sehr zuverlässig.»

Felix sah sie ungläubig an. «Ein Staubsaugerroboter? Anna, du weißt doch, dass diese Dinger nichts taugen.»

«Herbert ist ein guter Junge», verteidigte sie ihren Roboter mit gespielter Ernsthaftigkeit. «Er fährt nur manchmal gegen die Möbel und hat eine Vorliebe für Legosteine. Aber wer hat das nicht?»

Felix lachte, ein tiefes, herzhaftes Lachen, das Anna lange nicht mehr gehört hatte. Er schien zu realisieren, dass er hier nicht als Retter in der Not gebraucht wurde und bot an, sich ein Hotelzimmer zu nehmen.

«Nein, du kannst bei uns schlafen. Ich habe ein kleines Gästezimmer. Hast du Hunger?» Anna kannte ihren Ex-Mann zu gut. Sein Geiz war legendär und sie konnte sich gut vorstellen, dass er den Bord-Snack im Flugzeug abgelehnt hatte, um ein paar Euro zu sparen. Felix nickte betreten. Er war tatsächlich dünner geworden. Arbeitete wohl zu viel und vergaß dabei das Essen. Anna schüttelte den Kopf. Sie würde nie verstehen, wie man das Essen vergessen konnte. Das war ungefähr so, als würde man vergessen zu atmen.

Felix seufzte theatralisch. «Du kennst mich zu gut. Aber zu meiner Verteidigung, wer zahlt schon zehn Euro für ein Sandwich, das nach Karton schmeckt?»

Während Anna in der Küche beschäftigt war, machte Felix sich im Badezimmer frisch. Bei seiner Rückkehr trug er ein frisches Hemd und seine Haare waren noch feucht vom Duschen. Er trat hinaus in den Garten, wo das warme Licht der Kerzen eine einladende, friedliche Atmosphäre schuf. Er blickte sich mit großen Augen um und pfiff anerkennend. «Ihr lebt in einem wahren Paradies. Es ist kein Wunder, dass die Kinder sich hier so wohl fühlen.»

Anna stand am anderen Ende des Gartens, mit einem Tablett in der Hand, auf dem zwei Gläser und eine fast leere Flasche Wein standen - der Wein, den Juan mitgebracht hatte. Es gab einen bitter-süßen Nachgeschmack auf ihrer Zunge bei dem Gedanken, diesen Wein ohne ihn zu trinken.

Sie lächelte gezwungen. «Sie lieben es hier. Und ehrlich gesagt, ich auch.» Sie stellte das Tablett auf den Gartentisch und schenkte zwei Gläser ein. Dann reichte sie Felix eines der Gläser und stieß mit ihm an. «Auf überraschende Besuche und die kleinen Paradiese, die wir uns erschaffen.»

Anna beobachtete Felix einen Moment, dann lehnte sie sich zurück und sah in den Sternenhimmel. In diesem Moment war sie sich nicht sicher, ob sie sich über Felix' überraschenden Besuch freute oder ob sie sich wünschte, dass die Dinge anders verlaufen wären. Aber es war, wie es war. Und zumindest für diese Nacht würde sie das Beste daraus machen.

«Wie gefällt es dir denn in China?», wollte Anna wissen und musste an Juan denken.

Felix runzelte die Stirn, als ob er eine tiefe Analyse seiner Gefühle durchführte, bevor er antwortete. «Es ist ... interessant», begann er und zögerte dann, während er einen weiteren Happen aß. «Die Menschen sind freundlich, das Essen ist scharf - manchmal zu scharf. Ich habe letztens versehentlich ein Chili-Gericht bestellt und dachte, ich würde in Flammen aufgehen.»

Anna kicherte. «Das erinnert mich an das Mal, als du gedacht hast, Wasabi sei Avocado und du einen großen Löffel davon genommen hast.»

Felix verdrehte die Augen. «Ja, danke, dass du mich daran erinnerst. Ein Trauma, das ich versucht habe zu verdrängen.» Er schenkte sich mehr Wein ein. «Aber zurück zu China. Es ist ein Land voller Kontraste. In den Städten herrscht Hightech, während man nur eine Stunde außerhalb das Gefühl hat, eine Zeitreise gemacht zu haben. Es ist faszinierend.»

Anna lehnte sich zurück, interessiert an seinen Erzählungen. «Und wie kommst du mit der Sprache zurecht?»

Er lachte herzhaft. «Lass mich so sagen, mein Chinesisch ist... rudimentär. Ich kann Essen bestellen und nach dem Weg fragen, aber wenn jemand anfängt, sich mit mir über das Wetter zu unterhalten, bin ich verloren.»

Anna schüttelte den Kopf und lachte. «Klingt, als würdest du ein Abenteuer nach dem anderen erleben.»

«Ja, das tue ich. Und das ist es, was es trotz aller Herausforderungen so aufregend macht. Es ist alles ... interessant», antwortete Felix vorsichtig, während er einen weiteren Happen in den Mund schob. Sein Blick war immer noch auf die Essensplatte gerichtet, als ob er befürchtete, dass sie plötzlich verschwinden könnte. «Es ist halt anders. Das Essen ist super, das muss ich zugeben. Aber die Wohnsituation ...»

Anna lächelte schief. «Stimmt, du warst immer eher der minimalistische Typ. Nur du und dein Laptop in einem Raum.»

Felix lachte. «Ja, genau. Aber das Apartment dort ist wirklich klein. Es ist eher wie eine Schuhschachtel mit einer Kochnische. Du erinnerst dich an den Kleiderschrank in unserem alten Schlafzimmer? So in etwa fühlt es sich an, nur mit einer Dusche in der Ecke.»

«Klingt gemütlich. Da wundert es mich nicht, dass du hier auftauchst und meinen Wein und meine Snacks plünderst.»

Er schmunzelte verschmitzt. «Es ist nicht die Wohnung selbst, die klein ist. Es ist mein Bett. Ich glaube, es wurde für jemanden gebaut, der höchstens 1,50 m groß ist. Jede Nacht habe ich Angst, herauszufallen.»

«Ich habe mir immer gewünscht, dich mal in so einer Situation zu sehen», kicherte Anna. «Der große Felix in einem Mini-Bett.»

«Ach, du findest das lustig, ja?» Er zog eine Augenbraue hoch. «Ich habe Fotos. Du würdest dich kringelig lachen. Aber ernsthaft, es hat auch seine Vorteile. Ich habe gelernt, mich in Yoga-Positionen zu schlafen zu legen. Du würdest staunen, wie flexibel ich geworden bin.»

Anna prustete los. «Nun, da hätte ich gern ein Beweisfoto. Aber mal ehrlich, Felix. Wenn China so schlimm ist, warum kommst du dann nicht zurück?»

Er seufzte und blickte nachdenklich in sein Weinglas. «Es ist nicht immer einfach, Anna. Aber ich lerne eine Menge und die Erfahrung ist unbezahlbar.»

Trotz der unerwarteten Wendung des Abends war es ein angenehmer Ausklang - eine Nacht unter dem klaren Sternenhimmel, geteilt mit alten Erinnerungen und einem Hauch von Ironie.

Felix hielt das Laken hoch und versuchte herauszufinden, welche Seite nach oben gehört. «Ich wusste gar nicht, dass es eine

Kunst ist, ein Bett zu beziehen, bis ich es selbst versucht habe», meinte er und verdrehte sich fast im Laken.

Anna lachte, während sie das andere Ende des Lakens nahm und es geschickt über die Matratze spannte. «Du warst schon immer ein Genie, was komplizierte Dinge angeht, aber wenn es um die einfachsten Sachen des Alltags geht...» Sie ließ den Satz unvollendet und zuckte mit den Schultern.

Er starrte Anna mit gespielt ernstem Blick an. «Warte nur, bis ich dir zeige, wie ich meine Unterwäsche falte. Es wird dir den Atem rauben.»

«Das kann ich kaum erwarten, aber jetzt los, gib mir die Ecke, bevor wir hier bis Mitternacht sind!»

Anna versuchte, trotz der leichten Spannung, eine freundliche Atmosphäre zu schaffen. Seit der Trennung war es nicht einfach gewesen, mit Felix auf neutralem Boden zu sprechen. Dennoch hatten sie sich entschieden, wegen der Kinder eine freundschaftliche Beziehung aufrechtzuerhalten.

«Danke, Anna», sagte Felix, seine Augen suchten nach einem vertrauten Blick. «Ich weiß, es ist nicht einfach für uns alle, aber ich möchte, dass die Kinder wissen, dass wir trotz allem immer noch eine Familie sind.»

Anna nickte. «Das ist auch mein Wunsch. Wir müssen nur sicherstellen, dass unsere persönlichen Differenzen sie nicht beeinflussen. Die Kinder haben genug durchgemacht.»

Felix rieb sich das Gesicht. «Ja, ich weiß. Deshalb bin ich gekommen.»

Beide waren für einen Moment still, jeder in seinen eigenen Gedanken versunken. Sie standen eine Weile nebeneinander, die Stille zwischen ihnen war nicht mehr so belastend. Es war klar, dass sie beide dasselbe Ziel vor Augen hatten: das Wohl ihrer Kinder. Und trotz aller Schwierigkeiten, die sie in der Vergangenheit hatten, schienen sie bereit zu sein, für dieses Ziel zusammenzuarbeiten.

«Es fühlt sich an wie eine Ewigkeit, seit ich sie zuletzt gesehen habe.»

«Sie haben jeden Tag von dir gesprochen und freuen sich sicherlich riesig, dass du endlich wieder da bist. Vor allem Emma hat ständig nach dir gefragt.»

«Es ist nicht einfach, so weit weg zu sein», antwortete Felix und schaute gedankenverloren aus dem Fenster.

Anna legte tröstend eine Hand auf seine Schulter. «Sie wissen, dass du deine Gründe hattest und warum wir uns getrennt haben.»

Felix nickte. «Ich werde alles tun, um ihnen zu zeigen, wie sehr ich sie liebe und wie sehr ich sie vermisst habe. Und ich danke dir, Anna, für alles, was du für die Kinder getan hast. Es war eine gute Entscheidung, nach Ibiza zu ziehen.»

«Gute Nacht, Felix. Ich bringe dir gleich noch eine Flasche Wasser. Die Nächte sind heiß.»

In der Nacht fand sich Anna in einem unerwarteten, humorvoll skurrilen Traum wieder. Ein palmenbedeckter Strand erstreckte sich vor ihr, und die Sonne strahlte so hell, dass sie geblendet war. Aber das, was die Szene wirklich auszeichnete, war das merkwürdige Spektakel, das sich vor ihren Augen abspielte. Juan stand auf der einen Seite, gekleidet in eine Matador-Jacke und einem roten Umhang, den er schwungvoll hin und her schwenkte, während er mit leidenschaftlichem Gesichtsausdruck immer wieder rief: «Anna, für dich kämpfe ich gegen jeden Stier!» Auf der anderen Seite war Felix, der sich in einem glitzernden Elvis-Presley-Kostüm rekelte, seine Haartolle immer wieder in Form brachte und dabei «Love me Tender» sang, während er sie mit einem schmachtenden Blick ansah.

«Wähle mich, Anna!», rief Juan und versuchte, mit seinem Umhang einen imaginären Stier zu verführen, den es in Wirklichkeit gar nicht gab. «Ich werde die wildesten Stiere für dich besiegen!»

«Vergiss den Stier!», rief Felix mit seiner Elvis-Stimme. «Wähle den King! Ich habe die besten Hüftschwünge und den besten Gesang.»

Anna konnte nicht anders, als zu lachen. Beide Männer schienen in ihrem Eifer, sie zu beeindrucken, die völlige

Kontrolle über ihre Sinne verloren zu haben. Als sie anfing zu klatschen, tanzten die beiden im Takt und warfen sich immer wieder konkurrierende Blicke zu.

Schließlich wachte Anna lachend auf und schüttelte den Kopf. «Was für ein verrückter Traum», murmelte sie, während sie sich die Tränen aus den Augen wischte. Das Bild von Juan als Matador und Felix als Elvis würde sie so schnell nicht vergessen.

Als Anna am nächsten Morgen das Wohnzimmer betrat, war das Erste, was sie sah, Felix' Kopf, der unter einem Haufen Kissen und Stofftieren hervorlugte. Ihre Tochter hatte sich eine Federkrone aufgesetzt und erklärte stolz: «Ich bin die Königin der Kissenschlacht!»

«Oh, ich sehe, ihr habt Papa schon gefunden», bemerkte Anna mit einem Zwinkern in der Stimme.

Lukas, mit einem Umhang, der Annas Seidenschal war, rief aus: «Und ich bin Sir Rührlöffel, der Ritter!»

Felix, dessen Haare inzwischen in alle Richtungen zeigten und der vage an ein geplündertes Vogelnest erinnerte, sah zu Anna auf und versuchte, seine Würde zu bewahren. «Guten Morgen», keuchte er, «Ich wurde gerade vom Königreich der Bettenburg überfallen.»

Anna konnte sich ein Lachen nicht verkneifen. «Ich sehe, du hast einen warmen Empfang erhalten.»

«Das ist eine Untertreibung», lachte Felix zurück und versuchte, ein Kissen von seinem Gesicht zu ziehen, das Sir Rührlöffel strategisch darauf platziert hatte. «Aber ich muss zugeben, das ist der beste Morgen seit langem.»

«Mama, komm mitmachen!», rief ihre Tochter und warf ihr ein Kissen zu. Bevor sie sich versah, fand Anna sich mitten in einer Kissenschlacht wieder, lachend und ringend, umgeben von einer heiteren Familie, die leider keine mehr war.

Bevor Anna ins Badezimmer verschwand, griff sie nach ihrem Handy und tippte eine Nachricht an Pilar, ihre treue, aber manchmal übermäßig enthusiastische Haushaltshilfe.

«Hola Pilar», begann sie zu tippen, «Du glaubst nicht, wer gestern Abend vor meiner Tür stand. Mein Ex! Er tauchte auf wie ein schlechtes Horoskop oder wie ein Geist aus der Vergangenheit - nimm dir eine Metapher deiner Wahl. Jedenfalls wird er heute helfen und deswegen brauche ich dich heute nicht. Ich melde mich!»

Sie schickte die Nachricht ab und wartete. Nicht mal zehn Sekunden später kam die Antwort: «Oh, Dios mío! Brauchst du Unterstützung?»

Anna lachte. «Danke, habe alles im Griff.» Bis bald!»

«Also, der Supermarkt ist ziemlich einfach zu finden», begann Anna und zeichnete mit ihrem Finger eine Karte in die Luft. «Du gehst die Straße runter, an dem alten Olivenbaum vorbei, der aussieht, als würde er jeden Moment umfallen. Dann links abbiegen, wo die Straße sich gabelt. Dort siehst du eine blaue Mauer, dann fährst du rechts und schon bist du da. Nicht zu verfehlen.»

Felix sah Anna mit einer Mischung aus Amüsement und Besorgnis an. «Eine Eiche, die aussieht, als würde sie umfallen, eine Gabelung und eine rote Mauer. Verstanden.»

Anna reichte ihm die Autoschlüssel. «Es ist wirklich nicht schwer. Es ist ein Olivenbaum und keine Eiche. Und wenn ihr verloren geht, ruft einfach an.»

Felix nahm die Schlüssel und grinste. «Ich denke, wir werden es überleben.»

Während Felix und Lukas sich für ihre Supermarkt-Expedition vorbereiteten, deckten Emma und Anna den Tisch auf der Terrasse.

Emma betrachtete ihre kunstvoll gefalteten Servietten, die wie kleine Schwanenboote auf dem Tisch standen. Anna bemerkte die Enttäuschung in Emmas Augen und konnte den Stich in ihrem eigenen Herzen fühlen.

«Hey, Süße», begann Anna sanft, «Ich weiß, dass es schwierig ist und dass du dir wünschst, dass alles wieder so ist wie früher.

Aber manchmal ändert sich das Leben in einer Art und Weise, mit der wir nicht gerechnet haben.»

Emma sah ihre Mutter mit großen Augen an. «Aber ihr habt euch doch geliebt. Kann das einfach verschwinden?»

Anna seufzte und nahm Emmas Hand in ihre. «Manchmal verändert sich die Liebe zwischen zwei Menschen. Das bedeutet nicht, dass sie weniger stark ist. Dein Vater und ich lieben dich und Lukas über alles. Und nur weil wir uns entschieden haben, getrennte Wege zu gehen, bedeutet das nicht, dass einer von uns weniger für euch da sein wird.»

Emma dachte einen Moment nach, ihr kleiner Finger spielte mit dem Rand der Serviette. «Ich verstehe es einfach nicht. Alles war so schön, und dann...»

«Manchmal sind Dinge komplizierter, als sie scheinen. Aber eines verspreche ich dir: Egal was passiert, wir werden immer für euch da sein. Egal ob getrennt oder zusammen, euer Vater und ich werden immer eure Eltern sein.»

Emma nickte langsam. «Ich vermisse Papa einfach, Mama.»

Anna lächelte traurig. «Ich weiß, Süße. Und es ist okay, ihn zu vermissen.»

In diesem Moment hörten sie das Auto vor dem Haus und wenig später kamen Felix und Lukas, die Arme voller Einkaufstaschen, ins Haus gestürmt. Lukas rannte sofort zu Emma und zeigte ihr eine Packung ihrer Lieblingsschokolade.

«Wenn das nicht ein kleines Trostpflaster ist», flüsterte Anna und drückte ihre Tochter fest an sich.

Nach einem gemütlichen Frühstück beobachtete Anna Felix aus dem Fenster heraus, wie er mit den Kindern spielte. Er brachte ihnen bei, wie man krault und erzählte spannende Geschichten aus China. Die Kinder lauschten seinen Erzählungen von exotischen Orten, bunten Märkten und mysteriösen Tempeln mit leuchtenden Augen und offenen Mündern.

Es war nicht so, dass sie Felix' Anwesenheit nicht genoss. Es war tröstlich zu sehen, wie er sich wirklich bemühte, die verlorene Zeit mit den Kindern nachzuholen. Er schien eine neue

Seite von sich entdeckt zu haben, die Anna zuvor nicht kannte. Aber die Gefühle, die sie einst für ihn empfunden hatte, waren nicht mehr da. Das Feuer, das einst zwischen ihnen gebrannt hatte, war erloschen.

Sie fühlte sich seltsam schuldig deswegen, auch wenn sie wusste, dass Gefühle nicht kontrollierbar sind. Es war, als hätte sich zwischen ihnen eine unsichtbare Barriere gebildet, die nicht überwunden werden konnte.

Abends, wenn die Kinder im Bett waren, saßen sie zusammen auf der Terrasse und tranken Wein. Sie sprachen über alltägliche Dinge, lachten über die kleinen Streiche, die die Kinder spielten und planten gemeinsam die nächsten Tage. Es war eine bequeme und vertraute Beziehung, die zwischen ihnen entstanden war, aber sie war definitiv platonisch.

Anna schätzte Felix. Er war ein wichtiger Teil ihres Lebens und sie war dankbar für die Zeit, die er mit den Kindern verbrachte. Aber sie konnte nicht leugnen, dass sie ihn nicht mehr auf die gleiche Weise liebte. Sie war sich sicher, dass er das auch spürte, aber keiner von ihnen sprach es aus. Es war einfacher so. Es war besser, die Dinge so zu belassen, wie sie waren und sich auf die gemeinsame Zeit als Familie zu konzentrieren.

Als Felix mit den Kindern einen Ausflug auf einen Hippie-Markt unternahm, traf sich Anna mit Pilar.

Sie saßen in einem kleinen Café in der Stadt, Pilar nippte an ihrem Wasser und sah Anna vorsichtig an.

«Juan ist in Madrid. Sie planen die Hochzeit», sagte Pilar leise, als ob sie Angst hätte, Annas Gefühle zu verletzen.

Ein kurzer Schmerz durchzuckte Annas Herz. Auch wenn sie gewusst hatte, dass Juan und sie nie eine echte Zukunft gehabt hatten, war diese Nachricht immer noch ein Stich. Sie atmete tief durch und versuchte, die aufkommende Traurigkeit zu unterdrücken.

«Ich hoffe, er wird glücklich», sagte Anna leise.

Pilar legte ihre Hand tröstend auf Annas. «Er war in einer schwierigen Lage. Er mag dich und deine Kinder, das weiß ich. Aber manchmal sind die Umstände stärker als die Gefühle.»

Anna nickte. «Ja, das Leben ist manchmal kompliziert.»

«Ich möchte, dass er glücklich ist. Egal mit wem», sagte Anna mit fester Stimme. Sie wischte eine einzelne Träne weg, die über ihre Wange lief.

Pilar drückte ihre Hand. «Das Leben geht weiter, Liebes. Du hast zwei wunderbare Kinder und einen Ex-Mann, der versucht, ein guter Vater zu sein. Konzentriere dich auf das Hier und Jetzt.»

Anna lächelte schwach. «Ja, das werde ich.»

Und obwohl sie wusste, dass das Leben weitergehen würde, konnte sie nicht leugnen, dass ein Teil ihres Herzens immer Juan gehören würde.

Am letzten Tag von Felix' Besuch hingen dunkle Wolken über dem Haus. Die Kinder wussten, dass ihr Vater bald wieder weg sein würde und ihre Stimmung war gedrückt.

Es war eine herzzerreißende Szene am Flughafen. Emma und Lukas, beide mit rot verquollenen Augen, klammerten sich an Felix, der Mühe hatte, seine eigenen Tränen zurückzuhalten. Die Tage, die er mit ihnen verbracht hatte, schienen die Bindung vertieft zu haben.

«Ich werde bald wiederkommen, versprochen», flüsterte Felix den Kindern zu, drückte sie fest an sich und gab ihnen einen Kuss auf die Stirn.

Anna stand einige Schritte entfernt und versuchte, sich zusammenzureißen. Es war schwierig, ihre Kinder so traurig zu sehen. Als Felix zum letzten Mal winkte, zog sie die Kinder an sich. «Wir gehen ein Eis essen», schlug sie vor, in der Hoffnung, die Stimmung etwas aufzuhellen.

In der Eisdiele angekommen, stellten sich die Kleinen schmollend an einen Tisch. Anna bestellte ihre Lieblingssorten und setzte sich zu ihnen.

«Schaut mal, ich habe für jeden von euch Schokolade und Vanille genommen», sagte sie, versuchte zu lächeln und schob die Eisschalen vor die beiden.

Lukas stocherte mit seinem Löffel im Eis und schniefte. «Es schmeckt einfach nicht so gut, wenn Papa nicht hier ist.»

Emma nickte zustimmend und lehnte sich gegen Anna. «Ich vermisse ihn jetzt schon.»

Anna legte ihren Arm um Emma und zog Lukas näher zu sich. «Ich weiß, ihr Lieben. Aber denkt daran, was Papa gesagt hat. Er wird bald wiederkommen. Und bis dahin müssen wir das Beste daraus machen.»

Nach einigen Minuten des Stillschweigens begannen die Kinder langsam zu essen, auch wenn das Eis nicht den gewohnten Zauber zu haben schien. Doch Anna wusste, dass die Zeit die Wunden heilen würde. Das Wichtigste war jetzt, für ihre Kinder da zu sein und sicherzustellen, dass sie sich geliebt und geborgen fühlten. Und Eis - selbst wenn es nur ein kleines Trostpflaster war - half dabei immer ein bisschen.

Nach Felix' Abreise sah Anna das Haus mit neuen Augen. Es war erstaunlich, wie ein Mensch so schnell eine Lücke füllen und sie genauso schnell wieder hinterlassen konnte. Das Haus fühlte sich leerer an, auch wenn die Kinder und sie allein mehr als genug Lärm und Chaos verursachten.

Die Kinder schlichen umher wie kleine graue Wölkchen und ihr eigenes Herz fühlte sich an, als hätte es Blei gefrühstückt.

Die Kleinen murrten, dass China viel zu weit weg sei und ihr Vater lieber hier bei ihnen bleiben sollte. Aber die Schule lenkte sie ab und bot ihnen neue Abenteuer und Möglichkeiten, ihre Energie zu verbrauchen.

Inzwischen begann Anna, sich auf die Fotografie zu konzentrieren. Es war eine willkommene Ablenkung und es fühlte sich gut an, wieder hinter der Kamera zu stehen. Sie fotografierte alles, von der Morgenröte bis zum späten Abendstern, von der kleinsten Blume in ihrem Garten bis zu den weiten Horizonten am Strand.

Anna liebte jede Sekunde davon. Jeder Schnappschuss, jeder Fehlversuch erinnerte sie daran, wie wichtig es war, das Leben aus verschiedenen Perspektiven zu betrachten.

Einmal, als sie gerade ein besonders schönes Foto von einer Libelle machte, kam Emma angerannt und rief: «Mama, Mama, schau mal!» Sie hielt ein riesiges Blatt in der Hand, das größer war als ihr Kopf. «Ist das nicht das größte Blatt, das du je gesehen hast?»

Anna lachte und nickte. «Ja, Schätzchen, das ist es definitiv.» Sie nahm das Blatt und schoss ein paar Bilder davon, bevor sie es Emma zurückgab.

Lukas hatte in der Schule den neuen Status des «Fußballgottes» erreicht. Zumindest behauptete er das immer wieder stolz, als er mit schmutzigen Knien und einem strahlenden Lächeln nach Hause kam. «Mama, ich habe heute drei Tore geschossen!», verkündete er eines Tages triumphierend, als wäre er bereits für die Nationalmannschaft nominiert worden.

Anna lachte jedes Mal herzlich über die kleinen Geschichten, die er von seinen Fußballfreunden erzählte. «Also, Mama, ich glaube, ich brauche Juan nicht mehr, um mir Fußball beizubringen. Ich bin schon ein Profi», sagte er mit übertriebenem Ernst.

«Oh, wirklich? Und wer hat dir das gesagt?», fragte Anna amüsiert.

«Na, ich selbst natürlich!», erklärte Lukas stolz.

Anna hatte Lukas sanft erklärt, dass Juan bald heiraten würde und vielleicht nicht mehr so oft Zeit für sie haben könnte. Es schien, als hätte der kleine Mann das sofort verstanden und seine Energie lieber in seine neu entdeckte Fußballkarriere gesteckt.

Juan hatte sich tatsächlich seit einer Weile nicht mehr gemeldet. Anna vermutete insgeheim, dass Felix' überraschender Besuch damit zu tun haben könnte. Vielleicht war es Eifersucht, vielleicht war es Unsicherheit oder vielleicht war es einfach die Tatsache, dass Männer manchmal ebenso kompliziert sein konnten wie die Anweisungen eines IKEA-Möbelstücks.

FIESTA UND HERZSCHMERZ

Pilar hatte eine besondere Art, ihre Geburtstage zu feiern: mit viel Glitzer, Rummel und, ja, manchmal auch Drama. Als die Einladung in Annas Briefkasten landete, musste sie schmunzeln. Das Karteikärtchen war mit pinken Pailletten überzogen.

Anna erfuhr, dass auch Juan und seine Verlobte kommen würden. Ihr rutschte das Herz ein wenig in die Hose. Sie hatte wirklich keine Lust, die Zukünftige von Juan zu treffen. Nicht, weil sie eifersüchtig war - nein, das Kapitel hatte sie abgeschlossen. Es war mehr der Gedanke daran, in unangenehme Small Talk-Gespräche verwickelt zu werden. «Oh, du bist also die alleinerziehende Auswanderin. Schön, dich kennenzulernen!» - das war einfach nicht ihre Art von Unterhaltung.

Anna war fest entschlossen, Pilar das perfekte Geburtstagsgeschenk zu machen. Und was könnte persönlicher sein als ein Foto, das sie selbst aufgenommen hat? «Ein Bild sagt mehr als tausend Worte», murmelte sie, während sie ihre Kamera griff und die Kinder einsammelte.

«Kinder, wir gehen auf Schatzsuche!», verkündete sie.

Lukas, mit großen Augen, fragte: «Suchen wir Gold?»

Emma rollte mit den Augen. «Nein, du Nudel! Wir suchen das perfekte Foto für Tante Pilar.»

Lukas schaute kurz enttäuscht, bevor er sich erhob und sagte: «Okay, aber wenn wir Gold finden, behalten wir es, oder?»

Die Insel bot unzählige wunderschöne Fotomotive. Vom azurblauen Meer bis zu den grünen Bergen, es war eine Qual der Wahl. An jeder Ecke hielten sie an, weil Emma oder Lukas etwas «absolut Fotogenes» entdeckten. Einmal war es ein besonders knorriger Baum, ein anderes Mal ein Esel, der gerade in der Sonne döste.

Nach Stunden, gefüllt mit wilden Verfolgungsjagden von Schmetterlingen und Diskussionen darüber, ob der Himmel blau oder eher türkis sei, entdeckte Anna das perfekte Motiv: Ein einsamer Strand mit einem riesigen Regenbogen im Hintergrund.

«Oh, Mama, das ist es!», rief Emma begeistert.

Anna schoss das Foto und wusste sofort: Das war das perfekte Geschenk. Pilar würde es lieben.

Zurück zu Hause wählte Anna die besten Bilder aus und ließ sie ausdrucken. Sie fand einen schönen alten Bilderrahmen und setzte das Bild hinein. «Pilars magische Insel», betitelte sie das Kunstwerk.

Die große Pilar'sche Geburtstagsparty stand vor der Tür und Anna fühlte sich, als hätte sie die Lebensfreude eines nassen Lappens. Nicht gerade die beste Stimmung für eine Feier. Der Hauptgrund für ihre Bedenken? Das superglückliche, verliebte und vermutlich turtelnde Paar Luna und Juan. Ein Paar, das aussah, als wäre es direkt einem Hochglanzmagazin entsprungen. Anna konnte sich gut vorstellen, wie sie Hand in Hand durch Pilars Garten schlenderten, umgeben von einer schimmernden Wolke aus Glück und Liebesglitzer.

Aber Juan, ach Juan. Er war immer noch irgendwo in einer Ecke ihres Herzens, versteckt hinter einer unsichtbaren Barriere, die aus Erinnerungen, Seufzern und nicht getrunkenem Wein bestand.

Anna fühlte sich an Pilars Geburtstag wie ein Teenager, der sich vor einem unangenehmen Schulausflug drückt. Der

Gedanke, Juan und seine strahlende Verlobte Luna an diesem Abend zu treffen, ließ einen Kloß in ihrem Hals entstehen.

«Mama, wann gehen wir zur Party?», fragte Emma, ihre kleine Nase fest an die Fensterscheibe gepresst.

«Sehr bald Schätzchen», antwortete Anna und starrte auf ihr Partykleid, das auf dem Bett lag. Ein Kleid, das sie gekauft hatte, als sie dachte, sie könnte die ganze Welt erobern. Nun schien es sie eher zu verspotten.

Lukas, auf der anderen Seite, war schon seit dem Aufwachen in Partystimmung. Er tanzte durch das Haus, ließ seine Spielfiguren in einer endlosen Party tanzen und sang fröhliche Lieder, die er sich offensichtlich selbst ausdachte. «Party, Party, wir gehen zur Party. Party, Party, mit Einhörnern und Dinos», sang er, während er mit seinen Spielzeugen herumhüpfte.

Mit einem Seufzer streifte Anna ihr Kleid über und versuchte, sich für die bevorstehende Begegnung mit Juan zu wappnen.

Bei Pilar angekommen, wurden sie von einer Kakofonie aus lauter Musik, Lachen und dem Klirren von Gläsern begrüßt. Pilar, in einem schillernden Kleid, das sicherlich als zusätzliche Lichtquelle diente, begrüßte sie mit einer herzlichen Umarmung.

«Da seid ihr ja endlich! Juan und seine ... ähm ... Begleitung sind auch schon da», flüsterte sie Anna ins Ohr.

Anna verdrehte die Augen. «Ich gebe mein Bestes.» Sie fühlte sich wie eine Spionin auf einer geheimen Mission, als sie den Garten mit ihren Augen absuchte. Überall schaute sie nach Juan und seiner Verlobten, während sie versuchte, möglichst unauffällig zu bleiben.

Mit dem Cocktail in der Hand stand Anna auf der Terrasse und beobachtete das bunte Treiben. Sie lächelte leicht, als sie ihre Kinder dabei beobachtete, wie sie sich vergnügt mit dem bunten Spielzeug beschäftigten. Doch ihr Blick wanderte unweigerlich zurück zur Poolseite. Dort, wo Juan stand.

Er sah gut aus. Verdammt gut. Er war lässig in ein sommerliches Hemd und eine Leinenhose gekleidet und strahlte eine Mischung aus Selbstsicherheit und Charme aus. An seiner Seite stand Luna. Das Kleid, das sie trug, schmiegte sich perfekt an ihre schlanke Figur und betonte ihre langen Beine und ihre prächtigen langen Haare. Anna musste zugeben, dass sie beeindruckt war. Luna war zweifellos eine Schönheit.

Einen Moment lang spürte Anna einen Stich. Ein Schmerz, der sie daran erinnerte, was sie verlor. Sie sah Luna an, wie sie lachte, wie sie sich an Juan schmiegte und ihm etwas ins Ohr flüsterte. Und dann sah sie Juan, der zurücklächelte, der ihr die Haare aus dem Gesicht strich und sie in den Arm nahm. Es schmerzte mehr, als sie zugeben wollte.

Mit den Augen auf das üppige Buffet gerichtet, füllte Anna ihren Teller mit frischen Früchten, knusprigem Brot und einer Auswahl an Käse, der ihre Geschmacksnerven tanzen ließ. Sie genoss es, ihren Blick über die leckeren Gerichte schweifen zu lassen, nicht zuletzt, um Juan und Luna aus dem Weg zu gehen.

Plötzlich spürte sie eine Hand auf ihrer Schulter und eine vertraute Stimme hauchte ihren Namen. Sie erschrak und drehte sich um, um in Juans lächelndes Gesicht zu blicken.

«Hallo Anna», sagte er sanft, und obwohl sie es sich nicht eingestehen wollte, fühlte es sich an wie nach Hause kommen. Es war eine vertraute Stimme, eine Stimme, die sie so sehr liebte.

«Hallo Juan», erwiderte sie und bemühte sich, ihre Stimme unter Kontrolle zu halten. Sie wollte stark wirken, unabhängig.

Juan sah sie einen Moment an, dann lächelte er. «Du siehst toll aus, Anna», sagte er und seine Worte klangen aufrichtig.

Anna fühlte sich plötzlich wie ein Teenager, der zum ersten Mal ein Kompliment von seinem Schwarm erhält. Sie wusste, dass sie sich nicht geschmeichelt fühlen sollte, aber sie konnte es nicht verhindern. Sie lächelte zurück und dankte ihm. Sie ließ zu, dass diese kleine Geste ihr ein kleines Stückchen von ihrem alten Glück zurückgab.

Die Atmosphäre zwischen ihnen war vertraut, fast schon intimer, als sie es wahrhaben wollte. Doch Anna wusste, dass sie auf der Hut sein musste. Juan war nicht mehr ihr Juan. Er war Lunas Juan. Und das sollte sie nicht vergessen.

«Pilar hat wirklich eine schöne Party organisiert», sagte sie und versuchte, die Stimmung aufzulockern.

Juan nickte. «Es ist eine großartige Party. Aber es ist noch besser, dich hier zu sehen, Anna.»

Ein Moment der Stille entstand, in dem sich beide in die Augen sahen.

«Ich war in Madrid, wie du vielleicht gehört hast.» Sein Blick glitt kurz zu Luna, die weiter weg mit einigen anderen Gästen plauderte. «Wie geht es dir?», fragte er, wobei seine Stimme etwas leiser wurde, als hätte er Angst vor ihrer Antwort.

«Mir geht es sehr gut», antwortete Anna und versuchte, so überzeugend wie möglich zu klingen. Sie blickte kurz in Juans Augen und sah eine Spur von Bedauern darin.

«Die Kinder halten mich auf Trab, und ich bin wieder in meinen alten Job eingestiegen. Fotografieren. Es fühlt sich gut an.»

Ein Lächeln huschte über Juans Gesicht. «Das klingt wunderbar. Ich habe gehört, du machst großartige Arbeit. Pilar hat mir einige deiner Bilder gezeigt.»

Anna war überrascht. «Wirklich?»

Ihre Herzen schlugen im Gleichtakt, als sie sich in die Augen schauten. Anna wusste, dass sie vorsichtig sein musste. Sie wusste, dass sie sich nicht wieder in Juan verlieben durfte. In diesem Moment fühlte es sich fast unmöglich an, sich diesen Gefühlen zu widersetzen.

Doch dann erinnerte sie sich an Luna. Sie erinnerte sich daran, wie sehr es schmerzte, sie in Juans Armen zu sehen.

Annas Augen funkelten im Kerzenschein. Die gemütliche Atmosphäre, die leisen Gespräche und das sanfte Gitarrenspiel im Hintergrund bildeten den perfekten Rahmen für intime Unterhaltungen.

«Weißt du, Lukas hat einige Fußballfreunde gefunden. Er kickt jetzt oft auch nachmittags mit ihnen.»

Juan lächelte leicht, seine dunklen Augen auf Anna gerichtet, als er antwortete: «Ah, das ist schön. Es ist immer gut, wenn man Menschen findet, mit denen man seine Leidenschaft teilen kann.» Er machte eine kurze Pause, bevor er fortfuhr: «Ich war in letzter Zeit ziemlich beschäftigt.»

Kaum hatte er das gesagt, trat Luna zu ihnen. Ihr Erscheinen ließ alles andere verblassen. Mit ihrem raffinierten Kleid, das ihre grazile Figur perfekt zur Geltung brachte, und ihren hübschen Augen, die vor Selbstbewusstsein funkelten, schritt sie zielsicher auf Juan zu. Ohne Zögern legte sie ihre Arme um seinen Nacken und gab ihm einen tiefen, leidenschaftlichen Kuss. Anna spürte, wie ein stechender Schmerz durch ihr Herz fuhr. Es war, als ob jemand mit einer Nadel in eine frische Wunde stocherte.

Sie drehte sich ab, bemüht, ihre Emotionen unter Kontrolle zu halten und nippte hastig an ihrem Wein. Der bittere Geschmack erinnerte sie an den Schmerz, den sie in diesem Moment fühlte. Es war offensichtlich, dass Luna mit dieser Geste nicht nur ihre Liebe zu Juan, sondern auch ihr Territorium markieren wollte. Ein stummes Signal an Anna, das klar sagte: «Er gehört mir.»

Lukas, der die Spannung zwischen den Frauen spürte, sagte: «Das ist Anna, von der ich dir erzählt habe», in seiner Sprache.

Anna blickte in Lunas Augen, die vor Neugier funkelten. Der deutliche Kontrast von Lunas farbigen Nägeln zu Annas schlichten Händen war unübersehbar. Doch in Annas festem Händedruck lag eine stille Entschlossenheit, die zeigte, dass sie sich nicht so leicht einschüchtern ließ.

«Guten Abend!», erwiderte Anna mit einem höflichen Lächeln.

«Luna spricht kein Wort Deutsch.»

«Kein Problem», entgegnete Anna und wandte sich wieder an Luna. «Encantado de conocerle. Juan ya me ha hablado de ti.» Sie bemühte sich, den Klang ihrer Stimme freundlich und warm klingen zu lassen.

Luna lächelte höflich zurück, wobei ihre Augen die von Anna sorgfältig musterten. «Es ist mir ebenfalls eine Freude», erwiderte sie auf Spanisch, ihre Stimme sanft, aber bestimmt.

Luna, sichtlich überrascht von Annas Sprachkenntnissen, lächelte anerkennend und nickte. «Hablas muy bien español.»

«Gracias», antwortete Anna.

Juan stand da, gefangen in einem emotionalen Wirbelwind, der sein Herz zum Rasen brachte. Auf der einen Seite stand Luna, seine Verlobte, die mit ihrer Schönheit und Anmut jede Blicke auf sich zog. Auf der anderen Seite war Anna, deren Anwesenheit ihn in ein Meer von unterdrückten Gefühlen tauchte, die er selbst kaum zu begreifen wagte.

In seinem Herzen wusste Juan, dass er sowohl Luna als auch Anna nicht verletzen wollte, doch seine Gefühle für Anna waren stark und unkontrollierbar. Er konnte den süßen Schmerz in seinem Herzen spüren, der jedes Mal auftauchte, wenn er in Annas Augen schaute.

Als sich die Blicke von Juan und Anna trafen, war die elektrische Spannung zwischen ihnen fast greifbar. Die Sekunden zogen sich wie Stunden hin, bis plötzlich Pilar, wie ein frischer Windhauch, dazwischentrat.

«Ich muss euch Anna mal entführen», sagte sie mit einem warmen Lächeln auf den Lippen. Es war, als hätte sie die ungesagten Worte und unausgesprochenen Emotionen, die in der Luft hingen, gespürt.

Ein spürbares Aufatmen ging durch Juan, während ein Lächeln seine Lippen umspielte. «Natürlich, Pilar», antwortete er und nickte Anna zu, als ob er ihr stumm sagen wollte, dass alles in Ordnung sei.

Während Anna und Pilar sich entfernten, schmiegte sich Luna wie eine zufriedene Katze an Juan. Sie legte ihren Arm um ihn und lehnte ihren Kopf gegen seine Schulter, ohne auch nur den Hauch einer Ahnung von den Gefühlen, die in seinem Herz tobten.

Juan konnte nicht anders, als seinen Blick Annas schwindender Figur nachzusenden. Ein stummer Aufruhr tobte in seinem Inneren, seine Gefühle in einem ständigen Kampf zwischen Pflicht und Verlangen.

Pilars Gesicht spiegelte Sorge und Mitgefühl wider, als sie Annas Hand ergriff und sie von der lebhaften Menge weg in eine ruhige Ecke des Gartens führte. Ein altes Steinfischbecken plätscherte leise, umgeben von duftenden Jasminbüschen, die der Szene eine beinahe märchenhafte Atmosphäre verliehen.

«Hast du mit Juan gesprochen?» Pilar blickte Anna direkt in die Augen.

Anna zögerte einen Moment, bevor sie antwortete. «Ja, wir haben eben kurz gesprochen. Aber Pilar, wirklich, es ist okay.»

Pilar runzelte die Stirn, ihre braunen Augen voller Mitleid und Verständnis. «Es ist nicht leicht für dich, das weiß ich, aber ich musste Luna einladen.»

Anna lächelte und legte ihre Hand auf Pilars Arm. «Es ist deine Party und du solltest die Leute einladen, die dir wichtig sind.»

Die beiden Frauen standen einen Moment lang schweigend nebeneinander und ließen das Plätschern des Wassers und die entfernten Lachen und Gespräche auf sich wirken. Der Mond war bereits aufgegangen und hüllte den Garten in ein weiches Silberlicht.

Pilar seufzte schließlich. «Ich wollte nur sichergehen, dass du okay bist. Du bist meine beste Freundin, Anna. Und ich will nicht, dass du leidest.»

Anna schmunzelte und drückte Pilars Hand. «Deine Sorge ehrt dich, aber wirklich, mir geht es gut. Die Kinder sind glücklich, ich fange wieder an zu fotografieren und es geht mir wirklich gut.»

Pilar lächelte, ihre Zähne blitzten im Mondschein. «Das ist die richtige Einstellung!»

Das Zwielicht des Abends legte sich über die idyllische Party und während Anna zwischen den Gästen stand, fühlte sie sich ein wenig alleine, trotz der vielen Gesichter um sie herum. Doch das änderte sich schlagartig, als sie von einem deutschsprachigen Paar angesprochen wurde. Ihre Namen waren Tim und Lea, und sie hatten das Abenteuer gewagt, aus Deutschland nach Ibiza auszuwandern, angelockt von der Sonne, dem Meer und der Magie der Insel.

Ihr Plan war, eine Bar zu eröffnen und Anna fand es hochinteressant, ihre Erfahrungen und Pläne zu hören.

Das Beste daran war jedoch, dass sie zwei Kinder hatten, die im gleichen Alter wie Annas Kinder waren. Ihre Kinder hatten sich bereits gefunden und spielten fröhlich zusammen im Garten. Anna konnte ihr Glück kaum fassen - es schien, als hätte sich ein neues Kapitel in ihrem Leben auf Ibiza geöffnet.

Sie verbrachten den Abend in angeregter Unterhaltung, tauschten Geschichten und Erfahrungen aus, und trotz des Lärms und der Hektik der Party, schien es, als ob sie in ihrer eigenen kleinen Welt waren. Als die Uhr Mitternacht schlug, tauschten sie ihre Handynummern aus, versprachen, sich bald wieder zu treffen und ihre Kinder zu gemeinsamen Spielverabredungen zusammenzubringen.

Die Kinder, die inzwischen müde wurden und gegen den Schlaf kämpften, waren das Signal für Anna, dass es an der Zeit war, zu gehen. Doch als sie nach Juan und Luna Ausschau hielt, stellte sie fest, dass sie bereits die Party verlassen hatten - ohne sich von ihr zu verabschieden.

Ein stechender Schmerz durchfuhr Anna, doch sie schob ihn beiseite und konzentrierte sich auf die positiven Aspekte des Abends. Sie hatte neue Freunde gefunden, ihre Kinder hatten Spielkameraden gefunden, und trotz der unerwiderten Gefühle für Juan, wusste sie, dass sie das Richtige tat, indem sie sich auf ihre eigene Zukunft und das Glück ihrer Kinder konzentrierte.

Anna umarmte Pilar. «Deine Party war der absolute Knaller! Ich hatte keine Ahnung, dass du quasi die Bürgermeisterin von Ibiza bist und hier jeden kennst!»

Pilar kicherte, ihre Augen leuchteten vor Vergnügen. «Nun, ich habe vielleicht ein bisschen übertrieben mit der Gästeliste, aber je mehr, desto fröhlicher, oder?»

«Absolut», stimmte Anna zu, «und ich habe noch ein Geschenk für dich. Leider konnte ich es heute nicht mitbringen. Glaube mir, mit meinem Gipsfuß war es unmöglich, das Teil zu tragen. Du kannst es dir morgen abholen.»

Pilars Augenbrauen zogen sich fragend zusammen. «Was zum Teufel hast du mir gekauft, ein Klavier?»

Anna lachte herzhaft. «Nicht ganz, aber du wirst es lieben, da bin ich mir sicher. Ich biete ich mich an, morgen beim Aufräumen zu helfen», schlug Anna vor.

Pilar versuchte, ernst zu bleiben, aber ein breites Grinsen schlich sich auf ihr Gesicht. «Mit deinem Gipsfuß? Was möchtest du machen? Den Besen wie eine Gitarre spielen?»

Die beiden Frauen lachten gemeinsam, als Pilar fortfuhr: «Keine Sorge, ich habe Hilfe für das Chaos. Und um dir für das nicht mitgebrachte Geschenk zu danken, werde ich morgen Nachmittag mit den Resten vom Buffet vorbeikommen. Bereite dich auf eine zweite Runde Paella vor!»

Annas Augen leuchteten vor Vorfreude. «Na gut, aber nur, wenn es wieder so gut ist wie heute Abend!»

«Versprochen!», erwiderte Pilar und die beiden Freundinnen lachten, während sie sich in die Arme schlossen.

Der Himmel war jetzt ein dunkles Band von samtigem Blau, besetzt mit glitzernden Sternen, als Anna die Kinder ins Bett brachte. Sie waren erschöpft von der Aufregung des Abends und schliefen ein, bevor ihre Köpfe das Kissen berührten.

Sie ging hinaus in den Garten, ließ sich auf eine Gartenbank sinken und blickte auf die funkelnden Sterne hinauf.

Der Abend war ein Wirbel aus Emotionen gewesen. Die Erkenntnis, dass Juan verloren war, war klar wie Kloßbrühe - ein bitterer Schluck, den sie zu nehmen hatte. Aber trotz des Schmerzes, den diese Erkenntnis in ihr auslöste, fühlte sie auch ein Gefühl der Erleichterung. Die Begegnung mit Lea und Tim hatte Anna eine unerwartete Freude bereitet. Sie hatte Freunde gefunden, die ihre Sprache sprachen, die ähnliche Lebenserfahrungen mitbrachten und die ebenfalls Kinder hatten. Anna fühlte sich nicht mehr so alleine auf der Insel. Sie hatte Verbündete, Menschen, mit denen sie lachen, sprechen und ihre Sorgen teilen konnte.

Sie schloss ihre Augen, atmete die frische Nachtluft ein und konnte es kaum erwarten, ihre neuen Freunde besser kennenzulernen. Ja, sie hatte Juan verloren, aber sie hatte auch eine Tür zu einer neuen Welt geöffnet, einer Welt, in der sie sich nicht länger allein fühlte. Und während sie da in der Dunkelheit saß, die Sterne über sich funkeln sah und die kühle Brise ihr Gesicht streichelte, wusste sie, dass sie bereit war, diese neue

Welt zu erkunden. Mit einem letzten Blick auf die Sterne stand sie auf und ging ins Haus, bereit, sich auf das morgige Abenteuer zu freuen.

Als Anna am nächsten Morgen aufwachte, war das Haus in einer friedlichen Stille gehüllt. Sie schlich sich in die Kinderzimmer und fand die Kleinen tief und fest schlafend. Sie konnte sich nicht erinnern, wann sie das letzte Mal so lange geschlafen hatten. Mit einem liebevollen Lächeln auf den Lippen zog sie die Türen leise zu und machte sich auf den Weg in die Küche.

Sie genoss die Ruhe des Morgens, während sie das Frühstück zubereitete. Der Duft von Kaffee füllte die Küche und Anna ließ sich einen Moment lang in der friedlichen Atmosphäre treiben.

Während sie den Tisch deckte, konnte sie nicht anders, als an den letzten Abend zu denken. Sie sah Juans Gesicht vor sich, das Gesicht eines Mannes, der unter der Last seiner Gefühle litt. Sie sah Luna, die sich an Juan klammerte, als ob sie ihn nie wieder loslassen wollte. Ein stechender Schmerz durchzog ihr Herz, aber sie atmete tief durch und schob diese Bilder beiseite.

Stattdessen konzentrierte sie sich auf die positiven Erinnerungen des Abends - die Begegnung mit ihren neuen Freunden, das Lachen ihrer Kinder und das Versprechen neuer Abenteuer. Sie fühlte sich auf einmal erfrischt und entschlossen. Das Leben ging auch ohne Juan weiter, auch wenn sein Bild fest in ihrem Herzen eingraviert war.

Am Nachmittag schaute Anna zu, wie Pilar mit zwei riesigen Körben das Gartentor hereinkam, die so überfüllt aussahen, dass sie befürchtete, ein Spanferkel könnte jeden Moment herauspurzeln. «Wow, Pilar, war das wirklich alles übrig? Oder hast du vor, hier noch mal eine Party zu starten?»

Pilar lachte. «Hey, ich habe dir versprochen, dass ich mit den Resten vorbeikommen würde. Ich hatte nur nicht erwartet, dass es so viel sein würde!»

Die Kinder waren schon voller Vorfreude und sprangen herum wie kleine Kängurus, bereit, die Körbe auszupacken. Innerhalb von Minuten hatten sie im Garten ein kleines Buffet aufgebaut, das einem Königsfest glich. Es gab Salate, Tapas, Käse, Brot und sogar noch ein paar Desserts.

«Es ist fast so, als hätten wir das komplette Buffet von gestern Abend hier», lachte Anna. «Wir könnten wahrscheinlich das ganze Dorf zum Essen einladen.»

Die Kinder und Pilar lachten und begannen zu essen. Anna konnte nur staunen, wie viel ihre Kinder in sich hineinstopfen konnten.

Als sie alle gesättigt waren, stand Anna auf. «Moment, ich hole noch etwas.» Sie verschwand kurz ins Haus und kam mit einem großen, flach verpackten Gegenstand zurück. Mit einem breiten Grinsen reichte sie ihn Pilar.

Pilars Augen weiteten sich, als sie das wunderschöne Foto sah, das Anna gemacht hatte.

«Oh mein Gott, Anna! Das ist... wow!» Pilar war sprachlos und umarmte Anna fest. «Du bist wirklich eine großartige Fotografin. Und ich weiß schon genau, wo ich das Bild aufhängen werde.»

«Wo denn?», fragte Anna neugierig.

«In der Toilette!», scherzte Pilar und zwinkerte ihr zu.

Während das Lachen und die Rufe ihrer Kinder die Luft erfüllten, als sie im Pool herumspritzten, sank die Stimmung zwischen den beiden Frauen. Pilar schaute Anna mit ernstem Blick an und sie wusste, dass etwas auf dem Herzen ihrer Freundin lag.

«Juan war heute Morgen bei mir», begann sie und ihre Worte hingen schwer in der Luft. «Er sah ziemlich niedergeschlagen aus. Luna will, dass er seinen Klub verkauft und mit ihr nach Madrid zieht.»

Annas Herz schlug schneller, ein verwirrender Wirbel aus Hoffnung und Sorge. «Und? Wird er es tun?», fragte sie, ihre Stimme kaum mehr als ein Flüstern.

Pilar schüttelte den Kopf. «Ich weiß es nicht. Er liebt die Insel. Er ist hier geboren und aufgewachsen, seine Freunde sind hier.

Und er hat seinen Klub mit viel Liebe und hingebungsvoller Arbeit aufgebaut. Er liebt es, dort zu arbeiten. Es ist sein Lebenstraum. Ich kann mir nicht vorstellen, dass er all das einfach aufgeben würde. Und ganz ehrlich, auch ich würde ihn schrecklich vermissen.»

Ein Hoffnungsschimmer zündete in Annas Brust. Wenn Juan bleiben würde, würde sie immer noch die Chance haben, ihm ihre Gefühle zu offenbaren. «Ich hoffe auch, dass er bleibt», gestand sie leise, während sie zusah, wie ihre Kinder im Wasser spielten.

«Wir alle tun das, Anna», antwortete Pilar, ihre Hand warm auf Annas Arm. «Juan ist ein Teil dieser Insel, genau wie wir.»

Anna konnte den Blick nicht von den Wasserspritzern abwenden, die ihre Kinder im Pool erzeugten. Doch ihr Herzschlag beschleunigte sich und ihr Magen zog sich bei Pilars Worten zusammen.

«Warum möchte Luna, dass er alles aufgibt? Nur wegen ihr?», fragte Anna und versuchte dabei, ihre Stimme gleichmäßig klingen zu lassen, obwohl ihr Innerstes gerade in einem Sturm der Gefühle tobte.

Pilar seufzte und schaute Anna direkt an. «Juan hat mir erzählt, dass Luna immer schon von einem gemeinsamen Leben in der Stadt geträumt hat. Sie denkt, dass Juan in Madrid auch erfolgreiche Geschäftsmöglichkeiten haben wird. Aber sie versteht nicht, dass es für Juan nicht nur ums Geschäft geht. Der Klub ist seine Leidenschaft und Ibiza ist seine Heimat.»

Anna kämpfte mit den Tränen. Sie konnte spüren, wie sehr Juan in einem Zwiespalt steckte. «Es muss so schwer für ihn sein, zwischen der Frau, die er liebt, und der Insel, die er liebt, hin- und hergerissen zu sein.»

Pilar nickte zustimmend. «Ja, das ist es sicher. Aber manchmal sind solche Prüfungen nötig, um zu erkennen, was einem wirklich wichtig ist im Leben.»

Ein Stück weit erleichtert, sagte Anna: «Ich hoffe wirklich, dass er die richtige Entscheidung für sich trifft. Nicht nur wegen des Klubs oder Ibiza, sondern für sein eigenes Glück.»

Die beiden Frauen saßen noch eine Weile schweigend nebeneinander, geteilt durch ihre eigenen Gedanken und doch vereint in ihrer Sorge um Juan.

ANGEKOMMEN

Die sanften Rhythmen der Wellen, das Zirpen der Grillen und die warme Brise auf der Haut - Ibiza hatte eine eigene magische Melodie. Und inmitten dieser Harmonie verlor sich Anna in ihrer Fotografie. Mit ihrer Kamera in der Hand verlor sie sich in den kleinen Details und Momenten, die diese Insel so besonders machten: das Glitzern des Meeres im Sonnenlicht, die schroffen Felsküsten und die versteckten, blühenden Felder, die wie Oasen der Ruhe wirkten.

Obwohl sie versuchte, sich abzulenken und in ihrer Kunst zu verlieren, war da immer die leise Erinnerung an Juan. Insbesondere in den späten Abendstunden, wenn die pulsierenden Bässe aus seinem Klub durch die stille Nacht hallten. Es war, als ob die Musik sie direkt zu ihm rief, ihm zuflüsterte, dass er so nah und doch so fern war.

Während die Kinder ihre Zeit in der Vorschule genossen, streifte Anna durch die Gassen von Ibiza. Jeder Tag bot ihr eine neue Entdeckung, einen neuen Winkel, eine neue Perspektive. Sie traf alte Fischer, die ihr Geschichten von vergangenen Zeiten erzählten, junge Künstler, die ihre Leidenschaften teilten und immer wieder freundliche Einheimische, die ihr die verborgenen Schätze der Insel zeigten.

Die Farben, die Gerüche, die Atmosphäre - Ibiza war ein endloser Quell der Inspiration für Anna. Die Insel fühlte sich an wie ein Zuhause, weit weg von dem grauen und hektischen

Treiben Berlins. Hier fühlte sie sich lebendig, hier konnte sie atmen.

Manchmal, während sie in einem Café saß und den Menschen beim Vorbeigehen zuschaute, stellte sie sich vor, wie es wäre, wenn Juan an ihrer Seite wäre. Würden sie gemeinsam lachen? Würden sie die gleichen Orte lieben? Diese Gedanken brachten ein süßes, sehnsüchtiges Stechen in ihre Brust.

Aber dann schüttelte sie diese Gedanken ab und konzentrierte sich wieder auf ihre Arbeit, fest entschlossen, ihre Zeit auf der Insel zu genießen, ungeachtet der Gefühle, die sie für Juan hegte. Sie wollte den Moment leben, die Schönheit um sie herum aufnehmen und jeden Augenblick auf Ibiza in vollen Zügen genießen.

Annas Kinder blühten in der spanischen Schule auf. Mit einer überraschenden Leichtigkeit schienen sie die neue Sprache aufzusaugen, als wäre es das Natürlichste auf der Welt. Sie spielten mit ihren neuen Freunden, sangen spanische Lieder und erzählten Anna stolz von ihrem Tag in einer Mischung aus Deutsch und Spanisch. Anna war fasziniert und unglaublich stolz auf ihre kleinen Sprachtalente.

Auch Anna selbst vertiefte ihre Spanischkenntnisse. Unter der geduldigen Anleitung von Pilar lernte sie Tag für Tag mehr. Sie tauschten Vokabeln aus, übten Dialoge und lasen gemeinsam spanische Bücher. Die Stunden, die sie mit Pilar verbrachte, waren mehr als nur Lernsessions - sie waren kostbare Momente der Freundschaft und des Austausches.

Doch trotz des Fortschritts, den sie machte und dem Spaß, den sie dabei hatte, gab es einen Schatten, der sich über ihre Treffen legte. Juan. Seit Pilars Party hatte er sich nicht mehr bei ihr gemeldet. Kein Anruf, keine Nachricht. Es war, als hätte er sich plötzlich von der Insel zurückgezogen.

Pilar bemerkte Annas Unruhe und immer wieder kamen sie auf das Thema Juan zu sprechen. «Er braucht wohl Zeit, um die Dinge zu klären», vermutete Pilar eines Tages. «Aber ich bin mir sicher, er denkt an dich.»

Anna wollte es glauben, wollte hoffen, dass er an sie dachte. Aber mit jedem Tag, der verging, fühlte sie, wie die Unsicherheit in ihr wuchs. Würde sie Juan jemals wiedersehen? Oder hatte das Schicksal entschieden, dass ihre Wege sich wieder trennen sollten? Trotz all dieser Fragen hielt sie an der Hoffnung fest, fest daran glaubend, dass ihre Geschichte mit Juan noch nicht zu Ende war.

Jedes Mal, wenn Anna ihre Kinder aus der Schule abholte, staunte sie über die neuen Worte und Sätze, die sie in fließendem Spanisch von sich gaben. Es war erstaunlich, wie anpassungsfähig Kinder sind und wie schnell sie in der Lage sind, eine neue Sprache und Kultur zu umarmen. Sie erzählten ihr von ihren kleinen Abenteuern, von neuen Freunden und von Liedern, die sie gelernt hatten.

Anna fand in Lea und Tim schnell Freunde. Die beiden waren aufgeschlossen, herzlich und mit ihren Kindern war es, als hätte das Schicksal vier kleine Seelen zusammengeführt, die perfekt harmonierten. Die Stunden, die die Kinder am Strand verbrachten, Sandburgen bauten oder nach Muscheln suchten, waren Zeugen einer entstehenden tiefen Freundschaft.

Die Bar, die Lea und Tim renovierten, lag an einem malerischen Stück der Küste von Ibiza, wo das Wasser kristallklar und der Sand weiß und fein war. Es war ein Ort, an dem man den Sonnenuntergang beobachten und den sanften Wellen lauschen konnte, während man einen Cocktail in der Hand hielt. Das Potenzial war offensichtlich und Anna, mit ihrem künstlerischen Auge, half dem Paar dabei, das Beste aus diesem wunderschönen Ort herauszuholen.

Sie schlug vor, die Bar in sanften, erdigen Tönen zu streichen, die die natürliche Schönheit des Strandes widerspiegelten. Mit rustikalen Holzmöbeln und dezenten, warmen Lichtern schuf Anna zusammen mit Lea und Tim eine Atmosphäre, die einladend und gemütlich war. Die Bar wurde schnell zu einem beliebten Ort für Einheimische und Touristen.

«Wir hätten das ohne dich nie so hinbekommen», gestand Lea eines Tages, als sie zusammen auf der neu errichteten Terrasse saßen und den Sonnenuntergang beobachteten. «Dein Blick fürs Detail und deine kreativen Ideen haben unsere Bar wirklich zu etwas Besonderem gemacht.»

Anna lächelte bescheiden. «Ich war nur froh, helfen zu können. Außerdem hat es mir geholfen, mich abzulenken und auf etwas Neues zu fokussieren.»

Tim stieß mit Anna an. «Auf Neuanfänge und wundervolle Freundschaften.»

Die Drei lachten und brachten ihre Gläser zusammen, während die Sonne am Horizont verschwand und die Sterne am Himmel aufleuchteten. Es war ein Moment des Friedens, der Dankbarkeit und der Zufriedenheit.

Anna hatte es geschafft. Sie hatte auf Ibiza ein neues Zuhause gefunden, ein neues Leben aufgebaut. Ihre Kinder hatten sich schnell angepasst, hatten neue Freunde gefunden und ihre Schulnoten waren ausgezeichnet. Es war, als hätte die Insel sie mit offenen Armen empfangen und sie konnte sich keinen besseren Ort vorstellen, um ihre Kinder großzuziehen.

Freundschaften, die sie auf Ibiza geschlossen hatte, waren zu einem integralen Teil ihres Lebens geworden. Sie hatte eine starke Bindung zu Pilar, Lea und Tim und anderen Inselbewohnern, sowohl Einheimischen als auch Deutschen, aufgebaut. Sie war immer unterwegs, immer beschäftigt. Und wenn sie abends müde ins Bett fiel, war es ein Gefühl der Zufriedenheit und nicht der Einsamkeit, das sie in den Schlaf begleitete.

Von Juan hörte sie nur über Pilar. Seine Zukunft war noch immer unsicher, und obwohl ein Teil von ihr immer noch für ihn fühlte, war sie nicht mehr die Frau, die sie einmal war - die Frau, die auf ihn gewartet hatte. Ihre Tage waren gefüllt mit Arbeit, Fotografie, ihren Kindern und neuen Freunden. Sie hatte kaum noch Zeit, an Juan zu denken, und das war vielleicht gut.

Anna hatte gelernt, dass Glück nicht immer in der Form kommt, wie man es erwartet. Sie hatte eine Gemeinschaft gefunden, eine Karriere, die sie liebte, und eine Stärke in sich selbst, die sie nie zuvor gekannt hatte. Und das Beste daran war, dass ihre Kinder glücklich und zufrieden waren. Sie vermissten nichts und das war für Anna das Wichtigste.

«Wir sind angekommen», sagte sie eines Abends zu Pilar, als sie zusammen auf der Terrasse saßen und die Sterne beobachteten. «Ibiza ist unser Zuhause»

Pilar lächelte und drückte Annas Hand. «Ich bin froh, dass du hier bist, Anna. Du bist ein Teil von Ibiza geworden.»

In diesem Moment wusste Anna, dass sie genau da war, wo sie hingehörte.

NEUE SORGEN

Die Sonne funkelte auf dem Wasser, die Kinder lachten und bauten Sandburgen und das sanfte Rauschen der Wellen schien alles andere in der Welt unwichtig zu machen. Es war einer dieser Tage, an denen Anna das Gefühl hatte, in einem Postkartenparadies zu leben.

Das Läuten ihres Handys riss sie aus ihren Gedanken. Sie sah die unbekannte Nummer und nahm den Anruf entgegen.

«Buenas tardes», kam die Stimme ihres Vermieters. «Es tut mir leid, Ihnen das mitteilen zu müssen, aber meine Mutter ist krank und ich muss sie in Ihrem Haus unterbringen. Sie müssen in einem Monat ausziehen.»

Für einen Moment war alles um Anna herum still. Das Lachen der Kinder, das Plätschern der Wellen - alles verschwand in einem dumpfen Rauschen in ihren Ohren. «Was? Das kann nicht sein!», stotterte Anna.

«Ich weiß, es ist sehr kurzfristig, und ich bedauere es zutiefst, aber ich habe keine andere Wahl», antwortete der Vermieter.

Anna fühlte sich, als würde der Boden unter ihr weggezogen. Das Haus, in das sie so viel Liebe und Mühe gesteckt hatte, das Heim ihrer Kinder - alles schien in einem Moment verloren zu sein. Die Panik stieg in ihr auf und sie versuchte, tief durchzuatmen.

«Kinder, packt eure Sachen zusammen. Wir müssen gehen», sagte Anna mit zitternder Stimme.

Sie versuchte, ihre Emotionen zu kontrollieren, um den Kindern keine Angst zu machen, aber ihre Augen füllten sich mit Tränen, als sie den Strand verließ.

Pilar war die Erste, die sie anrief. «Ich weiß nicht, was ich tun soll. Wir haben nur einen Monat, um ein neues Zuhause zu finden!»

Pilar war sofort zur Stelle, um zu helfen. «Keine Sorge, Anna. Wir werden eine Lösung finden. Ibiza ist ein kleiner Ort, und ich kenne viele Leute. Wir werden etwas für dich und die Kinder finden.»

Aber trotz Pilars ermutigenden Worten fühlte Anna sich verloren und ängstlich. Sie konnte sich nicht vorstellen, ein anderes Zuhause zu finden, das genauso perfekt war wie ihr jetziges. Doch in den Tiefen ihrer Verzweiflung spürte sie eine Entschlossenheit, für ihre Familie zu kämpfen und einen Weg zu finden, trotz aller Widrigkeiten.

In den darauffolgenden Tagen arbeiteten Anna und Pilar eng zusammen. Sie sprachen mit Bekannten, schauten sich Angebote im Internet an und besichtigten einige Objekte. Pilar war unermüdlich und fest entschlossen, das perfekte Zuhause für Anna und ihre Kinder zu finden.

Als Anna sich im Internet frustriert nach Häusern umschaute, kam Pilar aufgeregt zu ihr.

«Ich habe Juan von deiner Haussuche erzählt und er sagte mir, dass du ihn anrufen sollst.»

Anna war überrascht. Sie versuchte, ihre sich breitmachenden Gefühle zu unterdrücken. Ihre Beziehung zu Juan war kompliziert, geprägt von unbeantworteter Liebe und Unsicherheit. Aber sie konnte seine Hilfe sicher gebrauchen, besonders jetzt.

Annas Herz setzte für einen Schlag aus. Sie spürte, wie ihre Wangen sich mit Hitze füllten. «Juan? Warum sollte er mir helfen?», stotterte sie.

Pilar lächelte verschmitzt. «Nun, vielleicht fühlt er sich schuldig, weil er dich bei meiner Party so im Stich gelassen hat?

Oder vielleicht will er nur nett sein? Oder ...», sie zuckte mit den Schultern»,... vielleicht gibt es einen anderen Grund.

«Pilar, du weißt, dass das nicht einfach für mich ist», sagte Anna, ihre Stimme kaum mehr als ein Flüstern. «Ich hatte gerade angefangen, über ihn hinwegzukommen ...»

Anna atmete tief durch, bemüht, das Zittern in ihrer Stimme zu verbergen. «Na gut, ich werde ihn anrufen. Aber nur wegen des Hauses, okay?»

Pilar kicherte. «Wie du meinst, liebe Anna. Ich habe das Gefühl, dass das Universum euch zwei zusammenbringen will. Also wehre dich nicht zu sehr dagegen.»

Anna seufzte und rieb sich die Stirn. Sie war sich nicht sicher, ob sie Juan tatsächlich anrufen würde. Die Vorstellung, wieder mit ihm in Kontakt zu treten, ließ ihr Herz rasen. War sie bereit, sich erneut diesem emotionalen Wirbelsturm auszusetzen.

Einen Moment lang saß sie nur da, verblüfft, unfähig, einen klaren Gedanken zu fassen. Sie war am Ende ihrer Möglichkeiten. Alle Häuser, die sie besichtigt hatte, passten entweder nicht zu ihren Bedürfnissen oder überstiegen ihr Budget bei Weitem. Die verzweifelte Suche nach einem neuen Zuhause für sich und ihre Kinder hatte sie nahezu in die Knie gezwungen.

Doch als sie an ihre Kinder dachte, an ihre strahlenden Gesichter und ihr Lachen, wusste sie, dass sie alles tun musste, um ihnen ein sicheres und glückliches Zuhause zu geben. Und wenn das bedeutete, wieder mit Juan in Kontakt zu treten, dann würde sie das tun.

Anna hatte sich ins Schlafzimmer zurückgezogen, das Handy fest in der Hand. Sie zögerte einen Moment, dann wählte sie Juans Nummer. Es klingelte nur einmal, dann nahm er ab.

Als sie seine Stimme hörte, fühlte sie sich seltsam nervös. «Juan, hier ist Anna... Pilar sagte, du könntest vielleicht helfen, ein Haus zu finden?»

Es gab eine kurze Pause am anderen Ende der Leitung. «Anna, hallo... ja, Pilar hat mir davon erzählt. Ich glaube, ich habe da etwas für dich. Ein kleines Haus am Meer. Würdest du es dir ansehen wollen?»

«Ja, das würde ich sehr gerne», antwortete sie.

Es war eine kurze Pause. Anna konnte fast hören, wie Juan lächelte.

«Ich schicke dir die Adresse. Wir treffen uns um 16 Uhr am Haus.»

Anna nickte, auch wenn sie wusste, dass er es nicht sehen konnte. «Ja danke, bis morgen.»

Als sie auflegte, fühlte sich alles ein bisschen unwirklich an. Aber tief in ihrem Inneren wusste sie, dass diese Verbindung mit Juan nicht zufällig war. Es war, als ob das Schicksal sie in eine bestimmte Richtung lenken wollte. Und vielleicht, nur vielleicht, war es an der Zeit, dem Schicksal eine Chance zu geben.

«Wir sehen uns heute Nachmittag ein Haus an. Juan wird uns… das Haus zeigen», erklärte Anna ihren Kindern am nächsten Morgen.

«Warum haben wir Juan so lange nicht gesehen?», wollte Lukas wissen und trat seine Schwester unterm Tisch, weil sie ihm einen Krümel an den Kopf geworfen hatte.

Annas Augen trafen die ihres Sohnes, als sie versuchte, die passenden Worte zu finden. Lukas' unschuldige Frage hallte in ihren Ohren nach. Ja, wo war Juan die ganze Zeit? Warum hatten sie ihn so lange nicht gesehen?

«Er war ... er hatte viel zu tun, Lukas», antwortete sie schließlich und versuchte, die Komplexität ihrer Gefühle zu verbergen. Aber die Aufrichtigkeit in Lukas' Augen ließ sie nicht los. Sie wollte ihren Kindern immer die Wahrheit sagen, aber in diesem Fall war die Wahrheit komplizierter, als es auf den ersten Blick schien.

Der Nachmittag war warm und sonnig. Das Auto fuhr sie durch die malerischen Straßen von Ibiza. Die Vorfreude der Kinder war spürbar, nicht nur auf das Haus, sondern vor allem auf das Wiedersehen mit Juan.

Annas Herz hämmerte gegen ihre Brust, als sie langsam auf das Haus zuging. Lukas und Emma rannten voraus, begeistert von der Aussicht auf ein neues Zuhause, während Anna sich die Zeit nahm, die malerische Landschaft aufzusaugen.

Das betagte Haus war ein bezauberndes, traditionelles Anwesen, umgeben von duftenden Pinien- und Zitrusbäumen, die Früchte trugen. Der Klang von Grillen, das sanfte Rauschen des Meeres und die warme Mittelmeerbrise auf ihrer Haut versetzten Anna in einen tranceähnlichen Zustand.

Das Krachen einer Tür ließ sie aus ihren Gedanken aufschrecken. Juan stand in der offenen Haustür und lächelte ihr zu, die Sonne warf einen goldenen Schein auf sein gebräuntes Gesicht. Er war in eine weiße Leinenhose und ein hellblaues Hemd gekleidet, das perfekt zu seinen Augen passte. Er war genauso attraktiv wie immer, doch irgendwie schien er verändert.

«Anna», sagte er und seine tiefe Stimme klang zärtlich.

Anna holte tief Luft und versuchte, die Kontrolle über ihre Emotionen wiederzuerlangen. Sie fühlte das flatternde Gefühl in ihrem Magen und erkannte, dass ihre Gefühle für Juan nicht verschwunden waren. Sie waren nur vorübergehend verborgen gewesen.

«Hallo, Juan», antwortete sie, bemüht, ruhig zu klingen. Ihr Herz schlug noch schneller, als sie sich ihm näherte. Als ihre Augen sich trafen, schien die Zeit für einen Moment stillzustehen.

Die Kinder stürmten auf Juan zu und umarmten ihn, als wäre er ein lang vermisster Freund. «Hallo, Juan! Zeigst du uns das Haus?», fragte Lukas aufgeregt.

Die Kinder unterbrachen diesen intensiven Augenblick.

«Sicher», antwortete Juan lachend.

«Mama, schau, da ist ein Pool!», rief Emma begeistert aus.

Juan lachte. «Ja, ein Pool gehört auch dazu. Möchtet ihr hineinspringen?»

Lukas, immer der Draufgänger, war schon fast dabei, seine Schuhe auszuziehen. «Darf ich, Mama?»

Anna lachte. «Erst das Haus anschauen, dann der Pool.»

Juan gab Anna seine Hand. «Ich hoffe, das Haus wird dir gefallen», sagte er leise.

Er schien sich verändert zu haben. Er war nachdenklicher, zurückhaltender, aber immer noch der Juan, den sie kannte und liebte. Die alte Vertrautheit zwischen ihnen war immer noch da, und Anna wusste, dass sie nie ganz verschwinden würde.

Obwohl sie bemüht war, sich auf das Haus zu konzentrieren, konnte sie ihre Augen nicht von Juan lassen. Sein Lächeln, sein Lachen, seine Art zu sprechen - all diese Dinge riefen Gefühle in ihr hervor, die sie seit einer Weile nicht mehr gespürt hatte.

Die Räume waren lichtdurchflutet und dufteten nach dem salzigen Meer und altem Holz. Jeder Raum erzählte eine eigene Geschichte. Die Dielenböden knarzten unter ihren Füßen, als ob sie die Erinnerungen der letzten Jahrzehnte preisgeben wollten. Das Wohnzimmer führte zu einer großen Terrasse, von wo aus man den unverstellten Blick auf das schimmernde Blau des Meeres hatte. Einige alte Olivenbäume spendeten Schatten und fügten sich nahtlos in das malerische Panorama ein.

Während ihre Kinder sofort die Treppe zum oberen Stockwerk hinaufstürmten, um die Zimmer zu erkunden, ging Anna langsam durch das Haus, als würde sie eine alte Melodie wiederentdecken. In der Küche konnte sie sich vorstellen, morgens Kaffee zu trinken, während der Sonnenaufgang die Oberfläche des Meeres in flüssiges Gold verwandelte. Das Badezimmer mit der frei stehenden Badewanne versprach entspannte Abende mit einem Buch und einem Glas Wein.

Juan beobachtete sie. «Gefällt es dir?», fragte er.

Anna sah zu ihm auf und ihre Augen funkelten. «Es ist magisch, Juan. Es hat so viel Charakter und Charme. Genau so habe ich mir mein Traumhaus vorgestellt.»

Er lachte. «Ich hatte gehofft, dass es dir gefallen würde. Es hat etwas Besonderes, genau wie du.»

Anna wurde rot und schaute weg, aber ihr Lächeln verriet, wie geschmeichelt sie war. «Danke, Juan», murmelte sie. «Es ist wirklich perfekt.»

Für einen Moment standen sie einfach da, die beiden, getrennt durch all die unausgesprochenen Worte und Gefühle, aber verbunden durch den Moment und den atemberaubenden Blick auf das Meer. Es fühlte sich an, als ob das Haus sie beide in seinen Bann gezogen hatte und der Beginn von etwas Neuem, Wunderschönem war.

«Ich denke, dass ich mir das Haus nicht leisten kann. Die Miete wird vermutlich sehr hoch sein.»

«Anna, das Haus gehört mir und du zahlst einfach so viel Miete wie bisher.»

Die Luft zwischen Anna und Juan war mit Spannung geladen. Juan sah Anna direkt in die Augen, als wollte er sicherstellen, dass sie die Tiefe seiner Worte verstand.

«Ich... ich weiß nicht, was ich sagen soll, Juan», stammelte sie. Die Vorstellung, in einem Haus zu wohnen, das Juan gehörte, weckte ein Kaleidoskop von Gefühlen in ihr. Es fühlte sich an wie ein verlockendes Geschenk, aber sie war auch unsicher, ob es nicht zu eng an Juans Leben gebunden wäre.

Juan lächelte und trat näher an sie heran, sodass sie den Duft seines Parfums riechen konnte.

«Anna, ich möchte nicht, dass du dich zu irgendetwas verpflichtet fühlst. Aber dieses Haus ... es hat schon immer nach jemandem wie dir verlangt. Jemandem, der es mit Leben füllt und es wieder zum Strahlen bringt.»

Sie schaute ihn ungläubig an, versuchte die Tränen zurückzuhalten, die sich in ihren Augen formten. «Warum tust du das?», flüsterte sie.

Er zögerte einen Moment und antwortete dann ehrlich: «Weil ich möchte, dass du glücklich bist, Anna. Weil ich spüre, dass dies der richtige Ort für dich und die Kinder ist. Und weil ... nun, weil ich dir nahe sein möchte, auf die eine oder andere Weise.»

Annas Herz pochte wild. Das Angebot war überwältigend und die Tatsache, dass es von Juan kam, machte es umso bedeutungsvoller. «Ich... ich muss darüber nachdenken. Es ist so viel auf einmal.»

Er nickte verständnisvoll. «Nimm dir alle Zeit, die du brauchst. Das Haus wird auf dich warten.»

«Danke, Juan», flüsterte sie, als sie ihre Hand auf seine legte. «Für alles.»

In diesem Augenblick war sich Anna sicher, dass es nicht nur das Haus war, das auf sie wartete.

«Das war das Mindeste, was ich tun konnte», antwortete er, seine Stimme sanft, aber bestimmt. «Du und die Kinder seid ein Teil von Ibiza. Und Ibiza ist ein Teil von euch.»

Diese Worte brachten Anna fast zum Weinen. Sie war Juan so dankbar - für das Haus, für seine Hilfe und für die unausgesprochene Liebe, die sie beide teilten. Sie wusste, dass die Zukunft noch viele Herausforderungen bereithalten würde, aber für den Moment genoss sie das Gefühl der Sicherheit und Zugehörigkeit, das Juan ihr gab.

Bevor sie das Grundstück verließen, blickte Anna noch einmal auf das charmante Haus, das sich so perfekt in die malerische Landschaft einfügte. Es war, als hätte das Haus schon immer auf sie gewartet, bereit, ihre Geschichten aufzunehmen und ihre Geheimnisse zu bewahren.

Die Sonne warf ihre letzten orangefarbenen Strahlen über das kleine Dorf, als der Wagen von Anna und ihren Kindern auf die alte Landstraße einbog. Bäume säumten die Straße und ihre Blätter raschelten leise im Wind, als wäre es ein geheimes Flüstern, das eine längst vergessene Geschichte erzählen wollte.

«Mama, wir ziehen doch in das Haus?», fragte Lukas, während er aus dem Fenster blickte. Er war fasziniert von dem alten Anwesen.

«Ja, Mama. Es ist viel schöner als das Haus, in dem wir jetzt wohnen», fügte Emma mit einem hoffnungsvollen Lächeln hinzu. Sie hatte bereits Pläne gemacht, wie sie ihr neues Zimmer gestalten wollte, voller Farben und Fantasie.

Anna lenkte den Wagen um eine Kurve und spürte, wie ihr Herzschlag sich beschleunigte. Das Wiedersehen mit Juan hatte Gefühle in ihr geweckt, die sie längst vergessen glaubte. Sie erinnerte sich an ihre gemeinsamen wunderschönen Tage.

«Mal sehen», sagte sie schließlich, ihre Stimme zögerlich. In ihrem Kopf wirbelten Gedanken und Erinnerungen durcheinander. War es das richtige, in dieses Haus zu ziehen, das Juan gehörte? Konnte sie ihm wirklich wieder nahekommen, nach all der Zeit und den unausgesprochenen Worten zwischen ihnen?

Lukas und Emma spürten die Unsicherheit ihrer Mutter und tauschten einen besorgten Blick aus. Das alte Anwesen war für sie ein Ort voller Möglichkeiten und neuer Abenteuer.

Während sie weiterfuhren, zogen die Erinnerungen wie Landschaften an Annas innerem Auge vorbei und sie fragte sich, ob die Flammen der alten Liebe wirklich erneut entfacht werden könnten. Das Schicksal hatte sie wieder zusammengeführt.

Nachdem sie zu Hause waren, verschwand Anna sofort in ihrem Schlafzimmer und wählte Pilars Nummer. Das Läuten wurde von der vertrauten Stimme unterbrochen: «Hola!»

«Pilar, ich bin es. Ich bin gerade aus dem Haus zurück. Es ist so wunderschön, wie in einem Märchen. Aber es gibt da ein Problem», begann Anna, ihre Stimme voller Unsicherheit.

«Oh?», erwiderte Pilar interessiert. «Was ist das Problem?»

«Es gehört Juan», sagte Anna zögerlich. «Und er verlangt viel zu wenig Miete. Es fühlt sich irgendwie nicht richtig an.»

Pilar seufzte leise. «Ich weiß. Es ist sein ehemaliges Elternhaus.»

Anna war für einen Moment sprachlos. «Das hat Juan mir nicht gesagt», antwortete sie, ihre Stimme voller Überraschung. «Warum sollte er es mir vermieten? Warum zu so einem niedrigen Preis?»

Pilar zögerte einen Moment, bevor sie antwortete: «Juan möchte dort nicht mehr wohnen. Ich glaube, es ist für ihn zu schmerzhaft, an die glücklichen Momente seiner Kindheit zurückzudenken. Seit dem Tod seiner Eltern kann er es einfach nicht ertragen, dort zu sein.»

Ein Gefühl der Melancholie ergriff Anna. Das Haus, in das sie sich sofort verliebt hatte, war gleichzeitig ein Ort des Schmerzes für Juan. «Oh, Pilar, das wusste ich nicht», flüsterte sie.

Die Spanierin seufzte erneut. «Vielleicht möchte er einfach, dass das Haus von jemandem geliebt wird, der es schätzen kann. Und vielleicht denkt er, dass du diese Person sein könntest.»

Anna blieb einen Moment still, nachdenklich. Dann sagte sie: «Danke, Pilar. Du hast mir wirklich die Augen geöffnet.»

«Das tue ich immer gerne», antwortete sie lächelnd. «Was auch immer du entscheidest, denke daran, dass alles aus einem Grund passiert.»

Anna nickte, obwohl sie wusste, dass Pilar ihr Nicken nicht sehen konnte. «Danke, Pilar.»

Mit einem letzten Lächeln und einer Verabschiedung legten die beiden auf. Anna saß da, ihr Herz schwer mit gemischten Gefühlen. Juans Haus war nicht nur ein Ort zum Wohnen, es war ein Ort mit einer Geschichte und sie musste entscheiden, ob sie Teil dieser Geschichte werden wollte.

Nach einer schlaflosen Nacht, in der Anna immer wieder die Vor- und Nachteile eines Umzugs in Juans Haus abgewogen hatte, erwachte sie am nächsten Morgen mit einem klaren Kopf und einer festen Entschlossenheit. Sie fühlte sich, als hätte sie eine riesige Hürde überwunden, als ob ein Gewicht von ihren Schultern gefallen wäre.

Sie ging in die Küche und begann, das Frühstück vorzubereiten. Als der Duft von frisch gebackenen Brötchen und Kaffee durch das Haus zog, kamen Lukas und Emma, noch verschlafen, in die Küche. Ihre Augen funkelten vor Neugier, denn sie spürten, dass ihre Mutter eine wichtige Neuigkeit zu verkünden hatte.

Mit einem tiefen Atemzug begann Anna: «Kinder, ich habe eine Entscheidung getroffen. Wir werden umziehen. In das schöne Haus, das wir gestern besichtigt haben.»

Es dauerte einen Moment, bis die Worte ihre volle Wirkung entfalteten, doch dann brachen Lukas und Emma in Jubel aus. Sie hatten sich in das neue Haus verliebt, genau wie ihre Mutter. «Wirklich, Mama? Das ist so toll!», rief Lukas aus und hüpfte vor Freude auf seinen Stuhl.

Emma, die ein wenig ruhiger war, hatte ein breites Grinsen im Gesicht. «Ich kann es kaum erwarten, mein neues Zimmer einzurichten», sagte sie und stellte sich bereits vor, wie sie es gestalten würde.

Anna konnte die Tränen kaum zurückhalten, als die Kinder auf sie zu gerannt kamen und fest umarmten. Es war ein Moment des puren Glücks, des Zusammenhalts und der Vorfreude auf das, was vor ihnen lag.

Während sie ihre Liebsten fest an sich drückte, wusste Anna, dass sie die richtige Entscheidung getroffen hatte. Egal, welche Herausforderungen und Unsicherheiten die Zukunft bringen mochte, sie würde sie gemeinsam mit ihren Kindern meistern. Das neue Haus war nicht nur ein neues Zuhause, es war ein neuer Anfang, eine Chance, weiterzumachen und neue Erinnerungen zu schaffen.

Anna hielt ihr Handy fest in der Hand, während sie die bekannten Ziffern von Juans Nummer eingab. Ihr Herz schlug wie wild, als sie den Anruf startete. Es fühlte sich an wie eine Ewigkeit, bis er sich schließlich meldete.

«Juan, ich habe nachgedacht ... ich möchte dein Haus mieten», sagte sie, ihre Stimme fest und klar.

Es gab eine kurze Pause am anderen Ende der Leitung, bevor er antwortete. «Das ist eine wundervolle Nachricht, Anna», sagte er und sie konnte die Bewegung in seiner Stimme hören. «Ich bin froh, dass du das Haus nehmen willst. Es ist ein Ort voller guter Erinnerungen, und ich weiß, dass du und die Kinder ihn lieben werdet.»

Anna konnte fast das Lächeln in Juans Stimme hören und das berührte sie tief. «Du kannst sofort einziehen und wenn du Hilfe beim Umzug brauchst, kann ich dir helfen», fügte er hinzu, seine Stimme sanft und beruhigend.

Sie war überrascht von seinem Angebot und irgendwie auch verwirrt. Warum war er auf einmal so bemüht, wo sie doch in den letzten Wochen nichts mehr von ihm gehört hatte? Aber dann, in diesem Moment, begriff sie, dass es ihm wirklich wichtig war. Er wollte das Haus loslassen, wollte, dass sie und ihre Kinder dort glücklich werden, so wie er es einst war.

«Tatsächlich, das wäre großartig», antwortete Anna, ihre Verwirrung beiseiteschiebend. Sie konnte die Hilfe beim Umzug definitiv gebrauchen.

Nachdem sie das Gespräch beendet hatte, fühlte sie sich seltsam erleichtert. Die Entscheidung, Juans Haus zu mieten, hatte eine neue Tür geöffnet, eine Möglichkeit für sie und ihre Kinder, ein neues Leben zu beginnen. Und während sie noch immer unsicher war, was die Zukunft mit Juan betraf, war sie doch bereit, diesen neuen Weg zu beschreiten, voller Hoffnung auf das, was vor ihnen lag.

Die Vorfreude auf das neue Heim ließ Anna jede Kiste mit einem Lächeln packen. Die Sonnenuntergänge, das Rauschen der Wellen, die Weite des Ozeans - sie konnte es kaum erwarten, all das direkt vor ihrer Haustür zu haben. Jeder Gegenstand, den sie in eine Kiste legte, war ein Schritt näher zu ihrem neuen Leben, einem Leben voller Möglichkeiten.

Doch trotz ihrer Aufregung und Freude war da ein Schatten, der über ihren Gedanken lag. Juan. Pilar hatte angedeutet, dass er noch unschlüssig war, ob er nach Madrid ziehen und seinen Klub verkaufen sollte. Luna wartete dort auf ihn, doch irgendetwas hielt ihn zurück. Was es auch war, Anna wünschte sich insgeheim, dass es etwas mit ihr zu tun hatte.

In den stillen Momenten, wenn sie alleine war und die Kisten um sie herum stapelten, ließ Anna ihre Gedanken zu Juan wandern. Die Art, wie er lächelte, sein Lachen, die Tiefe in seinen Augen - all das ließ ihr Herz schneller schlagen. Sie hatte sich immer gesagt, dass sie nur Freunde waren, aber tief in ihrem Inneren wusste sie, dass zwischen ihnen mehr war. Eine unausgesprochene Verbindung, ein Funke, der nur darauf wartete, zu einem Feuer zu werden.

Doch was würde geschehen, wenn Juan wirklich nach Madrid ziehen würde? Würde das Feuer erlöschen oder würde die Distanz es nur noch mehr entfachen? Anna war unsicher, wusste nur, dass der Gedanke, ihn zu verlieren, bevor sie überhaupt eine Chance hatte, herauszufinden, was zwischen ihnen war, ihr Herz zerriss.

Der Lärm des großen Transporters, der vor Annas Haus zum Stehen kam, zog die Aufmerksamkeit der Nachbarn auf sich. Juan sprang aus dem Fahrerhaus, gefolgt von zwei kräftigen Männern, die bereit waren, die schweren Kartons und wenigen Möbel zu bewegen.

«Hola, wir sind bereit!», meinte Juan und schenkte Anna sein charakteristisches Lächeln, das ihr immer wieder Schmetterlinge im Bauch verursachte.

Die Kinder waren voller Eifer dabei, das alte Haus auszufegen und liefen von Raum zu Raum, lachend und albernd. «Schau mal, Mama!», rief Emma, während sie mit einem Besen tanzte. «Es ist alles sauber.»

Anna lachte. «Das habt ihr toll gemacht, ihr beiden!»

Während die Männer ihr Hab und Gut geschickt im Transporter verstauten, ging Anna in den Garten, um sich zu verabschieden. Sie hatte so viele Erinnerungen an diesen Ort - Grillabende, das Toben der Kinder auf dem Rasen, und stillen Stunden, in denen sie einfach nur das Vogelgezwitscher genossen hatte.

Ein paar Rosen blühten immer noch und die sanfte Brise trug den Duft von Lavendel zu ihr. Sie kniete nieder und streichelte die weichen Blütenblätter, ein Tränchen kullerte über ihre Wange. So viele Erinnerungen, so viele Emotionen waren mit diesem Garten verbunden.

Juan trat leise zu ihr. «Alles in Ordnung?», fragte er sanft.

Sie nickte. «Ja, es ist nur... dieser Garten bedeutet mir so viel. Aber ich freue mich auch auf unser neues Zuhause.»

«Es werden neue Erinnerungen warten, Anna.»

Der große Transporter fuhr die kleine Auffahrt des Hauses am Meer entlang. Anna spürte eine Mischung aus Aufregung und Nostalgie, als sie das wunderschöne Haus vor sich sah. Pilar, mit ihrer unerschöpflichen Energie und Gastfreundschaft, hatte bereits einen Tisch auf der sonnigen Terrasse gedeckt. Die verführerischen Düfte von frisch gebackenem Kuchen und Kaffee wehten ihnen entgegen.

«Willkommen im neuen Zuhause!», rief Pilar und umarmte Anna fest. «Ich dachte, nach all der Arbeit könntet ihr eine kleine Stärkung gebrauchen.»

Anna lachte und drückte ihre Freundin dankbar. «Du denkst wirklich immer an alles, nicht wahr?»

Das Haus selbst war ein Zeugnis der Zeit, jedes Möbelstück erzählte ein Stück von Juans Geschichte. Anna konnte es kaum erwarten, ihre eigenen Geschichten hinzuzufügen, und sie konnte nicht umhin, sich vorzustellen, wie Juan als Kind in diesem Haus gespielt und gelacht hatte.

Während die Erwachsenen bei Kaffee und Kuchen im Schatten saßen, genossen die Kinder das kühle Nass des Pools. Ihre fröhlichen Rufe und ihr Lachen erfüllten die Luft.

«Sie sind so glücklich hier», bemerkte Pilar, als sie den Kindern zusah.

Anna lächelte. «Ja, das sind sie. Und ich auch.»

Juan schaute sie an, seine Augen funkelten im Sonnenlicht. «Es ist schön, euch hier zu haben», sagte er leise.

Anna spürte die Bedeutung hinter seinen Worten und lächelte zurück. «Danke, Juan. Für alles.»

Plötzlich stellte Pilar die Frage: «Juan, wirst du Ibiza nun verlassen und nach Madrid ziehen?»

Pilars Frage ließ die sonst so entspannte Stimmung auf der Terrasse für einen Moment erstarren. Der Blick, mit dem sie Juan musterte, war durchdringend, fast so, als würde sie versuchen, in seine Seele zu blicken und seine wahren Gefühle herauszufinden.

Juan schien überrumpelt von ihrer direkten Frage und seine Augen wanderten kurz zu Anna, bevor er den Blick senkte. Die kurze Stille, die sich zwischen ihnen ausbreitete, fühlte sich für Anna an wie Stunden. Ihr Herz schlug heftig gegen ihre Brust und sie wartete gespannt auf seine Antwort.

«Nein, Pilar», begann er mit einem tiefen Seufzer. «Ich kann Ibiza nicht verlassen. Diese Insel ist meine Heimat, mein Herzschlag. Das Leben, das ich hier aufgebaut habe, besonders meine Arbeit im Klub, das alles bedeutet mir zu viel. Madrid wäre nicht dasselbe für mich.»

Anna konnte die Erleichterung kaum zurückhalten, die sie bei seinen Worten empfand. Doch eine Frage blieb in der Luft hängen, die keiner auszusprechen wagte, die aber in Annas Gedanken laut und klar erklang: Was war mit Luna, seiner Verlobten?

Pilar, die die Stimmung zwischen Anna und Juan erfasste, lächelte und füllte ihre Kaffeebecher nach. «Nun, ich denke, jeder muss seinen eigenen Weg finden.»

Juan schaute wieder zu Anna, sein Blick voller Bedeutung. «Ja, das stimmt. Und manchmal findet man auf diesem Weg Überraschungen, die alles verändern.»

Anna fühlte die Wärme seiner Worte und konnte nicht anders, als in sein sanftes Lächeln einzustimmen.

Lukas' fröhlicher Ruf durchbrach das ernste Gespräch. Der Kleine kam aus dem Pool gestürmt, seine nassen Haare klebten an der Stirn und Tropfen von Wasser fielen von ihm herunter und tränkten die Terrassenplatten.

Er stellte sich vor Juan, die blauen Augen funkelten vor Aufregung und Herausforderung. «Spielst du mal wieder Fußball mit mir, Juan? Ich bin schon viel besser geworden!»

Juan sah den Jungen an und ein freudiges Lächeln breitete sich auf seinem Gesicht aus. «Klar, Kleiner! Ich freue mich schon darauf, zu sehen, wie sehr du dich verbessert hast. Ich habe unsere Spiele wirklich vermisst. Ich war in den letzten Wochen einfach zu beschäftigt.»

Lukas' Gesicht strahlte. «Es ist okay. Mama hat gesagt, manchmal sind Erwachsene sehr beschäftigt.» Er stieß ein freudiges Quietschen aus und rannte zum Pool zurück.

Während die Sonne langsam hinter den Horizont sank und den Himmel in warme Orangetöne tauchte, stand Juan auf. Er sah aus, als ob er zögerlich war, das idyllische Bild vor ihm zu verlassen: Anna und Pilar, die auf der Terrasse plauderten und die Kinder, die fröhlich im Pool planschten.

«Ich muss los», sagte er mit Bedauern in der Stimme. Er schaute Anna an und in diesem kurzen Blick war eine Tiefe von Gefühlen zu erkennen. «Wenn irgendetwas im Haus fehlt oder kaputt ist, rufe mich bitte jederzeit an.»

Anna nickte und stand auf. «Das werde ich. Danke, Juan.»

Er ging zu Pilar. «Pass auf dich auf», sagte sie leise und drückte ihn an sich. Als sie sich voneinander lösten, hauchte Juan ihr ein Küsschen auf die Wange.

Dann trat er zu Anna. «Bis bald, Anna», flüsterte er, bevor er ihr ebenfalls ein sanftes Küsschen auf die Wange hauchte.

Die Kinder, die ihre Wasserspiele nicht unterbrechen wollten, riefen ihm fröhliche Verabschiedungen zu. Juan lachte und winkte. «Passt auf euch auf, ihr kleinen Wasserratten!»

Mit einem letzten langen Blick auf das Haus, Anna und die lachenden Kinder, stieg er in sein Auto und fuhr davon. Anna spürte, wie ihr Herz ein wenig schwerer wurde, als sie ihm nachblickte. Aber sie wusste auch, dass dies nicht das Ende ihrer Geschichte war. Es war vielleicht nur der Anfang.

Mit Juans Abgang verblieb eine nachdenkliche Stille auf der Terrasse. Der Himmel war jetzt ein Kaleidoskop aus Orange, Purpur und Dunkelblau. Der Geruch des Meeres vermischte sich mit dem Duft der Blumen.

«Ich bin froh, dass Juan nicht nach Madrid zieht», begann Pilar, ihre Gedanken mit Anna teilend. Sie spielte mit ihrer Tasse, ihr Blick in die Ferne gerichtet. «Aber was wird aus seiner Hochzeit? Wird Luna nach Ibiza ziehen, obwohl sie das nicht möchte?»

Anna ließ ihren Blick zum Meer gleiten, die Wellen reflektierten die letzten Sonnenstrahlen. «Ja, ich bin auch froh, dass er auf der Insel bleibt», sagte sie nachdenklich. Ihre Stimme war kaum mehr als ein Flüstern, doch Pilar konnte die hoffnungsvolle Unternote darin hören.

Der Gedanke an eine mögliche Trennung zwischen Juan und Luna ließ Annas Herz schneller schlagen. Obwohl sie sich bewusst war, dass es nicht richtig war, so sehr auf das Ende einer Beziehung zu hoffen, konnte sie den wachsenden Funken Hoffnung in ihrem Inneren nicht ignorieren.

«Das Leben hat eine Art, die Dinge ins Gleichgewicht zu bringen», sinnierte Pilar. Sie blickte Anna an und lächelte. «Wer weiß, was die Zukunft bringt?»

Ja, wer wusste das schon? Alles, was Anna wusste, war, dass sie hier, in diesem Haus, an diesem Ort, ihre neue Heimat gefunden hatte. Und sie war bereit, alles zu tun, um ihre Chance auf das Glück zu nutzen, egal was die Zukunft bringen mochte.

Die Dunkelheit legte sich allmählich über die Insel und die sanfte Brise trug den Duft des Meeres zu ihnen. Pilar goss beiden noch eine Tasse Tee ein und blickte nachdenklich in die Ferne.

«Ich kenne Juan schon so lange», begann Pilar, «und es war immer klar, dass er eine tiefe Verbindung zu Ibiza hat. Es ist nicht nur seine Heimat, es ist ein Teil von ihm. Madrid und das hektische Stadtleben würden ihn nur unglücklich machen.»

Anna schaute in ihre Tasse und versuchte, ihre aufkommenden Gefühle zu ordnen. «Aber Luna? Warum hat er ihr überhaupt einen Antrag gemacht? Sie scheinen so unterschiedlich zu sein.»

Pilar zögerte, bevor sie antwortete. «Vielleicht war es ein Versuch von ihm, etwas Neues auszuprobieren, sich von seiner Vergangenheit zu lösen. Aber manchmal merkt man erst im Nachhinein, dass man Fehler gemacht hat.»

«Denkst du, er bereut es?», fragte Anna leise, kaum hörbar, so als ob sie Angst hätte, die Antwort zu hören.

Pilar nahm Annas Hand. «Es ist nicht meine Aufgabe, das zu entscheiden, aber ich sehe, wie er dich anschaut, Anna. Und es ist nicht der Blick eines Mannes, der vollkommen zufrieden mit seiner Entscheidung ist.»

Anna fühlte eine Welle von Wärme und Hoffnung in sich aufsteigen. «Ich möchte nicht zwischen ihnen stehen. Aber ich kann meine Gefühle für ihn auch nicht ignorieren.»

Pilar nickte. «Die Liebe ist kompliziert, das ist wahr. Aber das Wichtigste ist, ehrlich zu sich selbst und zu anderen zu sein. Was auch immer zwischen Juan und Luna passiert, es liegt in ihrer Hand. Und was auch immer zwischen dir und Juan passiert, es liegt in deiner und seiner Hand.»

Anna lächelte dankbar. «Danke, Pilar. Ich weiß nicht, was die Zukunft bringt, aber ich hoffe, sie bringt Glück für uns alle.»

DIE WENDE

Anna verbrachte die folgenden Tage in einem Zustand der Aufregung und Freude, während sie das Haus Stück für Stück zu ihrem Heim machte. Jeder Raum erzählte Geschichten aus Juans Vergangenheit und während sie die alten Möbel umstellte und ihre eigenen persönlichen Akzente setzte, konnte sie die tiefe Geschichte des Hauses fühlen.

Das Wohnzimmer, mit seinen großen Fenstern, bot einen atemberaubenden Blick auf das glitzernde Meer. Hier platzierte Anna ihre Lieblingsbücher und Familienfotos auf den Regalen, fügte Kissen und Decken zu den Sofas hinzu und schuf einen gemütlichen Ort.

In der Küche hingen alte Töpfe und Pfannen, die sicherlich viele Familiengerichte zubereitet hatten. Anna konnte sich schon vorstellen, wie sie hier für ihre Kinder kochte, während das Lachen und die Geschichten des Tages um den Esstisch herum geteilt wurden.

Die Nähe zum Meer war für Anna eine Quelle ständiger Faszination. Sie verbrachte viele Stunden auf der Terrasse, einfach nur um das Rauschen der Wellen zu hören und die Brise zu spüren. Abends, wenn die Kinder im Bett waren, setzte sie sich oft mit einer Tasse Tee dorthin und verlor sich in Gedanken, während das silberne Mondlicht auf den Wellen tanzte.

Die Kinder schienen sich ebenfalls in ihr neues Zuhause verliebt zu haben. Lukas und Emma verbrachten Stunden am

Strand, sammelten Muscheln und bauten Sandburgen. Obwohl sie ihre Freundin Pilar vermissten, mit der die Entfernung nun größer war, waren die Vorzüge des Lebens direkt am Meer unvergleichlich.

Es gab Momente, in denen Anna sich Juan nah fühlte, obwohl er nicht physisch anwesend war. Vielleicht waren es die Erinnerungen an das Haus oder einfach nur das Wissen, dass sie in seinen Fußstapfen wandelte.

Der Wind trug das salzige Aroma des Meeres mit sich, als Anna die Tür öffnete und Juan vorfand. Er sah umwerfend aus in einem hellblauen Hemd, das seine gebräunte Haut perfekt hervorhob. Sein dunkles Haar war leicht zerzaust.

«Hallo, Anna», begrüßte er sie mit einem schüchternen Lächeln. «Ich wollte vorbeischauen und sehen, ob alles in Ordnung ist.»

Annas Herzschlag beschleunigte sich, und sie spürte, wie die Wärme ihr ins Gesicht schoss. «Juan», flüsterte sie, kaum in der Lage, ihre Gefühle zu kontrollieren. «Ja, alles ist wunderbar. Danke, dass du nachfragst.»

Juan bemerkte die Röte in Annas Wangen und lächelte noch breiter. «Das ist gut zu hören. Ich wollte nur sicherstellen, dass du dich hier wohlfühlst.»

Oh, und wie sie sich wohlfühlte! Doch es war nicht nur das Haus, es war auch seine Anwesenheit, die eine besondere Wärme in ihr Herz brachte. Sie sammelte sich und sagte: «Komm doch rein. Ich habe gerade frische Zitronenlimonade gemacht.»

Sie führte ihn zur Terrasse. Das Rauschen der Wellen bildete eine beruhigende Hintergrundmelodie.

Während sie tranken und über dies und das plauderten, gab es zwischen ihnen immer wieder Momente der Stille. Doch es waren keine unangenehmen Pausen. Es waren jene Momente, in denen Worte überflüssig schienen und Blicke mehr sagten als tausend Worte.

Juan schien mit jedem Augenblick mehr und mehr entspannter zu werden. «Das hier», sagte er und zeigte auf die

Limonade, «ist wirklich das Beste, was ich je getrunken habe. Ich sollte sie in meinem Klub verkaufen.»

Anna lachte. «Danke. Das Rezept stammt von meiner Großmutter. Sie sagte immer, Zitronenlimonade sei das Getränk der Verliebten.»

Juan schaute ihr tief in die Augen. «Vielleicht hatte sie recht.»

«Anna, ich muss dir etwas sagen ...» begann er, und die nervöse Zuckung in seiner Stimme ließ sie aufhorchen. Die Art, wie er sie anschaute, löste ein Kribbeln in ihrem Bauch aus. Ihre Augen weiteten sich vor Erwartung und sie spürte, wie ihr Herz einen Schlag aussetzte.

Wollte er ihr etwa sagen, dass er bald heiraten würde? Oder hatte er sich gegen die Hochzeit entschieden? Bevor sie die Möglichkeit hatte, darüber nachzudenken, zerriss das Summen ihres Handys die angespannte Stille.

Sie sah auf das Display und das Herz schlug ihr bis zum Hals. Es war ein Anruf von der Schule. Sie entschuldigte sich bei Juan und nahm das Gespräch an.

«Lukas ist beim Sport gestürzt. Es scheint, als hätte er sich den Arm verletzt. Es wäre besser, wenn Sie ihn abholen und zum Arzt bringen würden», sagte die Stimme am anderen Ende.

Annas Herz schmerzte vor Sorge um ihren Sohn. «Ich bin sofort da», versprach sie und beendete den Anruf.

Sie blickte zu Juan auf, ihr Gesicht spiegelte ihre Sorge wider. «Lukas hat sich beim Sport verletzt. Ich muss ihn abholen.»

Juan stand sofort auf. «Ich fahre dich», bot er an und ohne auf ihre Antwort zu warten, nahm er die Schlüssel seines Autos.

Während sie zur Schule fuhren, war Annas Kopf ein Wirbel aus Sorgen um Lukas und Spekulationen darüber, was Juan ihr hatte sagen wollen. Aber für den Moment musste sie diese Gedanken beiseiteschieben. Ihre Priorität war jetzt ihr Sohn. Und doch konnte sie das Gefühl nicht abschütteln, dass dieser Tag ihr Leben auf eine Weise verändern könnte, die sie sich nie hätte vorstellen können.

Als sie an der Schule ankamen, rannte Anna ins Gebäude und fand Lukas im Krankenzimmer, sein Arm bandagiert, Tränen in den Augen, aber offensichtlich mehr erschrocken als ernsthaft verletzt.

«Ich bin so froh, dass du in Ordnung bist», flüsterte Anna und drückte Lukas an ihre Brust, während sie ihre Tränen zurückhielt. Sie bedankte sich bei der Krankenschwester und erklärte Lukas, dass sie sofort nach Hause fahren würden.

Juan, der draußen gewartet hatte, trat in das Zimmer, als er sie sprechen hörte. Seine besorgten Augen trafen die von Anna, und in diesem Moment wurde ihr klar, wie tief seine Gefühle für sie und ihre Kinder waren.

«Alles in Ordnung?», fragte er leise.

Anna nickte. «Ja, es ist nichts Ernstes. Nur eine Verstauchung. Aber danke, dass du uns gefahren hast.»

Juan legte seine Hand auf Annas Schulter, ein sanfter, tröstender Druck. «Natürlich. Jederzeit.»

Mit einem schiefen Lächeln und aufmunternden Worten wandte sich Juan an Lukas. «Wie wäre es, wenn wir jetzt ein großes Eis essen?», schlug er vor, bevor er den Motor startete.

Lukas' Augen leuchteten auf, trotz der Tränen, die noch an seinen Wimpern klebten. «Oh ja, das wäre supertoll!», rief er und betrachtete dabei seinen frisch verbundenen Arm, als ob er die vorübergehende Unannehmlichkeit bereits vergessen hätte.

«Das hört sich nach einer guten Idee an», stimmte Anna zu, dankbar für Juans einfühlsamen Umgang mit der Situation. Sie war erleichtert, als sie Lukas' Lächeln sah, das ein kleines Stück Normalität in diesen chaotischen Tag brachte.

Juan fuhr zu einer nahe gelegenen Eisdiele, deren bunte Fassade und verlockenden Aromen immer ein Lächeln auf Lukas' Gesicht zauberten. Sie setzten sich an einen kleinen Tisch im Freien, umgeben von anderen Familien und Kindern, die das hausgemachte Eis genossen.

Als das Eis serviert wurde - Schokolade für Lukas, Vanille für Anna und Stracciatella für Juan - schien der Nachmittag in einem sanfteren Licht zu stehen. Das Eis schmolz sofort in ihren Mündern und die kühle Süße brachte Erleichterung von der Hitze. Anna beobachtete, wie Juan und Lukas miteinander scherzten und konnte nicht anders, als ein Lächeln zu unterdrücken.

Für diesen Moment schienen die Sorgen des Tages vergessen. Anna fühlte sich dankbar für die Unterstützung, die sie von Juan erhalten hatte, aber in der Stille ihres Herzens blieb immer noch die Frage, was Juan ihr hatte sagen wollen, bevor der Anruf kam. Sie wusste, dass sie sich dieser Frage irgendwann stellen musste, aber für den Moment entschied sie sich, den Frieden des Augenblicks zu genießen.

Als Juan den Motor abstellte und zu Anna blickte, spürte sie ein leichtes Stechen in der Brust. Seine tiefbraunen Augen suchten ihre und sie fühlte sich für einen Moment gefangen in einem Bann, den sie nicht brechen konnte.

«Ich hoffe, Lukas geht es bald besser», sagte er leise und seine Stimme hatte einen warmen, beruhigenden Klang. «Ich komme morgen vorbei, um nach ihm zu sehen, wenn es euch recht ist.»

Anna nickte, das Herz pochend. «Das wäre sehr nett von dir, Juan», erwiderte sie, ihre Stimme kaum mehr als ein Flüstern. «Er mag dich wirklich sehr und hat dich vermisst.»

Juan lächelte, seine Augen leuchteten auf eine Weise, die Anna schon lange nicht mehr gesehen hatte. «Und ich mag ihn auch sehr. Pass gut auf ihn auf.» Er zögerte kurz und fügte dann hinzu: «Pass auch auf dich auf, Anna.»

Bevor sie antworten konnte, startete er den Motor und fuhr in Richtung seines Klubs. Anna blieb einen Moment lang stehen und schaute ihm nach.

Als Lukas und sein Vater über Videoanruf sprachen, konnte Anna sehen, wie sich Felix' Stirn in Falten legte. Die Sorge um seinen Sohn stand ihm ins Gesicht geschrieben und seine Stimme klang angespannt. «Ich wünschte, ich könnte bei euch sein, um mich um dich zu kümmern, Lukas», sagte er, und seine Stimme brach fast.

Anna fühlte eine Mischung aus Ärger und Mitgefühl. Ärger, weil Felix den Eindruck erweckte, als hätte sie nicht gut genug auf ihren Sohn aufgepasst und Mitgefühl, weil er offenbar mit seinen eigenen Problemen zu kämpfen hatte.

Anna atmete tief durch und bemühte sich, die Kontrolle über ihre Emotionen zu behalten. «Es war nur ein kleiner Unfall, Felix. Kinder verletzen sich manchmal. Es ist nichts Ernstes.»

Lukas sah zwischen seinen Eltern hin und her, sein kleines Gesicht war von der Situation sichtlich überfordert. «Papa, es ist wirklich nicht schlimm. Ich bin nur beim Fußballspielen gestolpert», versuchte er die Situation zu beschwichtigen.

Felix' Gesicht wurde weicher, als er seinem Sohn zuhörte, aber die harten Linien um seine Augen blieben. «Ich mache mir nur Sorgen um dich, Lukas», sagte er leise.

Anna konnte den stressbedingten Glanz in Felix' Augen sehen, die dunklen Ringe darunter und wie abgearbeitet und müde er aussah. «Du siehst erschöpft aus, Felix. Alles in Ordnung bei dir?»

«Ich bin in letzter Zeit ziemlich unter Druck. Die Arbeit ist hektisch und ich überlege, ob es nicht das Beste wäre, zurück nach Berlin zu kommen. Vielleicht werde ich auch nach Ibiza ziehen.».

Anna schluckte, die Erinnerungen an die komplizierten Zeiten in ihrer Ehe kamen wieder hoch. «Du kannst nicht einfach wieder hier auftauchen und erwarten, dass alles so ist wie früher, Felix. Die Kinder haben ihr Leben hier und ich auch.»

Es herrschte Stille zwischen ihnen, jeder in seinen eigenen Gedanken versunken. Dann sagte Felix mit zitternder Stimme: «Ich vermisse euch.»

Anna spürte einen Stich im Herzen. «Wir müssen darüber reden, Felix. Aber nicht jetzt.»

Felix nickte. «Ich weiß. Es tut mir leid. Pass auf unsere Kinder auf, Anna.»

«Ich werde es immer tun», versprach sie und beendete den Anruf.

Anna schloss die Augen und atmete tief durch. Das Leben hatte seine Art, alte Wunden wieder aufzureißen, aber sie wusste, dass sie stark bleiben musste, für ihre Kinder und für sich selbst.

Während Lukas im Wohnzimmer spielte, setzte sich Anna auf die Terrasse und blickte hinaus auf das türkisfarbene Meer. Das Rauschen der Wellen war beruhigend und sie ließ ihre Gedanken schweifen.

Das Gespräch mit Felix hallte immer noch in ihren Gedanken nach. Ihr Leben hatte sich verändert, seit sie auf Ibiza lebte. Sie hatte in der Zwischenzeit neue Freunde gefunden und die Liebe, die sie einst für Felix empfunden hatte, war erloschen.

Er hatte seine Rolle als Vater und Ehemann nie wirklich erfüllt. Er war oft abwesend, in seiner Arbeit vertieft und hatte ihr die Verantwortung für die Erziehung ihrer Kinder allein überlassen. Sie hatte gehofft, dass er sich ändern würde, aber mit der Zeit hatte sie begriffen, dass Wunschdenken sie nicht weiterbrachte.

Nun sprach er von Reue und von einer Rückkehr nach Hause, aber sie wusste, dass es zu spät war. Sie wollte nicht mehr zurück in ihr altes Leben, sie wollte vorwärtsschauen.

Sie fühlte eine tiefe Sehnsucht in sich aufsteigen, eine Sehnsucht nach der Liebe und Zugehörigkeit, die sie bei Juan fand.

«Mama, geht es dir gut?», hörte sie Emma aus der Küche rufen. Sie drehte sich um und lächelte. «Ja, es geht mir gut», antwortete sie. Und sie wusste, dass es die Wahrheit war. Egal was passierte, sie hatte ihre Kinder.

Am nächsten Tag, als Emma und Lukas in der Vorschule waren, hörte Anna ein leises Klopfen an der Tür. Als sie öffnete, stand Juan da, in seinen Händen ein prächtiger Strauß bunter Blumen und ein glänzendes neues Spielzeugauto.

«Ich dachte, das hier könnte Lukas aufheitern», sagte er und hielt das Auto hoch. «Und diese sind für dich, ich weiß, du liebst Blumen.» Er hielt ihr den Strauß hin und ihr Herz machte einen Sprung. Sie waren wunderschön - ein lebhafter Mix aus Rosen, Lilien und Gerbera in allen möglichen Farben.

«Danke, Juan, das ist sehr aufmerksam von dir», wisperte sie sichtlich bewegt und nahm die Blumen und das Auto entgegen. Anna wollte ihm um den Hals fallen, wollte ihm danken, nicht nur für die Geschenke, sondern auch für seine Freundlichkeit, seine Fürsorge und die Ruhe, die er in ihr Leben gebracht hatte. Aber sie konnte es nicht. Er war verlobt. Er gehörte einer anderen Frau und sie musste Abstand halten, so sehr es sie auch schmerzte. Sie schaute ihn an und lächelte schwach. «Das ist sehr lieb von dir. Lukas wird sich sicher freuen.»

«Ich hoffe es», antwortete er und lächelte zurück. Sein Lächeln war warm und aufrichtig und es brachte ihr Herz zum Rasen. Sie schaute kurz auf die Blumen in ihrer Hand und dann wieder zu ihm. «Möchtest du hereinkommen? Ich kann Kaffee machen.»

Er schien kurz zu zögern, nickte dann aber. «Ein kurzer Kaffee wäre schön.»

Sie setzten sich in die schattige Ecke des Gartens. Anna konnte ihr Herzklopfen fast hören, sie wusste, dass Juan ihr etwas Wichtiges sagen wollte. Etwas, das er gestern nicht aussprechen konnte.

Sie sahen sich an, ihre Blicke trafen sich und in seinen Augen las sie eine Mischung aus Unruhe und Entschlossenheit. Sie hielten den Atem an, die Welt schien in diesem Moment stillzustehen.

«Anna», begann Juan und seine Stimme war leiser als sonst. «Ich stecke in einer schwierigen Lage. Ich habe Luna versprochen, dass wir heiraten werden, aber...» Er machte eine Pause und schaute sie direkt an. Seine Augen suchten die ihren, als ob er nach einer Antwort suchte, die nur sie geben konnte. «Aber ich... Ich liebe eine andere Frau.»

Die Worte hingen in der Luft, schwer und bedeutungsvoll. Anna fühlte, wie ihr Herz einen Schlag aussetzte, als sie seinen Worten lauschte. Sie wusste, dass sie die andere Frau war, die Frau, die er liebte.

«Ich...» Sie wollte etwas sagen, wollte ihm sagen, dass sie ihn auch liebte, dass sie immer noch Gefühle für ihn hatte, die sie nicht ignorieren konnte. Aber die Worte blieben ihr im Hals stecken, gefangen zwischen ihrer Angst, verletzt zu werden und ihrer Sehnsucht, ihre Liebe zu gestehen.

Sie schluckte, blickte in ihr Glas und dann wieder zu ihm. «Juan», begann sie schließlich, ihre Stimme zitterte leicht, «ich...» Sie brach ab, atmete tief durch und fand schließlich den Mut, ihre Wahrheit auszusprechen. «Ich liebe dich.»

Annas Herzschlag beschleunigte sich und sie spürte, wie ein warmer Schauer ihren Rücken hinunterlief. Sie schaute Juan tief in die Augen, die voller Unsicherheit und Reue waren.

«Juan...» Sie fand einfach nicht die richtigen Worte. Das Schweigen, das zwischen ihnen hing, war greifbar und sie konnte spüren, wie die Luft um sie herum vibrierte.

Juan atmete tief durch und fuhr fort: «Ich kann nicht aufhören, an dich zu denken, Anna. Jedes Mal, wenn ich bei Luna bin, sehe ich dein Gesicht vor mir. Es ist, als hätte mein Herz sich ohne mein Wissen für dich entschieden. Und ich kann nichts dagegen tun.»

Annas Augen füllten sich mit Tränen. «Aber warum hast du dich mit ihr verlobt, wenn du so fühlst?», fragte sie leise.

Juan seufzte. «Luna hat es erwartet und ich dachte, ich liebe sie, aber ...»

Anna kämpfte mit ihren Gefühlen. «Was wirst du tun, Juan?», fragte sie.

Er zögerte, dann antwortete er: «Ich werde mit Luna sprechen. Ich kann sie nicht heiraten, wenn mein Herz woanders ist. Es wäre nicht fair ihr gegenüber und auch nicht dir gegenüber.»

Ein Hoffnungsschimmer erwachte in Annas Augen. «Juan, ich weiß nicht, was die Zukunft bringt, aber ich möchte an deiner Seite sein.»

Er lächelte traurig. «Das hoffe ich auch, Anna. Ich möchte dich nicht verlieren.»

Sie griff nach seiner Hand und drückte sie fest. In diesem Moment, in dieser schattigen Ecke, wussten sie beide, dass sie bereit waren, für ihre Liebe zu kämpfen.

Anna und Juan waren gefangen in der Welt zwischen Freundschaft und romantischer Liebe, hatten Angst, einen

Schritt weiter zu gehen, obwohl die Sehnsucht in ihren Körpern eine andere Geschichte erzählte.

Sie saßen zusammen im Garten, eingehüllt in den warmen Duft der blühenden Oleanderbüsche.

Trotz ihres Zögerns fanden ihre Hände immer wieder zueinander, ihre Finger verschmolzen in einer zärtlichen Umarmung. Sie teilten flüchtige Blicke, welche die stummen Worte aussprachen, die ihre Lippen nicht zu formulieren vermochten. Jeder Blick, jedes Lächeln und jede Berührung war ein unausgesprochener Liebesbrief, der in ihren Herzen gelesen wurde.

Es war offensichtlich, dass sie sich über alles liebten und jeder, der sie sah, konnte das Leuchten in ihren Augen nicht übersehen. Aber die Wahrheit ihrer Gefühle war Luna verborgen. Sie hatte keine Ahnung von der wachsenden Liebe zwischen den beiden. Sie waren so vorsichtig, ihre Spuren zu verwischen, ihre Geheimnisse tief in ihren Herzen zu verstecken.

Anna spürte ein unbeschreibliches Glücksgefühl, welches sich wie eine warme Decke um ihr Herz legte. Aber gleichzeitig nagte die Angst an ihr, dass Juan vielleicht nicht den Mut aufbringen konnte, sich von Luna zu trennen. Die Ungewissheit und die Sehnsucht waren eine bittersüße Melodie in ihrem Herzen, die sie gleichermaßen schmerzhaft und doch so erfüllend fand.

«Anna», Juan murmelte ihren Namen so sanft, dass sie sich fragte, ob sie es sich nur eingebildet hatte. Er sah sie mit einer solchen Intensität an, dass es ihr den Atem raubte. Es waren solche Momente, die sie daran zweifeln ließen, ob sie überhaupt ohne ihn leben könnte.

Doch bevor sie in die Tiefe seiner braunen Augen fallen konnte, brachte die Realität sie zurück. Es war spät geworden. Sie musste ihre Kinder von der Vorschule abholen. Mit einem schweren Seufzer stand sie auf und wandte sich zum Gehen.

«Juan, ich muss die Kinder abholen», sagte sie, ihre Stimme kaum mehr als ein Flüstern. Die Worte schnitten durch die Stille und hinterließen einen Nachhall von ungeklärten Emotionen.

Sie wollte ihm noch so viel sagen, ihre Ängste und Hoffnungen mit ihm teilen. Aber die Zeit war ihr größter Feind. Sie musste gehen, obwohl jeder Schritt, der sie von Juan entfernte, sich anfühlte, als würde ein Stück von ihr selbst zurückbleiben.

Anna machte sich auf den Weg zur Vorschule. Sie wusste, dass sie stark sein musste, für ihre Kinder, für sich selbst und auch für Juan. Mit jedem Schritt, den sie machte, hoffte sie inständig, dass Juan den Mut finden würde, sich endlich von Luna zu trennen. Nur so konnten sie zusammen sein, ohne Schuldgefühle oder Furcht.

Es war ein langer und schwieriger Weg, der vor ihnen lag, aber sie war bereit, ihn zu gehen. Sie konnte nur hoffen, dass Juan ebenfalls bereit war. Bis dahin würde sie warten, würde sie hoffen und würde sie lieben. Und vielleicht, nur vielleicht, würde ihre Liebe stark genug sein, um alle Hindernisse zu überwinden.

Die Straßen flogen an Anna vorbei, aber sie nahm ihre Umgebung kaum wahr. Ihr Kopf war voll von den Ereignissen des Morgens. Jedes Mal, wenn sie blinzelte, sah sie Juans Gesicht vor sich, die Intensität seiner Augen, als er ihr seine Liebe gestanden hatte. Die Worte hallten in ihrem Kopf nach: «Ich liebe dich, Anna.» Etwas, das sie sich so lange gewünscht hatte, etwas, das sie sich in ihren kühnsten Träumen ausgemalt hatte, war nun Wirklichkeit geworden.

Die Emotionen wirbelten in ihr, Freude und Angst, Verwirrung und Sehnsucht. Die Gefühle waren so überwältigend, dass sie Mühe hatte, sich auf das Fahren zu konzentrieren.

«Mama, du hast dem Auto eben die Vorfahrt genommen!», rief Lukas von der Rückbank aus.

Anna schreckte hoch, als sie die Aufregung in Lukas' Stimme hörte. Sofort checkte sie die Umgebung, stellte aber erleichtert fest, dass es keine unmittelbare Gefahr gegeben hatte. Dennoch machte ihr das bewusst, wie sehr sie sich von ihren Gefühlen hatte mitreißen lassen.

«Tut mir leid, Schatz», sagte sie mit zittriger Stimme. «Mama war gerade etwas abgelenkt.»

Lukas sah sie über den Rückspiegel mit großen, besorgten Augen an. «Alles okay, Mama?»

Anna atmete tief durch, versuchte ihre Emotionen in den Griff zu bekommen. «Ja, mein Liebling, alles ist in Ordnung. Mama wird jetzt aufpassen.»

Aber in ihrem Inneren war alles andere als Ruhe. Juan hatte ihre Welt auf den Kopf gestellt und obwohl ein Teil von ihr vor Glück schreien wollte, war da auch die Furcht vor dem, was als Nächstes kommen würde. Wie würde ihre Zukunft aussehen? Wie würden Luna und die anderen auf ihre Beziehung reagieren?

Doch in diesem Moment, als sie zu ihren Kindern nach hinten blickte und ihre unschuldigen, liebevollen Gesichter sah, wusste sie, dass sie alles tun würde, um sie zu schützen. Ihre Liebe zu Juan war mächtig, aber die Liebe zu ihren Kindern war unerschütterlich. Es war an der Zeit, Entscheidungen zu treffen und ihre Prioritäten klar zu definieren. Denn in diesem komplizierten Weben von Emotionen und Entscheidungen war ihre erste Pflicht, für ihre Kinder da zu sein.

Der Abend fiel still und sanft ein, als Pilar an Annas Tür klopfte. Die Kinder waren sicher und fest schlafend in ihren Betten und die ruhige Nacht schuf den perfekten Rahmen für das, was Anna Pilar erzählen wollte.

«Die Kinder schlafen schon?», fragte Pilar, ihre Stimme leise, als sie ihre Schuhe auszog und den behaglichen Wohnraum betrat.

Anna nickte. «Ja, heute sind sie früh ins Bett gegangen. Ich konnte es kaum erwarten, dich zu sehen und dir alles zu erzählen.»

Pilar bemerkte den Glanz in Annas Augen und ihre Neugier wuchs. Sie setzten sich auf das Sofa, die beiden Frauen so eng nebeneinander, als ob die Distanz zwischen ihnen das Gewicht der anstehenden Enthüllung nicht tragen könnte.

Anna atmete tief durch. «Pilar, du wirst es nicht glauben... Juan hat mir heute seine Liebe gestanden.» Sie beobachtete Pilars Gesicht aufmerksam, suchte nach einer Reaktion.

Pilar starrte Anna mit offenem Mund an, ihre Augen füllten sich langsam mit Tränen. Sie schlug die Hände vor den Mund und ein glückliches Lächeln zeichnete sich auf ihren Lippen ab. Die Tränen rollten nun über ihre Wangen, aber es waren Tränen der Freude. Sie zog Anna in eine feste Umarmung, hielt sie, als wolle sie all ihre Gefühle in diese eine Berührung legen.

«Oh Anna», flüsterte Pilar mit erstickter Stimme. «Ich habe es mir so sehr gewünscht. Ich habe es immer gewusst! Ihr beide gehört einfach zusammen.»

Anna lachte durch ihre eigenen Tränen hindurch. «Ich kann es selbst kaum glauben. Alles fühlt sich wie ein Traum an.»

Die beiden Frauen saßen noch lange zusammen, tauschten Geschichten und Gefühle aus, lachten und weinten. Pilar hatte immer an die Liebe zwischen Anna und Juan geglaubt und dieser Moment der Bestätigung war für sie ebenso bedeutend wie für Anna.

«Das Leben hat manchmal so wundervolle Überraschungen für uns parat», murmelte Pilar, als sie in die Dunkelheit hinausstarrte.

Anna nickte. «Ja, und manchmal haben wir das Glück, sie mit der besten Freundin an unserer Seite zu teilen.»

GLÜCK PUR

Die Sonne schien auf einmal heller in Annas Welt, jeder Vogelgesang schien fröhlicher und jede Blume duftete süßer. Es war erstaunlich, wie Liebe einen verändern kann. Nur wenige Monate nach ihrer Trennung von Felix hatte sie sich geschworen, nicht so bald wieder ihr Herz zu verschenken. Doch wie konnte sie gegen das Schicksal ankämpfen? Wenn die richtige Person plötzlich vor einem steht, scheinen alle Vorsichtsmaßnahmen und Versprechen in den Hintergrund zu treten.

Anna hatte nicht erwartet, sich so schnell in Juan zu verlieben. Es war eine der überraschendsten Wendungen ihres Lebens und dennoch, wenn sie in seine Augen schaute, fühlte sich alles richtig an. Es war, als ob sie endlich nach Hause gekommen war, in einen Ort, von dem sie nicht wusste, dass er existierte.

Doch in der Euphorie ihrer neu entdeckten Liebe war da ein Schatten, der auf ihrem Glück lastete: Luna. Anna war sich nicht sicher, wie Luna auf ihre Beziehung reagieren würde. Sie kannte Luna als stolz und leidenschaftlich und obwohl sie ihr nichts Böses wünschte, fürchtete Anna die Konfrontation.

Jedes Mal, wenn sie an Luna dachte, spürte sie einen Stich der Angst in ihrem Herzen. Sie wollte nicht die Ursache für Unstimmigkeiten oder Herzschmerz sein. Aber sie konnte und wollte ihre Gefühle für Juan nicht leugnen.

Anna vertraute darauf, dass Juan die Situation mit Anstand und Respekt handhaben würde. Sie hoffte inständig, dass Luna Verständnis zeigen und ihnen nicht im Weg stehen würde. Es war ein schwieriges Gleichgewicht zwischen der Wahrung des eigenen Glücks und der Achtung der Gefühle anderer.

Während sie im Garten saß und die ersten Sonnenstrahlen des Tages genoss, schloss sie die Augen und sandte stille Gedanken der Hoffnung und des Friedens in Richtung Luna. Sie hoffte, dass das Universum auf ihrer Seite war und dass alle Beteiligten einen Weg finden würden, um glücklich zu sein. Denn in der Komplexität des Lebens war Liebe das, was zählte und Anna war bereit, für ihre Liebe zu Juan zu kämpfen.

Lukas und Emma, obwohl noch so jung, hatten ein unglaubliches Gespür dafür, wenn sich in ihrer Mutter etwas veränderte. Sie bemerkten, dass sie mehr lächelte, vor allem wenn sie in Gedanken versunken war. Es war das Lächeln eines Menschen, der ein süßes Geheimnis hütet.

«Warum bist du so glücklich, Mama?», fragte Emma, während sie ihr Müsli löffelte.

Anna lächelte und strich ihrer Tochter liebevoll über das Haar. «Weil das Leben manchmal wunderschöne Überraschungen für uns bereithält», antwortete sie ausweichend.

In ihrem Inneren wollte Anna alles mit ihren Kindern teilen. Aber sie wusste, dass es noch zu früh war, um ihnen von Juan zu erzählen. Es waren noch so viele unsichere Faktoren im Spiel. Sie wollte ihre Kinder nicht in die emotionale Achterbahn mitnehmen, die ihr eigenes Herz gerade durchlebte.

In den ruhigen Momenten, wenn die Kinder spielten oder schliefen, erlaubte Anna sich, von einer Zukunft mit Juan zu träumen. Sie sah ihn vor sich, wie er am Wochenende neben ihr im Bett aufwacht und sie mit einem Kuss und einem Tablett voller Frühstücksleckereien überrascht. Oder wie sie früh am Morgen aufsteht, um ihm seinen Lieblingskaffee zu machen, während er noch im Land der Träume verweilt.

Besonders berührten sie die Gedanken daran, wie Juan mit den Kindern interagieren würde. Sie stellte sich vor, wie er Lukas beim Fußballspielen anfeuert oder wie er Emma bei ihren Hausaufgaben hilft. Das Glück in den Augen ihrer Kinder, wenn sie endlich wieder einen Vater an ihrer Seite hätten, war für Anna das Wertvollste.

Diese Bilder waren so real, dass sie sie fast berühren konnte. Aber sie wusste, dass diese Träume erst wahr werden konnten, wenn Juan und Luna endgültig ihre eigene Geschichte abschlossen.

Die Stunden nach Juans Liebesgeständnis fühlten sich für Anna wie eine Mischung aus einem wunderschönen Traum und quälender Ungewissheit an. Jeder Blick auf ihr Handy ließ ihr Herz schneller schlagen, in der Hoffnung, eine Nachricht von ihm zu bekommen. Endlich vibrierte es auf dem Küchentisch, aber was sie las, ließ ihr Herz sinken.

«Anna, ich fliege für zwei Tage nach Madrid. Melde mich, sobald ich zurück bin.»

Nur diese wenigen Zeilen, keine Erklärung, keine liebevollen Worte. Die Tatsache, dass er nach Madrid flog, ließ ihre Gedanken rasen. Wollte er dort persönlich mit Luna Schluss machen?

Anna hatte sich so sehr auf einen weiteren Tag mit Juan gefreut, auf die Möglichkeit, tief in seine Augen zu sehen und vielleicht sogar den lang ersehnten ersten Kuss zu erleben. Doch nun stand sie alleine in ihrer Küche, mit nichts als Fragen und dem ohrenbetäubenden Schweigen ihres Hauses.

Sie wusste, dass sie Juan Raum geben musste, um seine eigenen Dinge zu klären, aber die Ungewissheit war fast unerträglich. Sie wollte antworten, wollte wissen, was in ihm vorging, aber sie zögerte. Würde sie damit alles nur komplizierter machen?

Am Ende entschied sie sich, ihm einfach zu schreiben: «Pass auf dich auf, Juan. Ich liebe dich.»

Die nächsten zwei Tage waren eine Qual. Anna versuchte sich abzulenken, verbrachte Zeit mit ihren Kindern und Freunden, doch ihre Gedanken waren immer bei Juan. Sie stellte sich vor, wie er in Madrid durch die Straßen lief, sein Gesicht angespannt und nachdenklich, sein Herz zerrissen zwischen zwei Frauen.

Als schließlich der Tag seiner Rückkehr kam, hoffte Anna auf eine Nachricht von ihm. Doch die Stunden vergingen und sie hörte nichts. Das Warten wurde zu einer Tortur. Sie wusste, dass wahre Liebe Geduld erfordert, aber sie war am Ende ihrer Kräfte. Sie sehnte sich danach, zu wissen, wo sie stand und ob ihre Träume von einer gemeinsamen Zukunft mit Juan jemals Realität werden würden.

Die sanfte Brise strich durch Annas Haar, als sie durch das Grün des Parks wanderte, ihre Kamera fest um den Hals gelegt. Sie suchte nach besonderen Momenten, die sie festhalten konnte, nach kleinen Details, die oft übersehen wurden. Doch trotz ihrer Konzentration auf die Umgebung war ein Teil von ihr immer noch auf das Display ihres Handys gerichtet, in der Hoffnung auf eine Nachricht von Juan.

Als ihr Handy schließlich vibrierte, konnte sie kaum atmen. Aber was sie las, ließ ihre Hoffnungen in Sekunden schwinden. «Ich bin noch in Madrid. Luna geht es nicht gut. Sie muss operiert werden. Ich weiß noch nicht, wie lange ich bleibe.»

Tränen stiegen in Annas Augen. Ihr erster Impuls war Mitgefühl für Luna. Sie mochte sie vielleicht nicht besonders, aber sie wünschte ihr sicherlich nichts Schlechtes. Die zweite Emotion war Verwirrung. Was für eine Operation? Warum war sie nötig? Und hatte Juan die Chance gehabt, mit Luna über ihre Beziehung zu sprechen, bevor diese Nachricht kam?

Aber am stärksten spürte Anna die Enttäuschung. Sie hatte so sehr gehofft, dass diese Reise nach Madrid eine Chance für Juan wäre, endlich Klarheit in seine Gefühle zu bringen und seine Beziehung zu Luna zu beenden. Doch nun schien alles ungewiss. Würde Juan bei Luna bleiben, um sich um sie zu kümmern? Würde ihre Krankheit alles verändern?

Annas Herz war schwer, als sie weiter durch den Park ging. Die Welt um sie herum schien plötzlich grauer, die Farben nicht mehr so leuchtend. Ihre Kamera, die sonst immer ihr treuer

Begleiter war, hing nun schwer an ihrem Hals. Sie konnte sich nicht mehr darauf konzentrieren, Bilder zu machen.

Sie setzte sich auf eine Parkbank und versuchte, ihre Gedanken zu ordnen. Ihre Beziehung zu Juan war noch so neu, so frisch. Sie hatte nicht erwartet, dass es so viele Hindernisse geben würde, so viele unerwartete Wendungen. Es fühlte sich an, als ob das Schicksal ständig gegen sie arbeitete, sie immer wieder auf die Probe stellte.

Aber inmitten all der Unsicherheit wusste Anna eines: Sie liebte Juan. Und sie würde warten, so lange es nötig war. Es würde nicht einfach sein, aber wahre Liebe war nie einfach. Es war ein Kampf, ein ständiges Auf und Ab. Und Anna war bereit, für ihre Liebe zu kämpfen, egal wie lange es dauern würde.

Die Sonne schien warm und hell durch das Fenster, aber für Anna war es, als hätte eine dicke Wolke ihren Alltag überdeckt. Jeder Morgen begann mit einem schnellen Blick auf ihr Handy, in der Hoffnung auf eine Nachricht von Juan. Aber Tag für Tag blieb das Display leer, ohne eine einzige Nachricht von ihm.

In ihren Gedanken kehrte Anna immer wieder nach Madrid zurück, versuchte sich auszumalen, was dort vor sich ging. War Lunas Zustand ernst? Würde Juan an ihrer Seite bleiben, aus Pflichtgefühl, weil sie nun krank war? Jeder Gedanke daran ließ Annas Herz schwerer werden.

«Du darfst nicht so denken», sagte Pilar, während sie gemeinsam in Annas Küche saßen. Sie hatte versucht, Anna mit einem selbst gemachten Schokoladenkuchen aufzumuntern, aber Anna konnte sich kaum darauf konzentrieren.

«Ich kann nicht anders», gestand sie. «Ich habe mich so sehr in ihn verliebt. Die Idee, dass ich ihn jetzt verliere, nur weil das Schicksal sich einmischt ... es zerreißt mich.»

Pilar legte ihre Hand auf Annas. «Du weißt, manchmal passieren im Leben Dinge, die wir nicht kontrollieren können. Aber wahre Liebe findet immer einen Weg. Juan hat dir seine Gefühle gestanden. Du musst daran glauben, dass er zu dir zurückkommen wird, wenn die Zeit reif ist.»

«Aber was, wenn diese Zeit nie kommt? Was, wenn er sich entscheidet, bei Luna zu bleiben, aus Mitleid, aus Verpflichtung?», flüsterte Anna.

Pilar seufzte. «Dann wird es wehtun, es wird schwer sein. Aber du wirst es überstehen. Und du wirst jemanden finden, der dich bedingungslos liebt und für dich da ist, egal was passiert.»

Die Worte trösteten Anna ein wenig, aber die Unsicherheit und das Warten waren fast unerträglich. Und doch, tief in ihrem Inneren, hatte sie einen Funken Hoffnung. Eine kleine Flamme, die durch Pilars Worte genährt wurde. Sie musste glauben, dass ihre Liebe zu Juan stark genug war, um alle Hindernisse zu überwinden.

Die Tage verstrichen langsam und obwohl es keine Nachrichten von Juan gab, klammerte sich Anna an die Hoffnung. Sie erinnerte sich an jedes Wort, jede Berührung, jeden Blick, den sie mit Juan geteilt hatte und hoffte, dass diese Erinnerungen stark genug waren, um beide durch diese schwierige Zeit zu tragen.

ALLES VORBEI

Annas Herz schlug so heftig gegen ihre Brust, dass sie das Gefühl hatte, es könnte jeden Moment zerspringen. Sie hatte Juans Nummer auf dem Display erkannt, und allein dieser Anblick hatte sie in ein Wechselbad der Gefühle gestürzt.

«Juan», sagte sie zögerlich, ihre Stimme zitterte leicht.

«Anna ...», begann er, und sie hörte die Erschöpfung in seiner Stimme. «Es tut mir leid, dass ich mich nicht gemeldet habe, aber ich musste mich um Luna kümmern. Ihr geht es nicht gut. Sie ist noch im Krankenhaus.»

Ein Kloß bildete sich in Annas Hals. «Was ist passiert?», fragte sie, ihre Gedanken rasten.

«Luna hatte einen schweren Autounfall. Sie ist außer Lebensgefahr, aber die Ärzte sagen, die nächsten Tage sind kritisch. Es ... es war einfach zu viel und ich wusste nicht, wie ich mich dir gegenüber verhalten sollte.»

Tränen stiegen in Annas Augen. Sie mochte Luna nicht besonders, aber niemand verdiente solch ein Schicksal. «Das tut mir so leid, Juan. Gibt es irgendetwas, was ich tun kann?»

«Danke, Anna. Aber im Moment kann ich nur warten. Luna hat keine Familie hier, also muss ich für sie da sein.»

«Ich verstehe», flüsterte Anna. «Bitte halte mich auf dem Laufenden.»

«Das werde ich», versprach er, seine Stimme rau vor Emotionen. «Anna ...», er zögerte, «Du musst wissen, dass meine

Gefühle für dich sich nicht geändert haben. Aber jetzt muss ich für Luna da sein. Das hat nichts mit uns zu tun. Das ist ... Pflicht.»

«Ich weiß», antwortete Anna, ihre Stimme kaum hörbar. «Kümmere dich um sie. Und wenn du bereit bist, bin ich hier.»

Es war ein kurzes Gespräch, aber es war genug, um Anna ein wenig Trost zu geben. Ihre Liebe zu Juan war immer noch da, unverändert. Aber das Leben hatte ihnen eine unerwartete Wendung gebracht, eine, die sie aushalten mussten, bis das Schicksal entschied, sie wieder zusammenzubringen.

Die Tage waren gefüllt mit gemischten Emotionen. Die regelmäßigen Anrufe von Juan brachten Anna Trost und Verzweiflung zugleich. Jedes Mal, wenn ihr Handy klingelte und sie Juans Namen auf dem Display sah, verspürte sie sowohl Aufregung als auch Beklemmung.

«Luna macht Fortschritte», berichtete er ihr. «Die Ärzte sind zufrieden mit ihrer Genesung.»

«Das ist wunderbar zu hören», erwiderte Anna aufrichtig. Ihre Gedanken waren oft bei Luna und sie wünschte ihr von ganzem Herzen eine schnelle Genesung. Aber gleichzeitig konnte sie nicht anders, als sich zu fragen, wie diese Situation ihre Beziehung zu Juan beeinflussen würde. Sie sehnte sich danach, ihn wiederzusehen, ihm nah zu sein, aber das Leben hatte ihnen eine Pause auferlegt.

In diesen emotional schwierigen Zeiten fand Anna Trost in ihrer Fotografie. Sie verbrachte Stunden im Freien, auf der Suche nach dem perfekten Licht, dem perfekten Moment. Ihre Kamera wurde wieder zu einer Zuflucht, einem Ort, an dem sie sich verlieren und dem Schmerz und der Unsicherheit entfliehen konnte.

Eines Tages, nachdem sie stundenlang durch die Stadt gewandert war und Fotos von versteckten Gassen und strahlenden Sonnenuntergängen gemacht hatte, bekam Anna eine E-Mail von einem Hotel in der Stadt. Sie hatten einige ihrer Arbeiten gesehen und waren so beeindruckt, dass sie Anna eine Ausstellung in ihrer Lobby anboten.

«Wir glauben, dass Ihre Fotografien perfekt zu unserem Ambiente passen würden», schrieb der Hotelmanager. «Ihre Bilder haben eine Tiefe und Emotion, die unsere Gäste sicherlich schätzen würden.»

Anna war überwältigt. Es war das Angebot, von dem sie immer geträumt hatte. Ein Ort, an dem sie ihre Kunst präsentieren und mit anderen teilen konnte. Sie stimmte begeistert zu und begann sofort, ihre besten Arbeiten für die Ausstellung auszuwählen.

Die Vorbereitungen waren eine willkommene Ablenkung von der Achterbahn ihrer Gefühle. Und während sie jeden Tag mit Juan sprach und ihm von ihren Plänen erzählte, spürte sie tief in ihrem Inneren, dass sie ihren eigenen Weg finden musste, unabhängig von der ungewissen Zukunft mit ihm.

Als Anna mit ihren Kindern am Strand lag, erreichte sie ein Anruf von Juan.

«Anna, ich ... ich muss dir etwas sagen.» Juans Stimme klang anders, fast distanziert. «Luna und ich kommen nach Ibiza.»

Anna fühlte, wie ihr der Boden unter den Füßen weggezogen wurde. «Du kommst ...», stammelte sie, unfähig, die Nachricht zu verarbeiten.

«Ja, Luna will sich auf der Insel erholen.» Er hielt inne. «Ich habe ihr noch nichts von uns erzählt, Anna.»

Es fühlte sich an, als würde ihr Herz in Stücke gerissen. Alle Hoffnungen, alle Träume, die sie in den letzten Wochen gehegt hatte, schienen sich in Luft aufzulösen. «Warum nicht, Juan?», fragte sie mit belegter Stimme.

«Ich wollte es, ich schwöre. Aber nach dem Unfall... Ich konnte nicht. Es schien nicht der richtige Zeitpunkt zu sein.»

Anna schluckte schwer. Sie konnte die Angst, die Verzweiflung in seiner Stimme hören. Aber es änderte nichts an der Tatsache, dass ihr eigenes Herz zerrissen wurde. «Juan, du hast gesagt, du liebst mich. Aber ich weiß nicht, ob du den Mut hast, diese Liebe zu leben.»

«Es ist kompliziert, Anna. Bitte versuche, mich zu verstehen.»

«Ich versuche es wirklich, Juan», flüsterte sie. «Aber es tut weh.»

Als sie das Gespräch beendeten, fühlte Anna sich, als wäre sie in ein tiefes, dunkles Loch gefallen. Sie fühlte sich betrogen, obwohl sie wusste, dass Juan in einer schwierigen Lage war. Sie wollte stark sein, wollte ihm die Zeit geben, die er brauchte. Aber es fiel ihr so schwer.

Die einzige Sache, die ihr Halt gab, war ihre Fotografie. Sie stürzte sich in die Arbeit, versuchte, den Schmerz durch die Linse ihrer Kamera zu betrachten. Es gelang ihr, sich durch die Bilder abzulenken, die Welt aus einem anderen Blickwinkel zu sehen. Sie nutzte die Gelegenheit, um weiterhin auszustellen und sogar Workshops zu geben. Sie wollte anderen beibringen, wie man durch die Fotografie Trost und Freude finden konnte.

Tage wurden zu Wochen und Anna fand langsam einen Weg, mit ihrem gebrochenen Herzen umzugehen. Aber tief in ihrem Inneren wusste sie, dass sie Juan immer noch liebte. Sie konnte nur hoffen, dass das Schicksal ihnen eine zweite Chance geben würde.

Das Wiedersehen mit Juan war bittersüß. Anna hatte sich auf diesen Moment vorbereitet, hatte sich vorgenommen, stark zu sein. Aber als sie ihn sah, sah sie nur einen Schatten des Mannes, den sie liebte.

Er war dünner geworden und tiefe Sorgenfalten durchzogen sein Gesicht. Er wirkte erschöpft und gleichzeitig entschlossen, als ob er die ganze Welt auf seinen Schultern trug. Anna verspürte den Drang, ihn zu umarmen, ihn zu trösten, aber sie hielt sich zurück. Sie wusste, dass sie stark bleiben musste.

Juan kam mehrmals bei ihr vorbei, manchmal nur für ein paar Minuten, um nach den Kindern zu fragen. Er vermied es, über Luna zu sprechen und erwähnte ihre Beziehung nur, wenn er darum gebeten wurde.

«Anna», sagte er eines Tages, seine Stimme brüchig vor Emotionen. «Ich brauche Zeit. Ich weiß, dass es unfair ist, dich zu bitten zu warten. Aber ich kann Luna in diesem Zustand nicht verlassen. Ich liebe sie nicht auf die gleiche Weise wie dich, aber sie war ein wichtiger Teil meines Lebens und ich kann sie nicht einfach im Stich lassen.»

Annas Herz zog sich zusammen. Sie verstand seine Worte, sie verstand seinen Konflikt. Aber es tat immer noch weh. Jeder Tag, den sie ohne Juan verbrachte, fühlte sich an wie ein Leben ohne Sonnenschein. «Juan, ich kann nicht ewig warten. Ich kann es nicht.»

Sie sah ihn an, seine Augen, die so voller Schmerz und Verwirrung waren. Sie wusste, dass sie ihn liebte, aber sie wusste auch, dass sie sich selbst schützen musste. Sie konnte nicht ewig in dieser Unsicherheit leben, in diesem Zustand der Hoffnung und Verzweiflung.

Mit jeder Begegnung, jedem Blick, jedem versteckten Gefühl verlor Anna mehr und mehr die Hoffnung, dass ihre Liebe eine Chance hatte. Sie versuchte, sich auf ihre Fotografie zu konzentrieren, auf ihre Kinder und ihr eigenes Wohlbefinden. Aber tief in ihrem Herzen wusste sie, dass sie immer noch auf das Wunder wartete, dass Juan sich für sie entscheiden würde.

Felix' Anruf kam unerwartet. Er und Anna hatten sich nach ihrer Trennung arrangiert, hatten gelernt, zivilisiert miteinander umzugehen, besonders zum Wohl der Kinder. Doch sie hatten sich in den letzten Monaten nicht oft gesprochen.

«Anna», Felix' Stimme klang warm und ein wenig unsicher, «ich habe darüber nachgedacht, vielleicht meinen Urlaub auf Ibiza zu verbringen. Es ist schon so lange her, dass ich die Kinder gesehen habe und ich vermisse sie. Was hältst du davon?»

Anna zögerte. Sie war sich der Komplexität bewusst, die dieser Besuch mit sich bringen könnte, besonders mit Juan im Hinterkopf. Doch sie wusste, wie wichtig es für die Kinder war, Zeit mit ihrem Vater zu verbringen. «Ja, natürlich, Felix», antwortete sie schließlich, «es ist wichtig, dass du Zeit mit Lukas und Lena verbringst.»

Es gab eine kurze Pause am anderen Ende der Leitung, als ob Felix ihre Unsicherheit gespürt hätte. «Ich werde ein Hotel suchen», bot er an, «wenn dir das lieber ist.»

«Nein, das ist nicht nötig», erwiderte Anna, «du kannst hier übernachten. Es ist genug Platz.» Sie versuchte, ihren Ton neutral und einladend klingen zu lassen. Innerlich war sie jedoch zerrissen. Sie konnte die Kinder nicht von ihrem Vater fernhalten, aber die Vorstellung, Felix ständig um sich zu haben, besonders zu einer Zeit, in der sie emotionale Unterstützung benötigte, war nicht einfach.

Als Felix ankam, spürte Anna sofort die vertraute Energie, die er immer mitbrachte. Er hatte diese lockere, entspannte Art an sich, die sie einst so sehr geliebt hatte. Die Kinder waren überglücklich, ihren Vater zu sehen und die Atmosphäre im Haus wurde sofort lebendiger.

Obwohl die Tage mit Spiel und Lachen gefüllt waren, gab es Momente, in denen Anna sich fragte, ob sie die richtige Entscheidung getroffen hatte. Abends, wenn die Kinder schliefen, saßen sie oft auf der Terrasse und redeten. Es gab Augenblicke, in denen die Grenzen zwischen Vergangenheit und Gegenwart zu verschwimmen schienen.

Eines Abends sagte Felix leise: «Du siehst aus, als ob dir etwas auf dem Herzen liegt, Anna.»

Sie sah ihn an, in seine tiefen blauen Augen, die sie so gut kannte und plötzlich fühlte sie sich wieder so jung und verletzlich. Mit zögernder Stimme erzählte sie ihm von Juan, von ihrer Liebe zu ihm und von dem Dilemma, in dem sie steckte.

Felix hörte ihr aufmerksam zu, ohne zu urteilen. Als sie fertig war, legte er seine Hand über ihre. «Du verdienst Liebe und Glück, Anna», sagte er. «Und egal was passiert, ich hoffe, dass du es findest.»

Die Umarmung des Vertrauten konnte unglaublich beruhigend sein. Anna hatte dies in den letzten Wochen vergessen, die von Unsicherheit und Schmerz geprägt waren. Mit Felix' Ankunft schien eine Welle der Erleichterung durch ihr

Haus und Leben zu strömen. Er, der einst ihr Lebenspartner gewesen war, wurde jetzt zu einem unerwartet stabilen Anker in ihrer turbulenten Existenz.

Jeden Morgen wachte Anna auf, um das Lachen ihrer Kinder und das Brummen von Felix zu hören, der bereits in der Küche zugange war und Frühstück machte. Wenn sie die Treppe hinunterkam, wurde sie von dem Duft frischer Pfannkuchen oder Rührei begrüßt.

Am Nachmittag spielte Felix Fußball mit Lukas oder las Emma Geschichten vor, während Anna sich in ihr Studio zurückziehen und ihre Arbeit als Fotografin fortsetzen konnte. Sie fühlte sich frei in der Gewissheit, dass ihre Kinder in guten Händen waren.

Doch es waren die kleinen Dinge, die sie am meisten schätzte. Felix kochte, beschnitt Sträucher und reparierte den alten Zaun. Sie saß oft auf der Terrasse und beobachtete ihn, wie er sich liebevoll um ihre Kinder kümmerte. Es war, als würde er versuchen, die Spuren der Zeit zu überbrücken, in der sie getrennt gewesen waren.

Sie redeten viel. Es waren keine Gespräche über die Vergangenheit oder ihre gescheiterte Beziehung, sondern eher über das Leben, ihre Träume und Hoffnungen. Felix erzählte von seiner Arbeit und seinen Plänen. Anna genoss es und hörte ihm aufmerksam zu. Es war auf einmal so einfach mit ihm zu reden.

Mit der Zeit wurde Felix mehr als nur der Vater ihrer Kinder oder ihr Ex-Mann. Er wurde ein Freund, ein Vertrauter, jemand, bei dem sie sich sicher und verstanden fühlte. Und obwohl sie wusste, dass ihre Romantik längst vorbei war, schätzte sie die Nähe, die sie jetzt teilten.

«Danke, Felix», sagte Anna eines Abends, als sie auf der Terrasse saßen und in den Sternenhimmel schauten. «Für alles.»

Felix lächelte und drückte ihre Hand. «Es war mir ein Vergnügen. Du und die Kinder, ihr bedeutet mir alles.»

Das Zirpen der Grillen und der schwache Schein der Gartenlichter schufen eine friedliche Atmosphäre, während

Anna und Felix auf der Terrasse saßen. Das tiefe Blau des Himmels verschmolz langsam mit der Dunkelheit der Nacht und der Duft von Jasmin füllte die Luft. Aber dieser Moment der Ruhe wurde abrupt unterbrochen, als die Türklingel läutete.

Anna schaute auf, überrascht. «Ich erwarte niemanden.»

Sie stand auf und ging zur Haustür, öffnete sie und fand Juan davor. Er schien angespannt. «Juan?», fragte sie, ihre Stimme voller Überraschung.

«Entschuldige», stammelte er, sein Blick huschte an ihr vorbei und fiel auf Felix, der im Hintergrund stand. Die Anspannung in Juans Augen war unübersehbar. «Ich ... ich wollte nur vorbeikommen und ... und mit dir reden.»

Felix, der die Spannung spürte, trat ein paar Schritte vor. «Hallo Juan», sagte er und reichte ihm die Hand.

Juan schüttelte sie, aber sein Blick blieb misstrauisch.

Die Stille, die sich zwischen ihnen ausbreitete, war schwer und unangenehm. Anna räusperte sich, versuchte die angespannte Atmosphäre zu durchbrechen. «Möchtest du hereinkommen?»

Juan nickte und folgte ihr, wobei er Felix immer wieder verstohlene Blicke zuwarf. Als sie sich alle im Wohnzimmer niederließen, konnte Anna nicht anders, als das Gefühl zu haben, zwischen zwei Welten gefangen zu sein.

«Ich wusste nicht, dass du Besuch hast», sagte Juan, seine Worte waren vorsichtig gewählt, aber der Unterton seiner Stimme verriet seine Eifersucht.

Anna atmete tief durch und antwortete ruhig: «Felix ist hier, um Zeit mit den Kindern zu verbringen.»

Juan nickte. «Ich verstehe.»

Anna schaute zu Felix, der sich in den Garten verabschiedete und wandte sich wieder Juan zu. Sie atmete tief durch und versuchte, ihre Gedanken zu ordnen. «Wir müssen reden, Juan. Aber nicht jetzt und nicht hier.»

Er nickte und stand auf. «In Ordnung. Ich werde gehen.»

«Wir können uns morgen Vormittag in unserem Café treffen», schlug Anna vor.

«Ja, das machen wir.»

Als die Tür hinter ihm zufiel, ließ Anna sich auf das Sofa fallen und schloss die Augen. Sie spürte Felix' Hand auf ihrer Schulter. «Alles wird gut, Anna», sagte er leise. «Egal was passiert, ich bin für dich da.»

Juan trat in das Café ein, seine Augen suchten sofort nach Anna. Als er sie entdeckte, schenkte er ihr ein leichtes Lächeln, das jedoch nicht seine Augen erreichte. Annas Herz pochte schneller in ihrer Brust, als sie das schwere Gefühl in der Luft wahrnahm. Er setzte sich ihr gegenüber und sie sah, wie er kurz zögerte, bevor er anfing zu sprechen.

«Anna... Ich habe über alles nachgedacht, was zwischen uns passiert ist», begann er, seine Stimme klang rau und müde.

Annas Hand zitterte, als sie ihr Glas abstellte. «Juan, was ist los? Warum siehst du so aus? Hat es etwas mit Luna zu tun?»

Er nickte langsam. «Ich habe Luna von uns erzählt.»

Anna schluckte schwer. «Und?»

«Luna... sie war am Boden zerstört», fuhr Juan fort, sein Blick fest auf die Tischplatte gerichtet. «Sie hat mir gesagt, dass sie gerade durch eine sehr schwere Zeit geht, vor allem wegen ihrer Gesundheit. Sie hat mich gebeten, ihr Zeit zu geben, um alles zu verarbeiten.»

Annas Herz sank. Sie hatte so gehofft, dass Juan endlich den Mut finden würde, sich von Luna zu trennen und ihrer Liebe eine echte Chance zu geben. «Also... was bedeutet das für uns?»

Juan sah sie direkt an, in seinen Augen konnte sie den Schmerz sehen. «Anna, ich kann Luna in dieser schweren Zeit nicht allein lassen. Ich liebe dich, das tue ich wirklich. Aber ich fühle mich verpflichtet, bei Luna zu bleiben, zumindest bis sie wieder gesund ist.»

Ein scharfer Schmerz durchzuckte Annas Herz. «Also hast du dich entschieden, bei ihr zu bleiben?»

Juan schluckte schwer. «Für den Moment ja. Es tut mir so leid, Anna.»

Tränen stiegen in ihren Augen auf. Sie hatte so sehr gehofft, dass ihre Liebe stark genug sein würde, um alle Hindernisse zu überwinden. Aber nun sah sie ein, dass es vielleicht nicht so sein sollte.

«Ich verstehe», flüsterte sie, ihre Stimme brach. «Ich wünsche dir und Luna alles Gute.»

Juan griff nach ihrer Hand und drückte sie fest. «Das bedeutet nicht, dass ich aufhöre, dich zu lieben.»

Sie zog ihre Hand zurück und stand auf. «Manchmal reicht Liebe allein nicht aus, Juan.»

Ohne ein weiteres Wort verließ sie das Café, ließ Juan allein zurück und versuchte, ihr gebrochenes Herz zusammenzusetzen.

ABLENKUNG

Annas Tage wurden zu einer Mischung aus Melancholie und harter Arbeit. Wenn sie nicht gerade mit ihrer Kamera durch Ibiza streifte, um atemberaubende Aufnahmen zu machen, saß sie oft im Garten, blickte in die Ferne und ließ ihre Gedanken wandern. Pilar war ihr ständiger Anker, der sie daran erinnerte, sich auf das Positive zu konzentrieren.

Felix war vor ein paar Tagen abgereist. Ihr Haus fühlte sich leer an ohne ihn und sie vermisste seine freundliche und beruhigende Gegenwart.

Pilar war ihre einzige Verbindung zur Außenwelt. Sie kam oft zu Besuch, brachte Lebensmittel mit und tröstete sie, so gut sie konnte. Aber nichts schien Annas Schmerz lindern zu können.

«Du musst weitermachen, Anna», sagte Pilar eines Tages, als sie zusammen auf der Terrasse saßen. «Du kannst nicht ewig in der Vergangenheit leben. Du bist eine starke, unabhängige Frau. Du kannst das überstehen.»

Anna seufzte und lehnte sich in ihren Stuhl zurück. Sie wusste, dass Pilar recht hatte. Sie musste Juan loslassen. Sie musste sich auf sich selbst konzentrieren, auf ihre Kinder und auf ihre Karriere als Fotografin. Aber das war leichter gesagt als getan.

«Es ist so schwer, Pilar», flüsterte sie. «Ich habe das Gefühl, dass ich meinen Seelenverwandten verloren habe.»

«Ich weiß, Liebling. Aber denke daran, dass das Leben immer weitergeht. Vielleicht wartet da draußen jemand auf dich, der dir zeigen wird, dass die Liebe noch einmal möglich ist.»

Anna schenkte ihr ein schwaches Lächeln. «Vielleicht hast du recht, Pilar.»

Langsam, aber sicher, begann Anna, das Licht am Ende des Tunnels zu sehen. Sie war immer noch traurig, aber sie wusste jetzt, dass sie in der Lage sein würde, diese schwere Zeit zu überstehen. Sie war stark genug, um alleine zu sein. Und wer weiß, vielleicht wartete das Schicksal mit einer weiteren Überraschung auf sie. Es war nur eine Frage der Zeit.

Monate vergingen wie in einem Traum. Anna fand allmählich zu ihrem normalen Leben zurück. Die Kinder und die Fotografie waren ihr Anker, hielten sie auf dem Boden und gaben ihr einen Sinn. Sie lernte, allein zu sein und fand einen seltsamen Frieden darin.

Juan meldete sich ab und zu per WhatsApp, versuchte sie zu sehen, aber Anna lehnte ab. Sie konnte sich nicht mit ihm treffen. Es würde nur alte Wunden aufreißen, Gefühle wieder zum Leben erwecken, die sie so sorgfältig begraben hatte. Sie konnte es sich nicht leisten, wieder verletzt zu werden.

Pilar traf sich gelegentlich mit Juan. Sie brachte Anna Neuigkeiten von ihm, erzählte ihr, wie es ihm ging. Anfangs schmerzte es, etwas über Juan zu hören, aber mit der Zeit wurde es leichter. Sie konnte jetzt an ihn denken, ohne dass ihr Herz schmerzte. Sie konnte an ihn denken und lächeln, an die guten Zeiten denken, die sie zusammen hatten.

«Er sieht gut aus», berichtete Pilar ihr eines Tages. «Aber er vermisst dich, Anna.»

Anna zuckte mit den Schultern und zwang sich zu lächeln. «Es ist zu spät.»

Pilar nickte und sah sie mitfühlend an. «Du hast recht, Anna. Es ist wichtig, dass du weitergehst.»

Der Sommer auf Ibiza war in vollem Gange. Das Meer funkelte in der Sonne und der Himmel war ein endloses Blau. Anna saß auf ihrer Terrasse und blickte auf die Einladungen für ihre Ein-Jahres-Feier auf Ibiza. Es war kaum zu fassen, wie schnell die Zeit vergangen war. Ein Jahr voller Veränderungen, Herausforderungen und neuer Anfänge.

Anna hatte sich ein neues Leben auf der Insel aufgebaut und obwohl sie anfänglich gezögert hatte, diesen Schritt zu machen, war sie jetzt mehr als glücklich mit ihrer Entscheidung. Ihre Fotografie war nicht nur ihre Leidenschaft, sondern auch ihre Lebensgrundlage geworden. Hotels, Restaurants und Einheimische kamen auf sie zu, um sie für Fotoshootings zu buchen.

Ihre finanzielle Situation hatte sich verbessert und obwohl Juan insistierte, dass sie nicht mehr Miete zahlen sollte, bestand sie darauf. Sie wollte ihm zeigen, dass sie unabhängig war und sich selbst versorgen konnte.

Für ihre Party hatte Anna sich ein kleines Beach-Resort in der Nähe gemietet, mit einem privaten Strandbereich und einer Tanzfläche unter freiem Himmel. Viele ihrer Freunde, die sie im Laufe des Jahres getroffen hatte, waren eingeladen. Pilar natürlich und auch Juan mit Luna.

Am Abend der Feier war alles perfekt. Die Sonne ging langsam unter und das sanfte Licht der Laternen beleuchtete den Strand. Musik spielte im Hintergrund und das Gelächter ihrer Freunde erfüllte die Luft.

Anna stand mit einem Glas Sangria in der Hand und blickte auf das Meer hinaus. Sie fühlte sich erfüllt und dankbar für alles, was das letzte Jahr ihr gebracht hatte. Ja, es gab Schmerz und Herzschmerz, aber es gab auch so viele wunderbare Momente, die sie für immer schätzen würde.

Pilar kam zu ihr, umarmte sie und flüsterte: «Ich bin so stolz auf dich, Anna. Du hast so viel erreicht.»

Anna lächelte und nickte. «Es war ein verrücktes Jahr. Aber ich bereue keine Sekunde.»

Die Feier war in vollem Gange. Die Gäste lachten und tanzten, während die Musik im Hintergrund spielte. Anna stand in der Nähe der Bar und beobachtete das Geschehen, ihr Herz war leicht und ihr Geist erfüllt von Freude. Und dann, als einige Gäste bereits gegangen waren und der Mond hoch am Himmel stand, sah sie ihn. Juan. Er kam ohne Luna.

Er stand am Strand und sah sich um, sein Blick traf Annas und sie fühlte einen plötzlichen Ruck in ihrem Herzen. Er trug ein lässiges weißes Leinenhemd und dunkle Jeans, seine Haare waren ein wenig länger als sie sich erinnerte. Er sah genauso gut aus wie immer, wenn nicht sogar besser. Annas Herz schlug schneller, als sie seinen warmen Blick auf sich spürte.

Er lächelte und ging auf sie zu. Anna spürte, wie ihre Wangen rot wurden. Es war eine Ewigkeit her, seit sie ihn das letzte Mal gesehen hatte und doch fühlte es sich so vertraut an.

«Anna», begrüßte er sie mit seiner tiefen, beruhigenden Stimme.

«Juan», erwiderte sie und versuchte, die Aufregung in ihrer Stimme zu verbergen.

Sie umarmten sich kurz und Anna konnte seinen vertrauten Duft wahrnehmen. Es war, als ob die Zeit stehen geblieben wäre und sie wieder in diesen wunderbaren Momenten waren, die sie gemeinsam verbracht hatten.

Sie trennten sich und Anna sah ihm in die Augen. «Du siehst gut aus, Juan. Es ist schön, dich zu sehen.»

Er lächelte. «Es ist auch schön, dich zu sehen, Anna. Und du siehst auch umwerfend aus.»

Die Komplimente brachten Anna zum Lächeln. Sie wusste, dass sie noch immer Gefühle für Juan hatte, aber sie war auch stark genug, um ihre Gefühle zu beherrschen. Sie waren beide hier, um zu feiern und eine gute Zeit zu haben und das war genau das, was Anna tun wollte.

Sie lächelte schüchtern und antwortete: «Danke, dass du gekommen bist.»

«Ich konnte deinen besonderen Tag doch nicht verpassen.»

Anna nickte und führte Juan zu einigen ihrer Freunde, darunter Pilar, die sich freute, ihn zu sehen. Die beiden redeten und lachten und es fühlte sich so natürlich an, wie es immer war.

Als alle Gäste gegangen waren und Pilar die Kinder mit zu sich genommen hatte, blieb Juan bei Anna, um ihr beim Aufräumen zu helfen. Anna spürte wieder diese Gefühle, die sie wohl immer für Juan haben würde. Er griff ihre Hand und setzte sich mit ihr an die Wasserlinie.

«Anna, ich muss dir etwas sagen.» Er ließ ihre Hand nicht los. «Luna und ich haben uns im Guten getrennt. Sie ist letzte Woche nach Madrid zurück. Ihr geht es besser.»

Das sanfte Rauschen der Wellen und das Gefühl von Juans Hand in ihrer ließen Anna ruhig werden. Die Klarheit des Himmels spiegelte sich in Juans Augen wider und trotz der Dunkelheit konnte Anna den Ernst in ihnen erkennen. Die Trennung von Luna musste schwer für ihn gewesen sein. Sie spürte die Schwingungen seiner Emotionen.

«Juan ... Ich weiß gar nicht, was ich sagen soll.» Annas Stimme war kaum mehr als ein Flüstern. Sie hatte die Entwicklung nicht erwartet, aber es kam auch nicht vollkommen überraschend. Sie hatten so viel durchgemacht.

Er atmete tief durch, als ob er die richtigen Worte finden wollte. «Ich möchte ehrlich zu dir sein. Die Zeit ohne dich war die schwierigste meines Lebens. Ich habe versucht, die richtige Entscheidung zu treffen, sowohl für mich als auch für Luna. Aber ich konnte meine Gefühle für dich nicht ignorieren.»

Anna fühlte, wie eine Welle von Emotionen über sie hereinbrach.

«Ich habe viel nachgedacht, Anna. Und ich habe erkannt, dass ich es nicht ertragen kann, dich zu verlieren. Ich liebe dich.»

Ihr Herz klopfte laut in ihrer Brust. Worte, die sie so lange hören wollte, kamen endlich aus seinem Mund. Anna fühlte, wie Tränen in ihren Augen aufstiegen. «Juan, ich ... ich liebe dich auch. Aber ich hatte Angst, dass ich immer im Schatten von Luna stehen würde.»

Er zog sie näher an sich heran, sodass ihre Köpfe sich berührten. «Du standest nie in ihrem Schatten, Anna. Du hast immer in meinem Herzen gestrahlt, auch wenn die Umstände uns getrennt haben.»

Anna legte ihren Kopf auf seine Schulter und schloss die Augen. Das Rauschen des Meeres und Juans Herzschlag beruhigten sie. Sie waren endlich an einem Ort, an dem sie ehrlich miteinander sein konnten, und Anna fühlte sich, als ob ein großes Gewicht von ihren Schultern gefallen wäre.

Juan küsste sie sanft auf die Stirn und flüsterte: «Ich möchte mit dir einen Neuanfang wagen. Glaubst du, das können wir?»

Sie hob ihren Kopf und sah ihm tief in die Augen. «Ja, Juan. Das glaube ich.»

Nach einer Weile stand er auf und zog Anna sanft zu sich hoch. Sie blickten sich tief in die Augen und in diesem Moment war alles klar. Ohne ein Wort zu sagen, zog er sie zu sich und küsste sie. Es war ein Kuss voller Leidenschaft und Emotionen, der alle Barrieren brach und die beiden Herzen miteinander verband.

Als sie sich schließlich voneinander lösten, lagen sie eng umschlungen im Sand und sahen sich die Sterne an. Das Leben hatte sie wieder zusammengebracht.

Anna glaubte an ihre Liebe, sie glaubte an ihre Zukunft und sie glaubte an Juan. Sie waren zusammen und sie würden zusammenbleiben, egal was passierte. Sie würden es schaffen. Zusammen.

Als die Sonne am Horizont aufging, verließen sie den Strand und begaben sich auf eine nahe gelegene Klippe. Dort saßen sie, Hand in Hand und sahen zu, wie die Sonne aufging.

Ein Jahr später lebte Anna noch immer auf Ibiza. Sie war nicht mehr allein mit ihren Kindern. Juan hatte seinen festen Platz in ihrem Leben gefunden und das Paar war unzertrennlich geworden. Ihr gemütliches Haus, in dem Juan seine Kindheit verbracht hatte, hatte nun den warmen und liebevollen Touch von Juan. Zusammen hatten sie es zu einem Zuhause für ihre zusammengewürfelte Familie gemacht.

Annas Fotografie Geschäft florierte weiterhin. Sie war zu einer bekannten Fotografin auf der Insel geworden. Juan, der seinen Klub verkauft hatte, eröffnete ein kleines Café am Strand, das von Einheimischen und Touristen gleichermaßen geliebt wurde. Hier verkaufte Anna auch ihre Fotos, während Juan die Gäste mit seinem charmanten Lächeln und Kaffee verzauberte.

Die Kinder hatten Juan in ihr Herz geschlossen. Er wurde zu der Vaterfigur, die sie so sehr vermisst hatten. Es war rührend zu sehen, wie die Kinder in seiner Gegenwart aufblühten.

Die Wochenenden verbrachte die Familie oft am Strand oder erkundete die verborgenen Schönheiten der Insel. Sie machten gemeinsame Ausflüge, segelten oder wanderten in den Hügeln von Ibiza.

Pilar und Felix waren regelmäßige Besucher. Felix hatte sich mit der Zeit mit der neuen Beziehung von Anna abgefunden und erkannte, wie glücklich Juan sie machte. Pilar, die immer Annas engste Vertraute war, freute sich, ihre Freundin so glücklich zu sehen.

An einem warmen Sommerabend, genau ein Jahr nach ihrer emotionalen Wiedervereinigung, überraschte Juan Anna mit einer romantischen Bootsfahrt. Unter einem strahlend blauen Himmel, umgeben von der friedlichen See, hielt er inne, kniete nieder und zog einen kleinen Samtbeutel aus seiner Tasche.

«Anna», begann er mit zittriger Stimme, «dieses letzte Jahr mit dir war das beste Jahr meines Lebens. Ich möchte jeden Tag meines Lebens mit dir verbringen. Willst du mich heiraten?»

Anna, die Tränen in den Augen hatte, nickte und flüsterte: «Ja.»

Ein neues Kapitel in ihrem Leben begann und es war klar, dass ihre Liebe die Zeiten überstehen würde. Das Paar, das so viele Höhen und Tiefen durchgemacht hatte, war endlich an einem Ort des Glücks und der Zufriedenheit angekommen. Es war eine Liebe, die für immer währen würde.

Nach Juans Heiratsantrag und mit der Vorstellung, ihre Tochter und die Enkelkinder häufiger sehen zu können, sowie der Sehnsucht nach dem warmen Klima und der malerischen Landschaft, begannen Annas Eltern ernsthaft über einen Umzug nach Ibiza nachzudenken.

Anna und Juan waren begeistert von der Idee und suchten sogleich nach einem passenden Haus in der Nähe ihres eigenen. Schließlich fanden sie ein charmantes, kleines Steinhaus mit einem üppigen Garten und Meerblick, das nur wenige Minuten von ihrem entfernt lag.

Ein paar Monate später, nachdem alle Formalitäten erledigt waren, begrüßten Anna und Juan Annas Eltern auf Ibiza. Die Freude war grenzenlos. Emma und Lukas, die ihre Großeltern nur selten gesehen hatten, waren außer sich vor Freude, sie nun so nahe bei sich zu haben.

Bernhard und Bianca integrierten sich schnell in die Gemeinschaft. Ihr Garten wurde bald zu einem Treffpunkt für Familie und Freunde und die Großeltern verbrachten ihre Tage damit, ihre Enkel von der Schule abzuholen, im Garten zu arbeiten oder einfach die Sonne und das Meer zu genießen.

Für Anna war es ein Traum, der wahr wurde. Ihre Familie war wieder vereint und sie konnte die Unterstützung und Liebe ihrer Eltern in der Nähe spüren. Es gab nichts Schöneres als die lauen Sommerabende, an denen die ganze Familie im Garten saß, lachte, Geschichten erzählte und die wunderschönen Sonnenuntergänge Ibizas bewunderte.

Das Glück der Familie war vollkommen. Sie hatten alles, was sie sich je gewünscht hatten: Liebe, Zusammenhalt und ein Zuhause an einem der schönsten Orte der Welt.

ENDE

Vielleicht seid ihr auf den Geschmack gekommen, die wunderschöne kleine Insel Ibiza zu besuchen. Hier einige Tipps für euch:

Reisezeit: Die beste Zeit, Ibiza zu besuchen, ist zwischen Mai und Oktober. Wenn ihr das pulsierende Nachtleben erleben möchtet, ist der Höhepunkt in den Sommermonaten Juli und August. Für einen ruhigeren (günstigeren) Urlaub mit milderem Klima solltet ihr Mai, Juni oder September und Oktober in Betracht ziehen.

Ibiza, Teil der Balearischen Inseln im Mittelmeer, ist bekannt für sein pulsierendes Nachtleben, seine schönen Strände und seine reiche Kultur und Geschichte. Hier sind einige Dinge, die man auf Ibiza unternehmen kann:

Strände genießen: Ibiza hat eine Vielzahl von Stränden - von lebhaften bis hin zu abgelegenen Buchten. Einige der bekanntesten Strände sind Es Cavallet, Cala Salada, Las Salinas und Playa d'en Bossa.

Nachtleben: Die Insel ist berühmt für ihre Klubs und Bars. Einige der weltbekannten Klubs sind Ushuaïa, Pacha, Amnesia und DC10.

Ibiza-Stadt (Eivissa): Besucht die historische Altstadt Dalt Vila, die zum UNESCO-Weltkulturerbe gehört. Die kopfsteingepflasterten Gassen, die Kathedrale und die Burg bieten einen atemberaubenden Blick auf das Mittelmeer.

Märkte: Die Hippie-Märkte wie Las Dalias und Punta Arabí sind beliebte Orte, um Kunsthandwerk, Kleidung und Schmuck von lokalen Handwerkern zu kaufen.

Sport und Freizeitaktivitäten: Wassersportarten wie Segeln, Windsurfen, Tauchen und Jetski-Fahren sind sehr beliebt. Es gibt auch wunderschöne Wanderwege und Radwege über die Insel.

Kulinarisches Erlebnis: Probiert die lokalen Delikatessen wie «Sofrit pagès» oder «Ensaimada». Es gibt auch viele Restaurants, die mediterrane und internationale Küche anbieten.

Bootsfahrten: Mietet euch ein Boot oder nehmt an einer geführten Tour teil, um die benachbarte Insel Formentera oder die vielen kleinen Buchten und Grotten von Ibiza zu erkunden.

Besucht Es Vedrà: Eine mysteriöse und beeindruckende Felsformation vor der Westküste, die in zahlreichen Legenden erwähnt wird.

Yoga und Wellness: Viele Resorts und unabhängige Anbieter bieten Yoga-Kurse und Wellness-Retreats an, ideal für diejenigen, die sich entspannen und verjüngen möchten.

Kulturelle Veranstaltungen: Abhängig von der Jahreszeit gibt es zahlreiche Festivals, Kunstausstellungen und kulturelle Ereignisse auf der Insel.

Liebe Leserinnen, liebe Leser,

es freut mich sehr, dass Sie mein Buch gelesen haben. Ich hoffe, dass es Ihnen gefallen hat und Sie noch weitere Werke von mir lesen werden. Wenn Sie sich die Mühe machen, eine Rezension zu schreiben, wäre ich Ihnen sehr dankbar. Sie können aber auch einfach nur Sternchen vergeben, ohne eine Bewertung zu schreiben.

Falls Sie Fragen oder Kritik üben möchten, scheuen Sie sich nicht, mir eine E-Mail (andrea.froh@gmx.de) zu schreiben. Ich freue mich, von Ihnen zu hören.

Alles Gute, bleiben Sie gesund und liebe Grüße

Andrea Froh

Meine weiteren Werke:

Herzenswellen auf Sylt
Watt für Frauen
Sylter Glückskind
Pias Glücksflug
Watt für eine Reise
Mein Traumprinz zu Weihnachten
Watt ist das schön
Watt für ein Glück
Zeit für eine neue Liebe
Sylter Herbstregen – Stürmische Zeiten
Sylter Glücksregen – Die beste Entscheidung meines Lebens
Zwei Sommer mit dir
Paradiesische Dezembertage
Amore mio – mein Herz lässt dich nicht los
Wundervolle Weihnachten
Tränen unter dem Mandelbaum
Ein Haus, 4 Frauen und das Leben
Unruhe in meinem Herzen
Verheiratet bis Weihnachten
Zeit des Schmerzes - Zeit des Glücks
Wechseljahre - Liebeswechsel (Teil 1 und 2)
Charlotte & Johann
Verlogene Liebe
4 Herzen für Paul
Adeus Lissabon Ihn oder ihn?
B+B=Liebe?
Ein Hundemasseur zum Verlieben
Liebes Lebens Pläne
Ist er bestimmt für mich?
Frau im besten Alter auf Suche
Kanarische Liebeswelle
Felicita im Un-Glück
Adios Alltag, hola Abenteuer
Gesellschaft im Berg

LESEPROBE AUS DEM ROMAN «WATT FÜR FRAUEN»

EINS

«Ich kann nicht glauben, dass ich nach über zwei Jahrzehnten wieder Single bin, ganz alleine dastehe wie ein ausgesetzter Hund. Als wir vor zwei Jahren unsere Silberhochzeit begingen, hatte ich mir bereits voller Freude überlegt, wo wir die goldene Hochzeit feiern könnten», erklärte ich betrübt und schaute in das Cocktailglas, in dem nur noch formlose Eiswürfel dahinschmolzen.

«Niemand hätte damit gerechnet, dass ihr euch jemals trennen werdet. Bernd war dein perfekter Deckel. Alle haben eure bestens funktionierende Ehe bewundert», meinte meine Freundin Katharina und begutachtete interessiert den Strohhalm in ihrem Glas, der aus umweltfreundlichem Papier war. Nicht nur die Trinkhalme hatten sich im Laufe der Jahre verändert.

Die Zeit bis zu meinem 50. Geburtstag war so rasant vergangen, dass mir im Rückblick schwindelig wurde. Unsere Tochter war erwachsen, meine Mutter alt und ich... Die schönste Zeit lag hinter mir, dachte ich frustriert und schwelgte viel zu oft in der Vergangenheit, die einen immer schöner vorkommt als die Gegenwart und einen schrecklich sentimental stimmen kann.

«Ich hätte den Deckel gerne behalten, hätte um unsere Ehe wie eine Löwin gekämpft. Es ging mir gut, also viel besser als anderen Frauen. Das Schrecklichste war, als Bernd mir beim Frühstück ganz beiläufig mitteilte, dass er mich nicht mehr liebt und sich trennen möchte. Zuerst hatte ich geglaubt, dass das einer seiner komischen Scherze sein sollte, doch als sein Gesichtsausdruck sich verdüsterte, war mir klar, dass er es ernst meinte. Mir ist das Croissant in den Kaffee gefallen und hinterließ vor allem auf meiner Seele hässliche Flecken. Ich stand unter Schock und war so wütend, dass ich hysterisch schrie und ihm das tropfende Gebäck ins Gesicht warf, was ich im Nachhinein bereue. Warum liebt er mich nicht mehr? Kam das ganz plötzlich? Steckte zu der Zeit schon Melanie dahinter?

Nachdem ich völlig aufgelöst ins Schlafzimmer geflüchtet bin und wie ein Schlosshund heulte, hörte ich die Haustür laut ins Schloss fallen. Ich war so traurig und verletzt wie noch nie zuvor in meinem Leben. Gut, als mein Vater starb, bin ich noch trauriger gewesen, aber auf eine andere Art.

Am späten Abend kam Bernd zurück und meinte, dass er am nächsten Tag ausziehen würde. Er gab keine weiteren Erklärungen ab und wollte nicht diskutieren, was ich als unfair und feige empfand. Unsere langjährige Ehe und tiefe Verbindung dürfen doch nicht so einfach einseitig aufgelöst werden? Ich empfand unsere Partnerschaft als stabil und gut. Wir hatten alles, was man sich wünschen kann und stritten nur selten. Ich war zufrieden in unserer Beziehung, auch wenn ich mir manchmal mehr Anerkennung gewünscht hätte, denn schließlich habe ich alles für Bernd gemacht, nur kein Geld verdient», erzählte ich Melanie meine persönliche Tragödie zum wiederholten Mal.

Ich angelte mir einen Eiswürfel aus dem Glas und lutschte auf ihm herum. Den nicht mehr stattfindenden Sex, der Bernd gefehlt hatte, erwähnte ich mit keinem Wort.

«Für mich gab es nie Zweifel daran, dass ihr bis zum Tod zusammenbleibt. Ihr seid ein Traumpaar gewesen und ich habe euch all die Jahre bewundert, denn Roman und ich...» Ihr Gesichtsausdruck verriet, dass es bei den beiden auch nicht mehr ganz rund lief.

«Du kannst dir nicht vorstellen, wie sehr die Trennung an meinem Selbstwertgefühl nagt. Die ganze Zeit über frage ich mich, was ich falsch gemacht habe und ob ich ihn hätte halten können. Nachdem Luna aus dem Gröbsten raus war, hätte ich wieder in meinem alten Job arbeiten sollen, aber Bernd gefiel es, dass ich zu Hause war und ehrlich gesagt, habe ich mich auch wohlgefühlt. Doch nun stehe ich vor dem Nichts und habe keine Ahnung, wer mich noch haben will.» Meine Augen füllten sich mit Tränen. Ich schaute aus dem Fenster, an dem zahlreiche Passanten vorüberliefen. Wie viele von denen hatten auch gerade Liebeskummer?

Der Eiswürfel glitt in meine Speiseröhre und blieb stecken. Meinen panischen Gesichtsausdruck kommentierte Katharina mit Kopfschütteln. Ich lief puterrot an und bekam Panik, während meine Freundin meine Not nicht ernst nahm und ruhig weiterredete. «Dir stehen so viele Wege offen. Du könntest eine Weiterbildung oder dich selbstständig machen.»

Sie legte ihre warme Hand, die mit langen Fingern ausgestattet war, auf meine Schulter und lächelte mich aufmunternd an. Der Eiswürfel rutschte weiter.

«Du hast recht. Aber nun lass uns über etwas anderes reden...»

Nach zwei Cocktails, in die der muskelbeladene Barkeeper extra viel Rum gegeben hatte, ging ich leicht taumelnd zu meiner Mutter. Sie wohnte in einem großen Bungalow, den mein Vater, der ein erfolgreicher Architekt gewesen ist und seit einem Jahrzehnt auf dem größten Friedhof Europas ruht, selbst entworfen hatte.

Ich entriegelte die morsche Holzpforte, die nach Farbe flehte, und schaute in den herbstlichen Garten, in dem zahlreiche bunte Blätter den Rasen, auf dem ein Roboter seiner Aufgabe nachging, schmückten.

Darja stand in der offenen Haustür und hielt meinen abgenutzten Stoffball in den Händen, der in meinen Kindertagen, in der die Welt noch voller Wunder gewesen ist, mein treuer Begleiter gewesen war.

Ohne lange zu überlegen, hatte meine Mutter der zehnjährigen Darja und ihrer Mutter Ana, die aus der Ukraine geflüchtet waren, ein Zuhause voller Wärme und Licht gegeben, doch sie vermissten ihr Land, die Heimat, die Familie, die sie zurücklassen mussten.

Ich trug ein schlechtes Gewissen in mir, weil ich keine Flüchtlinge aufnahm, doch ich konnte in meinem Herzen zu dieser Zeit keine Entscheidungen fassen, die mich überforderten und musste erst selbst meine Wunden heilen. Die Trennung von Bernd schmerzte noch so sehr. Ich konnte nicht auch noch das Leid von anderen ertragen, die vor Krieg und Gewalt in Not gerieten und sich nach einer friedlicheren Welt sehnten.

«Claudia, spielst du mit mir Fußball im Garten?», fragte mich Darja und warf den weichen Ball bis an die Decke.

«Später vielleicht. Gefällt es dir in der Schule?»

«Ja sehr gut. Heute haben wir Laternen gebastelt. Ich hole sie mal schnell.»

Ana kam aus der Küche und trug eine von Mutters Schürzen, die ich im Handarbeitsunterricht in der 3. Klasse voller Enthusiasmus genäht hatte. Sie sah noch tadellos aus.

«Hallo Claudia. Ich habe Yabluchnyk gebacken. Magst du mit uns ein Stück essen?»

«Ja sehr gerne. Wo ist meine Mutter?»

«Sie hat sich hingelegt.»

«Gut, dann kann ich ja schon mal den Tisch decken.»

Ana sah mich aus traurigen Augen an und sagte: «Es gibt Neuigkeiten.»

«Hast du Arbeit gefunden?»

«Nein, wir werden zurückgehen.»

«Was? Ist das nicht zu gefährlich?»

«Natürlich ist es gefährlich, aber wir haben Heimweh und möchten zurück. Wir werden bei meinen Schwiegereltern wohnen. Sie leben auf dem Land. Dort sind wir sicher.»

«Hast du das schon Marianne gesagt?»

«Nein noch nicht. Ich wollte, dass du dabei bist, weil ich denke, dass sie sehr traurig sein wird.» Ana schnitt den Kuchen an. Man merkte ihr an, wie zerrissen sie war.

«Ihr seid Marianne ans Herz gewachsen und wie eine Familie für sie. Ich kann verstehen, dass ihr zurück möchtet. Wie hat Darja darauf reagiert?»

«Sie weiß es auch noch nicht. Ich dachte, dass wir es gleich erzählen.»

«Gut, dann…» Ich war überrascht und hatte gehofft, dass die beiden länger bleiben würden. Mutter tat ihre Gesellschaft gut, sie wurde bekocht und das Haus und der Garten in Ordnung gehalten.

«Schau mal!» Darja hielt die Laterne in die Höhe und schwenkte sie hin und her.

«Die ist aber schön. Ich bin früher so gerne Laterne gelaufen. Nächste Woche findet der Laternenumzug statt.»

«Marianne möchte mit uns gehen», informierte mich Ana und versuchte, ihren Kummer hinter einem gezwungenen Lächeln zu verstecken. Es fiel ihr sicherlich schwer, ihre Tochter aus dem neuen Umfeld zu reißen.

«Ich gucke mal eben nach Marianne.»

Leise klopfte ich an die Schlafzimmertür. Meine Mutter saß aufrecht vor ihrer Frisierkommode und hielt eine Haarbürste in ihrer Hand. Sie kam mir vor wie ein alternder Filmstar, dessen besten Jahre lange vorbei waren.

«Claudia! Ich komme gleich. Ana hat einen Apfelkuchen gebacken.»

«Ich weiß. Er sieht köstlich aus. Geht es dir gut?»

«Ich will mich nicht beklagen. Und wie geht es dir?» Sie kämmte ihre weißblonden Locken, die immer perfekt auf ihrem kleinen Köpfchen wippten.

«Gut danke. Ich miste das Haus aus. Du glaubst nicht, was sich dort im Laufe der Jahre alles angesammelt hat.»

«Dein Vater hatte rechtzeitig damit angefangen, vieles wegzuwerfen. Man fühlt sich befreiter ohne Ballast.»

Es erfüllte mich mit Traurigkeit, als ich daran dachte, wie mein Vater ohne meine Erlaubnis mein Spielzeug einfach weggeworfen hatte. Der Stoffball, mit dem Ana spielte, war das einzige Überbleibsel aus meiner einsamen Kindheit ohne Geschwister.

Als meine Mutter sich mit etwas Schwung aus ihrem Sessel erhob, warf sie noch schnell einen Blick in den Spiegel. Ich musste mir ein Lachen verkneifen, als ich sah, wie sie ihr Gesicht begutachtete, das von einem Chirurgen mehrmals auf Vordermann gebracht worden war. Trotzdem war es immer noch beneidenswert schön.

Schon als junge Frau hatte die eitle Marianne Josefine zahlreiche Schönheitswettbewerbe gewonnen, von denen sie auch heute noch schwärmte. Aber wer kann es ihr verübeln? Schließlich hatte sie sich dadurch eine ordentliche Portion Selbstbewusstsein fürs Leben angeeignet.

Und wenn es um ihre Figur ging, gab es für meine Mutter kein Halten mehr. Akribisch achtete sie darauf, dass sie zu keiner Zeit aus der Form geriet - schließlich passte sie noch immer in ihr Hochzeitskleid! Das Teil schlummerte seit Jahren in ihrem Kleiderschrank und wartete auf einen zweiten großen Auftritt. Aber leider hatte ich nicht in Weiß geheiratet, also blieb das gute Stück weiterhin unbenutzt. Bernd hatte sich nämlich für eine schlichte standesamtliche Trauung entschieden, obwohl ich als kleines Mädchen von einer pompösen Hochzeit mit Kutsche und allem Drum und Dran geträumt hatte. Ach ja, die guten alten Träume!

In der offenen Küche duftete es nach frisch gebrühtem Kaffee. Mutters Mitbewohnerinnen warteten höflich auf unser Erscheinen.

«Der Kuchen sieht köstlich aus», sagte Marianne und streichelte dem Mädchen liebevoll über den Kopf.

«Die säuerlichen Äpfel aus deinem Garten eignen sich besonders gut für Kuchen», meinte Ana und griff nach dem Tortenheber.

Während wir zufrieden kauten und Darja von ihrer neuen Freundin erzählte, die in einer Woche ihren Geburtstag im Tierpark feiern wollte, wartete ich mit Herzklopfen darauf, dass Ana mit der schmerzlichen Neuigkeit herausrückte.

«Wollen wir jetzt Fußball spielen?», fragte Darja mich ungeduldig und rutschte gelangweilt auf dem Po hin und her.

«Ich muss euch noch etwas sagen.» Ana knetete ihre Hände und drückte ihre Tochter sanft auf die Bank zurück.

«In zwei Wochen werden wir zurückgehen.»

«Nein!», schrie das Mädchen sofort und haute mit ihrer kleinen Faust wütend auf den Tisch, sodass der Kaffee in unseren Tassen Wellen schlug.

«Wir werden bei Oma und Opa wohnen und Papa häufiger sehen.» Ana umschlang ihre weinende Tochter und versuchte sie zu beruhigen. Man konnte der jungen Mutter ansehen, wie schwer es ihr fiel, Darja den erneuten Umzug zuzumuten.

Marianne war sichtlich geschockt und sah mich aus aufgerissenen Augen an. Mir war bewusst, dass ich mich wieder mehr um meine Mutter kümmern musste und dass in einer Phase, in der ich selbst nicht wusste, wie es mit mir weitergehen sollte.

ZWEI

Als ich mit Mütze und Winterjacke bekleidet auf dem kalten Dachboden weiter ausmistete, kam ich mir vor wie ein Archäologe, der die Überreste einer vergangenen Zivilisation untersuchte. Überall lagen Dinge herum, die ich seit Jahren nicht mehr gesehen hatte - Lunas zahlreiche Bastelarbeiten, Babyklamotten, Lego und sogar ein vergilbter Betthimmel.

Tränen drückten sich aus meinen Augen, als ich all diese Relikte unserer Geschichte in den Händen hielt. Ich konnte mich einfach nicht von ihnen trennen, denn sie gehörten zu unserer Familie wie das Salz in der Suppe. Unsere Geschichte war wie ein Bilderbuch, von Lunas Geburt bis zu Bernds Auszug - und all diese Dinge waren wie Illustrationen in diesem Buch.

In diesem Moment hörte ich leise die Türklingel, die dreimal hintereinander schellte. «Wer ist das denn jetzt?», murmelte ich vor mich hin und rappelte mich meckernd auf. Mein rechtes Bein war eingeschlafen und ich humpelte vorsichtig die steilen Stufen der Bodentreppe hinunter, als hätte ich ein Bein aus Holz. Hoffentlich würde es kein Verkaufsvertreter sein, dachte ich, während ich mir die Mütze vom Kopf zog.

«Jutta!»

«Störe ich? Ich war gerade nebenan im Selbstbedienungsladen und dachte, dass ich mal kurz bei dir vorbeischauen könnte.»

Meine Freundin rauschte an mir vorbei und stellte drei Stoffbeutel auf der Kommode ab, wickelte sich ihren drei Meter langen Schal vom Hals und drückte mir ihren Mantel in die Hände.

«Hast du einen Tee für mich? Ich bin total durchgefroren. Der Ostwind ist widerlich.»

«Ich koche uns einen.»

Etwas überrumpelt hängte ich den Second Hand Mantel, der unangenehm müffelte, auf einen Bügel und folgte der großen, kräftigen Frau in die Küche.

«Und wie geht es dir?», erkundigte sie sich und holte zwei Tassen aus dem Schrank, als wäre sie die Gastgeberin.

Jutta besaß eine forsche und direkte Art, die mich nicht immer positiv beeindruckte.

«Ganz gut. Ich bin gerade beim Ausmisten. Du kannst dir nicht vorstellen, was sich im Laufe der Jahre alles angesammelt hat.»

«Du solltest auch in ein Tiny Haus ziehen. Lass dich einfach darauf ein und lerne, minimalistisch zu leben».

«Aber was ist mit all meinen Sachen, die ich ständig brauche? Wo soll ich die aufbewahren?», fragte ich skeptisch.

«Ich besitze einfach nur das Nötigste. Weniger ist mehr!», erklärte sie.

«Hmm, ich weiß nicht. Ich brauche schon meine zwanzig Paar Schuhe und mehrere Kleiderschränke voller Klamotten.»

«Das ist das Problem der meisten Leute. Wir Tiny Haus Bewohner haben eine goldene Regel: Wenn du etwas Neues kaufst, musst du etwas Altes loswerden. Ich bin froh, dass ich nur noch das besitze, was ich wirklich brauche, und das ist nicht viel.»

Ich konnte mir nicht vorstellen, auf kleinstem Raum wie in einer Gefängniszelle zu leben. In den letzten zwanzig Jahren hatte ich auf über 200 Quadratmeter residiert, was natürlich reinster Luxus war. Zukünftig musste ich mich verkleinern, denn Bernd drängte darauf, unser schönes Heim, von dem ich mich nur schwer trennen konnte, zu verkaufen.

«Ist das Bio Tee?» Jutta riss mir die Packung aus der Hand und suchte das Biosiegel.

«Nein, ich glaube nicht...»

«Den trinke ich nicht! Weißt du, wie viel Pestizide da drin sein können?»

«Ja, nein. Vielleicht habe ich noch ...»

Mit großen Schritten eilte sie in den Flur, kramte in ihren Taschen und kam mit einer Packung Tee zurück, den sie mir unter die Nase hielt. «Der ist auch noch Fairtrade.»

«Super!» Ich fühlte mich schlecht, weil ich keine fleißigen Kleinbauern in fernen Ländern unterstützte, die nachhaltig und rücksichtsvoll mit der Natur umgehen und nicht, wie viele meiner Mitmenschen tagtäglich auf unserem Planeten herumtrampelten wie Elefanten auf einer Wasserballon-Party.

«Ich kann dir ein paar Kekse anbieten, aber die sind auch nicht bio...»

«Nein danke. Ich esse nur noch zwei Mahlzeiten am Tag. Das ist völlig ausreichend.» Aber warum war sie dann so korpulent, wunderte ich mich.

«Du siehst toll aus. Hast du den Pullover neu?»

«Den habe ich selbst gestrickt. Fühl mal! Das ist eine besondere Baumwolle. Sie stammt von Biobauern aus...»

Innerlich verdrehte ich die Augen und fand, dass Jutta es mit ihrer nachhaltigen Lebensweise manchmal übertrieb, zumal sie mir ein richtig schlechtes Gewissen machte. Gutmenschen konnte die Welt zwar dringend gebrauchen, aber sie konnten auch nerven. Manchmal wünschte ich mir, Jutta würde einfach mal die Klappe halten und einen Schokoriegel essen, der nicht fair gehandelt wurde. Nichtsdestotrotz wollte ich kein Umweltsünder sein und hörte Jutta brav zu, wie sie über Recycling und Upcycling und all die anderen -cyclings philosophierte. Wer weiß, vielleicht wird sie mich noch zu einer grünen Superheldin machen?

«Toll! Früher habe ich auch mal gestrickt.» Die kleinen unförmigen Mützchen und Fäustlinge, die ich voller Vorfreude während meiner Schwangerschaft gestrickt hatte, tanzten vor meinem geistigen Auge hin und her.

«Und dir gehts nicht gut?» Jutta sah mich forschend an.

«Ach, eigentlich kann ich nicht klagen.» Ich goss das sprudelnde Wasser in die Becher und versuchte, mir ein Lächeln abzuringen.

«Lass uns ins Wohnzimmer gehen. Dort ist es wärmer.»

«Hier sieht es ganz schön luftig aus.»

«Bernd hat letzte Woche ein paar Möbel mitgenommen, aber mir gefällt es ganz gut so. Ich habe nun Platz für meine Yogamatte.» Warum redete ich mir immer alles schön und kotzte mich nicht bei Jutta aus? Eigentlich war mir zum Heulen zumute, denn mein Leben lag in Trümmern vor mir und ich besaß weder die Kraft noch Lust, mir ein neues Leben aufzubauen, weil ich mich alt und zerbrechlich fühlte. Bernd hatte eine neue Partnerin, hatte seinen guten Job, eine schöne Wohnung und blickte offensichtlich nicht sentimental auf sein altes Leben zurück.

«Die Trennung von dem Haus fällt dir nicht leicht oder? Aber jetzt, wo Luna in Berlin lebt, ist es doch viel zu groß für dich. Willst du nicht auch darüber nachdenken, in ein Tiny Haus zu ziehen? Du kannst bei mir gerne mal zur Probe wohnen.»

«Ich werde es mir überlegen. Gestern hat Ana uns darüber informiert, dass sie in die Ukraine zurückgehen werden. Ich muss mich dann um meine Mutter kümmern und könnte zu ihr ziehen.»

«Frauen in unserem Alter haben es echt nicht leicht. Sie sind froh, wenn sie ihre Kinder erfolgreich großgezogen haben, denken, dass sie endlich Zeit für sich haben, aber nein, dann gehts los mit den kränkelnden Eltern, um die man sich kümmern muss oder der Mann rennt einem weg. Zum Glück sind meine Eltern noch rüstig, aber auch ich muss auf alles gefasst sein. Hat Bernd das große Bild, das dort hing, auch mitgenommen?»

Ich nickte betreten und schlürfte am heißen Tee, der nach bitteren Kräutern schmeckte und vermutlich schrecklich gesund war.

«Weißt du denn schon, was du beruflich…»

«Jutta, bitte sei mir nicht böse, aber ich möchte jetzt nicht über mich sprechen. Ich weiß wirklich gerade nicht, wo mir der Kopf steht.»

«Entschuldige. Ich dachte, dass du ein Ohr…»

«Danke, aber wenn ich es brauche, dann gebe ich dir ein Signal. Ich habe auch gleich noch einen Termin…», schwindelte ich und stand auf.

«Alles klar.» Sie trank hastig den Tee aus, raffte ihre Beutel zusammen und drückte mich mit einem mitleidigen Gesichtsausdruck an ihren robusten Körper.

44 Jahre Freundschaft mit Jutta - das ist eine ganze Menge Zeit, um zusammen durch dick und dünn zu gehen. Und dabei hatte alles so unscheinbar angefangen: An unserem Einschulungstag hatte sich niemand neben Jutta setzen wollen, die mit ihrem selbst genähten Regenbogen-Outfit und dem speckigen Ledertornister aussah wie eine Zeitreisende aus den 60ern. Bereits als Kind besaß ich ein Herz für Außenseiter und setzte mich zu dem komischen Mädchen - obwohl ich heimlich auch ein bisschen Angst hatte, dass sie mich gleich mit ihrem Traumfänger oder einer Birne, die in ihrer Schultüte gesteckt hatten, bewerfen würde.

Aber Jutta war gar nicht so merkwürdig, wie sie auf den ersten Blick wirkte. Im Gegenteil, sie hatte eine Menge Selbstbewusstsein und eine noch größere Portion Humor. Als sie mir in unserer allerersten Schulhofpause eine Birne schenkte, wusste ich sofort: Diese Freundschaft wird für immer halten.

Inzwischen sind wir beste Freundinnen und Seelenverwandte. Ich bin das schüchterne Mädchen mit den blonden Locken, und Jutta ist der beschützende, starke Bruder, den ich nie hatte. Zusammen haben wir so viel erlebt - und wer weiß, was uns noch alles bevorsteht. Auch wenn sie immer noch ab und zu mit einem Traumfänger um sich wirft… jeder hat doch seine Macken.

Juttas Familie war wirklich etwas Besonderes - sie lebten in einem riesigen, bröckelnden Gutshaus, das aussah wie ein Schloss aus einem Gruselfilm. Aber für mich als Kind war es ein Paradies auf Erden. Es gab so viele Tiere auf dem Anwesen, dass ich gar nicht wusste, wo ich zuerst hinschauen sollte. Juttas Mutter war eine Kräuterhexe, die immer im Wald unterwegs war und Sachen sammelte, von denen ich noch nie gehört hatte. Es war wie in einem Märchen, nur ohne den Prinzen und das Küssen.

Jutta war ein wahres Wunderkind. In der Schule war sie immer die Beste, konnte alles auswendig und hatte ein Selbstbewusstsein wie ein Nashorn. In der Pubertät war sie dann so was wie ein Alien - sie interessierte sich nicht für Schminke, schicke Klamotten oder Jungs. Stattdessen hatte sie feste Ziele vor Augen und arbeitete hart daran, sie zu erreichen. Und das hat sie auch geschafft: In Bestzeit hat sie ein Jura-Studium absolviert und arbeitet bei einer Umweltorganisation, wo sie sich mit voller Überzeugung und für ein bescheidenes Gehalt für unsere Erde einsetzt. Das Beste an Jutta ist ihr unerschütterlicher Optimismus. Selbst wenn sich die Welt am Rande einer Katastrophe bewegt, bleibt sie stets motiviert und kämpft weiter wie Super Woman. Ich bin mir sicher, dass sie auch ohne Cape fliegen kann, wenn sie nur will. Aber mal im Ernst: Wenn ich Jutta ansehe, denke ich immer, dass wir alle ein bisschen mehr von ihrem Selbstbewusstsein und ihrer Motivation gebrauchen könnten. Vielleicht sollte sie mal einen Workshop anbieten - ich würde auf jeden Fall hingehen!

Immer wieder habe ich der Singlefrau von der Schönheit der Liebe und der romantischen Zweisamkeit vorgeschwärmt, aber jedes Mal zuckte sie nur gelangweilt mit den Schultern und sagte: «Keine Zeit dafür!» Das ist, als würde man einem Schokoladenliebhaber sagen, dass man keine Zeit für Schokolade hat. Es ergibt einfach keinen Sinn.

Als ich endlich schwanger wurde, hatte Jutta mich mit Vorträgen über den Klimawandel bombardiert und wie unsere Kinder darunter leiden werden, was mich ziemlich nachdenklich gestimmt hat. Ich bewundere Juttas Engagement in Sachen

Umweltschutz. Wenn wir alle so wären wie sie, hätten wir wohl nicht so viele Probleme.

Als meine Freundin fort war, widmete ich mich wieder den Relikten aus meiner Vergangenheit. Außer löchriger Bettwäsche und ein paar verblassten Handtüchern kam nichts weiter in die Mülltonne. Nach der nicht sehr erfolgreichen Wegwerfaktion stellte ich zum dritten Mal die wenigen Möbel im geräumigen Wohnzimmer um, in dem jedes Geräusch unangenehm hallte, sodass ich mich wie in einer Lagerhalle fühlte.

Nachdem Bernd ausgezogen war, war Essen meine neue Liebe. Betrübt stand ich vor dem Kühlschrank und überlegte, was ich aus den paar Zutaten zaubern konnte. Eier, Käse und ein welker Salat - klingt wie das Rezept für einen kulinarischen Flop.

Seit drei Tagen hatte ich nicht den Elan aufgebracht, einen Supermarkt zu betreten, zumal ich keine Bekannten treffen wollte, die mich mit Fragen und Trost zum Weinen gebracht hätten.

Gerade als ich mich mit dem spärlichen Abendbrot aufs Sofa gesetzt hatte, ging die Türglocke, die noch vor ein paar Monaten eifriges Hundegebell ausgelöst hatte. Zwei Tage nachdem Bernd ausgezogen war, verstarb unser geliebter Theo, der dreizehn Jahre Teil unserer glücklichen Familie gewesen war. Mein Herz war doppelt gebrochen und schien nicht mehr reparabel. Ach Theo, du hast uns so viel Freude bereitet. Ich hoffe, du bist nun an einem schönen Ort, wo es unendlich viele Bälle und Knochen gibt.

Eine junge, hübsche Frau, die ein bezauberndes Lächeln im Gesicht trug und mich mit wachen braunen Augen anfunkelte, stand auf dem zerfransten Fußabtreter.

«Luna! Was machst du denn hier?», quietschte ich vor Freude und breitete meine Flügel aus.

Meine Tochter, die seit einem Jahr in Berlin studierte, hatte einen ziemlich großen Koffer neben sich stehen, der in meinem Kopf sogleich viele Fragen aufwarf.

Lunas Mundwinkel wanderten nach unten. Sie schleppte ihr schweres Gepäck ins warme Haus und nahm sich die Pudelmütze vom Kopf, unter der sich ihr blondes Haar versteckte.

Ich starrte auf den beklebten Koffer und wartete schweigend, bis sie sich erklärte.

«Ich muss erst mal ganz dringend aufs Klo.»

«Magst du einen Tee?»

«Ja gerne und was zu essen, wäre nicht schlecht.»

Ich freute mich über ihren Besuch, spürte jedoch auch, dass etwas nicht stimmte. Vor vier Tagen hatten wir telefoniert. Es hatte sich angehört, als wenn alles in bester Ordnung gewesen wäre. Hatte sie Liebeskummer?

Während ich nach etwas Essbarem in den Schränken suchte, kam meine Tochter in die Küche und verströmte einen angenehmen Duft. Sie hatte sich ein paar Sprühstöße von meinem Chanel Parfum genommen, mit dem ich äußerst sparsam umging, zumal Bernd mir zum nächsten Geburtstag vermutlich kein neues schenken würde.

Meine zierliche Tochter pflanzte sich auf die Eckbank und öffnete ihren Pferdeschwanz, sodass ihr langes Haar über ihre zarten Schultern floss.

«Leider habe ich nicht viel im Haus, aber ich könnte dir Nudeln kochen.»

«Das wäre toll!»

Während ich einen großen Topf mit Wasser füllte, sagte Luna in einem Flüsterton, den ich kaum verstehen konnte. «Ich gehe nicht wieder zurück.»

Der schwere Topf rutschte mir aus der Hand und knallte aufs Ceranfeld.

«Was ist denn passiert?», fragte ich beunruhigt und nahm neben ihr Platz, da ich spürte, dass sie mir etwas Wichtiges zu sagen hatte. Kaum hatte ich meinen Arm um sie gelegt, fing sie an zu weinen und lehnte ihren Kopf gegen meine Schulter.

Es dauerte ein paar Minuten, bis sich meine geliebte Tochter beruhigt hatte.

«Ich habe mich nicht mehr wohlgefühlt. Weder mit dem Studium noch mit der Stadt und auch nicht mehr mit meinen Mitbewohnern, die mich total nervten.» Aus den kleinen Nasenlöchern lief Flüssigkeit. Ich riss ein Küchenpapier von der Rolle und reichte es meiner aufgelösten Tochter.

«Du gibst dein Studium auf?» Ich sah ihr dabei zu, wie sie sich das Gesicht trockenwischte.

«Ja, es tut mir leid, aber ich…»

«Schon gut! Ich koche jetzt erst mal die Nudeln und wenn du gegessen hast, kannst du mir alles in Ruhe erzählen.»

«Danke Mama», hauchte sie mir liebevoll entgegen und füllte das leere Haus sofort mit Wärme und Leben.

Kurz nachdem die Pasta im Topf blubberte, klingelte mein Handy, das ich stoisch ignorierte.

«Mama, es ist Darja », informierte mich Luna, die auf mein Handy schaute.

«Hallo Darja!», meldete ich mich mit fester Stimme und rührte nebenbei im Kochwasser, das munter übersprudelte und auf der Herdplatte laut zischte.

«Claudia, es tut mir leid, aber Marianne… sie ist eben gefallen und ich habe den Rettungsdienst gerufen.»

«Hat sie sich etwas gebrochen?», fragte ich aufgeregt und spürte, wie mein Herz raste.

«Ich weiß nicht. Kannst du kommen?»

«Ich mache mich sofort auf den Weg.»

Mein Herz klopfte bis zum Hals und ich spürte eine schreckliche Angst, die sich rasant im ganzen Körper ausbreitete. Verwirrt schaute ich in Lunas fragende Augen und überlegte angespannt, was ich tun musste. Zunächst schaltete ich die Herdplatte aus und bemühte mich, nicht kopflos zu werden.

«Oma ist gefallen. Ich muss zu ihr. Kannst du die Nudeln… Ich…»

«Soll ich mitkommen?»

«Nein ja…», antwortete ich aufgebracht und rannte in den Flur, wo Lunas Koffer die Haustür blockierte.

«Mama, lass mich fahren. Du bist ja ganz durch den Wind.»

«Gut, ich muss noch rasch auf die Toilette ...»

Luna fuhr besonnen und beruhigte mich, da sie bemerkte, dass mein Puls raste.

Der Rettungswagen stand vor Mutters Haus. Das Blaulicht versetzte mich in Panik. Während der Wagen noch rollte, riss ich bereits die Tür auf und rannte los, als wenn es um Leben und Tod gehen würde.

Ana öffnete mir mit einem traurigen Gesicht. Sie drückte ihren Stoffhasen an die Brust und nuckelte am Daumen.

«Hallo Ana!» Ich streichelte dem eingeschüchterten Mädchen über den Kopf und eilte in großen Schritten ins Wohnzimmer. Meine Mutter lag auf dem Boden und war bei Bewusstsein. Zwei Rettungssanitäter saßen links und rechts von ihr und untersuchten sie.

«Keine Sorge, mir gehts gut. Ich lebe noch», gab sie Entwarnung und hob ihre Hand zum Gruß. Trotz der Bodenlage saß ihr Haar perfekt und ihre Lippen leuchteten rot. Mutter sah in jeder Lebenssituation adrett aus, als wäre ihr ganzes Leben eine Show, bei der eine Menge Leute zusahen.

Ich war erleichtert, dass sie ihren Humor nicht verloren hatte und warf meinen Mantel aufs Sofa.

«Sie hat sich nichts gebrochen», flüsterte Darja und spielte an ihrer Kette, an der ein Medaillon baumelte, in dem sie ihren Mann immer ganz dicht an ihrem Herzen trug. Ihr tapferer Valentin, der an der Front ihr Land couragiert verteidigte.

«Würden Sie bitte einen Mundschutz tragen», ermahnte mich der junge Sanitäter, der ein EKG anfertigte und sich etwas säuerlich zeigte.

«Oh entschuldigen Sie, ich war so...» Ich griff in meine Hosentasche, verhängte Mund und Nase und beobachtete die Untersuchung aufmerksam.

Luna kam ins Zimmer geeilt. Im Gegensatz zu mir hatte sie an den Mundschutz gedacht und begrüßte alle Anwesenden freundlich.

«Der Fuß ist leicht verstaucht und der Blutdruck erhöht. Am besten kühlen Sie ihn und schonen den Knöchel die nächsten

Tage», erklärte der Sanitäter nüchtern und räumte seine Tasche ein.

Erleichtert sah ich dabei zu, wie die Helfer die Patientin behutsam aufs Sofa trugen. Ich begleitete die Herren hinaus und drückte ihnen zwei zerknitterte Geldscheine in die Hand.

Luna saß neben dem Sofa auf dem Boden und hielt Mariannes Hand. Die beiden waren ein Herz und eine Seele und hatten sich schon einige Male gegen mich verbündet.

«Was ist denn passiert?», wollte ich wissen und war froh, dass Marianne nicht ins überfüllte Krankenhaus musste.

«Bei der letzten Stufe habe ich mich vertreten und bin umgeknickt. Ich wollte nicht, dass Darja den Notdienst ruft ...»

«Ich dachte ...», wollte die junge Ukrainerin sich rechtfertigen.

«Du hast alles richtig gemacht», beruhigte ich sie und legte meine Hand auf ihre Schulter.

«Das ist ja eine Überraschung, dass du hier bist, mein kleiner Mond. Deine Mutter sagte, dass du erst zu Weihnachten kommen würdest.» Ich zuckte mit den Schultern und überließ meiner Tochter die Erklärung.

«Oma, ich... habe mein Studium hingeschmissen und bleibe jetzt erst mal in Hamburg.»

«Das ist ja schön! Du hast mir ehrlich gesagt auch sehr gefehlt. Vor allem aber deine Kuchen.»

«Morgen backe ich dir deinen Lieblingskuchen.»

«Darauf freue ich mich. Ich denke, dass ihr nun gehen könnt. Tut mir leid, dass ich euch einen Schrecken eingejagt habe.»

«Kein Problem! Zum Glück wohnen wir um die Ecke», nuschelte ich und drückte meiner Mutter einen Kuss auf die Stirn.

Als ich die Nudeln ein zweites Mal aufkochte, damit meine Tochter endlich etwas in den Magen bekam, beschlich mich auf einmal eine bedrückende Zukunftsangst. All die sorglosen Jahre hatte ich gedacht, dass ich mit Bernd einen ruhigen und finanziell abgesicherten Lebensabend verbringen würde, doch auf einem Schlag hatte sich alles verändert. Ich musste mich von unserem Haus trennen, musste mir eine kleine Wohnung suchen, was in Hamburg nicht einfach war, und was sollte aus Luna werden? Wollte sie wieder bei mir wohnen?

«Wie gut, dass Oma die beiden an ihrer Seite hat. Stell dir vor, wenn sie fällt und sich nicht melden kann?», überlegte Luna besorgt und schlang sich die Nudeln in den plappernden Mund.

«Ich habe ihr schon so oft geraten, sich eine Smartwatch mit Notruf zuzulegen, aber sie sträubt sich dagegen. Ana und Darja gehen in die Ukraine zurück.»

«Oh nein! Die beiden haben sich doch so gut eingelebt und außerdem ist das viel zu gefährlich.»

«Sie ziehen zu den Schwiegereltern. Ich kann es nachvollziehen, dass sie zurück und in Valentins Nähe sein möchten.»

«Und was sagt Oma dazu?»

«Ich denke, dass sie sehr traurig ist. Die beiden sind ihr ans Herz gewachsen und haben ihr sehr gutgetan. Nun muss ich mich um Oma kümmern. Aber bald werde ich auch nicht mehr viel Zeit haben, da ich Geld verdienen muss.»

Luna kaute hastig und sah mich aus mitleidigen Augen an. «Bist du schon beim Arbeitsamt gewesen?»

Ich schüttelte den Kopf. «Bisher hatte ich weder Zeit noch Lust. Nächste Woche werde ich mich aufraffen. Und was ist mit dir?»

«Können wir morgen darüber reden. Ich bin jetzt total müde. Hast du mein Bett schon verkauft?»

«Nein, dein Zimmer ist noch genau so, wie du es verlassen hast. Ich habe erst mal auf dem Dachboden angefangen auszumisten. Papa will das Haus so schnell wie möglich verkaufen, aber ich lasse mir Zeit.»

«Das ist richtig. Ich finde es auch echt doof von Papa, dass er euer Haus nicht behalten will und dich hier weiterhin wohnen lässt.»

«Er braucht das Geld und was soll ich auch mit dem großen Haus?»

«Du könntest wie Oma Flüchtlinge aufnehmen.»

«Ja, da hast du recht. Wir sollten jetzt schlafen gehen. Ich beziehe dein Bett und du kannst ins Badezimmer gehen.»

Printed in Germany
by Amazon Distribution
GmbH, Leipzig

30838676R00189